喇叭花开

LABAHUA KAI

许春樵 ◎ 主编

时代出版传媒股份有限公司
安徽文艺出版社

图书在版编目（CIP）数据

喇叭花开/许春樵主编. --合肥：安徽文艺出版社，2022.9
ISBN 978-7-5396-7446-9

Ⅰ．①喇… Ⅱ．①许… Ⅲ．①中国文学－当代文学－作品综合集 Ⅳ．①I217.1

中国版本图书馆 CIP 数据核字(2022)第 061142 号

出 版 人：姚　巍
责任编辑：汪爱武　　张　磊　　　装帧设计：张诚鑫
....
出版发行：安徽文艺出版社　　www.awpub.com
地　　址：合肥市翡翠路 1118 号　　邮政编码：230071
营 销 部：(0551)63533889
印　　制：安徽联众印刷有限公司　　(0551)65661327
....
开本：710×1010　1/16　印张：18.5　字数：280 千字
版次：2022 年 9 月第 1 版
印次：2022 年 9 月第 1 次印刷
定价：68.00 元
....
（如发现印装质量问题，影响阅读，请与出版社联系调换）
版权所有，侵权必究

《喇叭花开》编委会

主　　编：许春樵

编　　委：方维保　伍美珍　刘楚仁　孙志保
　　　　　李凤群　李国彬　陈家桥　赵　焰
　　　　　胡竹峰　洪　放　曹多勇　李　云

红色主题，文学阐释
——《喇叭花开》序言

许春樵

一个时代的文学能不能打动人心、教化灵魂，很大程度上取决于作家与人生、与现实、与历史建立起的无缝对接、深度开掘、真相还原的实质性关系。这种关系默契而牢不可破，文学因此拥有了体面与尊严。

在安徽这片红色的土地上，每年春天的杜鹃花如期盛开，血染的旗帜已经飘扬了整整一个世纪。在建党百年之际，安徽作家们纷纷站了出来，他们走出书斋，走进皖南、皖北的革命根据地历史现场，走进为自由解放而英勇牺牲的先烈们的灵魂深处；作家们眺望着炮火纷飞的峥嵘岁月，感受着初心信仰的巨大力量，于是，一篇篇张扬红色主题的小说、散文、纪实文学陆续走上了《中国作家》《天津文学》《延河》《小说林》《美文》等文学期刊的版面，最终以《喇叭花开》为名在这本书中集合。

"红耀江淮，薪火永继"主题采风活动由安徽省文联策划，省作协在不到一个月的时间内，组织全省二十名作家，迅速开赴皖南、皖北。那是六月初夏，头顶上的阳光已很强烈。

一周的采访兴奋而辛苦。兴奋的是作家们在枪声和硝烟散尽后的土地上，要与那些逝去的历史和先烈进行精神对话；辛苦的是采风的每一天都要早出晚归连轴转,中午烈日当空,采访车在皖南山区和皖北大地上马不停蹄地赶往一个个地点,晚上回到驻地,每天都有作家累得吃不下饭,还有人中暑。

可真正的挑战不是在采风的路上,而是在提起笔的纸上。文学不是新闻、不是科研、不是考证,历史在文学中该是什么样的面貌,文学如何记录和呈现历史,这是作家们首先要面对的一个必答题。省文联、省作协在队伍出发前,专门用半天时间对参与主题采风活动的作家们进行培训。培训确立的一个基本创作目标是:红色主题,文学阐释。也就是用文学的方式记录历史事件,探索革命内涵,还原人性真实。

"一切的历史都是当代史",这是意大利美学家克罗齐说的。"红耀江淮,薪火永继"是此次采风活动的题材资源和主题导向,对革命理想信念的坚持与捍卫,对人性光辉的发现与讴歌,是红色主题当代性的时代要求,也是文学与历史深度融合后丰富而深刻的艺术使命。

八月流火的盛夏酷暑,初稿汇总后,肥东乡间一个荷花塘边的会议室里,红色主题创作第一次改稿会从早晨开到黄昏,整整一天,省作协对十一部中短篇小说逐一解剖,具体分析,从主题立意、小说视角、人物塑造、情节设计、细节选择、叙事调性、节奏控制、段落整合、素材剪辑等进行全方位交流、研判、讨论,找出问题,提出修改意见。在取得共识后,大家进入全面修改的第二阶段,一些作品微调,一些作品大改,一些作品直接被否定,另起炉灶,重新创作。

红色主题创作是带有命题性质的创作,作家的主动性只能体现在规定题材下的想象、思考、发现与判断,这与作家平时由着性子跟着感觉走的写作是完全不一样的,这是难度,是挑战,也是考验一个作家对陌生题材的处理能力和把控水准。好在各位作家在动笔前都已经形成了创作的自觉,即用文学的方式、以人性的视角去透视和再现历史风云,再造信仰的荣光。

九月,桃花潭秋风渐起,早晚的风中已有凉意,中午的空气还是热的。"红耀江淮,薪火永继"主题创作与全国期刊对接会开得热烈而激烈。《大家》《山花》《小说月报》《天津文学》《广西文学》《芙蓉》《美文》等七家刊物主编、名编齐聚桃花潭,就第一次改稿后的小说、散文作品再次进行研判。对接会上,各家刊物主编、名编知无不言,言无不尽,一些优秀作品在对接会上脱颖而出。

于是《半条手绢》《南北》《铜锁》《我从皖南来》《骨头的记忆》《马灯及其他》《春风正料峭》等作品率先被刊物选中,其他作品再度修改后,陆续在《延河》《小说林》《天津文学》等刊物和多媒体中面世。战争与人性、革命与爱情、正义与牺牲、善良与道义在《半条手绢》《南北》这两部中篇小说里实现了扎实的表达、准确的呈现、深刻的开掘,而其他作家的小说作品,以及所有散文作品,整体上较好地完成了用文学手法阐释红色主题的任务。革命性与人性在这次红色主题作品中,是互补,也是相互成就,相得益彰:革命是为了人民的翻身、解放和幸福,人性的自由、崇高、仁爱和善良的充分实现,是对革命的最高定义和最完美的阐释。

"红耀江淮,薪火永继"主题创作活动将随着这本书的出版而画上句号。而这次主题创作活动留下的启示,将深刻影响着安徽作家创作观念的更新、调整和变革。这次主题创作的实践意义可概括为:一是如何去面对生活经验之外的写作资源,去处理丰富复杂的陌生化素材;二是如何发挥想象力和情感体验能力,还原和打开一幅全新的历史画卷;三是文学要素在红色题材创作中无差别覆盖时,深化和升华主题就是作家不可回避的责任和使命;四是专注、专心、严格、严谨的创作态度可以使得一次文学实践转化为一次文学观念的更新。

"艺无止境",文学永远在探索的路上,红色主题创作,以组织化、规模化的强大阵容深入一线,走进现场,这是对红色历史的一次集体性致敬,也是探索文学原创高质量发展的一次形式创新。历经一年,改稿多次,所有参与这次活动的作家都悟出了一个道理:红色主题,文学阐释,是文学与历史最真诚、最准确的链接。

许多年后,未来的读者在读到《喇叭花开》时,肯定会说:这是一本有小说、散文的文学书,也是一部有温度、有情感、有灵魂的历史书。

目　录

小说

  铜锁　陈巨飞 / 003

  半条手绢　帅忠平 / 030

  鹰儿岭　张扬 / 063

  春风多料峭　孔晓岩 / 074

  南北　秋野 / 087

  半坛萝卜干（外四篇）　冷鬼 / 124

  喇叭开花　黄亚明 / 138

  月亮在云里走　许冬林 / 150

  蓝山　马洪鸣 / 167

  最后一出戏　夏群 / 183

  白桦林　陈少侠 / 199

散文

我从皖南来　钱红丽 / 213

骨头的记忆　高翔 / 222

马灯及其他(外二篇)　宇轩 / 231

沃土盛开红色花　徐春芳 / 237

观澜　黄丹丹 / 242

拨开淮海的烟云　张韵秋 / 252

金寨三秋　禹茜茜 / 261

难忘绩溪那几抹红　方勇 / 267

报告文学

事了拂衣去,深藏身与名　张秀云 / 275

小说

铜　　锁

陈巨飞

一

清明节放假第一天，汝生决定再去一趟鹰嘴崖。

汝生买了卤菜、花生米，还有两瓶宣酒。他心想，死马当作活马医，就当是最后一次了。无论怎样，还是要试试，资产阶级腐蚀我们用的是糖衣炮弹，我们团结无产阶级用的是老酒、花生。

车子开到村部，汝生找村主任借了辆电动车——去鹰嘴崖的路，只能走两个轮子的车。主任正站在人字梯上摘香椿头，说，车子电不多了，你到老钟家充一会儿，不然骑不回来！汝生一边推出电动车，一边打趣道，主任你真抠门，昨晚上我就发微信给你说今天去鹰嘴崖，你是故意不充电的吧？主任说，这才一年多，我这辆车都被你骑报废了，也不晓得丑！

汝生骑上电动车一溜烟跑了，听见主任远远地喊道，快去快回，香椿芽拌水豆腐，你的最爱！

骑了一段，汝生的手机响了，是小挽打的。小挽说，爸爸，都放假了，你怎么还不回来？汝生说，爸爸有事呢。小挽说，那你忙完事情就回来，我新学了一支曲子，想吹给你听。

春天的风吹在身上凉丝丝的，让人神清气爽。汝生穿过一片茂密的竹林，经过波光粼粼的月牙塘，向大山深处骑去。白鹭和灰鹭在山间飞来飞去，嘴里衔着筑巢的树枝;油菜花开得正欢,田野上到处都是草木新发的味道。

汝生此去鹰嘴崖,是为了再一次或者说最后一次动员老钟搬迁。老钟是汝生结对帮扶的贫困户,也是如今鹰嘴崖唯一的钉子户。老钟是个铜匠,寡汉条子,整日敲敲打打,除了做铜壶铜盆,还兼带鼓捣铜花铜鸟。本来日子还能过下去,但近些年谁还用这些老物件?现在都是机器生产的东西,又好用又便宜。并且,大家的日子也渐渐好过了,大多数人家就搬到了城里,鹰嘴崖几乎成了一个空心的庄子。老钟的铜匠铺成了聋子的耳朵——摆设,老钟的日子也越来越紧。好在老钟喂了不少鸡,可以补贴家用。村里想让他扩大规模搞养殖,他拿着小锤子叮叮当当地锤击着铜丝,头都没有抬一下,像聋了一样。村里又让他种贡菊,或者栽桑养蚕,他都断然拒绝。

汝生当初选择最困难的一户进行帮扶,虽然有些草率,有些意气用事,但实际上是主任误会了他的意思。汝生的意思是要选经济条件最差的一个贫困户,主任理解为汝生要选择一个工作难度最大的来锻炼自己。年轻人嘛,都有一股使不完的劲儿,专拣硬的磕。想来想去,脾气最偏、行事最古怪的老钟便落到了汝生身上。汝生第一次去鹰嘴崖就碰了钉子。他带着几份材料,兴冲冲地找到老钟,让他填表。老钟问,填什么表?汝生说,钟师傅,我仔细研究了你的条件,完全符合五保户和低保户的要求,材料都帮你打印好了,你签个字就行。老钟啪嗒一锤子砸在铁砧子上,把汝生吓了一跳。我不识字!老钟没好气地说。汝生说,不识字没关系,我读给你听,你摁个手印就行。老钟没接他的茬,说,我有手有脚有手艺,养得活自己,不要你瞎操心。碰了一鼻子灰后,汝生骑着主任崭新的电动车回到了村部,心想,这是个什么人呢?狗咬吕洞宾。

主任留汝生吃个便饭再回去,一盘香椿拌豆腐被汝生吃个精光。汝生只顾低着头扒饭,不好意思看主任,生怕主任看出什么。主任却嘿嘿笑了,说,出师不利啊。汝生停下筷子,抬头问,主任,你怎么知道的?主任不紧不慢,从电动车的后座上取出文件袋,放在桌子上。汝生的脸唰地红了。

老钟这个人,死要面子,也不愿给人添麻烦。我们做过多少次工作了,他都不肯向政府伸手。主任接着说,老钟是好人,也不懒,只是有自己的活法。想要改变,怕是也难。汝生说,累点、苦点我都不怕,我就怕这种又臭又硬的。主任说,你才跑一趟,受点委屈,有啥苦、有啥累的?你是重点大学的高才生,大学时就入了党,这点挫折算什么?相信你有本事让石头开花,让老钟发家!

后来,汝生又跑过几趟鹰嘴崖,不是吃个闭门羹,就是没个好脸色。一来二去,汝生多少有点意见。打生下来起,汝生就没有受过什么委屈。汝生想,老钟真是不识好歹,谁也不欠他的,都是为他好,这么不配合工作,这不是故意的嘛,存心和国家的好政策过不去。

不过有一次,汝生让老钟的态度有了改变,当然还不能算根本的转变。那一次,汝生刚到老钟家的铜匠铺,就感觉不大对劲。一群鸡在院子里觅食,看到人来,一哄而散,留下了一院子的溏鸡屎。汝生尽管很小心,还是难免踩上几坨。铜匠铺静悄悄的,既没有火苗的呼呼声,也没有敲打铜器的叮当声。搁在往常,鸡应该在后山坡散放着,另外,以往每次汝生还没到院子,打铜器的响动就会很悦耳地传来。汝生心存疑惑,在一块石头上蹭了蹭脚上的鸡屎,然后一推门,发现铺子的门是从里面闩上的,这说明老钟应该还在铺子里。这都几点了,老钟该不会还在睡觉吧?汝生敲了几下门,也没人答应。他搬来一根毛竹,顺着毛竹爬上木格子窗户,看到老钟躺在床上,眼睛睁着,豆大的汗滴颗颗滚落。

汝生飞快地从窗户爬下来,下了门闸,钻进铜匠铺。有那么一瞬,他感觉自己是个身手不凡的游击队员,甚至可以飞檐走壁。他一摸老钟的脑袋,像是触到了盛开水的铜壶。汝生想,糟了,发这么严重的烧,得赶紧弄到医院。他用凉水拧了块毛巾敷在老钟的额头,掏出手机打120急救电话。由于山高路远、交通闭塞,扔块石头都打不到人,鹰嘴崖这一块儿几乎没有网络信号,汝生的电话打是打通了,可是汝生能听见对方说话,对方却听不见汝生说话。汝生就在院子里移动着找信号强一点的地方,都不行。屋后有一条小路,一直通向鹰嘴崖,汝生想,鹰嘴崖那么高的地方,肯定有信号。于是他循着小路往山上跑,路上的鸡受了惊,扑棱着翅膀乱飞。到了半山坡,总算把电话打通了。汝生让120救护车马上到村部,他想办法把老钟弄过去。正待离开,汝生这才发现自己站在一座坟茔的坟头上,他不禁打了一个激灵,跳下坟头,朝墓碑作了个揖,说,冒犯冒犯。他扫了一眼墓碑上的字,上面写着"故先考钟公大民之墓"。

回到铜匠铺,老钟的眼睛睁得更大了,一对眼珠子像是要跳出来似的。他双手紧紧地捂住自己的腹部,全身已经湿透了,连盖的被子都在滴水。汝生想扶起老钟,但老钟根本站不起来。汝生心一横,那就背吧。他抓住老钟的胳膊,背起老钟往屋外冲,可没出院子,老钟就滑了下来,蹭了一身的鸡屎。看来使蛮力是不行的,更何况离村部还有五里路呢。看着老钟痛苦的样子,汝生又累又急,一筹莫展之际,他环视一周,瞅见柴房里有一辆板车——有救了!他把老钟放到板车上,给老钟擦了一把汗,正待拉起板车,又想起老钟的身份证和医保卡没带,就问老钟。老钟艰难地吐出几个字,汝生跑进屋内,找到靠床的抽屉,用力一拉,哗啦一声,里面的东西全散落地上。好在东西不多,汝生找出身份证和医保卡,把剩下的东西又放回抽屉。抽屉里有一个铜锁,小孩子戴的那种,用一根红绳子穿着。红绳子是新的,铜锁看起来有些年头了。汝生看这个铜锁有点眼熟,但时间紧急,也没多在意。当然,这种铜锁在从前的皖南很是常见的,也不是什么稀罕之物。

老钟得的是胆结石,发炎感染,情况危急。医生说,若迟两个小时送来,老钟命就没了。做了手术,取了结石,老钟对病床边两天两夜没合眼的汝生说,小夏,你受累了。

汝生心头一热,说,钟师傅,我不累!

二

还记得那一天,杜鹃打开门,看到门口齐刷刷地站着一队人马,可吓得不轻。那天,天还没亮,杜鹃的大大钟老三就生了炉子,屋里渐渐暖和了起来。大大的吆喝声传来,杜鹃,起床啦。

可杜鹃不想起来。寒冬腊月的,天太冷啦,风穿过屋顶的茅草和土墙的缝隙直往屋里钻。皖南的冬天真冷,山沟里更冷。一家四口蜷缩在仅有的两床被絮下,尽管铺了厚厚的一层稻草,还是冷。

不过相对于别人家,钟家的冬天算是好过的了。钟家有祖传的铜匠手艺,村头的那间铜匠铺子,以前开在江宁府,算到如今,至少已经经营了一百年。大大闲聊时,说自己小时候听老人讲,钟家的铜器,清朝的皇上都用过呢。后来闹长毛,钟家为避战乱,逃到了皖南的山沟里。到了这一代,除了钟老二在南京城有一爿小门面,就只剩钟老三这一间小小的作坊了。小有小的难处,也有小的好处。打铜器就要烧焦煤,炉子生出蓝色的火焰,不一会儿就把铜丝烧得通红。每到热天,杜鹃就感觉自己住在密不透风的灶膛里。姆妈挑来沁凉的井水,杜鹃抓过葫芦瓢,先给弟弟大民喜一口,然后自己灌了满满一肚子。这是难处。好处在冬天,冬天家里要温暖得多。可没生炉子的时候,杜鹃还是恋着热被窝——稻草铺还是不顶寒啊!

大大又喊了声,杜鹃,起床啦!

杜鹃应了一下。她闻到姆妈熬的玉米糊糊的香味,听见铜水壶开始滋滋冒出热气的声音。天刚刚泛亮,也该起床了。家里的几只鸡还等着杜鹃放出去呢,那可是家里的油盐罐子。按照杜鹃的想法,姆妈把这几只鸡看得比她和大民还金贵。它们生了蛋,被姆妈小心地收了,攒在坛子里。攒些日子,姆妈就去镇上换点钱。姆妈胆大,"逢赌"的时候,还去山窝里的赌场卖过煮熟的鸡蛋。听姆妈说,赌场的鸡蛋比平常贵多了,赢钱的人不把钱当钱。但姆妈也有赔了老本的时候。前一段时间,有人说晚上"逢赌",还是个大场子。这些年,兵荒马乱的,好久没有"逢赌"了。于是姆妈就把家里所有的鸡蛋都煮了,准备用赚来的钱给杜鹃和大民各添一件棉袄。煮鸡蛋的时候,大民在锅灶边转来转去,眼巴巴地想吃一颗,口水流得比青弋江还长。要知道,杜鹃和大民一年只有两次机会吃鸡蛋。过年是一次,还有就是过生日那天,姆妈会下一小碗长寿面,碗里会埋一颗白灿灿、香喷喷的鸡蛋。为此,今年大民过生日那天吃了鸡蛋后,哑巴着小嘴巴说,好想每天都过生、每天都过年啊。姆妈说,大民真是个好吃佬。

杜鹃在灶下添火。她看见大民趿拉着一双旧草鞋围着锅灶,仰着头,张着嘴,一动不动地看着姆妈,由于瘦,那一双黑黑的大眼睛更黑更大了。杜鹃对姆妈说,姆妈,我的棉袄不要了,我家冬天那么暖和,都穿不上棉袄。你给大民买双布鞋吧。

姆妈没有回答她，让杜鹃的心里一阵失落。鸡蛋煮熟后，姆妈用凉水浇了，让杜鹃拿来竹篮把鸡蛋一颗颗放进去。放最后一颗鸡蛋时，杜鹃看了一眼大民，手一滑，鸡蛋落到地上，摔裂了。姆妈骂道，毛手毛脚的，冒失鬼！摔烂的鸡蛋品相不好，不好卖，姆妈就把鸡蛋塞给大民。大民一把抢过鸡蛋，欢天喜地地飞远了。

傍晚的时候，姆妈挎着一篮鸡蛋正准备出门，突然来了一队当兵的，有好几十人，端着枪闯进来。进了钟老三的铜匠铺，一个鼻子旁边长着个大瘩子的军官说，我们是国军，奉命抓土匪、抓汉奸。他的瘩子像是遗落在鼻孔边的一粒大鼻屎。大瘩子手一挥，一伙士兵马上开始翻箱倒柜。大大战战兢兢地上前道，老总，我们这儿没有土匪，也没有汉奸。再说，人也没法藏在抽屉里啊。

大瘩子一巴掌打在大大脸上，耳光响亮，大大的嘴角流出了殷红的血。杜鹃和大民大气不敢出，紧挨在姆妈的身后。

恁你话多！大瘩子气咻咻地撤回手，把皮带松了松，吼道，查！

能查出啥呢？！不一会儿，家里被抖了个底朝天。大瘩子鄙夷地望了大大一眼，对手下说，又是个穷鬼，撤！他一转身，发现姆妈脚边有个竹篮，就朝手下努努嘴。杜鹃赶紧把篮子抱在怀里，但一切都是徒劳的。一个士兵一把夺过篮子，篮子里的鸡蛋滚出来几颗，落在大瘩子的脚边。

大瘩子一脚把一颗鸡蛋踩破，咧着嘴笑道，我当什么宝贝呢，原来是一篮破鸡蛋。带走吧，总不能空着手。

手下提着鸡蛋就要走。姆妈冲上去，想要夺回篮子。大瘩子上去，一巴掌把姆妈打倒在地，姆妈的嘴角也流了血。姆妈喊道，你们这是明抢啊，你们才是……话没说完，大大捂住了她的嘴。

大瘩子走到门口，装模作样地直摇头，对左右士兵说，你们看看穷鬼的觉悟，啧啧，老子替他们打日本鬼子，他们就是这样对待老子的，连颗破鸡蛋都不给我们！真是穷山恶水出刁民！左右士兵连连称是。

大瘩子一伙走了后，姆妈边哭边收拾铜匠铺子。姆妈说，一篮子鸡蛋啊，就这么被抢了,还打人,这不是土匪是什么呢!

大大说,幸亏鸡还没回笼,要是回笼了,估计只有鸡屎是我们的了。眼前这个景况,我留了个心眼还是对的吧,把存的千把斤玉米偷埋在鹰嘴崖的山洞里,不然啊,我们一家得饿死!

姆妈说,早知道,还不如把鸡蛋给两个伢子吃呢。大民那么馋,我只给了他一颗烂的。杜鹃还没有吃到呢,她上次吃鸡蛋,还是大半年前的事了。说完,姆妈又哭了。

杜鹃的生日是在春天,她生下来的时候,整个鹰嘴崖的映山红全开了,像是绯红的云彩。钟老三就给女儿起了个名字叫杜鹃。杜鹃今年十岁,已经是家里的半个劳力了,能帮大大和姆妈做很多事。连大民也帮着干活,穷人的孩子嘛,又不是少爷、小姐,要享清福。所以,杜鹃成了大大和姆妈的小帮手,大民成了杜鹃的小帮手。

杜鹃在屋后喂鸡,大民跑过来对杜鹃说,姐姐,给你。说完伸出小手,手心里攥着一颗鸡蛋。杜鹃问,哪来的?大民说,姆妈给我的我没吃。我知道,姐姐是故意摔的,姐姐对我好。杜鹃眼睛一红,抽着鼻子说,大民自己吃,我不吃。大民舔了舔嘴巴,说,我吃过啦,臭鼻屎踩碎的那个鸡蛋,我捡起来吃啦。杜鹃破涕为笑,说,大民你真是好吃佬,臭鼻屎踩过的鸡蛋你都吃。

最后,杜鹃决定和大民一起吃鸡蛋。大民吃一口,杜鹃吃一口。他们舍不得大口吃,于是一颗小小的鸡蛋,他们吃了很久很久。直吃到鸡儿回到笼中,大地披上暮霭,鹰嘴崖旁边的松树上挂上了一瓣弯弯的月牙,他们才回到铜匠铺。

大民问,姐姐,你说会不会有一天,可以鸡蛋敞开了吃,想吃多少就有多少?

姆妈说,好吃佬,快睡觉!

三

汝生发现电动车的速度慢了下来,表盘上显示电量已接近零。好在高高的鹰嘴崖就在前方。越是到大山深处,路越是不好走,坑坑洼洼,有几段还要涉过深浅不一的山溪。主任不止一次说,汝生你把我的车子当坦克了,逢山过山,逢河过河。

一不小心，前面的车轮轧上一块小石子，方向一偏，汝生摔倒在路旁的刺梨子棵儿里。爬起后，他的衬衫抽了线，左胳膊上还挂了彩，两道印子里渗出血迹。汝生把电动车扶正，加大电油门，但车子纹丝不动——好了，车子彻底趴火了。汝生有些懊恼，索性就坐在石头上歇会儿。唉，这个老钟，偏要住在这个鬼不生蛋的地方，真不知道他是怎么想的！

鹰嘴崖现在只剩下老钟一户了。由于这里山险路陡，铺路架桥的成本高，又容易发生滑坡、泥石流等地质灾害，最主要的是，这几年来，鹰嘴崖已经没几户人家了，去年县上决定对鹰嘴崖的村民实施整体搬迁。消息传来，另外几户欢呼雀跃，很快搬到镇上，在新房子里过了年。唯有老钟死活不肯，主任和汝生轮番来劝，也没有任何效果。镇领导把主任和汝生都叫去，还给他俩泡了茶——坊间都知道，镇领导笑嘻嘻地请喝茶，就是严肃的批评，就好比背个处分。主任和汝生互递了眼色，都不敢碰茶杯。镇领导说，嫌茶不好？我这可是正宗的"汀溪兰香"，鹰嘴崖的手工野茶！说到鹰嘴崖，主任和汝生恨不得把头低到裤裆里。镇领导又问，是不是政策没讲透？汝生没吱声。主任回答道，该说的都说了，老钟就一句话，他死，都要死在鹰嘴崖。汝生对这句话太熟悉了，至少听老钟说过几十遍。汝生想到就生气，叫你去城里，是享福，老钟咋就这么不识抬举呢？害得自己和主任还要"喝茶"。汝生说，老古话说得真对，穷山恶水出刁民！镇领导可能怀疑自己听错了，就问汝生，你说啥？汝生说，我看这个老钟就是刁民！

镇领导一拍桌子，两只茶杯跟着跳跃了一下，茶水洒了出来。汝生和主任吓一跳——他俩从没有看过镇领导发这么大的火，一时不知道如何是好。汝生自知说了错话，低着头不敢看镇领导。镇领导指着汝生说，好你个夏汝生，你说谁是刁民？就你这心态还能搞好工作？

挨了一顿臭骂，还被上了半天课。镇领导把前几天党课上的内容又讲了一遍，当年新四军在我们皖南，靠的是什么？人民群众！还有人说群众是刁民！

出来后，汝生委屈得眼泪都要流下来了。主任说，甭理他，你让他去会会老钟,一个样! 汝生说,他骂得对,我是活该被骂。

车没电了,汝生只好推着车子往鹰嘴崖走去。岭上岭下,到处开着映山红,好似绯红的云朵生在山坡上。汝生想,虽然这里交通不便,但风景优美,如果发展旅游,搞徒步旅行、野营拓展,倒是个好地方。月牙塘可以开发成休闲垂钓场所,到时候再发展生态养殖,弄几个民宿、几家农家乐,说不定真能火起来呢。可一想到自己连一个老钟都搞不定,汝生就很懊恼。

终于把车子推到了老钟的院子,汝生已是汗流浃背。他喊了一声"钟师傅",没人答应。汝生看到铜匠铺子大门开着,料想老钟肯定在不远处。他顺着院子四下张望,并没有看见老钟,却听到一阵鞭炮声。汝生这才想起今天是清明,刚才路上还遇到几个人背着纸钱和烟花筒子去扫墓呢。汝生心想,老钟一定扫墓去了,就绕到屋后,朝鹰嘴崖走去。

小路上蝴蝶翻飞,马兰头、灰灰菜和野蕨连绵地铺起绿毯,一切都那么生机勃勃。远远地,汝生看到老钟蹲在那里,就喊了声,钟师傅,我来啦。老钟应着说,来了。汝生来到坟前,朝坟鞠了一躬。汝生对老钟说,这个地方真是风水宝地,上次你得胆结石,我打电话给120,就在这里找到的信号! 老钟在一旁割草,没有停下手中的活,说,你这个干部说话不负责呢,前几天你不还说这个地方不好吗? 汝生说,我的意思是这个地方不适合人住,不是……老钟说,适合鬼住? 汝生不好意思地说,钟师傅,你真会开玩笑。

老钟没说什么,专心割草,两个人没话说,气氛就有点尴尬。汝生发现墓前摆着好几个包子和一小堆鸡蛋,像小山丘一样,有些惊讶,就找点话题说,钟师傅,你是大孝子,放这么多东西,都是实实在在的真家伙。老钟依旧在割草,草丛里有几根野竹笋,他收拾出来,放在一边。汝生只好继续说,不过城里现在提倡文明祭扫,大多只送点鲜花。老钟搭话了,说,我们鹰嘴崖啥都缺,就是不缺花,山樱桃、油菜、苦李、打碗花,什么花没有呢? 哪需要送花? 汝生见老钟接话了,兴奋起来,打趣地说,钟师傅,现在条件好了,讲究养生。你送这么多鸡蛋,吃了容易引发胆囊炎呢。你记得吧,医生让你少吃蛋黄。

老钟停下活,抓一把青草垫在屁股下面,坐在坟边,自言自语,现在条件是好了,我的病啊,就是条件好了吃出来的。以前真穷,姆妈对我说,我大大想吃个鸡蛋都吃不上,到死也没尝过肉包子的滋味,叫我以后上坟,一定要带上鸡蛋和包子。汝生说,那也不至于吧,改革开放这么多年,哪有人还没吃过包子?老钟说,我大大没吃过,他没过上好日子,八岁时就被日本鬼子炸死了。汝生没听清,问,多大来着?十八岁?那时也该解放了啊。老钟说,八岁。汝生说,钟师傅你真会开玩笑,你是抗日神剧看多了吧?老钟说,我没看过什么神剧鬼剧,我也不是开玩笑,你看——

老钟指着墓碑,在"故先考钟公大民之墓"的旁边,有一行小字,上面刻着"生于民国二十一年,卒于民国二十八年",在墓碑的左下角,则留有老钟的名字——"孝子:钟承,立"。汝生疑惑地看着老钟,不明白这是什么情况。

老钟站起身来,面向群山,微驼着腰。六十多岁的人了,头发也已经花白。也许是一辈子打铜器在炉火旁烘烤的缘故,他的皮肤是古铜色的,和他的职业十分搭配。老钟缓缓地说,我大大其实是我舅舅,我跟姆妈姓钟,就这么一个亲舅舅,八岁就死了,姆妈把我过继到舅舅名下,他就成了我的大大。姆妈说,你姓钟,就是钟家的人,无论什么时候,你都不能扔了你的舅舅,你的大大,逢年过节,上坟的东西一样也不能少。我的手艺是跟我家公学的。20世纪八九十年代,村里的年轻人都出去打工赚钱,我没有去。我答应我姆妈的,就要说到做到,我就是要守着我大大,守着家公家婆,守着鹰嘴崖,守着铜匠铺子。小夏啊,你们的政策是好,我也不是不识好歹。但我跪在姆妈的病床前发的誓,你说我能不能到城里享清福,扔下他们不管?

汝生的眼睛湿润了,不知该说什么好。一朵云从鹰嘴崖飘过,汝生看见一滴雨水从墓碑上滑落下来。下雨了。

四

北风呼啸。杜鹃起床后,还没顾得上擦把脸,姆妈就叫她开门把鸡赶到后山去。杜鹃应着,拨开门闩,刚把门打开,却又猛地关上。杜鹃的脸本来是黑红黑红的,这会儿吓得煞白。大大停下手中的活计,问,怎么了?杜鹃压着声音说,外面……外面好多兵!姆妈一听,赶紧抱起还在熟睡的大民,朝后门跑去。

这时,外面传来了声音,老乡不要怕,我们是新四军!

听说是新四军,杜鹃心里紧绷的弦松了一点。姆妈也在后门口停了下来,没有急于往外跑。大民惊醒了,被姆妈搂在怀里,睁大眼睛不敢作声。一切好像都静止了下来,杜鹃甚至听到了鹰嘴崖上麻雀叽叽喳喳的叫声。

大大还是有些不放心,透过门缝瞄一眼,立马吃了一惊,连忙打开门。站在门口的,是一支穿着破烂的队伍,像是刚打过仗的样子,大概二十多人,他们的帽子、衣角结了一层薄薄的寒霜。北风吹过来,他们抖得像小河边的荻花。队伍的最边上还有一名女战士,抱着一个六七岁的小女孩,她俩的头上、身上还沾有几根稻草,估计刚从杜鹃家的草堆里钻出来。

大大向他们招手道,老总们,快进来,烤烤火!其中一个人跨出队列,朝大大敬了一个军礼。这个人的军装少了一只袖子,左胳膊打着绷带,血从里面渗出来,看上去像是戴了一个红臂章。他说,谢谢老乡!我们是新四军,不兴叫什么"老总",喊"同志"吧。大大尴尬地笑了,说,好、好,同志们来烤火,瞧你们冻的。红臂章说,老乡,给我们搞点吃的吧。另外,这里有几个伤员,要到你家去处理一下伤口。这是我们预支的伙食费。大大没接钱,说,都知道你们新四军前几天在县城打鬼子,还打了大胜仗,我怎能收你们的钱呢?说完,大大吩咐姆妈和杜鹃把藏在柴草堆底下的大米取出来几升。红臂章说,别、别,就和你们一样吃玉米糊糊,我都闻到香啦。

杜鹃知道,这几升米,是家里准备过年打糍粑的,是糯米,又甜又香。买这几升米的钱,是茶春的时候,姆妈带着杜鹃爬了几座山,采了十几天的野茶换来的。有一次遇到了野物,搞不清是狼还是啥,龇着牙,身上的毛直竖,杜鹃腿都吓软了,幸亏姆妈手里拎着柴刀。遇见野物其实不算什么,前几年还有更吓人的呢。那时杜鹃还小,也跟着姆妈采茶,采茶的时候,总能吃上红红的树莓和拳头大的油茶桃。那一次,杜鹃发现一大丛羊奶子树,红通通的羊奶子挂满了枝丫,真像一串串小鞭炮啊。杜鹃饱餐一顿后,看到山崖下有几棵茶树长得惹人喜爱,就上前去摘了几片。摘着摘着,杜鹃忽然发觉手上沾满了血。难道被蚂蟥叮了？皖南的蚂蟥，又长又狠，每次采茶，杜鹃的腿上都免不了被咬几口。吸饱了血的蚂蟥圆滚滚的，咬过的伤口得要好一阵子才能痊愈。杜鹃正要查看是不是胳膊上有蚂蟥，蓦地看见树底下躺着一个血肉模糊的人，杜鹃差点叫出声。姆妈赶过来，发现人还没死。就在这时，远处隐约传来一声枪响。那个人吃力地睁开眼睛，干裂的嘴唇翕动着，断断续续地说，我是游击队的……把这封信送给……镇上卖豆腐的老冯……他摸索着，从口袋里掏出一个折叠的小纸条。姆妈接过纸条，放进盛茶叶的筐篮里，接着从里面抓出一把茶叶，把纸条埋了进去。姆妈还把随身携带的锅巴塞进他的口袋，压低声音说，那边有很多羊奶子，树根和树叶都可以治病。那人说，有人搜山……快走……

　　姆妈和杜鹃刚下山梁，就遇到几个腰上插枪的人。有人大喝一声，站住！姆妈和杜鹃就立住不动了。为首的问，干什么的？姆妈小声说，摘野茶的。为首的端着盒子枪朝杜鹃走来，杜鹃的心都要从嗓子眼里跳出来了。为首的在杜鹃的筐篮里抓了一把，的确是茶叶。他乜斜了姆妈一眼，对姆妈说，现在你不要说话，我有事问小孩。他弯下腰对杜鹃说，你家在哪？杜鹃说，翻过两座山，鹰嘴崖下面。他又问，你们从山上过来，有没有看见什么人？杜鹃说，有。

　　四下静谧，只有风吹着树林，地上的一片枯叶打着旋儿，还有一只布谷鸟在叫，茶春好过！茶春好过！杜鹃用余光看见姆妈惊恐地张着嘴巴。为首的和另几人对视一眼，问道，人在哪？杜鹃说，在这啊，就看见你们。

　　为首的一愣，随即哈哈大笑，露出两颗龅牙，说，你们看这个小孩，说话好玩。他用枪指了指山下，说，快走吧，莫要误我们的事，老子的枪可不长眼睛。姆妈拉着杜鹃就走，还没走出几步，后面就喊道，慢着！小孩，你的手上怎么有血？杜鹃转过身，伸出小手说，山上有好多蚂蟥，吸人血，你们千万要小心！为首的又是哈哈大笑，说，我过山风还怕蚂蟥不成！

　　下山后，姆妈说，我的伢子，你可吓死我了，小小年纪的，可真行！杜鹃还小，听不懂姆妈的话，搞不清姆妈到底是骂她还是夸她。第二天一早，姆妈去镇上卖茶，带了杜鹃一起去。卖了茶后，她们找到"冯记豆腐店"，把信送给了老冯。老冯给了姆妈一升豆腐，还给了杜鹃一个香喷喷的肉包子。肉包子可是个稀罕物,杜鹃还没吃过呢。她暗暗地想,一定要带回去和大民一起吃,给大民也尝尝。刚刚出了镇子,杜鹃就惦记起肉包子了,她说,姆妈,老冯说肉包子要趁热吃才好吃呢。姆妈说,那你吃吧,给大民留一口就行。杜鹃从蒲包里拿出肉包子,掀开油纸,咬了一口。真好吃!杜鹃从没吃过比肉包子还好吃的东西,这个肉包子可是她和姆妈冒着丢命的风险换来的呢。杜鹃想着昨天的事,还是有点后怕,但是吃着这个肉包子,她觉得都是值得的。想到这里,杜鹃又吃了一口。等回到铜匠铺子,肉包子只剩下指甲盖大的一坨了。

大大问大民,肉包子好不好吃?大民说,没有什么味道,像纸一样。大民吃的是裹包子的油纸。

这件事,杜鹃一直很内疚,觉得自己当姐姐的,不该这么不顾弟弟,哪怕留一小半包子给大民尝一下也行嘛。她暗自发誓,不管以后如何,一定要让着大民,一定要让大民尝尝肉包子的滋味。

杜鹃,愣啥呢?快去抱点柴火给你大大。姆妈的一声招呼打断了杜鹃的回忆。杜鹃看到炉子的四周围着几个伤员,那个小女孩也在烤火,小手通红。大民捧着一个玉米饼子,掰了一半给她,小女孩怯怯地不敢接。那个女战士正在给一名伤员包扎,看到了,说,拿着吧。小女孩于是接了,低着头慢慢地啃。屋外的院子,几块石头支起了一口炒茶叶的大锅,大大正在和红臂章说,火要这样架,才没有烟……杜鹃抱来一小堆干柴,大大把它们放在最下面,上面架一些刚捡回来的湿柴。红臂章说,我们以前在山上打游击,生火怕冒烟,怕暴露了目标,所以经常喝生水、吃冷饭,有了你这一招,今后就不用当野人啦。

五

回到铜匠铺子,汝生要给电动车充电。老钟说,充不了,停电了。汝生问,那什么时候来电呢?老钟一边给竹笋剥皮,一边说,谁知道呢?你等雨停,到鹰嘴崖打个电话问问。汝生说,倒也不急。这次来,我没别的事,就是想陪你喝一杯。说完,汝生把车上的酒和菜拿到屋里。老钟说,我去年刚开过刀,胆囊也不太好,不能喝酒。汝生说,都快一年了,今天多少喝一点儿。

不一会儿，老钟就把一盆腊肉烧笋子端上桌子，香气四溢。汝生说，钟师傅，这么长时间，第一次在你家吃饭，看起来手艺不错嘛。汝生看到桌上还有一碟红红的果子，红玛瑙似的，看起来煞是可爱，就问，这是什么菜？没见过呢。老钟说，这是羊奶子，山上摘的，又甜又有营养，以前的时候，它可是游击队的粮食呢。汝生尝了一粒，感觉有点酸。

老钟取出两只酒杯，黄铜的，细腰阔口，形状像一朵玫瑰花。汝生说，这杯子是钟师傅的作品吧，完全是工艺品嘛。老钟说，自己打着玩，也没用过。汝生把两只杯子都斟满酒，说，那我可就既有口福，又有眼福了。来，钟师傅，我敬你一杯。老钟一口喝干杯中酒，抓了一把羊奶子嚼着，他吐出籽，把汝生的酒杯倒满，说，小夏，上次你救了我的命，我也一直没谢你。早知道你今天来，我就炖只老母鸡。汝生说，哪敢喝鸡汤，刚刚体检查出血脂偏高！

酒过三巡，雨停了，电还是没来。汝生拿起铜酒杯仔细端详，说，钟师傅的手艺这么好，有没有带徒弟？老钟说，我们钟家打铜器是祖传的，一直是传男不传女。我十二岁时跟着家公钟老三学手艺，如今五十年了。十几年前收过一个徒弟，我想传他手艺，让他吃住都在我家，不要一分钱，可他吃不下苦，最后还是跟人打工去了。干这个活，烟熏火烤的，还挣不到钱——谁还用铜器呢？现在都用陶瓷的、塑料的。钟家这个铺子，到我这代算是走到头了。老钟说完直摇头，径自喝了一杯酒。

一瓶酒快见底了。汝生问，钟师傅，现在还有人来打铜器吗？他指着一旁的操作间说，我看你这炉子都没开火呢。老钟头都没回，说，没了。前几年还偶尔有人来，现在你们把鹰嘴崖的人都弄走了，这里交通又不方便，还有谁来！汝生说，这可不能怪我，你自己也讲过，以前方圆几十里的人都用你打的铜器。主要还是因为时代变了，现在的人都用新材料了！老钟感叹道，说得是呢，几十年前，家家户户的小家伙都挂着老钟家打的长命铜锁，现在不是金的就是银的。如今我打铜器，就是打着玩儿，解闷。

说到铜锁，汝生想起来了，说，上次帮你拿身份证的时候，我看到一只铜锁，我家也有一个一模一样的呢，恐怕也是你打的。老钟说，那个铜锁是我家公用子弹壳子打的,黄铜的,下面挂着三个铜铃铛。你家的是用白铜打的吧,没有铃铛,不一样。老钟打的长命锁都是白铜的,因为怕小孩子把铃铛咬掉吃进肚子,所以锁下面也没有挂小铃铛。汝生想了想,说,不对,我家的也有铃铛呢。钟师傅,你把铜锁再拿给我看看。老钟放下酒杯,打开抽屉,把铜锁递给汝生。汝生捧着铜锁,看到锁上刻着"长命百岁"的字样,繁体字,从右到左读的。这铜锁看上去年代有点久远,铃铛生了一些铜绿,但摇一摇,还能发出清脆的响声。翻过来一看,上面赫然刻着一个名字——"华英子"!汝生问,你这个铜锁哪来的?老钟说,我家公打的,刚才说的。汝生说,这只锁不是华英子的吗?怎么在你家?你认识华英子?老钟说,我怎么不认识?算起来,华英子还是我阿姑呢。我还没记事的时候她就不在了,在新安江水库的工地上累坏了身子。汝生的眼睛红了,他望着老钟,喊了声,钟师傅!老钟问,怎么了?汝生说,华英子是我外婆!

老钟一怔,然后走向前去,紧紧地握住汝生的手。他的嘴角颤抖着,问道,你家的锁上,刻的名字是不是"钟大民"?汝生说,前几年,决定工作去向的时候,我妈叫我到这一片来,说我外婆是这一块的老百姓养大的。然后拿出铜锁给我看过一眼,说是外婆的东西。我当时也没细看。老钟说,你外婆叫华英子,一切就不会错。你可知道为什么你家留的是我大大的锁,而我家的这只锁是你外婆的?汝生摇了摇头。老钟说,我大大钟大民,就是因为你手里的那只铜锁,被日本鬼子的飞机炸死了。

就在这时,电灯闪了两下,来电了。老钟的一台老式电视机之前忘了关,现在正在播放当地新闻:

  清明祭英烈,鲜花慰忠魂。今年是新四军进驻云岭八十周年,4月4日上午,我县广大干部群众在新四军抗日殉国烈士纪念碑前举行敬献花篮仪式,深切缅怀革命先烈的丰功伟绩,激励广大党员干部不忘初心、牢记使命、奋勇争先,为我县高质量赶超发展凝聚强大精神力量。

和汝生一起看完这条新闻后,老钟关上电视,叫汝生去给电动车充电。一群鸡待在廊檐上,安静地小憩,偶尔发出咕咕声。汝生回到桌前,把剩下的一瓶酒也打开了。老钟说,不能喝了,再喝就醉了。汝生说,钟师傅,我知道你酒量好,我以前好几次看到你一个人在喝酒。我啊,还真没想到,你竟然是我表舅!汝生给老钟又倒满了酒,自己也喝干满上。汝生接着说,铜锁的故事还没讲完呢。老钟索性深深喝了一口,说,好!今天就陪你这个外甥喝个痛快!

汝生的头有点晕。他用手撑着头,听老钟讲起了遥远的往事。老钟说,这些事情有的是我家公家婆讲的,有的是我姆妈讲的。我大大和你外婆是结拜的兄妹,我家公给他俩各打了一把长命锁,就是希望他俩平平安安,长命百岁。真没想到,唉……日本鬼子的飞机在鹰嘴崖一带扔炸弹,乡亲们都往山里跑。你外婆华英子正在洗澡呢,我家婆一把抱起她,裹了件衣裳就往外冲去。我姆妈拉着我大大也往外跑。大家刚跑出院子,华英子说:"糟了,把铜锁落下了。"我大大说:"我去给你拿。"说完就往回跑,我姆妈都没拉住他。他刚钻进屋子没一会儿,日本鬼子的炸弹就掉了下来,草屋一下子变成一片火海。我家婆眼前一黑,顿时晕了过去。后来大家在土堆里找到了我大大,他早就没气了。他的小手沾满了血迹,还紧紧地攥着一把长命锁……

话没讲完,老钟已是泣不成声。汝生的眼泪也止不住了,模糊了镜片,他掏出纸巾擦眼镜,然后把锁捧在手心,说,就是这只锁吧。

汝生把铜锁还给老钟,他站起身,双手举起满满的一杯酒,对老钟说,钟师傅,这杯酒,我敬您!我终于明白,为什么我妈没去大城市,而是留在皖南,为什么我妈又让我来这里扶贫。以前只是听我妈说过,外婆寄养在山里的人家,只是外婆死得早,没来得及报答。待我妈回来工作时,这户老人,就是你的家公家婆吧,也不在人世了。这个恩,一直没报呢。老钟说,都是一家人,还报什么恩?说完,老钟也站起来,与汝生把杯中酒一饮而尽。

六

大大在院子里的大锅前一边熬稀饭,一边和红臂章聊天。红臂章对大大说,老乡,看到你打的铜器,手艺真不赖！平时还种田吗？大大回答,也种呢,鹰嘴崖山多地少,只租了老吴家坡上几块旱地、坡下一块水田。山场倒是租了不少,但没什么出产,主要还是靠手艺吃饭。四邻八舍的,很多人都用我们钟家的铜器。红臂章说,那你就是钟师傅吧。大大说,我姓钟,在家排行老三,别人都叫我钟老三。同志,你贵姓呢？红臂章说,我是家里的老四,姓华,就叫华四。大大原先蹲在地上看火,一听到这个名字,连忙站了起来,问,你就是那个值一百块大洋的华四队长？红臂章哈哈大笑,说,那是以前,现在国共合作,一起打日本鬼子,我这颗头是一块钱也不值了。大大说,你是大英雄、神枪手,我听过很多你的故事呢,都是来打铜器的人讲的！

杜鹃偶尔也听人说过华四队长,还以为他有三头六臂呢。她朝华四看了看,并没有发现他有什么不同。

大锅里腾腾地冒出热气,米香飘满了院子。华四揭开锅盖,用长长的铜勺搅了搅锅底。他盖锅盖的时候,左手明显有点颤抖。大大说,华四队长,你的胳膊受伤了,快去检查检查。华四把勺子搁在锅盖上,说,不碍事,昨天打进一颗子弹,一会儿取出来就没事了。你也不要叫我队长,就喊我老四吧,我叫你三哥。这一仗一打,鬼子肯定要老实几个月。上面要求我们战斗过后就来鹰嘴崖,在这里休整一段时间,今后还要经常麻烦三哥呢。大大高兴得直搓手,连声说"好"。大大说,我早就知道新四军是真正的打鬼子的部队,华四队长是我们老百姓的人。我家老大死得早,老二在南京城也开铜匠铺子,闹鬼子之前,我带信给他,叫他来鹰嘴崖躲一躲。我们这里很穷、很偏僻,所以连土匪都没来过。打我记事起,就前些日子来了几个当兵的,也就抢了几个鸡蛋。可老二一家都没跑出南京城。后来,他家隔壁邻居逃荒到我这儿,说老二死得好惨啊,我那个二嫂和侄女……大大捂住脸,呜呜地哭出声来。杜鹃看到华四的泪水在眼眶里打旋,牙齿咬得咯咯响。华四说,三哥,你放心,这个仇我们一定会报！大大擦去泪花,说,老四,我相信你们。就凭你们在外面冻着也不敲门,我就知道你们肯定能打败鬼子！华四说,不惊扰乡亲们,是我们的纪律。这一仗打了好几天,昨晚军长亲自指挥我们伏击鬼子,把鬼子一顿好揍。结束战斗后,为了不留痕迹，我们从小河里蹚水来的鹰嘴崖，当时河水开始结冰了，我们踩在水里，像掉进炭火盆一样难受。多亏你家的院子和草堆，不然我们可就冻死了！

稀饭终于煮好了，姆妈还端来满满一碟香咸菜。战士们排成一列，每个人都拿着竹筒盛饭。大大说，我家有碗，用碗吃吧。杜鹃赶紧去拿碗，华四手一挥，说，不用碗，就用竹筒，又结实，又不烫手。这是我发明的，我们副军长都在用呢。

趁其他战士喝稀饭的工夫，华四到屋里做手术。听华四介绍后，大大和姆妈才知道那个女战士是军部的军医，姓郭，他俩是一对夫妻。烤火的小女孩是他们的女儿，叫华英子。昨天晚上，郭医生接到通知，连夜带着孩子从军部赶到鹰嘴崖与华四会合，给战士们治伤。华四臂上的子弹有点深，一时取不出来。郭医生的钳子沾满了血，但华四一直咬着牙，没有哼一声。杜鹃几乎不敢看，感觉太疼了。后来，华四让大大帮忙把他绑到柱子上，胳膊也被固定起来。郭医生从沸水中取出手术刀，划开伤口，华四终于忍不住叫出声，但他被捆住，动弹不得。杜鹃看英子闭着眼睛，大民也惊呆了。接着，大家听到咚的一声，华四的子弹被取了出来，落到铜盆里，一缕血丝随即溶在水中。

华四包扎完毕，连喝了两碗稀饭。大大说，老四，你真是条汉子。华四说，这不算啥，在这一带打游击的时候，我身中两枪，差点死在大山里，幸亏遇到采茶的老乡，叫我用羊奶子树叶、果子疗伤，总算捡了一条命！杜鹃一下子想起了几年前的事。姆妈也说，老四，你当时是不是要送信给卖豆腐的老冯？华四放下竹筒，看着姆妈和杜鹃，说，原来遇到救命恩人了呀！你们不但救了我，还把信送给了老冯，救了我们一支队伍！华四朝姆妈缓缓地敬了一个军礼。姆妈不知道怎么回敬，有点不好意思地说，下山后看到有人在搜你，杜鹃很聪明，把他们支走了。华四朝杜鹃竖了大拇指，说，好样的！杜鹃低下头，高兴得像又吃了一个肉包子。

华四的队伍在鹰嘴崖边驻扎了下来。他们的营房是竹子扎成的，大大去帮忙，小半天的时间，房子就盖好了。几排碗口粗的毛竹撑起墙壁；椽子和檩条用的是厚竹片，用葛藤或篾子编织在一起；最后铺上稻草当作顶棚。华四负了伤，英子也有点受凉,在大大的一再请求下,华四一家住在铜匠铺。姆妈和杜鹃把一间放农具的偏房收拾出来给自己家住,把暖和的大房间让给华四一家。

第二天一早,华四和郭医生到营房去了。姆妈招呼杜鹃、大民和英子吃早饭。英子的脸红扑扑的,咳了几声,姆妈用手背摸了摸英子的额头,又摸了摸大民的,说,英子有点发烧。吃过早饭,姆妈叫杜鹃去邻村称二两红糖,路上再捡几个火石头。大民和英子也要去,姆妈说,英子,你不在床上躺一会儿吗?还发烧呢。英子说,我没事。姆妈交代杜鹃道,千万不要到月牙塘玩,跌下去可不得了!回来的路上,杜鹃在河边捡石头,大民和英子要帮忙。杜鹃说,英子不要捡,火石头都在水里,冷得很。火石头泛白,是最硬的一种石头,两块火石头撞击在一起,能看到火花,能闻到焦煳的味道。英子问,捡石头干吗?大民说,姆妈给你治咳嗽,把火石头烧红,倒上红糖,用开水一冲,你等糖水凉下来一口气喝完,包好!英子咳了一下,说,石头还能治病?我都没听说过。杜鹃问,英子,你几岁?英子回答道,八岁。大民说,我也八岁,你得叫我哥。英子说,指不定谁大呢。我是七月初七晚上生的,新四军来到这里的那天,正好是我生日。大民说,哈哈,我是七月初七早上生的,那天是七夕节,牛郎织女相会,不信你问我姐。杜鹃说,英子、大民,你俩同一天过生,真赶巧呀!大民说,怎么样,你得叫我哥。英子说,好吧,大民哥。杜鹃笑着说,大民,做哥哥的可要护着妹妹。大民从水里挖出一个火石头,说,英子你放心,谁要是欺负你,我就用火石头砸他的头。

捡了几块石头后,杜鹃拎起红糖,喊大民和英子回家。大民看包红糖的油纸有点散,对杜鹃说,这次买的红糖不知道甜不甜,当时也没尝一下。杜鹃说,好吃佬!你不要打红糖的主意。路边这么多刺梨子,也很甜,你去摘一把给我们都尝尝。大民就去摘刺梨子。刺梨子刺多,大民手被扎了几针,咧着嘴喊疼。杜鹃说,这算什么,你看人家华四叔!

三个孩子嚼着刺梨子走在回家的路上,正午的阳光又暖又明亮,屋顶上的霜全化了。

除夕那天,大大和华四把战士们都叫来,和钟家一起过年。听华四说,鬼子连吃了好几个败仗，已经很久没有动静了。前几天，华四他们打到一只野猪、两只野兔，大大带着几个战士，还挖了一百多斤野葛根，又杀了几只鸡，这个年过得比以往热闹。吃年饭的时候，大大对华四说，老四，你家英子和我家大民是同一天生的，这是缘分，是天意，我想高攀一下，让这两个孩子认个兄妹吧。华四和郭医生都说"好"。大大让姆妈拿出一对铜锁，给英子和大民分别戴上。姆妈对大民说，英子现在就是你的亲妹妹，你要让着她。大民摩挲着铜锁没有说话。铜锁系着细细的红绳，在油灯下泛着光芒，锁上分别刻着钟大民和华英子的名字。华四说，三哥三嫂，你们也不说一声，我啥都没准备呢。大大说，我们是一家人，不说两家话，这两只铜锁是我用你们捡的子弹壳子打的，不值钱。华四说，三嫂和杜鹃还救过我的命，我们驻扎在鹰嘴崖，全依仗着你们帮衬，这份恩情我们不知道怎么报答。大大说，你们帮我们打鬼子，替我二哥一家报仇，让我们好好过日子，就是最大的报答！

七

老钟的非遗大师工作室挂牌那天，镇领导来揭牌。见到汝生，镇领导说，我就知道你小子有办法，看来你是属毛驴的，不激不行！镇领导离开时，塞给汝生和主任一人一小盒茶叶，说，上次在我那，你俩一口茶都没喝，这次带给你们尝尝。

主任看镇领导走远了，对汝生说，你看领导，觉悟就是比你高。你真不够意思，白骑我的车，白吃我家的饭，也不知道报答一下。你给老钟申报的时候，怎么不给我家祖传的豆腐工艺弄个"非遗"呢？汝生笑道，拉倒吧你，你家就是磨豆腐的，有啥子工艺？主任说，怎么不是工艺？"冯记豆腐"曾经获过巴拿马万国博览会的金奖！汝生哈哈大笑，说，谁不知道这是你爷爷骗日本人的话？你家豆腐运到巴拿马，不变成臭豆腐了吗？还巴拿马，白拿给马都不吃！主任气鼓鼓地说，好你小子，以后不要吃我家的豆腐！

老钟走过来，胸前别着一朵小红花，他着急地对汝生说，一会儿几个孩子搞拜师礼，我没问题；弄什么直播，看我怎么打铜器的，我也没问题。就是那个采访,我哪说得好呢?主任替汝生回答说,钟师傅,现在要喊你钟大师了,以后采访多着呢,你正好操练操练!老钟说,什么大师,我就是老钟。这个事情,真要好好感谢你俩,要不是汝生想出这个办法,我家祖传的手艺就要断在我手上了!汝生说,自家人,谢个啥?你就按照刚才的说,想说什么就说什么,不要紧的。老钟说,好呢好呢,只要你们不笑话我。

一晃几个月过去,钟承铜工艺品大师工作室几乎成了网红打卡地。镇上很多中小学生周末到工作室跟老钟学习制作铜艺品,工作室坐得满满当当。老钟挑了几个有灵气的孩子,经常给他们开开小灶,其中一个孩子的作品还在省里获了奖。有一次,汝生去看望他,老钟说,现在的铜器不愁卖了,每天都有人在直播室下单。汝生还听说,网上还有不少人通过直播跟老钟学手艺呢。

汝生对老钟说,当初让你搬出鹰嘴崖,你还不愿意。说得老钟不好意思地挠挠头,说,是我的错,是我的错!小夏,等哪天你有空,来喝一杯,我心里念你的恩呢。汝生说,可别,去年清明陪你喝酒,你看我都醉成啥样了。你也不用谢我,没有你家公家婆的养育——还有你母亲,为了保护我外婆,差点把命丢在月牙塘!没有外婆哪有我呢?所以,是你家对我家恩重如山啊!老钟说,这都是过往的事情了,一家人不说两家话!

八月的一天,电闪雷鸣,暴雨如注。天气预报说,这次强台风"利奇马"强势登陆,破坏性极大。虽然之前做了很多预案来防范,但雨势太大,造成全镇多处山体塌方、道路中断。汝生和同事一起把敬老院的二十多个老人转移到镇中心小学,又帮低洼处的商户搬东西到二楼,回到办公室,已是全身湿透。手机响了,是小挽的语音留言,她说,爸爸,我今天考长笛五级,考过了你给我什么奖励?汝生没想出奖励什么好,索性就没回。小挽的语音下面有小挽妈妈的信息,老公,中国情人节快乐!台风来了,注意安全!汝生坐在凳子上想休息一刻再换套干净衣服,猛然想起今天是七夕节。顾不上换衣服了,他马上拨通了主任的电话。汝生问,主任,你有没有空去趟鹰嘴崖?老钟在那儿!主任那边有点嘈杂,说,我在下面转移群众,现在没空,等忙完再去……老钟不是搬镇上了吗?怎么又回了鹰嘴崖?汝生说,今天是钟大民的生日,他肯定上坟去了,鹰嘴崖那地形,太危险!

汝生匆匆往鹰嘴崖赶,这个天气和路况,肯定不能开车。他找出一辆自行车,骑上就跑。一路上,不是滑坡就是倒伏的大树挡住了去路,汝生就扛着自行车绕过去。他心想,幸亏骑的是自行车,要是骑主任的电驴子,还扛不动呢。

经过月牙塘时,汝生发现塘里水早就满了,塘埂已经多处渗水,随时有破坝的危险。真是糟糕,得赶紧找到老钟,离开这儿。等汝生蹚过黄浊的小河来到鹰嘴崖下时,他已彻底变成一个落汤鸡。这时,风和雨都小了一些,乌云散开,天空也亮了起来。他抹了一把眼镜,终于看到了坟前的老钟。汝生喊道,钟师傅,快走,这里危险!老钟听见汝生的声音,扭头一看,说,小夏,你怎么来了?老钟给汝生打伞,汝生说,不用了,趁雨小了点,我们快走吧。老钟说,我们到家躲一会儿?我那还有旧衣服,你换身干的。汝生说,月牙塘快破了,我们走!老钟说,好!

推着车子,刚走了一里多路,老钟突然想起来什么,对汝生说,我得回屋一趟。汝生急了,问,现在还回去干吗?老钟说,不行,我要取个东西。汝生拉住老钟,说,以后再取。老钟说,就是那个铜锁。汝生说,我知道在哪,我去拿吧。汝生说完就把自行车放倒在路旁,拔腿向铜匠铺子冲去。这时,老钟听到不远处发出咔嚓一声巨响,不好,是月牙塘的坝子破了!老钟大声喊道,小夏……他拼命地朝老屋跑去。

老钟在坍塌的乱石堆里找到了汝生,汝生的头上全是血,胸口起伏着。老钟推走汝生身上的大石块,哭着喊,小夏,小夏!汝生慢慢睁开了眼睛,看到老钟,他艰难地松开手——他的手心里躺着一只铜锁,沾满血迹。汝生吃力地说,铜锁,铜锁,拿到了……

八

腊月初八,鹰嘴崖飘下了今冬的第一场雪。风卷着雪花呜呜地吹,吹得天地彻寒,四野苍茫,远处的山峰已然白了头。大大和姆妈带着杜鹃来到大民小小的坟前,给大民送腊八粥。姆妈说,大民啊,喝了腊八粥就不冷了,喝了腊八粥就快过年了。杜鹃觉得自己很不争气,泪水怎么也忍不住,泪水落在脸颊上,很冰凉。

华四的队伍穿戴和步伐都很整齐,迎着风雪,正经过大民的坟墓。华四喊道,敬礼!一队士兵齐刷刷地向钟老三一家行标准的军礼。大大和姆妈转过身,望着行礼的队伍,一时哽咽。许久,大大问,走了?华四说,三哥,我们走了,北上抗日,替大民报仇,替二哥一家报仇,替千千万万中国人报仇!大大上前,握住华四的手,眼泪止不住地流下来。大大抽噎道,老四啊,大民死得好惨!华四扶住大大,强忍泪滴,说,三哥你放心,这个仇,我们一定要报!华四和郭医生叫出队伍后面的英子,对大大和姆妈说,这次去前线抗敌,生死不能预料,英子就交给你们了。姆妈说,都是一家人,英子就是我家姑娘。杜鹃走过去,把英子的小手紧紧地拉住。姆妈又说,老四,今天是腊八节,喝口粥吧,喝了腊八粥就不冷了,喝了腊八粥,好好打鬼子!

喝了粥,华四说,三哥,三嫂,我们走了!说完转身离去,头也不回。英子追上去,哭着喊道,爸,妈!郭医生回头看了一眼英子,眼里噙满泪花。这时,风雪更大了。华四的队伍越走越远,直至消失不见。

过了段时间,邻村有个人来补铜壶,告诉大大一个消息。那个人说,新四军还没走多远,就中了国军的埋伏,死了不少人呢。听说,华四队长和他的队伍,一个人都不剩了!大大一惊,问,中国人怎么打中国人呢?那个人说,谁知道呢。现在到处搜新四军,胡乱杀人,老百姓又要遭殃了!

等补铜壶的人走后,大大关上门,把家里人叫到一起,对英子说,今后,别人问你姓啥,你要说姓钟,叫钟英子,你以后要像杜鹃一样,喊我们"大大、姆妈"。今后,我们就是你亲大大、亲姆妈,千万不能说漏了嘴。英子点点头。大大又看了看杜鹃,杜鹃也点点头。

大家紧张了好几天,也没遇到什么危险情况。但是大大和姆妈很警觉,一旦有不认识的人进了院子,就让杜鹃带着英子从后门跑出去,躲到鹰嘴崖后面的山洞里。

过了年,搜新四军的没来,春荒来了。去年日本飞机带着炸弹到处乱炸,田也没法种。世道这么乱,来打铜器的人也越来越少。杜鹃家的日子一天比一天难过了。年前把仅剩的几只鸡卖了,换了点糙米和玉米面,才勉强过个年。大大带着一家人上山挖葛根,两天下来,只挖到一小篮子,还不够吃一顿的。晚上,大大对姆妈说,照这样下去,我们都得饿死。要不,就答应老吴家吧。杜鹃到老吴家,好歹能吃饱饭,我们也能找他们借点吃的。大大租了老吴家的田地和山场,老吴家对钟老三一家也一直很关照。吴家少爷十几岁了,可惜是个瘸子。前天,老吴喊去大大,想把杜鹃要去吴家,做吴家少爷的童养媳。大大和姆妈当时说,杜鹃还小呢,要不过几年再说。老吴留大大吃过饭再走,大大没有留。

屋外有寒风吹进来,所有人都缩了缩脖子,油灯下,人影贴着墙壁,像一张薄薄的饼摊在墙上。姆妈一直在补杜鹃被刺划烂的衣服,没有搭话。补着补着,姆妈放声大哭,她把杜鹃搂在怀里,哭喊道,我的杜鹃呀!杜鹃被姆妈勒得生疼,感觉喘不过气。

天一亮,杜鹃穿上姆妈昨晚上补好的衣服,把玉米面掺上野菜,倒进沸腾的锅里。英子走到杜鹃跟前,拽了一下杜鹃的衣角。杜鹃叫了声,英子!英子摘下自己的铜锁,踮着脚给杜鹃戴上。英子说,杜鹃姐,你戴上锁吧,保你平平安安。杜鹃把英子搂在怀里,眼泪落在英子的肩膀上。杜鹃想了想,从包袱里拿出大民的锁,戴在了英子的脖子上。

吃过野菜玉米糊,大大带着杜鹃出门了。等走出院子,姆妈追上来,说,杜鹃,到吴家要听婆婆的话,不要顶嘴,要是他们打你,你就跑回来!杜鹃瘪着嘴说,姆妈,我听话。英子在后面跟着,跟了一里多地,大大说,英子你回去。英子站住不动了。杜鹃走了很远后转身看,英子还没有回去,旷野中,一个小人儿像一棵苦菜贴在小路上。

到了吴家后,杜鹃每天起得更早了。起来后,要先给水缸挑上满满一缸水。杜鹃才十二岁,比水桶也高不了多少,她只能半桶半桶挑,就这样,肩膀都磨破了。挑完水后,烧开水、烧早饭。每次,杜鹃都等吴家人吃完才吃,吴家人吃早饭的当儿,杜鹃到青弋江边清衣裳。倒春寒的时候,江水冷得刺骨,杜鹃的手生了冻疮,她一边舞动棒槌,一边流眼泪。杜鹃真想念铜匠铺子啊,一天到晚都暖烘烘的。她也想大大、想姆妈,也想英子。但她不敢向婆婆提出回家,怕婆婆生气。

吴家少爷吃完早饭一瘸一拐地上学去了。杜鹃晾了衣裳,将吴家人用过的碗筷收拾好,盛了半碗红薯稀饭在锅灶后面吃。婆婆喊她,她放下碗来到了堂屋。老吴坐在椅子上,吧嗒吧嗒地抽烟。抽了两口,他停下来说,杜鹃,你今天回娘家看看,还没回去过呢。杜鹃仰起头,又朝婆婆看去。婆婆朝她点点头,说,早去早回。杜鹃饭都顾不上吃,就去收拾东西,她偷偷攒了一小袋锅巴,正好带回去。临走时,婆婆喊住了杜鹃。杜鹃心想,不是锅巴被婆婆发现了吧?婆婆拿出一个小口袋,对杜鹃说,这两升大米和一升黄豆带给你姆妈。你早上没吃饭,拿块年糕路上吃!

杜鹃高高兴兴地踏上了回家的路。她是一路跑回家的,跑着好,跑就不冷了。杜鹃还跑出了汗,回家的路怎么就这样远呢?她背着口袋,把年糕放在怀里,年糕还热着呢,等回家了要和英子一起吃。

杜鹃终于看到了鹰嘴崖,她一口气跑进院子,喊道,我回来啦!杜鹃来不及喘口气,就被眼前的一幕惊呆了。院子里站满了人,都是当兵的。大大和姆妈以及英子站在一旁,两杆枪对着他们。杜鹃从姆妈的眼里看出了担心,大大还向杜鹃使了个眼色。这个眼色,是要让杜鹃赶紧走吗?就在杜鹃犹豫的时候,大大喊道,哪来的小叫花子,快滚!杜鹃总算听懂了,转身往院子外面跑。但是迟了,两个当兵的冲上来,把杜鹃一把扔进院子。杜鹃摔在地上,口袋里的豆子一颗颗地滚落出来。一个人走过来,拎起袋子倒过来,雪白的大米、焦黄的锅巴和滚圆的黄豆都撒到了地上。杜鹃看这个人的鼻子边,有一个鼻屎一样的大瘩子。大瘩子问大大,这个小孩是谁?大大说,是来要饭的叫花子。大瘩子恶狠狠地说,我看她是来搞粮食的!说完,他朝杜鹃踢了一脚,吼道,快说,粮食是不是送到山上去的?!杜鹃被踢得眼冒金星,舌尖感觉咸咸的,一摸鼻子,全是血。大瘩子拔出手枪,说,嘴硬是不是,老子崩了你!

杜鹃的脑袋嗡嗡的,听到有人说,慢着!说话的人走到大大的面前,不怀好意地笑了笑,露出了两颗龅牙,他阴阳怪气地说,钟老三,你只有一个女儿。他指了指英子,英子往姆妈的身后躲得更紧了。他突然又指向地上的杜鹃,对大大说,你可不要私通朱毛都不要的土匪!那可是死罪。我咋看这个小孩和你有点像呢?你不认识是吧,那好办,给我打!我看你认不认识!

两个人架起杜鹃,抄起枪托子就往杜鹃身上打。杜鹃的鼻子和嘴巴全流了血,哭着喊,大大,姆妈,快来救我啊……但大大和姆妈什么都没说,只是把英子搂得紧紧的。英子也在哭,杜鹃听她不停地说,我怕,我怕。大大和姆妈怎么不认自己呢?杜鹃正想问问姆妈到底为什么,头上被什么重击了一下,她疼得晕了过去。

迷迷糊糊中,杜鹃听人说,都快打死了……肯定不是他家的……高,实在是高!不愧是过山风……锁上有名字……弄不好就是华四家的兔崽子……

一阵山风吹过,杜鹃清醒了许多,头像炸裂了一样,她睁开眼睛,发现自己正被两个人扛着,夹在队伍中间。杜鹃看鹰嘴崖越来越远了,此时,队伍正走在陡峭的悬崖上,下面就是月牙塘!她用力一挣,滚落在深深的月牙塘里,溅起巨大的水花。大痦子回头一看,喊道,不要让她跑了!啪地朝水里放了一枪。杜鹃的耳朵感到钻心的疼,就什么也不知道了。

月亮升起来了。杜鹃艰难地睁开眼睛,发现自己躺在塘边的灌木丛里。山崖挡住了月光,树影黑黢黢的,猫头鹰在叫,一声接着一声。不过,月牙塘却倒映着明亮的天空;水底,有一颗发光的夜明珠。杜鹃感觉胸口有什么东西粘着,一摸,是那只铜锁,上面粘着变了形的年糕。她咬了一口年糕,但咽不下去,她的胸腔中有热流翻滚着,哇的一声吐出了血。远远地,杜鹃依稀听见谁在唱一首歌:

栀子花,乒乒乒;茉莉花,上刀心;做双花鞋看娘亲。娘亲怀我十个月,月月辛苦到如今。一只鸟,绿茵茵;买花线,穿花针;做双花鞋看娘亲。娘亲怀我十个月,日日月月都担心。

后记

在大家自发组织的夏汝生同志追悼会上,老钟和汝生的母亲一起,把分别刻有钟大民和华英子名字的两只铜锁,捐给了县革命历史纪念馆。馆长说,这两只铜锁,是新四军和皖南人民的同心锁,也是共产党和老百姓的同心锁。我们要将这两只铜锁永远保留下去。老钟几乎三天三夜没合眼了,打了一支铜笛子,送给汝生的女儿小挽。小挽接过笛子,轻轻地说,爸,我的长笛五级考试通过了,现在演奏给你听。

小挽拿出铜笛,吹了一支曲子,汝生的妻子断断续续地和着:

长亭外,古道边,芳草碧连天。晚风拂柳笛声残,夕阳山外山。天之涯,地之角,知交半零落。一壶浊酒尽余欢,今宵别梦寒。

老钟想,这是什么歌,真好听,以前还没听过呢。

老钟一阵恍惚,脑海里浮现了很多人。华四队长挎着手枪,家公拿着钢錾,姆妈、大大和英子手挽着手……最后出现的是小夏,他换上了一副新眼镜,朝老钟轻轻挥手。他们在高高的鹰嘴崖上站成一排,像一面旗帜迎风展开。

人生难得是欢聚,唯有别离多……

小挽的笛声停了,汝生妻子的歌声也停了。老钟朝照片上的小夏挥了挥手,两股热泪流了下来。

半 条 手 绢

帅忠平

一、秦鹏举，通往单县的列车上

这是半条青灰色的手绢，或许是年代久远的缘故，它显得有些发白。左边裁剪的边缘，许多线头已经脱落，露出了参差不齐的毛茬。但它依然干净、整洁，可以清晰地看见淡淡的折痕。特别是手绢的左上角，那个用蓝色的丝线绣出的"魁"字十分醒目。

这是我表姑奶奶留下的。八年前她去世后，几家亲戚分她的遗物，有三箱小人书没有人要，便送给了我。它就夹在其中一本小册子里。

对于这半条手绢，我并不陌生。我曾经很多次看到表姑奶奶捧着它呆呆地出神。此刻，它就静静地躺在列车的桌几上。窗外，淮北平原紧凑的村庄、广袤的田野、高大的白杨林一闪而过，像时光的剪影不停地翻转着。

我端详着这半条手绢，努力设想着它诸多的可能性。这些想象让我的这次行程变得饱满而充实。

但我害怕想象，因为我是一个重度失眠症患者。在深夜、凌晨、正午这些人们最易沉入梦乡、享受着最普通幸福的时刻，我却经常性地被困扰在一种焦灼的兴奋中。即使在白天，我的精神虽然困顿衰弱，也会长时间陷入一种毫无节制的自我冥想。所以，多年以来，我就像一个始终处在半睡半醒之间的人，思维在想象中异常活跃，但对现实生活却越来越漫不经心，我甚至无法将注意力很好地集中于正在干的工作上。

我的失眠症也是从年前开始严重起来的。参加完表姑奶奶葬礼的那段日子,我的脑子里几乎整夜整夜地浮现出她瘦弱孤苦的身影,特别是她坐在窗前,捧着手绢几个小时一动不动的情形。我总在揣想,她究竟经历了什么,才变得这么孤独,以至于终身未嫁？那半条手绢的背后,到底隐藏着一个怎样复杂曲折的故事？自然,我的思考没有结果。但正因如此,我更加不可遏制地好奇,进而去猜想。久而久之,它成了我习惯性的梦魇。后来,就连在生活中,偶然看到的一件老旧的器物,听到别人提起的某个事件,都仿佛拥有无比强大的魔力,足以拉拽着我的思想沿着纵横交错的路径,向着未知的远方驰骋,无法自拔。我的生活变得支离破碎,混乱不堪。

这是一种十分可怕的状态,我得努力改变它。

前几天,我又翻出了这半条手绢。我决定,带着它从表姑奶奶的老家出发,去寻找她的过往。

我的表姑奶奶叫杨玲花,因为少言寡语,一年都说不了几句话,她村里人年纪稍大点的叫她哑姑,年纪小些的叫她哑婆。在农村,用身体或者性格的某种特征来称呼一个人,是很普遍的事。但就贫苦孤独的表姑奶奶来说,我认为这多少是有些轻视的含义在内的。然而我对她始终持有一种特殊的亲近和怜惜。

我经常会想起我们第一次见面的情景。

那是在我四年级暑假期间。当时父母正在双双经历一场事关他们命运转折的重要考试,他们便决定送我回父亲老家的弟弟那儿生活一段时间。

父亲的老家在山东郓城县一个原来叫杨树集,现在叫郭庄村的地方。整个村庄大约有几百户人家,有许多孩子常常聚在一起玩,跳房子、斗鸡、打弹子,有时也会拿着脸盆、畚箕,去附近那条浑浊的小河里兜泥鳅。但这些游戏于性格内向的我而言都有些隔膜,我既不能成为其中积极的参与者,也无法做热情的看客,有时都懒得鼓掌和欢呼。所以,几天一过,他们也不太爱喊我一起玩了。

在叔叔家的那段时间,每天我都是先把暑假作业做完,然后独自去村东那片临河的杨树林里看书。正值盛夏,大杨树的枝条和叶子碧绿茂密,在林中形成一圈一圈的浓荫,偶尔有风吹来,会带起一溜透心的凉爽。但有一天,我向东穿过了这片杨树林,爬上矮坡,便看到了一座院子。

在四周热闹的蝉鸣中,这座院子显得有些荒凉而沉静。推开院门,入眼的首先是一条干净的甬路。甬路左边种着一片苞谷,右边的地里则长着几畦青豆,有些杂草点缀其中,还有一些紫菀,开着细碎的小白花。甬路正前方连着一座低矮的平房,屋门开着,一个身穿灰色衣服的老女人弯着腰,左手拿着扫把,右手拿着一个白铁皮的畚箕,正在扫着什么。

见到我走过去,老人直起腰,把右手的畚箕换到左手和扫把一起抓着,问,你是谁呀?

我有些局促。我感觉这个老人明明眼睛看着我,但似乎又在看着远处。她的声音也好像从很远的地方飘过来一样,显得十分空洞而怪异。我下意识地捏紧自己的衣角,怯怯地答道,我叫秦鹏举。

哦,不是杨树集的啊。估计老人是听我的口音不像本地人。她又问,那你是哪家的亲戚呀?

我叔叔叫秦伟元,就是住在村中间大榆树下的那家。

哦,你喝水吗?

我摇摇头。

你要吃花生吗?

我其实有些想吃,但不知道怎么的,点点头,继而又摇了摇头。

老人没有说什么。她转身向左边的房间走去,身子摇摇晃晃的,显得瘦小而羸弱。

我随着她走进房间。房间里挺整洁,但是有些拥挤。中间靠墙摆着一张木头的床,上面堆叠着淡蓝色的薄被褥。床后面放着一些高高低低的木桶和土瓮。床角沿墙横列着几只旧木箱。对着院门的窗子下放着一张桌子,透过窗子,可以看到外面的一株大榆树,以及榆树那边翠绿葳蕤的苞谷地。

老人从木箱和床之间的空当慢慢地寻摸过去,掀开了后面的一只木桶,从里面拎出一只红色的塑料袋,窸窸窣窣地解开,捧出一大把花生递给我,又窸窸窣窣地将塑料袋系好,放进木桶,盖上盖子。

我接过花生,走到窗子边,把它们倒在桌子上。我发现桌子上放着一面梳妆用的圆镜、几把枣木梳子,还有一把不知道什么材质的篦子。靠左的地方,堆着几本大小不一的小图书。我拿起来,翻了翻,发现内容都是关于淮海大战的,但版本不一样,是不同出版社的。

你喜欢看小人书?

我转过头,望着坐在床沿上的老人,点点头。

老人站起身来,走到床脚处,打开那几只横列的木箱,里面层层码放着的竟然全是连环画册,大部分是战争类的,《红旗谱》《烈火金刚》《洪湖赤卫队》《平原烈火》……我听说过的、没听说过的,应有尽有。

整个下午,我都在老人家里待着,直到黄昏时才恋恋不舍地回叔叔家。

晚饭时,叔叔问我下午去哪了,我便把情况说了。

叔叔说,那是哑姑,按辈分,你应该喊表姑奶奶。他继而很诧异地问,她真把小人书给你看了?

我说,是啊。她家有好多呢!

叔叔慢慢转动着碗,一边吸溜着热腾腾的辣糊汤,一边沉吟着说,怪事啊,平日里她可是把这些小人书当成宝贝,轻易不让人看的呢!

叔叔还说,据老辈人讲,哑姑是家中独女,父母曾经节衣缩食送她去省城读了不少书,识文断字的。淮海大战那年,她瞒着家里偷偷溜出去一趟,回来就变得沉默寡言了,父母问她究竟遇见了啥事,她也不说。后来媒婆保了几次媒,她也坚持不嫁。父母死后,她就一直住在那座院子里,吃了不少苦,脾气也怪,总是想尽办法收集各种小人书,摆在箱子里,也不怎么让人看。

这之后,我大部分时间都待在表姑奶奶家。不过,她不太爱说话。多数时候,我都是端个凳子独自看书,看完一本再换一本。而她则时而做些家务,时而去后园子喂鸡,时而就坐在那张桌子前,捧着手绢呆呆地望着窗外那棵大榆树。虽然她不说话,但我没有感觉到任何不适。除了看书以外,我还有许多其他的乐趣,比如,在墙根的泥土上看地鳖虫转出的那些像极了冰裂纹瓷盏的小旋涡,去后园子里看那些穿梭在大片辣蓼和鹅绒藤之间的蚱蜢和蝴蝶。这些都带给了我无数独特而奇妙的快乐。

偶尔,表姑奶奶也会让我牵着她,去河边采嫩水芹,回来用鸡蛋和腌辣椒碎炒了,包包子给我吃。酸酸辣辣中,缭绕着一种清雅的香气,特别开胃。

除了我之外,很少有孩子去表姑奶奶家。他们都说,她身上有一股很重的阴气。的确,表姑奶奶的安静就像是从骨子里透出来的一样。有时候,她坐在窗前,竟然会几个小时一动不动。然而,看着她的样子,我却总感觉她灰色调的身上,仿佛流动着许多奇异的微芒,那些微芒里潜藏着许多不为人知的秘密。我想,只要破解这些秘密,就能找到另外一个远比一般人更加鲜活生动的她。

后来,我几乎每年暑假都会去她家待一阵子。去的次数越多,这种感觉就越强烈。

二、陈德旺,青山谷农庄

第一眼看到他走进来时,我陈德旺就知道他是为了她而来。当然,这么说,并不是因为我见多识广,有未卜先知的本事。虽然我的确经历了很多事情,见识过五花八门的人,但对这个年轻人的判断,一方面是凭着直觉,另一方面是基于我的愿望。就像一个故事,你见证过它的开头,参与过它无比深刻的过程,然而结尾却始终悬而未决。时间一久,你就会为它焦虑、担忧,它甚至成为你内心的魔障。而见到他的那一刻,我隐隐觉得,这个故事已经到尾声部分了。

这个年轻人自称秦鹏举。他定定地望着我,问,你认识我表姑奶奶吗?

我没有说话,把他引到会客室里那个大榆树根制成的茶台旁坐下,然后慢腾腾地烧水、洗杯、泡茶。我想,这个年轻人还真有些与众不同,没有介绍来意,直接就提出看似不着边际的问题。不过,我并不着急。我想,我的故事不是三言两语、一时半刻就能说完的。我一边打量着他,一边把茶杯慢悠悠地递到他手里。

他接过杯子,轻轻啜了一口,又问,你认识我表姑奶奶吗?

我轻轻地转了转自己手中的茶杯,反问他,你表姑奶奶是……?

哦,她叫杨玲花,1948年冬天,曾经到过淮海大战的战场。

杨玲花?我摇了摇头,你确定她叫杨玲花,而不是杨紫雨?

杨紫雨?他看起来有点蒙,端着杯子的双手微微抖动着,眼神从我身上慢慢移到左边的墙上,转而快速地移回来,十分坚定地说,不,她就叫杨玲花,山东郓城县郭庄村人。

这次轮到我惊诧了。郭庄村?难道她不是我一直在寻找的人?我想,名字不对,地址也不对,但一个陌生人能找到我这儿,不为访故,也不是生意上的事,应该就是为了她啊。

你表姑奶奶的家难道不是在杨树集吗?我又反问道。

哦,我表姑奶奶住的地方原来叫杨树集。不过,解放初期,杨树集就和皮家沟、郭家庄合并成郭庄村了。

哦,原来如此!我松了口气,终于确定了心中的想法。那你到我这儿来是为了什么呢?

我想了解一下我表姑奶奶跟淮海大战有关的事,你能和我说说吗?

好,你先喝口水,不急。我努力调整了下自己因为激动而有些波澜的心情。我想,我得找一个不错的开头,才能把这个对我来说比较重要的故事说得让人印象深刻。所以,我沉思了一下,说,1948年的冬天,我十三岁,刚刚做了半年的土匪。

果然,他惊诧地抬起头,直勾勾地望着我。

说土匪可能不太准确,我顿了一下,说,或许应该叫劫道的吧。毕竟我们从来没有杀人放火,也没有打家劫舍,充其量就是在路上拦截些财物,主要是粮食和衣服,当然,如果有钱的话,那也是要的。

我的眼前慢慢浮现出韩大牙、猴子的影子。我说,那时我们一共三个人。韩大牙是老大,猴子是老二,我呢,年纪最小,自然就是小弟了。对了,韩大牙并不是真的长有一颗大板牙,相反,他的牙细密而齐整,人瘦瘦高高的,看模样倒像个落魄的读书人。但他总是说,做土匪就必须有个土匪的狠相,也得起一个响亮的名字,所以,他便自号韩大牙。他常吹嘘说,自己是大土匪韩金山的侄子,经历过枪林弹雨。

韩大牙有把捡来的驳壳枪,但没有子弹。平日里,他总把枪斜斜地插在腰带上。到了抢劫的时候,他就把这铁疙瘩抽出来,对着人挥来挥去。这一招的确很管用,被抢的人基本每次都不看我们手里的钢叉菜刀,而是惊恐地望着韩大牙,然后乖乖地交出财物。

说到这里,我望了望对面坐着的这个年轻人,发现他沉静了下来,甚至连目光都显得有些漂浮呆愣,好像陷入了自己的心事中。他的表情让我有些难受,仿佛我所说的事情寡淡无味,和他没有任何关系。这极大地降低了我的讲述热情。

在遇见你表姑奶奶之前,我们在松云岗已经猫了半个多月了。我把手在虚空中用力地挥动了一下,并且故意把"你表姑奶奶"几个字加重语气,以显示我正在说的事情和他关系密切。但这好像也没什么效果,他只回过神很短的一瞬,很快又变得眼神散乱。

是的,在遇见你表姑奶奶之前,我们已经在松云岗猫了半个多月。我重复了一下。但在来松云岗之前,我们其实一直在萧县。萧县,你知道吗?我看向这个年轻人,问他。

他茫然地摇了摇头。

我说,萧县在淮北的南边。后来有传闻说,徐州和蚌埠周围将会打一场前所未有的大仗。一开始大家都不相信,后来,邻近几个县城里的富户陆陆续续搬走了;再后来,住在村子里的人也渐渐开始跑路,我们才意识到,这传闻应该是真的。于是,我们便也跟着逃难的人从南往北走,直到了单县。哦,对了,也就是我们遇见你表姑奶奶的这个县。

我喝了口水,继续说,到单县后,我们不想再往北走了,韩大牙便带着我们四处去踩点,终于找到了松云岗这个地方。韩大牙说,这儿好,这地方是四省八县的交界处,岗下的壕沟就是南来北往的人必经的要道。站在山岗上,可以清楚地瞧见下面那条沟里的情况。岭头上立着一长溜高大的白杨树和松树,还有少数更为粗壮的栓皮栎和矮小细密的酸枣树。虽然冬天树叶落光了,但也可以稍稍遮挡些风雪。

那段时间,我们晚上就住在附近山沟的一座废弃的破庙里,早晨出发来到这片山岗隐藏着。因为从壕沟里向上望,只能看到一片茂密的树林和树林上隐约浮动的铅云般的烟雾,根本看不清树林里的情况,特别适合埋伏。所以,我们可以自由地在树林里活动,不怕被山下路过的人发现。

开始的几天,从那条壕沟里经过的人很多,有牵儿带女北上逃避战乱的村民,有荷枪实弹衣着齐整的南下的解放军,还有少数在山东被打散败退的国民党的散兵游勇。但不管哪路人马,我们都不敢轻举妄动。我们所能拦路打劫的只有落单的村民。后来,这条路上出现了大批的民工,一队一队的,少的有几百人,多的甚至有上千人。他们都推着木制的小独轮车,一人在后面推,一人在前面用绳子拉。车上面满满地架着麻袋,麻袋上一般都盖着一件狗皮袄,车前则挂着喝水用的葫芦水瓢。队伍前后打着红旗,还有人指挥着一起唱歌,浩浩荡荡地经过。韩大牙说,那一定是给南边战场送粮食的。

猴子听到"粮食"两个字就很激动。他说,老大,我们挑个百人以内的队伍干他一票吧,只要能抢到一车子,就够我们吃好久了。

韩大牙说,你找死啊,那么多人,人家抢你还差不多。

猴子不服气,怕啥呀?那些都是庄稼人。你把枪掏出来一吓,他们还不乖乖地送给我们?

韩大牙把手里的枪舞了两下,说,就我这个铁疙瘩?你没看到,他们队伍里都有背枪的民兵呢。

我们眼睁睁地看着一支又一支送粮队伍从我们面前通过,渐渐走远,消失不见。我们十分沮丧,却没什么办法。

接下来好多天,这条道上重新恢复了冷清,没什么人来往,直到你表姑奶奶出现。

你表姑奶奶到的那天上午,天空就像一大片破烂的麻袋,灰暗,千疮百孔。而风就如同无数看不见的兽齿,咔哧咔哧从深沟里掠过。我们先是看见一个小黑点从北向南移动着,渐渐地,一个推着独轮车的女人的身影慢慢清晰起来。她斜挎着一个灰格子的大包袱,头到颈子部位被一块蓝色的花布紧紧包裹着,穿着蓝点小碎花的棉袄棉裤,腰间系着黑色的布带,上面挂一只水瓢。这和前面送粮队伍的装扮是基本一致的。不同的是,她的小推车明显有些破损,木轱辘不居中不说,左边的把手还有些开裂,用一根麻绳紧紧缠着。还有就是,一般推车上大多装着四只麻袋,而她的却是两只。

她明显非常吃力,腰背弓着,像一头正在抵角的牛那样,一步一步努力往前挣。肩头上的布带深深地勒进破了口子的棉袄,以至于棉絮都露了出来。

猴子抓起插在雪地上的钢叉,对着韩大牙兴奋地说,老大,这个女的车上装的肯定也是粮食,只有一个人,我们冲下去抢吧。

韩大牙却摆了摆手,说,不,先看看再说。

我和猴子都狐疑地望着他。韩大牙往下看了看,又转过头扫了一眼这片空荡荡的树林,说,按道理,一个送粮的女人是不应该单身走的,会不会后面不远处正跟着其他人呢?还有,她会不会是个武工队员,身上也有枪,不然怎么这么大胆子?这样吧,我们先盯一段。

就这样,你表姑奶奶在那条沟里推着车行走。而我们沿着山岗上的树林,在她后面不远的地方慢悠悠地跟着。

当时,山下的那条路上积着薄薄的雪,有的地方露出了坚硬光滑的冰层。你表姑奶奶推的车子忽左忽右,一扭一扭的,发出清晰的嘎吱嘎吱的声音。她每走一步都仿佛使出了巨大的力气,以至于看起来像一顿一顿的样子。她隔一小段就会停下来,坐在车旁歇息一会儿。她每次休息的时候,都会警惕地望望四周,然后把肩膀处的棉衣掀起来,让冷风吹进去。我知道,她一定是用这种办法稍微缓解一下肩头处皮肉的疼痛。

当她歇息的时候,我们便也停下脚步。

慢慢地,那条深沟越来越宽。我们这片山岗的树木也越来越少,坡度也越来越低。两条路渐渐快合在一起了。猴子心急,耐不住性子,就叫,老大,这个女的明显是落单的,我们上去抢吧。韩大牙还是没同意,他看向我,说,小乞儿,你上前去,再摸摸情况。

小乞儿是我当时的绰号。韩大牙给我起这个名字的时候,我觉得既不好听,也不响亮,不想要。但韩大牙说,江湖上有个苏乞儿,是流浪汉中的大侠客。你做过小乞丐,现在又当土匪,这名字特别合适。猴子也跟着起哄乱喊。我没办法,只好应了。

我从坡上悄悄地滑下来,小跑着追上前去。

听到我的脚步声,你表姑奶奶明显有些紧张。车子咚的一声停了下来。

我年纪小,但也算见过一些世面,知道怎么应付一个陌生人。我装出一个逃难者的样子,可怜兮兮地对她说,大姐,我是从北边逃过来的,饿了好几天了,你有吃的吗?行行好,给我点吃的,好吗?

她没有作声,犹豫着看了我好半天,最后还是从胸前解开布疙瘩,把背在身后的包袱放了下来,手在里面摸索一阵,掏出一个浅黄色的窝头给我。

我接过,是小米加面做的杂合窝窝头,硬得像石头一样。

我咬了一口,定睛打量面前这个女人,发现她的确有些异常。虽然头部被布巾包着,但明显看出不像一般女民工那样扎着两根粗辫子,而是剪着齐耳短发。脸上虽然脏乱,涂着许多泥垢,却依稀能看到皮肤比较细腻,双手也是,没有那种粗糙的皲裂。我曾经在县城里做过多年乞丐,凭着经验,知道面前这个女子要不是富人家的闺女,就是一个读过书的学生。

我心中有了答案,但脸上没有露出任何异常的神色。我问,大姐,你车上装的是什么呀,这么沉?准备送到哪里去啊?

她还是不搭腔,默默地把包袱重新系好背在身后,将连着车把的布带套在脖子上,推起车子就走。

我啃着窝窝头,站在原地没动,看着她弓着的背影越走越远。她的步子明显加快了不少。

韩大牙和猴子撵了上来,问我啥情况。我说,我也看不出来是啥人,只看到她留着齐耳短发。

韩大牙和猴子一听,愣了。在我们这一带,剪短发的女人一般都不是普通人,只有女游击队长、武工队员,或者是农会的妇女干部才是这样的装束。

韩大牙不敢动手,说,也不知道她身上带没带枪,我们还是再跟一截,到前面看情况再说。

于是,我们缀在这个女人后面,继续远远地跟了下去。

三、秦鹏举,青山谷农庄

清晨,我在青山谷农庄里转悠了一大圈。触目所及,到处都是高大的意大利杨树、樟树、冬青和桂树,枝条丰茂,绿意盎然。微风轻轻吹着,好像有一蓬绿色的气流在旋转。据老人陈德旺介绍,这片林场原本是他的一个苗木基地,多数树种都是从外地购买回来移栽的。早些时候,主要想卖给市政部门以及木板厂,用于城市绿化改造和板材加工。但随着皖北绝大部分城市提升工程的完成,这方面生意渐渐不好做了,于是就让它们随便生长,结果长成了这片茂林。陈德旺说,后来他年龄也大了,便将几个厂子交给儿子打理,自己利用这片林子开办了农庄,既少量接待些游客,也让自己有一个合适的场所安度晚年。

我觉得陈德旺真是一个让人羡慕的老头。他年过八旬,却一点不显老,而且精力旺盛。他回忆起我表姑奶奶的事情,思路还是那么清晰,竟然连细节都记得清清楚楚。说真的,这么多年,我是第一次长时间沉浸在一个故事里没有太过走神,也是第一次在晚上获得了几个小时的连续睡眠。

转了一圈后,我在房间的窗台前坐下来,认真地翻看一本日记。这本日记是陈德旺交给我的。

日记用一层油纸包裹着,但内芯有些发黄发软了,我想陈德旺肯定也翻看过多次。日记封面为浅粉色缎面,上面绣着一株菟丝草,左上角结着两片嫩叶,显得十分精致。扉页上用钢笔写着一句话:共同努力吧,血与火的青春之后,必将是美好的将来!与紫雨共勉。落款只有一个字:魁。

很显然,这本日记就是这名叫魁的男同学送给我表姑奶奶的礼物。这会儿我才知道,我的表姑奶奶真的还有另外一个叫"紫雨"的名字,难怪刚见到我时陈德旺会诧异。我想,或许是她在读书的时候,觉得"杨玲花"比较土气,才自己改的吧。

日记只有半本有字,后面都是空白的。前几页上写的都是分别后她对魁的思念,后面才渐渐开始书写她前往淮海大战战场的事情。由于内容以一种信件的方式写成,记叙的事情不多,但情感丰富。为了使自己的注意力不至于分散,我便轻声读了起来:

1948年11月5日　阴

　　今天是我的生日。早上,母亲擀了一碗面条,又煎了一只鸡蛋,端给我。本来,每年这个时候,她都会说些"快乐啊,长寿啊"诸如此类的祝福的话,但今天她什么都没来得及说,就被村里的秦二婶叫走了,因为她们得赶制一批军鞋。

　　她们走后,我看着这碗平时难得吃到的面条,却没有什么胃口。分别一年多了,我对你的思念一个时辰一个时辰地在增加着,以至于睁眼闭眼全都是你带着阳光的笑容。前几天收到你的来信,我高兴坏了。但同时,我也为你深深担忧着,毕竟战场上子弹是不长眼的。我知道,你有你的志向,当然,那也是我的愿望。但我还是抑制不住地焦虑、担忧。

　　这几天,村里热闹得像过年。大家都在忙着,有征粮的,有做鞋的,还有忙着炒面、做窝头和摊煎饼的。听五叔说,共产党将在南边跟蒋介石的"遭殃军"打一个大仗,作为解放区的老百姓,得组织一批人将征集到的物资送到前线去。他是支前委员,说得肯定没错。再结合你来信中说的你跟部队南下的事情,我想,这批物资说不定就是送给你们的。所以,我决定了,我也要报名参加送粮队。

1948年11月9日　雪

　　这几日,我一直缠着五叔,要求跟着他去前线运送物资。但他说,这事可不是什么人想干就可以干的,按照规定,一要体力好能推车;二要有革命经历,三还要出工的人家里得有留守的子女。我一样条件都够不上,所以他坚决不同意。其实,作为家中唯一的女儿,我也不忍心丢下孤单的父母,但我又无法遏制想见你的念头。我恨不得立即飞到你的身边,看着你的眼睛、你的鼻子、你的嘴唇,告诉你我有多么想你。

每次从五叔那回来,我都会拿出分别时我们剪开的彼此留存的那半条手帕,独自坐在窗前,摩挲着上面线绣的"魁"字,眼泪止不住地流着。这是我们约定以后见面的信物。

或许老天也体会到了我的思念和伤心,今天下午,纷纷扬扬的雪真的开始飘落下来了。不一会儿,窗外的那棵大榆树上,就像开满了细碎洁白的花朵。

我决定,无论如何,哪怕吃尽苦头,我都得去找到你。

1948年11月12日　阴

五叔他们已经出发好几天了。村里猛地冷清起来,大家仿佛都不太适应。空闲时间,很多人都开始相互串门,三五成群地集中在一起,谈论这场战争,猜测着送粮队可能发生的各种情况。说着说着,就有人着急地哭。

今天上午,秦二婶来找我母亲,说她的丈夫临走时忘记戴她专门去东山那座观里求来的平安符了,这可能不是什么好兆头。母亲也找不到什么合适的话来安慰她,只有不断地重复着一句,不要紧的,你就别担心了,千万别自己吓自己。

她们的对话,不由得又勾起了我对你的担心。我的心就像猫在抓挠,慌乱极了,无论做什么事情,心脏都扑通扑通仿佛要跳出来。根据从村外传来的消息,南边的战斗已经打响,波及了几个省的好多县,并且据说状况特别惨烈,两边部队死的人都堆得像小山一样。你究竟怎么样了?可千万别出什么事情啊。

这几天,我已经偷偷藏了不少干粮。等父母稍稍安稳一点,我就去找你,你千万要等着我。

1948年11月16日　阴

　　这会儿,父母终于睡了。晌午的时候,我悄悄在房间里准备出行的包袱。母亲推了推门,发现门闩着,就问我在干什么。我一边说在换衣服呢,一边赶紧把包袱塞到床底下。母亲让我把门打开,看了看我说,大白天换什么衣服啊?我说,上衣小褂的袖子早上没理好,外面穿着棉袄又不好拉,所以就脱了换一下。母亲狐疑地左右扫了几眼,没有发现什么异常,就出去了。

　　当时,我简直吓死了。说真的,想到今晚我就要不告而别,心中就无比愧疚。他们吃尽了苦,把所有的心血和宠爱都给了我,我却要不声不响地丢下他们。可以猜得到,当他们发现我不在时,会是怎样焦急和伤心。没有我,他们的下半辈子又该怎么活啊!

　　此刻,我坐在桌子旁,心乱如麻。究竟是留下来,还是勇敢地跑出去?这两种念头交替出现在我的脑子里,不断反复。我无法做出理性的选择。好几次都萌发了放弃的想法,但我一想到可能再也见不到你,我的心就像刀绞一般。

　　真的好痛苦啊!我甚至都不知道该怎么样给父母留言。

　　好了,去找你!等着我。

　　读到这里,我停了下来。与前面的几篇相比,这篇的字迹明显凌乱,有些地方还有涂改。页面上留存着许多淡淡的水渍,那估计是表姑奶奶的眼泪吧,我想。可见当时的表姑奶奶是如何地迷茫、慌乱和纠结。

　　我从椅子上站起来,张开双臂,尽力地把它们向后拗去,颈子左右转动着,大口呼吸了一下,好像只有这样,才能缓解窒息感。

　　我在房间里来来回回走了几圈,等到心情稍稍平复,才重新坐下来读日记。

　　接下来的几篇日记,表姑奶奶记录的都是她双重担心的精神煎熬。她慎重考虑后,临走还是留下了一张字条,虽然父母不识字,但她想,他们一定会找人看的。所以在出发的那天晚上以及后来的几天,她眼前交替出现的就是父母在发现她出走后呼天抢地、村民四处寻找她的场景,还有就是魁在炮火纷飞的战场上的身影。这些反而使她忘却了对黑夜的恐惧和途中的危险,她只是一门心思地起早摸黑继续南下。她想,只要再快一点,不几日,她就会赶上五叔他们的送粮队伍。但没想到的是,她行走的路线一开始就错了。五叔他们并不是把粮食直接送到战场,而是由西向东,送到津浦铁路的兵站,然后由火车送往徐州地段。

表姑奶奶知道这一情况时,已经到了成武县境内。当地的村干部告诉她,淮海战役已经打响好久了,被飞机炸毁的津浦铁路也已抢修完工,北边比较远的地方物资运送使用火车,只有离战场比较近的地方才南下直接送到前线。

表姑奶奶真正的厄难是从单县开始的。她的日记里,有一篇这样写道:

1948年11月26日　雪

　　由北向南,人烟越来越稀少了。有时候,走一整天,路上也看不到一个行人,沿途的杨树林落光了叶子,稀稀疏疏的,远看像一片片蒙着烟云的荆棘,村庄被白雪覆盖着,显得更加清寒。这不由得让我想起曾经和你在雪中散步的日子,那时,我们吟诵着苏轼"去年相送、余杭门外,飞雪似杨花"的诗句,是何等意气风发!而眼前,这白茫茫的一片却更符合杜甫"战哭多新鬼,愁吟独老翁。乱云低薄暮,急雪舞回风"的意境。虽然我没有他那般的沧桑,但对战争的恐惧是一样的。我太害怕你也成为"新鬼"中的一个。

　　毫无疑问,这次出门,我对路上的困难的估计是严重不足的。本来我想,只要每天多走一点、走快一点,迟早会赶上五叔的送粮队,然后跟着他们,自然就能找到你所在的部队,就能见到你了。但没想到,天寒地冻,加上不辨东西南北,需要到处询问,每天根本走不了多远。到成武县的时候,我带的干粮也所剩不多了,只好从当地村民那换。看得出来,他们家里也没有多余的存粮,有的说都已经把种子拿出来充作军粮借给支前人员了。所以我即使用自己最喜欢的那件红色针织围脖和一只我娘给的银手镯,也只换到一些玉米面的窝窝头。

换粮的时候,他们都劝我不要再往前了。因为进入单县,那里不再是真正的解放区,共产党和国民党的机构并存,还有土匪出没,再加上国民党的飞机经常会对运粮队和担架队进行轰炸,安全很难保障。的确,他们说得没错,这两天我沿途经过的村里已经没多少人居住了,有的只剩下几个老人留守着。而我现在所待的地方就被炮弹炸过。几个巨大的弹坑像大地的伤口,被厚厚的积雪掩盖着,一些衣服的碎屑和血迹还隐约可见。但我没有过多地关注这些,我注意的是后面不远处的那条沟垄,那下面有一个死去的民工和一辆装满了粮食的小推车。

发现它们时,我并没有意识到,我碰见的是如此可怕的一件事。当时,我只是看到坎子下那堆积雪覆盖的小丘露出的部分好像是小推车顶部的木架。出于好奇,我滑到沟里,慢慢地把上面的雪扒下来,才发现车身上还仆倒着一个死人。一时间,我简直吓得手足发抖,连滚带爬地冲上路,一口气跑了好远。但跑着跑着,我的眼前不断闪现出他双脚后蹬、双手紧握车把拼命前挣的样子。我猜想,他一定是被飞机轰炸中弹后往回奔跑时不慎掉到沟里的,他最后一口气也一定正在努力想把这车粮食重新推到路上。想到这些,我没有勇气继续跑了。我知道这些粮食在这个时候的珍贵,更明白这个民工正是为了把它们送往你们部队才死在这里。我想,如果我不管不顾直接跑了,将没有脸面再去见你。

我慢慢往回走,于是就见到了这些弹坑,看见了靠近坡地那插了几块木牌的小土包(在跑的时候,我竟然没有发现这些),那是运粮队埋葬死亡民工的地方。我在这地方坐了很久,直到抢救粮食的念头最终战胜了恐惧的心理。

我胆战心惊地回到那条沟里,闭着双眼抖抖索索地把那个民工的尸体从推车上拖下来,让他仰面躺着,再把那件染血的狗皮袄子盖在他身上,最后用积雪把他埋得严严实实。说来也奇怪,渐渐地,我好像不怎么恐惧了。我解开车上捆紧的绳子,分别把四袋粮食和推车弄到了路上。做完这些,我感觉自己虚弱得一点力气都没有了。我坐在路边休息了一会儿。休息的时候我就在想，凭着自己的体力，肯定无法将这四袋粮食全部推走。于是我将两袋粮食放置在路边显眼的地方，再将另外两袋搬到车上，重新捆扎紧，推着上路了。

四、陈德旺，青山谷农庄

对于一个说故事的人而言，有个默契的听众，无疑是件愉快的事。他知道该在什么时候闭嘴不言，该在什么时候偶尔插几句话与你互动一下。特别是在你有些疲倦，或者说得有些乏味的当口，他会用专注的眼神、偶尔的插话来让你重新进入身临其境的讲述氛围。这一点，在面对秦鹏举这个年轻人的时候，我体会得尤其深刻。他的木讷和时常的走神实在太让人难以忍受了。

不过，这也怪不得他。晚上吃饭时，他告诉我他是一个重度失眠症患者，注意力很难从头到尾集中在一件事上。说实话，原来做生意时，我也曾经因为一些烦心事痛苦地失眠过，但我从未想到，这种病还能达到他这样严重的程度。

然而，我并未觉得这是多大的一件事。一个人活着，都会经历这样那样的困难。每个人的内心深处都会藏着一些问题，被它困扰，为它煎熬。就像我，都八十多岁的人了，还不是有许多东西没有放下？比如我和当年那个叫杨紫雨的女人，相处的时间并不长，经历的事情对于一生来说也不算多，我却常常回忆起来，并且记忆中的那些事还鲜活得像刚刚发生的一样。

那天，我们跟在杨紫雨身后。一开始，她并没有发现。很显然，光是推着这车粮食行走，就耗尽她所有的精力了。

但慢慢地，她注意到了我们，于是便把车停在路边，想等我们过去。但韩大牙说，她停我们也停，她走我们也走。这下她彻底慌了神，推着车猛跑起来。我看见她双肩耸动着，脚步跌跌撞撞，车子也左摇右晃。跑了一阵，估计实在没劲了，她便又把车停了下来，惊恐地回头望着我们。

我们停住脚步，坐在路边聊天。她对我们望了望，推起车来急着跑，跑了一阵又停下来。如此反反复复，跑了好几里地，连人带车还摔倒了好几次。后来，她实在熬不住了，就大声朝我们喊道，几位大哥，你们到底是什么人啊？干吗老跟着我？

猴子刚要搭话，韩大牙朝他横了一眼，对着杨紫雨说，大妹子，我们不是什么坏人，你只管推你的，不用管我们。

杨紫雨明显带着哭腔，大声喊，你们是土匪吗？是不是想抢这车粮食？后面可是有护粮队马上要追来的。

韩大牙说，大妹子，你不用管我们是不是土匪，我们也不抢你的粮食，你只管推车走就是了。

杨紫雨无计可施，只有继续往前跑。后来，她的一只鞋鞋底跑掉了，坚硬的冰碴很快就把她的脚板磨破，在路上拖出长长的一溜血迹。我看了很不忍心。猴子说，老大，这个女人一看就不是共产党干部，肯定没枪，我们上去直接抢吧。

但韩大牙不同意。没办法，我们只能远远地跟着。

很多年后我才明白，当时我们的做法其实是非常残忍的，就像土匪"熬鹰"一样，会把人的内心彻底摧残到崩溃。

后来，天色渐渐暗淡了下来。杨紫雨把小推车停在路上，人快速跑走了。

我们一拥而上，把车上的麻袋打开，发现一袋是面粉，一袋是小米。我们高兴极了，这下，两三个月的粮食不用发愁了。

于是，我们兴奋地把粮车向住地推去。猴子扶着把手在后面推，我用绳子在前面拉。然而，没走几步，杨紫雨从前面冲了回来，一下子把车子扑倒在地，哭着喊，大哥，你们行行好吧，这粮食是送到战场上去救命的，你们可不能抢啊！

我吓了一跳，心想，还真有这样要粮食不要命的人。

韩大牙一边用手去拉，一边说，大妹子，我们只抢粮食，不伤人命。你让开吧，再不让，我们可要不客气了。

杨紫雨还是整个身子扑在粮食袋上，双手抓住捆着麻袋的绳子死活不放，嘴里只喊着让我们行行好，说是为了这车粮食，已经有人被飞机炸死了。

猴子掰了半天她的手没有掰开，便用脚踹她的身子，后来又用钢叉柄砸她的脑袋,但都没有用。

韩大牙也没法子,就从身上的干粮袋里掏出绳子,对我们说,既然她坚决要护着粮食,那只好一起绑了。

杨紫雨听说我们要绑她,松开手准备跑,但禁不住我们三个人合力,最终被按倒在地,被绑了起来。

好在这地方离我们的住地不远。本来想用绳子牵着韩紫雨走的,但韩紫雨躺在地上打滚拉不动。韩大牙便叫我们把杨紫雨的双脚也捆上,让猴子背着,但刚上背,杨紫雨就一口把猴子的脖子咬出了血。猴子气急败坏,反手一拳打在杨紫雨的脸上,她的脸立马肿起了老大一块瘀青。最后,没办法,只好把杨紫雨架在麻袋上面捆着,费了九牛二虎之力才弄到了我们住的那间破庙里。

这座庙坐落在一条山沟里,离最近的村子也有好几里地。庙前一字张开三株大榆树伞般的枝丫,显得十分清静。庙分前后两进,前殿供着几座佛像,后面是三间厢房,一间用于做饭,其他两间都是卧室。或许是战乱的缘故吧,已经荒废很久了。大殿里到处都是陈年的积尘和蛛网,连佛像身上的外漆也掉落不少,露出了里面灰黄色的泥胎。地上随意散放着一堆一堆的干草,应该是路过此地的人临时夜憩留下的。

韩大牙让我们把杨紫雨绑在大殿的柱子上,为防止她叫喊,还用她自己的头巾把嘴也堵上了。

猴子说,老大,今天抢了这么多粮食,该庆祝一下吧?

韩大牙说,好啊,把存货都拿出来,今晚高兴高兴。

韩大牙所说的存货,是指那坛烧酒。这是我们到单县后,在一个人去房空的大户人家的番薯窖里搜出来的,一直没舍得喝。

猴子到后院取水,我烧火洗锅,韩大牙打开麻袋舀面,煮了一大锅面疙瘩汤。我还把残存的一点腌白菜干丢在里面。一会儿,厨房里热气腾腾,香味扑鼻。

我们开心地喝着面疙瘩汤。猴子说,老大,那女的,虽然脸上乱七八糟,但眼睛好亮,长得一定很好看,今晚我们把她给弄了吧?

韩大牙瞪了他一眼，你作死呀，我们早就说过，只劫道，不害命。

猴子转动着碗，吱的一声，吸溜一口，心中不服，老大，我们做土匪的，抢东西弄女人不是平常事吗？我们只弄她，也不杀她，算不得害命吧？

韩大牙望了望我，又看向猴子，不紧不慢地用筷子敲着碗边，正色说道，我告诉你们，现在是乱世，我们偷盗抢劫，那是为了混口饭活下去。但我们不能做伤天害理伤阴德的事，特别是损人害命的事更不能干。

猴子嘴唇嗫嚅着，小声嘟哝，当土匪，还想积阴德？那这个女人怎么办？难不成就一直绑着？

猴子，我们抢了别人的粮，自然不能就这样放了。熬她几天，等她心里气顺了，接受这个事实并开始惜命了，再放她走。韩大牙考虑了一下，又说，小乞儿，过会儿给她也盛一碗饭吃。

我干了两大碗面疙瘩，又喝了一点点酒。看到韩大牙和猴子正喝到兴头上，就没理他们。我从锅里舀了一碗汤，端去前殿给杨紫雨。她看到我进来，上身扭动着，用愤怒的眼神望着我。

我慢慢靠近她。她猛地一脚踢向我，我一闪，碗里的汤洒了出来。

我说，大姐，别这样。只要你不喊，我就把你嘴里塞的布拿下来。

她安静了下来。我把碗放在地上，拿出她嘴里的头巾。她大喊，来人啊，救命啊！

我赶紧双手按住她的嘴，说，大姐，别喊了，喊也没用，这里前不着村，后不着店，喊破了喉咙，也不会有人来。

她不管，还是使劲把头不断扭着，甚至要咬我的手。没办法，我只有重新把头巾塞进她嘴里，把碗端回厨房。

韩大牙和猴子喝得有点多，在兴奋地吹牛。韩大牙说，小乞儿，今晚你就睡在前殿，那个女人性子有点烈，你看着点。

晚上，睡到半夜，我听到有窸窸窣窣的声响。多年流浪的经历让我突然清醒过来，接着就看见一个身影推开殿后门，蹑手蹑脚地摸进来。我就喊，谁啊？

猴子快速跑到我身边，小声答道，别喊，别喊，是我。

我问,你来干什么?

猴子说,睡不着,我来看看这个女的。

我知道猴子又想干坏事,就说,老大可说了,只能抢吃的,伤天害理的事不能干。猴子喊了一声,你别管,我就想看看这个女的长得啥样。

杨紫雨也醒了。她双脚不断地踢着地面,嘴里发出呜呜的声音。

猴子走上前去,想摸她的脸。杨紫雨坐在地上,背靠柱子,飞起一脚,把猴子踢得向后一仰。

猴子恼羞成怒,嘴里叫着,你还踢我,好啊,你踢你踢,看我怎样弄死你。我慌了,赶紧把猴子紧紧抱住。猴子说,小乞儿,你放开,不然我连你一起打。

我死死拽住猴子的手,说,猴子,你再这样,我可要喊老大了。

猴子顿了一下,没有作声,最后悻悻地走了。

我和杨紫雨都没了睡意。我点燃了煤油灯,对杨紫雨说,大姐,如果你不叫,我就把你嘴里的布拿了。

或许是刚才的事让她对我有了一点信任,她点点头。我扯下她嘴里的头巾,问,你饿了吧?她又点点头。

我去厨房端了那碗冷疙瘩汤给她,喂她一口气喝了。她说,我的手好疼,你把绳子解开。

我说,那我可不敢,万一你跑了呢?

我不跑,你解开,我肯定不跑。

不行,我只能把你的绳子松一点。我一边说,一边站起身来,去柱子后面把绑她的绳头解开,松了松又打上结。

她肩膀左右晃动着,活动了几下手臂。过一会儿,她说,你把绳子解开吧,我有事。

不行不行,我一口拒绝。你性子那么烈,把你放开了,我可打不过你。

她沉默了一会儿,哀求着说,你把绳子解开吧,我真有事。

那你说,你有什么事,就这样绑着说。

她嗫嚅了好半天,最后吞吞吐吐地说了句,我要解手。

我一听傻了眼。那怎么办？我犹豫了半天，拿不定主意。

她看我不动，就哭了起来，一边哭一边哀求我，你把我解开吧，我肯定不跑。

也不能真的让她尿在身上吧。我想了想，跑到殿门那，把门闩插好，然后说，解开你也行，但你得先发誓不跑，还得让我用绳子把你的一只手绑起来，远远地牵着。

她答应了。我绕到柱子后，解开绳子，然后把她的右手依旧背剪着捆紧，又把绳子在她腰上缠了两圈，牵着走到殿拐角处。

她说，你身子转过去，不要看。我说，我才不会看呢，撒尿有什么好看的！她先是站着半天没动，我就不断催她。最后，她蹲下身子，不一会儿就听到了哗啦哗啦的声响。

解完手，她回到柱子这儿，说，你再绑起来吧。我说，只要你不跑，可以先不绑。

我们坐下来。她说，看你这么小，怎么当起土匪来了？

我就把自己的事情慢慢说给她听。我家本来住在河北，家里有四个人：父母、姐姐和我。后来，日本人进村，把父母都杀了。我和姐姐是躲在地窖里才死里逃生的。后来，我和姐姐跟着逃难的人往南跑，路上，姐姐饿死了，只剩下我一个人到处乞讨流浪，直到碰见韩大牙他们。

杨紫雨叹了口气，说，都是这世道害的！不过，快了，等解放军把全国都打下来，大家就会过上好日子了。

说实在话，我对共产党还没有什么概念。虽然我也听说过他们是穷人的队伍，也见过他们攻打县城，但他们一般都是晚上打进来，第二天就撤走。那时候，这边的城里基本都是日本人、国民党、共产党轮流占，日本人居多，后来又是国民党，共产党一般活跃在乡村，打一下，换一个地方。

那天晚上，我们说了很多话，我才知道了她的名字叫杨紫雨，是山东郓城人，也知道了这批粮食是送到前线给共产党部队解放淮海地区用的。我对将来第一次有了憧憬。

直到凌晨，我们都说累了，她才让我把她重新绑起来。不过，我没再往她嘴里塞布。

第二天,因为有了足够的粮食,韩大牙没有带我们继续出去蹲守劫道,我们便在大殿里玩"老虎杠子鸡"的游戏,输了的人或者在脸上糊泥巴,或者学狗爬、学鸡叫。韩大牙和猴子老是偷奸耍滑,总是在我之后出手,所以,我的脸上被他们涂得一塌糊涂。大家哈哈大笑,十分开心。

杨紫雨默默地望着我们,有时候也不由自主地笑出声来。但她一看到我们注意她,就立即把脸板着,重新露出愤怒的神情。

我们玩的时候,我发现猴子老是偷偷去看杨紫雨。我知道,他还没死心,还是想干坏事,便对韩大牙说,老大,你看她不喊不叫,也不跑了,我们把她放开吧?

猴子说,不能放,这娘们性子就像一匹小母马,太烈了,把我的腿踢得到现在还疼。

韩大牙转头望着他。猴子意识到自己说漏了嘴,讪讪地说,不玩了,没意思,赶紧烧中饭吃。

我们继续煮面疙瘩汤。吃过饭,猴子端了盆水,要去给杨紫雨洗脸,结果盆又被她踢翻了。猴子说,你看你,一个女的,那么脏,我好心给你洗下,真是不知好歹。

杨紫雨说,你别过来,你要动我,我就撞死在这柱子上。

韩大牙听到声音,就跑出来拉住猴子说,猴子,我跟你说多少遍了,别惹她,你要是想坏规矩,那你就走吧,去别的土匪帮里去。猴子脸黑了黑,说,老大,我也没想干啥,你吼我干什么?

我怕他们吵起来,就打圆场,老大,猴子,你们看门口的树上,有好多鸟哦,我们来抓鸟吧。

韩大牙点点头。我们便找了一只破簸箕,又寻了些粗麻索打散,搓成细细的绳子,去门外的雪地上,用一根系了绳子的木棍把簸箕支起来,里面撒了些小米,坐在大殿里,远远地看着,等鸟雀下来啄食,然后一拉绳子就把它们罩在里面。

一下午，我们抓了十五六只。后来，鸟也学精了，它们待在树上再不下来。

我们没得法子，就去厨房烧水，把鸟毛燂了，剁成小块，放干辣椒来烧，香气扑鼻。

韩大牙和猴子喝了不少酒。猴子又发牢骚说，一个女人在身边，只能看不能碰，真要把人憋死。再说，土匪不做土匪的事，就是又想当婊子，又想立牌坊。韩大牙黑着脸不作声。猴子更生气了，就不断地跟酒较劲，结果喝得酩酊大醉。我和韩大牙费了好大劲，才把他抬到隔壁房间里躺着。

晚上，我和杨紫雨继续在大殿里睡。她又给我讲了不少共产党打日本鬼子、打国民党、救老百姓的事情。通过她的讲述，我才知道了红军、新四军、八路军以及现在的野战军、解放军的区别。她告诉我，她的未婚夫就在共产党的部队里，正为了穷人能当家做主而打仗，她这次就是去找他的。昏黄的灯光下，杨紫雨说着这些事情，脸上布满了笑意，很幸福的样子。这让我不断地想起我的姐姐，小时候，她也常常带着笑给我讲故事。不过，那些故事的内容我大多已经忘记了，就连她的长相都变得十分模糊了。

我问杨紫雨，大姐，我可以喊你姐姐吗？

她说，好啊，从今往后，你就是我弟弟，我就是你姐姐。

我内心像有一股温热的水流淌过，瞬间变得温暖起来。我兴奋地喊了好几声，姐，姐，姐……

我说，姐，猴子对你起了坏心思，如果你不跑的话，迟早被他祸害。我放开你，你跑吧！

我跑了那你怎么办？杨紫雨摇摇头，又说，要不，你也跟姐一起跑吧。

我考虑了一下，答应了。虽然韩大牙和猴子对我都挺好的，和他们在一起，也是我很久都没经历过的快乐时光，但就像杨紫雨说的，当土匪毕竟不是什么好事。

我把杨紫雨解开，然后偷偷溜到后面厨房里把她的包袱拿出来，轻轻地打开殿门，说，姐，他们这会儿睡着了，我们赶紧逃。

杨紫雨站着没动，她望着那车粮食。我知道她是想把粮食也推走。

我说,姐,就我们两个,人能逃走就不错了,这车粮食可顾不上。

她想了想,问我,你还能找些空袋子来吗?

我知道她的想法,二话没说,就又去后面厨房里找了大大小小的几个布口袋,这些都是平时抢东西时得来的。

我们把车上的麻袋打开,装了满满四袋子,一人背着两袋,趁着夜色,逃跑了。

五、王修文,濉溪县党史办公室

我叫王修文,在濉溪县党史办公室工作。这么多年来,我一直在寻找一个女人。

这是父亲交给我的任务。在他病重卧床期间,他把我叫到床头,拿出半条手绢,交代我说,如果有机会,一定要找到它的主人。这时候,父亲已经癌症晚期了,放弃了治疗。脸瘦得皮包骨,也没有丝毫血色,但那会儿,他的神色却显得异常郑重。

他说,这半条手绢是在参加淮海大战担架队时,一个战士牺牲前交给他的。当时,这个战士满身血污,一条腿也炸没了。他从担架上奋力滚下来,从上衣口袋里掏出这半条手绢,拉着父亲的手,只断断续续说了一句话:找到她……嫁人……活下去……然后就咽气了。

关于父亲参加淮海大战担架队的事情,我是早就知道的,小时候,他就经常向我们讲起这段经历。不过,他从来没有提起过有关这条手绢的事情。他告诉我,他用了大半辈子的时间,动用了各种社会关系,却没有任何眉目。现在他的生命也即将走到尽头了,所以将它作为后事安排给我,希望我努力弥补他的遗憾。我默默地接过,虽然手绢分量很轻,但我心里却感到沉甸甸的。

我想,父亲是个老革命,解放后又一直在区、县政府工作,搜集信息,寻找线索,毫无疑问比我更有优势。他努力了这么久,都没有实现自己的愿望,我又能有什么更好的办法呢?

父亲死后,我便开始了自己漫长的寻人历程。

这半条手绢是丝质的,可能原来为青灰色,因为被血渍全部浸染过,再加上时间过了很久,现在看起来倒像是沉郁的紫黑色。手绢右下角用蓝色的丝线绣着一个"雨"字。根据那位战士牺牲前说的话,我想,这应该是一个女孩送给他的定情信物,或者是相依为命的一个妹妹送给哥哥的再见信物。这个"雨",或许是名字中的一个字。当然,这些信息对于在茫茫人海中寻找一个人是没有什么直接的用处的。

我决定还是用父亲的老办法,从查清那位战士的身份入手。我详细研究了淮海战役,特别是双堆集战役的参战部队、作战时间、伤亡人数、后来去向等各方面情况,又去民政局查阅了申领淮海大战支前民工补贴的名录,走访了很多留在濉溪乃至淮北、宿州的老战士、老民工,但事情没有任何进展。后来,我主动申请从国土部门调到党史办,利用整理编辑文史资料以及出差等机会,拿着这半条手绢到全国各地寻找党史工作同行,抱着死马当作活马医的心态到处问询,并写出了几百封函询的信件寄到各有关单位。由于当年部队档案普遍不健全,再加上淮海大战后部队流动很快,人员编制也经常变化,很多将士都已经阵亡,所以,可以想象得出来,查找一个不知名姓、不知职务、不知出生地的战士是何等艰难。所以直到现在,每次给父亲上坟的时候,我都是非常地愧疚。

不过,在另一方面,我又感到欣慰。我虽然没有替这位战士和我的父亲找到那个女人,但我近距离深入了解了当年的那场旷世大战,接触到无数令人感动至深的可歌可泣的故事,同时,整理出了数百万字弥足珍贵的文史资料。很多个夜晚,坐在寂静的书房,捧着那半条手绢,我常常想,这究竟是一个什么样的女人呢?能把一条手绢剪成两半,送给即将上战场的男人,还能让那个战士临死前说出"嫁人、活下去"的话,秀外慧中?柔弱无依?或许,是一个温婉的极富情趣的江南姑娘吧,也或许他们之间曾有令人回肠荡气、复杂曲折的过往?后来,在采访中,我还真的遇到几个真实类似的事例。其中一个是一对新婚夫妇,妻子参加了担架队,丈夫随军负责运送炮弹,他们都充分估计到了此行的危险,所以,互换了腰带以便日后相认。结果,丈夫真的死在了国民党飞机的轰炸中。后来打扫战场时,妻子在血肉模糊的尸体堆里,根据腰带认出了丈夫,最终把四肢不全的丈夫背回了家。还有一则，是一对父女共同在支援前线途中，女儿在飞机低空扫射的时候被炸死了。父亲把她放在一棵大柳树下，用自己的狗皮袄盖着，上面用鲜血做了一些他自己才知道的记号，对她说，如果你的身子没有被狼吃掉，我回来就背你回家。结果，等他回来时，发现这个地方已经被炸得尸横遍野、面目全非。他最后也是靠着这件做了记号的狗皮袄才找到了自己的女儿。

这些故事常常让我感动得夜不能寐。我也常常想，究竟是战争使日常的爱情和亲情有了独具一格的巨大力量，还是爱情和亲情让战争变得更加血肉丰满，直击人心？后来，我渐渐明白了，都不是，是在那个特殊的年代里，信仰的存在让爱情和亲情变得非同寻常。而这，才是真正打动人的力量基石。

然而，我没想到的是，最终让我得以实现父亲愿望的机会，竟来自这样一个巧合。今天下午，我正在单位里翻阅资料，有两个人推开了我办公室的门，一个看起来气色不错的老人和一个三十来岁的年轻人。

他们简单做了自我介绍。那个叫陈德旺的老人问，请问，你是王主任吗？

我让他们在沙发上坐下，回答道，是啊，我叫王修文。请问你们是谁？有什么事吗？

老人说，麻烦你了，我们想找一些关于淮海大战的资料。

那你们想找哪一方面的呢？淮海大战资料很多，我又问道，总前委不断变换的地址？参战双方部队的指挥机构？还是民工支前情况？

哦，是这样的，我表姑奶奶和他当年曾经来这里送过粮食。那个叫秦鹏举的年轻人用手指了指老人说，当时，除了送粮食外，我表姑奶奶还想找她的未婚夫，但没有找到。我们想看看你这里有没有什么线索。

那你知道你表姑奶奶的未婚夫是哪个部队的吗？我把目光从老人转到年轻人身上。

具体哪个团哪个营不知道，但我有她未婚夫写的信，信上表明，他是华东野战军第七纵队的。他说着，从挎包里掏出几封发黄的信件。

我给他们倒了水，然后接过信，仔细看了起来。

看着看着,我心里掠过了一阵悸动。的确,这几封信都是一个署名"正魁"的战士写给一位名叫"紫雨"的女同学的。从信中可以看出,这名战士原来隶属山东野战军,后来并入华东野战军第七纵队,在济南战役时曾在兖州阻击过沿津浦线北上的国民党增援之敌,后来随部队南下了。

对于华野七纵,我在之前就有过详细研究。淮海大战双堆集歼灭黄维兵团时最惨烈的大王庄之战,就是华野七纵二十师五十八团、五十九团、六十团,以及中野六纵的四十六团打的。阵地曾经三易其手,敌我双方都死伤累累,华野的二十师几乎被打残,其中有三个营最后只剩下一个营长、一个指导员。而我父亲所在的担架队当时转运的伤员也正好在大王庄外围。何况,这几封信的收信人名字中正好有个"雨"字。

难不成,这个年轻人的表姑奶奶就是我和父亲一直在找的人?我站起身来,捧着信的双手控制不住地微微颤抖着。

我努力平复着自己的心情,问,除了这些外,你还有什么其他信物吗?

那个年轻人摇了摇头,继而又犹豫了一阵,说,不知道这个算不算?他一边说一边取下斜挎着的皮包,拉开拉链,从里面掏出了一个笔记本和半条折叠得很齐整的青灰色手绢。

我几乎是跳着冲过去,从他手里夺过手绢。就是它!我不由得喊出了声。

他们两个惊诧地站了起来,什么?什么就是它?

我激动地说,另外半条手绢在我这里。说着,我拉开办公桌的抽屉,在一只文件袋里郑重地把父亲交给我的那半条手绢取了出来。

我们三个凑在一起,小心翼翼地把两个半条手绢在桌子上摊平,看着它们严丝合缝地拼接在一起。

我们默默地站着,谁都没有说话。岁月沧桑,风云变幻,历经几十年的重重磨难,它们终于再次重逢了。

六、陈德旺,濉溪县党史办公室

本来,这次小秦是不让我跟着他来濉溪的。他认为我八十多岁了,实在不方便跟着他跑来跑去地吃苦。我对小秦说,我陈德旺别的不敢讲,这么多年坚持锻炼,身体肯定不会有问题的。何况,你那失眠症那么严重,说不定我比你还强些呢!小秦看我拿他健康说事,显得有些郁闷,就说在我的农庄住了六七天,失眠症已经缓解了很多,后面的行程是不用替他担心的。

的确,这些日子,我们每天都在交流。他精神是好了不少,人也不再那么木讷。通过交流,我才知道之所以我写给杨紫雨的信件大部分都是查无此人,是因为杨树集在解放初期就和其他村庄合并,改了名。另外,在当地,他表姑奶奶叫杨玲花,而不是杨紫雨。他还说,他能找到我,也是凭着当年我一封没有退回的信件。

他也问了我许多问题。比如,他表姑奶奶的日记为什么只有前半本有记载,后面全是空白的?我告诉他:那本日记其实在单县那座庙里就已经被韩大牙拿走了。那天晚上我们逃走,韩大牙也是知道的,之所以视而不见,也是看了日记后心中惭愧,再加上担心猴子翻脸,才将计就计让我们自己跑的。当然,这些都是韩大牙在80年代辗转找到我时告诉我的。原来,他根本就不是什么大土匪韩金山的侄子,而曾是一支骡马队的账房先生。有一次,这支骡马队被韩金山杀光了,只有他侥幸逃脱,后来无处可去便和猴子一起当了土匪。

我对小秦说,虽然你的失眠症是好转不少,但你看我到了这个年纪,剩下的日子不多了,才更想重走一趟当年走过的路。小秦拗不过我,只有答应我跟他一起。

但我也没想到这次来会有这么圆满的收获。

整个下午,我们都在说淮海大战的事。

王修文主任介绍,淮海大战期间,濉溪县还不叫濉溪,而是叫宿西地区。当时,为了方便转运物资和伤员,总前委在五铺、杨柳、白沙集、铁佛、海孜、濉溪镇、陈集乡等十多个地方都设立了转运站。他父亲所在的陈集乡,组织了五百多人参与。六人一个小队负责一副担架;三十个小队组成一个中队,其中一部分中队到前线抬送伤员,其他的则将他们二手转运到百善、扈家庄、五沟集等野战军临时医院进行治疗。因为他父亲原来是公安员,抗日战争时曾在双堆集北边打过游击,对那一带情况比较熟悉,所以便被安排到前线中队了。

他说,1948年12月3日后,双堆集战斗越来越惨烈,需要运送的伤员也不断增多,他父亲便日夜往返于战场和转运站之间,片刻不得休息。路上,除了流弹外,还得注意国民党飞机的轰炸。有一次,父亲他们跟一支送粮队一起赶赴前线,几十头毛驴驮着一长溜白色的面口袋,在荒凉的原野中十分显眼,很快被敌人飞机发现了。一架敌机向着他们俯冲而下,机关枪嗒嗒嗒地射个不停,当场就打死了八个人。直到他们拉着毛驴的笼头,分散躲到堑壕和低洼的地方,再用担架上深颜色的被子蒙在面口袋上,敌机失去了目标,才盘旋了一阵飞走了。

王主任说,他父亲接到给手绢的战士是在12月7日的中午。那天他们赶到大王庄附近,远远看去,这座只有四十余户的村庄已经没有一间完整的房子,甚至连空屋架都看不见了,只剩下或高或低的残垣断壁。硝烟中,炮弹的轰鸣声、机枪的扫射声和人的喊杀声交织在一起。到处都是堆叠着的尸体,血水在堑壕里淌得像一条河一样。他父亲的担架队刚把战斗间隙抢下来的伤员们抬上担架,就着急忙慌地往回赶。但走了大约五公里的时候,那名战士就自己奋力挣扎着从担架上滚落下来,掏出了这半条血染的手绢。

听了王主任的介绍,我特别感慨。虽然我没有经历过那场战争,但战场上的惨状,我都是曾经亲自体会过的。

那年,我和杨紫雨费尽千辛万苦,终于到了临涣集兵站。杨紫雨把粮食一交,便向接待我们的一位四十多岁的中年男人打听华野第七纵队的去向。可那个男人却告诉我们,双堆集战斗在几日前已经结束,参战部队究竟去了哪里他也不知道,不过听说七纵这次牺牲特别大,有一个师都快被打没了,好几个营死得一个没剩下。杨紫雨一听非常着急,就提出想去双堆集看看。那个男人又说,去那可不容易,战场应该还在打扫,可能不会让一般人进的。杨紫雨控制不住,哭了起来。旁边另外一个三十多岁的男人看到杨紫雨哭得伤心,就说,你们要真想去,应该也有办法。我听说,罗集那边正在动员当地村民掩埋尸体,你们要进战场，就去那儿报名吧。

当天晚上，我们便赶到罗集区顺利加入了埋尸队，并且争取到了在大王庄的埋尸点。第二天出发前，县里的工作人员先说了以粮食抵工钱的事，然后对我们进行了简单的培训，强调了几项要求：一是对我军阵亡官兵要用两丈白布裹住掩埋；能发现姓名和地址的，一定要用木牌标记，无名烈士集中单埋于一处。二是划片包干，要深埋在两米以下，踩实土层，以防来年开春尸体腐烂传染疫病。三是要多选择沟沿空地，尽量不要占用群众耕地。四是埋尸人员每次饭前和晚上，要集中消毒一次，上工时，也必须戴上喷了酒的双层口罩。

刚进入战场的时候，我和杨紫雨就惊呆了。我看到她双肩抖动着，脸上一下变得煞白。在我们眼前，完整的房子一间都见不到，触目所及，到处都是深深的战壕，壕沟里的泥土全是黑红色的。一些烧毁的汽车、炸断了履带的坦克、废弃的大炮四处零落着。田野上、堑壕里、残垣断壁边、汽车上，尸体层层叠叠，许多残肢和血肉随处散落。虽然正是天寒地冻的时候，但刺鼻的硝烟味和血腥味还是非常明显。我印象特别深的是这样一处战壕：上面用一长溜汽车遮蔽着，不仅有一边尸体堆得像座小山一样，沟里的血水能打湿裤脚，而且沟墙还是用尸体砌起来加固的。有人说，这是国民党十二兵团的临时救护所。

那段时间，我们白天一边呕吐一边背尸埋尸。杨紫雨几乎是把自己见到的每具穿着解放军军服的尸体都细细翻转，用手擦拭着他们脸上的血污认真辨认，还跑来跑去看别人背着的尸体。正因为这样，我们埋尸的效率十分低下，被工作队队长批评了好多次。但杨紫雨不管这些，总是带着哭腔拿未婚夫的照片给大家看，请他们也留意一下。时间不长，埋尸点的人都知道了她的事。不仅如此，每天晚上，我们还会赶到小马庄、张围子等其他埋尸点，拿照片到处找别人打听她未婚夫的线索。蓬头垢面不说，连休息时间也无法保证，我们两人瘦得不成样子。说真的，那是我人生中感觉最累的一段时间，每次回到住宿点，倒头就睡着。后来，她看我实在疲惫得不行，就劝我不要跟着她干了。然而，我心里真的把她当成亲姐姐一样，所以便咬牙坚持着。大约十来天时间，几万具尸体终于被埋完了，但杨紫雨的寻找依然没有任何结果。

逃难的村民陆陆续续地回到村里。为了帮助他们重建家园,政府调集来了建房的材料、粮食和烧柴,又四处张贴公告,招募泥瓦匠和木工。杨紫雨便对我说,现在解放了,弟,你得找个正经活干,虽然没有技术,但建房工地上肯定也需要一些打杂的人。我说,姐,你也回山东老家吧,既然在这个战场上没找到你未婚夫的尸体,就说明他还活着。说不定你回到家,就收到他的来信了。但杨紫雨坚定地摇了摇头说,你不用管我,这几天,我听说正魁他们部队有可能去涡阳和蒙城休整了,也可能开拔到河南永城一带参加了新的战斗,我想再去找找。

　　第二天,杨紫雨带我去报了名。临分别时,我十分不舍。她摸摸我的头说,等我找到他,就回来看你。我说,姐,你可要说话算话,我会一直等着你哦。

　　谁知道,这一别就是永诀。

　　再后来,我打过零工,挖过煤窑,当过货车司机。改革开放初,我从经营一个废品收购站开始,慢慢办了几个厂。日子过得好些了,就开始往杨树集写信,对方却始终是"查无此人"。

七、秦鹏举,濉溪县临涣镇

　　安顿好陈德旺老人后,一整天,我都一个人在这条老街上转悠。

　　街道临水而建,青石板的路面被两边老旧的房子遮掩着,幽暗得像流淌着光阴的影子。各式摊点随意摆放着,卖包瓜酱菜的,卖马蹄烧饼的,卖培乳肉的,卖棒棒茶的……摊位前,人倒也不少,但并不显得拥挤或者喧嚷,相反,都好像逸散出一种沧桑之后的通透与平和。几家茶馆门口,依墙砌着清一色的老虎灶,黑黑的灶台上面满满当当地搁置着许多水壶,壶身密布着烟熏火燎的痕迹,已经看不出到底是白铁还是黄铜的材质了。

　　这条老街就是深藏在淮北腹地的临涣集。当年表姑奶奶来宿怀县,第一站也是在这里。这几天,我和陈德旺老人以及党史办的王主任一起去了大王庄遗址、双堆集烈士陵园和尖谷堆,瞻仰了那座无名烈士墓地的忠魂碑,还去吊祭了王主任的父亲,之后,便来到了临涣。

　　我随便找了一家,走进去,里面同样像蒙着一层浮动的黑旧的氤氲,四处仿佛还闪烁着星星点点的油光。仔细一瞧，才发现有许多灰暗的人影，坐在一张张低矮的木桌旁，喝茶、聊天、嗑瓜子，也有一些声响，但似乎也是从岁月的留声机里传出的，听起来格外老旧、缓慢。仔细看旁边的茶客，有的喝一口，眼睛闭上，再回味一下，然后睁开眼；有的点着旱烟锅，看微火在幽暗里轻轻地明灭，然后徐徐吐出；有的漫不经心地剥开一枚花生，用手指捻去外衣，丢在嘴里慢慢地咀嚼。每一个人的表情都是外面喧嚣世界里难得一见的安详、沉静和从容。

穿过厅堂，后面就是说淮北大鼓的地方。一个身着对襟小褂的老者，一手用木槌敲击着安置在身前的牛皮鼓，一手捏着竹板噼噼啪啪地打着节奏，正时唱时说着一部关于淮海大战的名叫《支前一家人》的戏本。

鼓点时快时慢，唱腔时而高亢，时而低沉，就像一些往事在岁月的河流里起起伏伏。

我在拐角处找了一张矮凳坐下，端起茶台上的粗瓷大碗，喝了一口，然后从挎包里取出那条已拼接好的手绢慢慢地展平。微光下，那线绣的"魁"字和"雨"字仿佛正在深情地对望着。

我默默地在心里说，表姑奶奶，你安心吧，我已经替你找到他了。后天，我就回到杨树集，把你们的信物埋进你的坟里。

鹰 儿 岭

张 扬

德叔给三岁的南笙做了把带花纹的木头玩具枪。相比儿子满天手上的那把,自己才做的这把显得大些,样式也较好看。

七月的日头着了火似的,将崇山峻岭中的祥云村烤得像个闷罐。德叔本来就觉得燥热,听着无休无止的蝉鸣,心里更是添火。他习惯性地吹了吹刨刀,就把刨子、凿子等工具收拾了。这时,"嗡嗡"的飞机声破空而来,不好!顿感不妙的德叔,一把拉起玩石子的南笙和满天,就往门外跑。

从祥云村到云岭这一带,日本鬼子的飞机不时空袭。祥云村的人依据经验纷纷跑出屋,各找地方躲了。德叔拽着两个孩子跑到村口枫树旁,他先将南笙背上树,又迅速溜下来背起满天。树干分叉处有个洞,刚容下他们几个。德叔用身子护住两个孩子,手搭凉棚探看。两架飞机并没有向村里扔炸弹,直接从村旁的山顶掠过。忽见一只大鸟从空中急速下坠,撞到枫树枝上,弹了弹,直直地掉落地面,发出"咚"的一声。南笙吓得直往德叔怀里拱,比他大一岁的满天也很紧张,眼睛瞪得大大的。

飞机飞远了,已听不见声响。德叔这才一先一后背着南笙和满天下到地面。坠地的大鸟不见动弹。德叔走到近前,见是只鹰,蹲下来翻它的翅膀。鹰的左翼有个伤口,像子弹击穿的。德叔心想,这鹰准是血流多了才掉下的,就用右手托起鹰的头部,左胳膊箍着鹰的背部,用了劲抱起来。南笙和满天都一蹦一跳,边拍手边喊着:"好大的鸟、好大的鸟!"孩子毕竟还是孩子!德叔摇摇头。他把鹰抱进屋子,从抽屉里找根布条,用它扎住鹰的伤口,又从水缸里舀来一瓢清水。德叔刚掰开鹰的嘴,准备喂水,鹰猛然睁开眼,挣扎着。"别怕、别怕,我们不害你。"德叔像哄小孩一样,喂了几口水。大黑狗狂吠不止,被德叔呵斥几声,才老实了。

吃过晚饭,两个孩子都已睡下。德叔累了一天,却无睡意,他心神不宁地坐在门槛上。烧锅的与村里人去云岭已有三天,会不会遇上轰炸?德叔越想越急,眼巴巴地望向村口。

当月亮升至树梢,几个人影向村口移动着。定睛一瞧,其中一个就是自己烧锅的,德叔忙起身迎了上去。将担子接过来,和村里人打了招呼后,德叔还未问清烧锅的这几日情况,烧锅的进了屋,就问他:"怎么多个孩子,还捉只鹰?"德叔就把情况一五一十地说了。几天前,两个游击队员找上门,指着带来的一个虎头虎脑的小孩说:"首长带领部队转移前,将自己的孩子南笙托付给游击队。"德叔听他们说到几个月前新四军被国民党顽军伏击,死了很多人,只有少数人留下来打游击,心里很难过,又有些紧张,不知道游击队员找他做什么。游击队员像是看出他的心思,说:"南笙要在你家待一段时间,请帮忙照顾好。"游击队员叮嘱他多加小心,说天上有日本鬼子飞机,地上有国民党特务盯着,还乡团的人像疯狗一样到处找人,之前接手任务的一户人家,转移南笙时差点出纰漏。听到这里,德叔心里绷得紧紧的,说:"我怕完成不好任务。"游击队员给他打气:"我们研究过,你和你烧锅的靠得住。这是伙食费,请收下。"说着要把两块银圆放到他手里。德叔死活不肯收,将两只手别到身后,说:"南笙在我家,就当我多个孩子而已,我会看得比我的命重要。"游击队员听了这话,郑重地说:"德叔,你的命、孩子的命都重要,我们相信你!"

德叔说完事情的来龙去脉,一个劲地挠头皮。烧锅的听后感叹:"这世道,连鸟都活不好。"前天她和村里几个妇女到云岭帮忙,今天上午突然听到飞机轰鸣,一个游击队员冲她们喊:"敌机来了,快躲起来。"紧接着,爆炸声四起,房子成片往下倒。忙完救急,她们就往家赶。德叔说:"你人到家了,我才把心放回肚里。这日子,什么时候能安生!"

家里凭空多个孩子,难免不引起人的注意。德叔知道村里人向着新四军和游击队。即便这样,万一走漏风声怎么办?德叔心里着急,连觉都睡不稳。烧锅的出了个主意,德叔听了,眉头才舒展些。德叔在村北头的松树林里挖了个地窖,一个村民看见了,就打趣他手脚闲不住。德叔敷衍几句,悄悄领着南笙和满天下到地窖里,说:"万一坏人来了,你们就老老实实待在这儿。"俩孩子忙不迭地点头。

　　德叔睡觉几乎半睁着眼。夜里,他摸索着起床,蹑手蹑脚走到屋外。四周虫鸣绵密,黑黢黢的大山静默着。德叔围着村子转一圈,才躺下继续睡了。白天,德叔又到村前村后转转。走累了,就坐在村口枫树底下东想想西想想。想到死在日本鬼子飞机轰炸中的父母,德叔心里抑制不住地难过,恨自己没本事,连亲人都保护不了。游击队托付的任务,透着对自己的信任。眼下能不能完成好,他心里还打着鼓。万一遭遇不测,就怕苦了烧锅的和满天。德叔听说过红军的事,现在的新四军和游击队同他们一样都为穷苦人卖命。有一次到云岭,德叔看到新四军战士在拉歌,响亮的歌声撞击着他的耳膜,他心头涌起一股热血,血又往脑门子涌去,让他浑身添了力气似的。德叔那一瞬间以为自己也可以冲上战场,作为杀敌的战士。

　　鹰在德叔家待了一个多月。这段时间,村里人陆续来看稀奇。老人们认为鹰性子野,不好侍弄,搞不好会被它啄伤。德叔含含糊糊应付说世间的事说不准,其实他已留意到,这鹰与人相处一段时间,一改最初的紧张、戒备,进食已变得正常。大黑狗熟悉了鹰的气味,喜欢趴在鹰的面前吐着舌头。南笙、满天已经把鹰当成玩伴,有时南笙学大人口吻,问鹰想不想自己的家,鹰大声叫着:"啁——啁——"南笙和满天都听不懂鹰的叫声,误以为鹰饿了。鹰吃荤,食量又大,德叔就想办法抓些蛇和老鼠。

　　德叔的身体瘦了一圈。烧锅的心疼他,特意煮碗糖水鸡蛋。德叔不肯吃,端给南笙。南笙刚舀口汤喝下,瞥见满天被德叔拉到门外,便端碗走过去。他用勺子搲了鸡蛋黄,递到满天嘴边。满天瞄了瞄一旁干活的德叔,一口咬住蛋黄,吞咽了。

这天,德叔在枫树下坐久了,屁股麻麻的。他缓缓站起,摘片树叶,搁到嘴里,清亮的哨音有如身形敏捷的鸟,飞向云天。正吹着,德叔就听到一声紧似一声的鹰鸣。鹰在他家快两个月了,伤口处已长出新羽毛,翅膀舞动也无大碍,莫不是它想飞回属于自己的家?它的家又会在哪里?德叔暗自笑了笑,觉得自己属于瞎操心,鹰怎么会不知道自己的家呢!德叔想到一个很少有人去的地方,一时又无法确定就是那里。对这只鹰,自己像对待孩子一样,跟它说话,吹口哨给它听。烧锅的笑话他跟个孩子似的,但他照做不误。每回跟鹰说话,德叔都发现鹰会安安静静地听着,偶尔叫几声,好似有所回应。这个小小的发现使他激动,像是手掌心里捂了一个秘密。

快步回到屋里的德叔,见叫个不停的鹰在扑棱棱地挥动翅膀,就问烧锅的是怎么回事。烧锅的一脸无辜,说先前还好端端的,两个孩子也没招惹它。德叔又看看鹰,沉思了会,就找根布条系在鹰的一只腿上。鹰连连啄着布条,见啄不开,就张开巨型翅膀飞起来,它飞出院子,径直向村口枫树飞去。德叔与烧锅的、两个孩子都小跑着出了门。鹰落到村口枫树上,停一小会儿,"嗝——嗝——"叫几声,往村子上空绕飞一圈,箭般飞过山峰,直至成为德叔他们视野中的一个黑点,最终消失不见。德叔揉揉酸疼的眼睛,长时间沉默不语。

鹰飞走后,德叔心里有些空落落的。他反复掂量了一下自己先前的一个想法,就决定去趟鬼窝峰。鬼窝峰距祥云村二十余里。老人们都说,鬼窝峰是豺狼虎豹出没的地方,除非孤魂野鬼,人万万不能去。烧锅的得知他的想法后,很是担心他会不会过于冒险,德叔安慰她:"没事的,那地方我去过不止一次。"德叔头一回到鬼窝峰,其实很发怵。怪只怪自己与同门师兄弟打了赌,哪怕刀山火海也要闯一闯,不然一辈子都抬不起头。那回他带上绳子和斧头,只身到了鬼窝峰。站在峰顶上俯瞰,三面峭壁围合的峡谷,看上去就像一只大葫芦横卧在山谷中。最高山峰上有一处岩石探出来,远观如鹰嘴。谷底长着高低不一的树木,树木中散落着不知何时滚落的乱石,一脉山泉从中穿过。距泉水不远处,高耸着两株枫杨树,其中一株,树皮长得如同一只只巨耳串在一起。德叔心想这峡谷处处奇特。借助绳索,他攀到峭壁的高处,采了几株比较稀罕的还魂草。

德叔一时高兴，连打几个呼哨。一只鹰呼地飞出来，惊出他一身冷汗。德叔又通过峭壁上一棵老松，翻入松树旁的岩洞，岩洞里遗有生火的痕迹和一堆碎骨头，这让他惊讶不已。喘了几口气，德叔就慢慢下到谷底。从峡谷出来后，他将还魂草送给传授自己木雕手艺的师傅。同门师兄弟得知他独闯鬼窝峰，采了名贵草药，再未嘲笑他胆小如鼠。同样，听说素来胆小的德叔一个人去了鬼窝峰，祥云村人对他也是另眼相看。说归说，这一带的村民仍旧不敢随便踏入鬼窝峰。胆气大增的德叔倒是进出数次。他基本摸清鬼窝峰的地形，还发现一条通往峡谷外的隧道。这条密藏的隧道中，遗落不少锈迹斑斑的断剑铁器，德叔心想，怪不得老人们说这里以前打过仗、死过人。

德叔这回来到鬼窝峰，并没有下到谷底。他站在高岭上，对着悬崖峭壁吹起了"哨子"。随即，峡谷中有了一阵阵回音，听上去怪怪的，德叔没有多想。他用力地吹着，吹得腮帮子都酸胀，却没有他预想的场景出现。德叔有些泄气，转身往回走了一小截路，耳畔蓦然传来"啁——啁——"声。他回头一看，一只鹰从半空中急速飞来，腿上隐约可见一根布条。待它落定，德叔跑上前，抚着鹰的翅膀，说："这就是你的家啊，跟我想的一样。这地方好，叫鬼窝峰还不如叫鹰儿岭。"鹰乖顺地贴着德叔，能听懂似的。

鹰随德叔回到祥云村。烧锅的问他用什么法子，连鹰都能召唤。德叔少见地同烧锅的开了个玩笑，说自己与鹰有暗号。烧锅的白了他一眼，说："你就吹吧！"德叔笑了笑，又出门去找蛇窝鼠洞了。游击队交付的任务，让他一直绷紧着弦。这天傍晚，待在德叔家的鹰围着他叫个不停，又啄他的衣服。德叔心生疑惑，就把屋里屋外看一遍，才发现一个陌生人鬼鬼祟祟地躲在村口枫树下，还朝他家张望。德叔警觉起来，本想将孩子藏到地窖里，与烧锅的商量后，决定外出避几日。第二天，天才麻麻亮，德叔和烧锅的各背些衣物与吃的，带着两个孩子往鹰儿岭走去。鹰在前头慢飞着，隔一会儿就停下来等候他们。德叔心头热热的，觉得自己真是运气好，才会遇到这样一只通人性的鹰。进入鹰儿岭谷底，看到以前探过的路布满藤蔓和交错的树枝，德叔拿出砍刀，砍了一阵子。走到峭壁下，又费了一番劲，才把烧锅的和孩子一个个拽上岩洞。

入秋后的山风一天比一天凉，到夜间更是抖出无尽的寒意。德叔让两个孩子和烧锅的多裹些毯子。为给孩子壮胆，他讲些自己听到的新四军杀敌故事，南笙和满天听得很入迷。南笙紧紧攥着玩具枪，稚声稚气地说："我要打坏人！"德叔摸摸他的头，头顶上的星星像是在望着他们，还眨了眨眼睛。在岩洞待了两天，德叔估摸祥云村差不多安全了，就和烧锅的带着两个孩子往外走。鹰也跟着他们一路慢行。

快到祥云村时，夕阳将要落山。忽听得枪声大作，两个孩子吓得抱住德叔。德叔让烧锅的带他们和鹰原路返回，自己蹲下身子往村口摸去。枫树底下，七八个游击队员向村里一伙国民党顽军射击。德叔认出游击队员中的两位，正是之前将南笙托付给自己的人。游击队员看到悄然出现的德叔，惊喜地说："我们以为你和孩子都被抓了。"德叔说："人都是安全的，快跟我走。"游击队员问清情况，才随他往鹰儿岭撤退。身后的枪声，歇一阵响一阵。德叔将游击队员领进鹰儿岭，准备让他们带着南笙先走，这才注意到烧锅的和两个孩子都不见踪影。坏了！会不会在峡谷中迷了路，或者半路被抓？德叔不敢往下想。游击队员也很着急，兵分两路，一路去寻人，一路留下断后。枪声这会儿变得很是密集。几只鸟受惊了，四下乱窜。德叔见状，忽然想起了什么。他揪片树叶，吹了起来，哨音一声紧似一声。德叔心下着急，嘴里鼓气，也不歇下，只把自己吹得眼冒金花，才见到那熟悉的鹰迅疾飞来。德叔激动地挥挥手，眼睛向四周看去。鹰立即飞起来，德叔紧跟在它身后，走到长有耳朵状树皮的枫杨前，德叔一眼就看到烧锅的和两个孩子。

德叔一心只想着找人，却忽略哨音所起的导引作用。追兵循声追近，子弹在林中乱飞着，树干落下深深浅浅的弹孔。德叔已暗自决定，准备拿自己的儿子吸引住敌人。他把通向峡谷外的小道指给游击队员，让他们带南笙快走。南笙拉着德叔不肯松手，差点哭起来。情急之下，游击队员抱起南笙，撤向小道。

负责断后的两名游击队员，一先一后倒在血泊中。德叔顾不上收拾他们的遗体，背着满天，与烧锅的趁着昏暗天色攀上岩洞。这时鹰突然挥动翅膀，飞到树巅上，转着圈翻飞，谷中的树随之"呼啦啦"摇动，波浪般起伏。鹰又发出德叔从未听过的古怪叫声,峡谷里回荡起震耳的声浪,像老人哭喊,又像战马嘶鸣、兵器的碰撞声,回环往复,夺人心魄。德叔听得身上都起了疙瘩,心想鬼窝峰原来这般瘆人。他慌忙用手捂向满天的耳朵,手掌触及满天,德叔吃惊不小,问烧锅的:"满天身上怎么凉凉的?"烧锅的一把攥住他的手,德叔就感到她手上粘有黏糊糊的东西。

  幢幢黑影和古怪叫声震慑住追兵。这伙顽军犹豫再三,未敢继续深入,只放几声冷枪,就撤出了峡谷。一切复归平静。岩洞里,鹰眯了眼,卧在一旁。德叔摸了摸满天右胸口,被子弹贯穿的伤口已不再流血,他感到了说不出来的闷痛,心也像是在抽搐着。烧锅的用粘了血的手捂着嘴,痛苦地压抑着哭声。

  阳光明晃晃地照进这片峡谷,周遭死一般地寂静。从岩洞下到谷底,德叔与烧锅的都抬眼望着岩洞,许久才挪动脚步。德叔和烧锅的就地刨了个坑,掩埋了两名游击队员的遗体,并将几块石头垒在坟前。做完这些,德叔感到从未有过的疲惫,身子打起寒战,站不住似的。好不容易走到枫杨树旁,德叔却大叫一声:"快跑、快跑,敌人来了!"神色慌张的他自顾自地爬树。烧锅的侧耳听听,并未听到枪声,她仰起头,气愤地质问趴在树上的德叔是不是听岔了。德叔不理她,嘴里继续喊着。持续几分钟后,他才复归平静。下了树,人失魂落魄一般。烧锅的往前走几步,用手探探他的额头,感到滚烫,"烧得这么狠!"德叔烧锅的怪自己粗心大意。她拽着德叔走近泉水,捧了几捧水给他凉凉脸。

  回祥云村看来已不安全,夫妻俩抱定决心走出这片深山。走了两天一夜,俩人脚底都磨出了血泡。怕国民党士兵沿途盘查,夫妻俩扮作乞丐,一路乞讨,才混过了江。到江北一个亲戚家落脚后,待了将近两个月。德叔和烧锅的思家心切,就辞别亲戚,返回祥云村。家里的大黑狗已不知所终。村里男男女女听说他俩回来了,前来叙旧。对于满天和南笙的去向,德叔支支吾吾,不肯细说。村里人就没再多问。

  吃过腊八粥的早上,德叔和烧锅的将双脚插进火桶取暖。村里的狗忽地叫得又凶又急。德叔把腿拔出火桶,刚跨出门槛,一伙来势汹汹的士兵用枪把他堵回堂屋。领头的一屁股坐到德叔家椅子上,将手往火桶上伸了伸,狠声道:

"躲得了初一躲不过十五,你们既然回来了,就快交人!"

德叔定了定心神,问:"你们是什么人?要我交什么人?"

那人嘿嘿一笑:"别装糊涂,把共党头目的儿子交出来!"

德叔说:"共党头目?瞎讲,我就是个木匠,怎么晓得?"

领头的说:"那好,老子帮你回想。几个月前,游击队到你家,把一个小孩交给了你,是不是?!"

德叔答道:"你们说得有鼻子有眼,但我不知道这回事。"没等德叔说完,一个人被带进来,是邻村的一个青年。他嗫嚅着嘴说:"德叔,你就招了吧。我都看见过的,就是不知道你把那孩子送到哪里去了。"德叔瞪他一眼,说:"你是我肚子里的蛔虫吗?能见到什么!"

"砰、砰、砰!"领头的抬手就朝德叔脚旁放了三枪。德叔猝不及防,脸色变得煞白。他跺着脚,大喊:"快跑、快跑!"作势要跑出门。这伙人却不知道他想跑出去爬树,一起端枪瞄向他。"绑了,带走!"为首的手一挥,几个士兵就把德叔和他烧锅的双手捆住。这时鹰从院子里飞出来,狠狠扑腾着,鸣叫着。一个持枪的人,问领头的要不要杀了做下酒菜。领头的望望屋外的天,回一句:"你敢吃?"边上一个年纪大点的士兵说:"这畜生野呢,听说死人肉都吃,别招惹它,不然一窝鹰都来找你。"持枪的听了,连连后退。

眼见这伙人押着德叔和他烧锅的离开,村里人一时慌乱无助。有人见过德叔挖地窖,联想到孩子会不会藏在地窖里,于是带着大家去寻地窖。果真找到地窖。除了一些衣物,里面根本没有人。大家担心德叔和他烧锅的性命,又为不知下落的孩子着急,几个村民主动提出到云岭打听。过了六七天,德叔和烧锅的被他们抬回来了。德叔身上穿的衣裳破得不成样子,衣裳以及他躺着的门板上,都糊有大片血迹,像鸡冠花一样呈现着紫色。他烧锅的则奄奄一息。村里人找来郎中,郎中看过德叔和他烧锅的伤势,叹口气,当即开了药方,让人抓药给敷上。用了药,德叔日日见好,他烧锅的却因伤势发作,不到几天撒手而去。

安葬了烧锅的,德叔一拐一瘸地从坟地里往回走,鹰紧跟在他身后。走到枫树下，德叔坐定。往事一幕幕在他脑海里回放着。新四军驻扎云岭期间，烧锅的和村里人隔三岔五，就将纳好的布鞋、做的衣裳，还有垒了几层的厚厚锅巴放进稻箩里，挑送到云岭。烧锅的每次出门前，德叔都会提醒她注意安全。儿子满天不愿意自己的娘出门，拉着她的衣角，连声喊："姆妈，姆妈。"埋藏在德叔记忆里的，有烧锅的在儿子额头狠狠啄一下转身而去的身影，也有她月下挑着稻箩匆匆回家的模样，还有她躲避在岩洞里的悲戚面容。被国民党士兵抓走审讯那段时间，德叔非常担心烧锅的能不能承受住非人折磨。敌人轮番审问他们游击队去了哪里，共党头目的孩子交给了谁。德叔不肯多说一个字。浸了盐水的鞭子向他身上抽过去，顿时皮开肉绽。德叔咬着牙，强忍疼痛。从敌人反复审问来看，德叔判断他们还未得到想要的情报，宽心不少。审讯的人很不耐烦，为恐吓德叔，朝地面随意打了几枪。德叔如受电击，大喊大叫。此后，但凡听到枪声他都这般状态，负责审讯的人认为他精神出了问题，再审也审不出结果，决定暂时把他和他烧锅的放了。

眼睁睁地看着烧锅的送了命，自己却无能为力。德叔每有回想，都生出锥心般的疼痛。痛苦与回忆始终纠缠在一起，德叔不愿意自己一遍遍地揭开疮疤，却又控制不住自己一次次陷入对过往点滴的追忆。前些年，德叔独自去过鹰儿岭，攀过一次岩洞就未再上去。那次他未找到当初掩埋游击队员遗体的墓地。找的时候，他就想会不会是山洪冲刷导致墓地无存的？德叔踏遍峡谷，最终放弃了寻找。

大军过江后，活跃在深山中的游击队配合作战。很快，迎来了解放。县里派人向德叔了解当年游击队的事。来人问德叔："敌人怎么会放您回来？"德叔摸了摸自己的脑袋，便说他们可能是放长线钓大鱼。至于游击队从峡谷中离开后的情况以及南笙的最终去向，他表示自己都不清楚。来人替他惋惜："你应该是为革命做过贡献，但档案和证据不够充分。"德叔依然重复着那句话："交给我的任务没有完成好。"农村实行家庭联产承包责任制后，祥云村人的生活发生了大变化，德叔却坚持种田种地养活自己。村里老人有时忍不住问他："你儿子满天呢，不靠他养老吗？"德叔就笑笑，不肯多说一句满天和南笙的事。

德叔的行动日渐迟缓。被病魔击倒的这一年,正是他七十整岁。村里人轮流照顾他。这天午后,德叔躺在床上,迷迷糊糊中,听到村里的狗"汪、汪"叫个不停。"德叔、德叔,您看谁来了?"村干部领着一个中年人走进屋。德叔闻声,想坐起来却使不上劲。来人急忙上前扶起他。德叔打量中年人,一时有些茫然。中年人将脸凑近,说:"我是南笙呐。"德叔想了想,哆哆嗦嗦地用手摸向南笙的脸,颤着声问:"你叫南笙?啊呀,长得我都不认识了。"南笙打开带来的包,取出一个用红布包裹的东西。红布被揭开,露出一把木头玩具枪。南笙很感慨也很动情,说:"这是您当年给我做的,我一直舍不得丢。这次回来就想看看您和满天。"德叔用手摩挲着木头玩具枪,说:"你是个有心人。满天要是还在,跟你一样四十出头了。""满天到底怎么回事?"南笙急切地问道。德叔的手又抖起来。

德叔断断续续讲起当年的遭遇。这时,屋里进来几个邻居,他们都替德叔难过,说德叔吃了许多苦,宁愿憋在心里也不讲出来。德叔就说:"吃这点苦头没什么,我没把任务完成好。"邻居又都七嘴八舌说起德叔的病。德叔不发病时与常人无异,一旦发起病,怪吓人的。后来,发展到连听见鞭炮声他都会大喊大叫。村里人把这些情况讲给德叔听,他自己一开始还不相信,听大家说得多了,他才在意起来。村里安排他去医院检查。从医院回来,德叔吃了大半年的药,仍不见效果。德叔觉得再继续下去白白浪费钱,就把药停了。为了照顾德叔,祥云村连续多年都不燃放鞭炮,哪怕是操办婚丧嫁娶。德叔很内疚,觉得自己拖累了村里人。出乎村里人的意料,收音机或电视里偶尔播放的枪声、鞭炮声,同样会刺激到德叔。顽皮的孩子爱模拟这些声音,大人们交代孩子别没事找事去捉弄可怜的德叔,孩子们左耳朵进右耳朵出。即使被孩子们戏耍了,导致自己发病,德叔事后也不怪他们。偶尔发病,他也只是乱喊一气,跑不动了,也爬不上树。村里的孩子一个个长大,去县城乃至省城上学,德叔感到一种空荡荡的东西包裹了自己。

南笙听到这里,眼泪止不住。他还记得自己走出这片大山的大致情形。几个战士护着他,坐竹筏过了青弋江,到芜湖待了一段时间。随后坐船、坐车,辗转到了北京。南笙见到亲生父母时，已是1949年的夏天。父母乍见之下，惊喜万分，非要将他名字中的"生"字加上竹节头，说南笙是在皖南出生的，要向养父母这样的无名英雄学习，做一个有气节的人。

南笙抹了抹眼泪，继续说："到北京不久，父母接受了一项特殊任务，我们一家人不得不和地方中断联系，转到大西北。现在我转岗回到北京，就急着回来看您和乡亲们，没想到您病成这样。"德叔喘着气，说："人老了，早晚有这一天。"祥云村的几个人都说德叔这些年早早晚晚都到枫树下坐一会儿，他嘴上不讲，心里肯定想念着南笙和满天。南笙点点头，人心都是肉长的，德叔的救命之恩，他何尝忘却，又何尝不想早点回来看看啊？

南笙在德叔家住了下来。他想尽尽心意，照顾德叔几天。这天夜里，南笙听到德叔喘气喘得厉害，喉咙间似被什么东西堵住。南笙握住德叔的手，德叔吃力地将南笙的手往他胸口移了移。德叔的眼窝含着两颗泪珠。这一刻，他仿若听到一些声音，这声音像鹰的鸣叫，又像风吹过悬崖刮出的尖厉声。德叔弓了弓双腿，眼睛合上时，两颗泪珠滚出了眼窝。南笙看看手表，深夜十一时。

冬日的暖阳照进来，屋子里像德叔烤过的火桶一样，暖烘烘的。南笙把带来的木头玩具枪放进德叔的墓地。料理完德叔后事，已经是南笙来祥云村的第七天。那只老迈的鹰从德叔墓前回来后，就卧在草窠中一动不动，头也深埋在翅膀里。南笙就要离开德叔家，打算将鹰托付给村里人。他走近草窠，抚着鹰的颈部，鹰却无任何反应。

村里人都说这鹰稀罕，活了五十多年，就跟一个人一样知冷知热。南笙请村里人帮忙，将鹰放入德叔生前打造的一个木盒子里。几个人抬着木盒子以及定制的四只花圈，向鹰儿岭慢慢走去。

春风多料峭

孔晓岩

一

刘老四赶着马车向阴沉的天空抽响一个清脆的鞭花,他想抽出一个晴天来,但隆冬的老天脾气倔,还是铁着个脸,阴沉沉的,唯有两只骡子很听话地抬起蹄子踩在泥泞的乡道上。他没有想到,这一去竟是自己和干儿子宋先渡的永别。那一天是民国三十七年年尾,阳历多少号来着,他已想不起来了,那会儿都记农历日子,那会儿他们使用的秤还是十六两制的。

那是淮海战役时双岗集没日没夜打了二十三天后大炮停下来的第十天,弟弟刘老五的丧事刚办完,宋先渡那没过门的媳妇翠儿的丧事也过了头七的日子。

刘老四把家里打猎用的笨铳也捎上了。

爹,你带它干吗?有这家伙在,怕啥!宋先渡拍了拍腰间的盒子枪。

刘老四没理他,一抬屁股上了车,心里说,你懂个啥?盒子枪能和我这家传的笨铳比?我这一枪下去,整座山都能响上半天。

宋先渡这个二十五岁的汉子此时蜷缩在车上,曾大马金刀的精气神有点散乱,原有的天庭饱满、地阁方圆的紫脸膛子,这会儿已经瘦削得如同剃刀剃过肉的马脸骨。他半眯着的眼似乎很难睁开,就算睁开了,那双眼仁也如吃过人肉的野狗的红色眼珠。仗不打了,岗子上尸横遍野,不知从哪里来的野狗,一群群地向双岗集这里跑来。来时的狗眼睛黑亮亮的,几天下来,它们就肚大腰圆起来,最为严重的是,这些狗眼仁子变了色,红得瘆人。

刘老四心里清楚,宋先渡当然没有吃人。他是怎么黑瘦成这样的?眼仁是怎么红的?唉,兵荒马乱的年月没一天消停的,农会会长的头衔除了累,似乎没多大好处。他活该,当上双岗集的农会会长就光耀门楣了吗?屁!他一个给张家当小羊倌、后来当长工的大龄光棍儿汉,就因为去年共产党过来领着大伙分了田,建了农会组织,成立区政府,在选会长时,大伙儿不愿也不敢当村干部,才推选了他当什么农会会长,他竟然傻乎乎地应下了,而且还给个棒槌就当针,干得像模像样,事事不落人后,仿佛农会会长是七品官似的。

此时,宋先渡坐着,眯缝着眼。这些天他一直是这个状态,站着眯缝着眼,好像走路时也眯缝着眼。这家伙确实该好好睡一觉了,自这仗打起来前后一个月,他就没日没夜地忙。忙啥?组织人给前线送弹药,送粮送水送衣被,再组织担架队把伤员运下来,送到兵站医院去,还有就是帮着打山东来的支前队的老乡安置临时休息点。反正,这个农会会长在刘老四的眼里就是个被炮声抽着的陀螺,一时三刻不停地转,从不拾闲。一个健壮的汉子,慢慢地就被抽得又黑又瘦,走路都像踩在一朵浮云上。

村里看相算命的赵瞎子悄声告诉刘老四,你这干儿子,魄散了,靠魂在撑着呢。

刘老四给了这秃头瞎子一巴掌,你再瞎说,俺就给你嘴上钉马掌子!

赵瞎子悻悻地走远,只听他咕噜一句,不信,咱们骑驴看唱本……

刘老四拾了一个土块朝他的背影扔去,黑狗"狗熊"也吼了几声。

皖北平原的大地,白茫茫的雪花下面睡着麦苗,生命开口喊出"绿"之前,宋先渡站在风里;抓一把雪扔向远处。今年下了场好雪,有尺把厚,积雪的乡道全被车马和兵乱践踏得泥泞四起。逃命的逃命,抓俘虏的抓俘虏,枪声一响也就顾不上田里种的是什么了。恐怕没有人想打仗,可眼下这世道,又有什么办法呢?好好的土地遭了殃,人踩马踏,被炮火折腾得不成样子,田野变成了一床破棉被,四处都是皱褶和破口子。

如果能找一堵朝阳的土墙靠着晒一会儿太阳,那该多好!宋先渡看看老天阴沉的脸,把冻红的手伸进袖筒里,都快打春了,竟还冻成个鬼!他咳嗽几声,斜倚在大车帮上,迷迷糊糊中仿佛翠儿脸贴在他胸前,喊着他的名字,他想伸手抱她,却怎么也动弹不了。猛地惊醒,一阵冷风扫过,黑狗坐在跟前,舔着他的裤腿。这一路二十多里下来,它不停地跟着车跑,黑泥把它变成湿漉漉的一块炭。它累得呜呜几声,嘴里喘着白色的气体,似一块炭生了烟,要着火。

黑狗今年三岁,翠儿活着的时候,天天把它带在跟前。翠儿不在了,它又天天跟着宋先渡。

路还要向前赶,乡道上行人少,赶车的不用招呼,两头骡子也自然朝前奔,从这儿到烈山石炭窑还要走上三炷香的时辰。

车轮与泥地擦出咯吱的响声,在这接连不断的响声里,刘老四抽出烟斗,从烟袋包里娴熟地挖出一斗烟。这是河南信阳产的上好的烟丝,还是宋先渡在战前从濉溪的临涣镇上给他买的。

塞好烟丝,刘老四朝兜里一阵摸,就是找不着火柴。哦,对了,自己也有几天没有用火柴了,而是用了弟弟刘老五生前给自己的一只打火机。那只打火机是长方形的,银壳上面镌刻着一只鹰头,打起上盖,发出很脆的咔嗒声,那是属于金属的骄傲且高贵的声响,跟马鞭抽出时的脆响不是同一个滋味儿。那只鹰头打火机已经被宋先渡没收了,还有刘老五捞浮财而得的两只金表和一只金笔、三只金戒指,全让"败家的"宋先渡交到区政府充了公。这些东西是刘老五和村上一群半大小子半夜到双岗战场从死尸上"淘"来的。没收这些时,刘老五已经死了。

你就不能有点出息?!干什么不好,非要去捞浮财,不怕死人找上你?!

刘老五冲他扮个鬼脸,哥,俺这是最后一次,再也不去了。

他的腿一瘸一瘸的,无精打采,萎靡不振。

刘老四冲着他的背影喊了句,你咋了?哪不舒服?

没事,没事。刘老五躲着他,回身进了自己屋,背影里弹出一句闷哑的回声,紧跟着,一只罐子摔在地上,哗啦一声脆响。

刘老五没再去捞浮财了。他发高烧的第二天就死在炕上。

入殓时,人们发现刘老五的大腿肚上有一块牙咬的黑色伤口。有人说,他之前被野狗咬了一口,也许是摊上尸毒了。刘老四就这一个弟弟,刚满三十岁就这么殒了。他从炕上看到那些金灿灿的东西,本想给刘老五随葬了,但宋先渡不让,还收了自己的打火机,一想到这儿,刘老四心里就向上蹿火,就想骂人。

骂他不解恨,刘老四还动手打了宋先渡,只是没有用。该充公的依旧充了公,刘老四没拗过他。再说,他那没过门的媳妇翠儿在刘老五死去的前几天,往前线送粮时被飞机炸死了。翠儿一死,宋先渡才真正丢了魄。唉,孩子也着实够可怜了!

冬天的太阳就如烤不黄的煎饼,挂在半山腰,路旁少有的大杨树大多被炮火炸得七倒八歪。两只骡子仿佛认识这里的道儿,也真是神了。其实这两只骡子不是刘老四家的,刘老四开着一间小酒铺,酒是自己家酿的,有五个酒窖池子。这骡子不知是从哪儿跑来的,前几天驮着一袋面跑到酒铺的门口就不走了。宋先渡喂饱了它,说要送走,但朝哪里送?他和干爹合计着要送到支前站去。就在这时,宋先渡接到了埋尸体的任务,这一忙也就忘了骡子的事情了。

宋先渡接到区政府的命令,要他组织一百多人去掩埋战场上的尸体。组织村里人去掩埋牺牲的解放军战士,自然没有人不情愿,但是到了现场,知道了上级派的活儿是让埋国民党军的尸体,这下一百多号人炸了锅,家里有被国民党兵祸害的、有血债冤屈的立马扛起工具,骂着粗话就回了家。现场只留下宋先渡和刘老四等十几个人了。刘老四不能走,不能让自己干儿子一个人在那里。那天,他和宋先渡等人干了一天,只埋了三十具尸体。

春风虽料峭,但人不再那么缩手缩脚、冻得发抖,正是天气渐暖的时候。风从西边吹过来,一股酸酸淡淡的豆腐乳的味道在遍野弥漫。往年打春,风里是清如百合的香气,吸进鼻孔似乎甜丝丝的。这豆腐乳味儿还会变,会变为老婆娘的脚丫子味儿,再变就变成死蛇味儿。

乡亲们埋完尸体也是后半夜了,来了几位解放军官兵。一位挎盒子枪的、人称营长的汉子说,你们这个速度太慢,天渐渐暖了,这样下去会闹瘟疫的,三天之内一定要把这些尸体全埋了。

这位汉子嗅了嗅周围的空气,转身对宋先渡说,宋会长,这尸体在变味,你得想想办法。要不先用石炭和烈酒来杀毒,不然就是埋了,恐怕也不行,再不就用火烧了吧。

宋先渡搓着手说,好的,俺来办,俺来办。

不过乡亲们还是不愿意埋这些国民党的兵。那位营长拍了拍宋先渡的肩,宋会长,这时候还分什么党不党的啊,都是人,都是百姓,他们也是贫民子弟,也是一条条生命。你多做一下大伙儿的工作,如果有困难,我明天给你一个排的人支援,一定要完成任务啊!

宋先渡点了点头,一双血兔子眼仁睁得老大。他看着不远处,那些树干被剥了皮,露出白森森的色泽。

二

乡亲们同意去埋国民党兵的尸体,是宋先渡一家家央求出来的,他没有什么本事,与乡亲们不沾亲不带故,又笨嘴拙舌的。他是一个弃儿。那年也是大雪天,河南人往这边逃荒,在土地庙边,村里大户张把他牵回了家,那年宋先渡才五岁。大户张心歹,这孩子是在苦水里长大的,五岁时就为大户张赶着一群羊过活,过了几年,刘老四实在看不下去了,便给了大户张十块大洋,让宋先渡认他做干爹,就算这样,大户张还要让他顶五年活儿才肯放。刘老四一是看宋先渡这孩子可怜,二是他也想给自己这支留个后,因为自己结了三次婚,三个媳妇都死了,都没有为他生个一儿半女。赵瞎子说,他是克星,专克女人。第三个媳妇死后,刘老四就死了再续弦的心,他想为刘家留个香火,还有就是把老刘家酿酒的手艺传下去。刘家只有刘老四和刘老五,上面三个姐姐都出嫁了,弟弟刘老五又酗酒成性,不干正事,整天在村里游手好闲,东晃西荡的。刘老四收了宋先渡做儿子,在人前时仿佛自己腰杆子也硬直起来了。刘老五常说,你认儿就该让他姓刘,怎么还叫他宋先渡呢?刘老四打眼看看他和宋先渡,宋先渡没有接刘老四的目光,低下头。刘老四拍拍衣襟上的灰,立起身来,哼了句,先帝创业三分鼎,险些一旦化灰尘……

宋先渡头一低,一片大洋叶子砸了他一下。

刘老四不怪他不改姓,强扭的瓜不甜,人凭的是良心,这换心的事要慢慢来,心急吃不了热豆腐。

晌午了,太阳高悬在正顶,天暖了。

阳光暖暖地晒在身上,宋先渡也仿佛缓过劲儿来。远处的山和泥路混沌的一片,分不清第二种颜色来。这单调的调色盘里,阳光匆匆掠过,最后挪移到刘老四嘴里叼着的烟杆上。刘老四许久都在沉默,双手插在棉袄袖子里,一缕烟打着卷儿升腾到无边的青天。

忽然烟灭了,宋先渡赶忙从口袋里掏出火柴,凑过身子给刘老四重新点上。刘老四欠了欠身子,深深地吸了一口,又重重地吐了出来。

宋先渡跳下车,抄了一把干净的残雪擦了擦脸,又捧着雪吃了两口。黑狗朝他汪汪叫着,仿佛不认识他一样。如果是在河边洗脸,可能宋先渡连自己都不认识自己。是呀,这几十天,宋先渡不知道是怎么过来的,翠儿被飞机炸死了,老叔又被野狗咬得中毒身亡,这些天见到众多的尸体,横七竖八,惨不忍睹,他看着心里真是悲怆异常,泪水常常模糊了眼睛。这眼泪又仿佛流到了那几亩地里,就看到油绿的苗儿往上蹿——翠儿家分到五亩地,自己分到两亩,准备过年时就把婚事给办了,没想到她竟然死在了支前的路上。她的微笑总在他的眼前晃,挥之不去,当这微笑消失的时候,他全身就打起了寒战,就像掉进了无尽的冰窟窿里。

大伙儿强打着精神掩埋尸体,他们目光呆滞,垂头垂手,一锹一锹将冻得梆硬的土地费力挖开,尽量挖得深些。他们把冻土散乱地扔在坡上,然后抬着尸体深埋。人群里发出尖叫声,啊!你们看,这不是失踪的石头吗?石头是个十几岁的孩子,家里穷得吃不上饭,人们好些日子没见过他了,可怜他那瞎眼的娘,天天"石头、石头"地念叨着。村里人看不下去,常送点吃的给她。这孩子不知什么时候跑到了外面,不知怎么就成了国民党兵。这中间发生了什么没有人知道,再看见他时,他却成了一具血肉模糊的尸体。

宋先渡看着石头的脸,这一张陌生而稚嫩的脸,让他一阵一阵地晕眩,他捂住胸口,蹲下来。瞬间,后背凉飕飕的,感觉有一把刀子在背上来回地划拉,他的头开始撕裂般地疼痛。啊!他大叫一声,拾起脚边一颗石子,扔出去好远好远。

宋会长,我看到雪丫她爹了。一个人朝他喊着,然后捂着脸抽噎着,她爹,她爹对俺有恩哪……

大野雪地上,一行人默默站着,谁也说不出一句话来。阴森的晚风中,他们用力地挖着土坑,将一具具尸体掩埋好。他们没想到的是,这些国民党兵中就有他们认识的乡亲……

三

石炭窑里的炭只能装半车,这显然不够埋两三百号国民党士兵尸体的。宋先渡就急着对石炭窑的老板说,这是区里给的条子,要四千斤石炭。

老板是个斜眼,戴着狗皮帽,鼻子里老是流鼻涕,他用袖子擦了几下,说,你也看到了,就这么多。这大雪天没人烧窑,全区都到俺这里拉炭,俺又不能天天拉屎一样拉出来。

他用袖子抹了下鼻子,刘老四凑过去讨好地说,这位老哥,你给想想法子,岗子上死尸都快胀肚子了,不杀毒,俺们那里染上瘟病,你们也会染上的。

斜眼老板沉思了一下,对刘老四说,那前池里还有点热石灰,你们捞点,也就这样了。

阳光照着的冰面下,有一池熟石灰泥,这熟石灰泥可以直接泥新房。宋先渡心里一揪。他擦擦眼角,走到池边,脱下棉鞋,赤脚下到池里,一锨一锨地把水里的熟石灰膏子扔上了车,仿佛和谁赌气,一言不发,只顾着拼命地干活。

那石灰烧人,时间长了可不行,我来换你吧!

爹,俺能行,不碍事。

刘老四只得站在车上把铲上来的石灰膏子平整地收拾好,但心里还是放不下干儿子。刘老四打眼瞅了瞅池子里的宋先渡,怕他累得一头栽倒在水里。黑狗不知道这些,只是在车前和池前来回跑着。

终于,一袋烟的工夫,大车苇席的卷仓里垒满了。

快上来,赶快把脚洗干净。

宋先渡上了池子,用雪把双脚擦净。他的双脚已经红肿起来,刘老四看着有些心疼,从怀里掏出一陶壶酒递过去。

喏,赶快喝口刘家春暖暖身子。刘老四有意避开"酒"字,平常,他不说"刘家春",只说"刘家春酒"。

避开"酒"字,是因为前几天他俩为酒吵了架。

那天天一擦黑,风就冷透到骨子里。刘老四忙了一下午,把饭锅里的饭菜温了又温,不时地朝外看。大团的黑雾里,月亮冒个头,又没了踪影,只有刘老四来回走动的脚步声。直到温到第四回饭,宋先渡才带着埋尸队的人从岗上回来。刚进屋,就闻到他们身上的尸臭味,刘老四捏着鼻子。他们显然是饿坏了,掀开锅,十几号人就围着锅狼吞虎咽地吃了起来。

宋先渡嘴里嚼着馒头走过来,刘老四忙着照顾大伙儿,一口饭还没吃,问今天埋了多少,他说埋了八十多个,还有二百多口子没埋完,上面又给摊了任务。

刘老四没吱声,低头抽着烟。刘老五死后,他就情绪沮丧,没有了劲头,他更恨那些国民党的兵了。他们不来我们解放区多好,自己分了地,酒的销路又好起来,等过了年宋先渡和翠儿结婚,来年就可以抱孙子了。翠儿曾说,爹,俺和先渡商量了,头孩就随刘姓。那是订婚吃酒时,翠儿亲口说的,可现在什么也没有了。当时刘老四很兴奋,破天荒地喝高了酒,睡了一天一夜,做了很多梦。梦得最多的是他俩生了个大胖小子,可后来这二十三天的战火和硝烟,让他的梦彻底破灭了。想到这儿,刘老四的心口就如扎进了针。

正在这会儿,宋先渡走到刘老四面前。爹,我想向你借两担酒。

干吗?

岗上的尸体,这几天在胀肚呢。

尸体经春风一吹,阳光一晒,肚子就会膨胀起来,其实是里面的器官在腐坏。

刘老四磕了磕烟袋,你小子别说了,这酒不能借,酒只剩一担了。五担酒,让狗日的国民党兵喝了四担,只剩下一担,我是豁上老命藏起来的。这酒可是为你的婚事准备的,给那帮孙子消毒,俺不干!

说完,他扭头走了。大伙都停下了吃喝,抬眼看着宋先渡。

宋先渡有点急躁起来,跺着脚,你这个老落后,不为死人也得为活人呀,一旦尸体腐烂闹起瘟疫,那可不得了!

刘老四一听他骂自己是老落后,也有点急,你这个小狗日的,老子就不答应你,怎么了?我落后,奶奶的,这仗我是少捐钱了,少送粮了,还是怎么了?

宋先渡急赤白脸地说,你恨他们不假,可谁愿意打仗当炮灰?这里面就有咱村的石头和雪丫她爹,也是和咱一样的受苦人!再说了,埋尸也是为了活着的人着想。

刘老四听到石头和雪丫她爹的名字,心里一怔,但还是一扭脖子,死活就是不借!

两人吵来吵去,争执不下。又累又饿的宋先渡气得一拍案子,一点同情心都没有,俺说不服你,不行俺们就到解放军兵站论理去!

话戗到这,刘老四梗着脖子说,走就走,吓唬谁呀?到哪俺也不怕!

大伙左劝右劝不起作用,两个人杠上了,互不相让。一行人只好陪着他们父子到解放军兵站解决问题。

等他们在两炷香之后出兵站时,那位瘦弱的解放军营长把他们送出了门。

刘老四昂着头,大踏步地走在回家的路上,他的脸上流下热泪,不是自己生的,就是不亲呀!

还是那位营长通情达理,批评了宋先渡,说他这个农会会长水平不高,怎么这样简单粗暴地做群众工作,再干不好就准备把他的会长给撸了。真要撸了干儿子的会长之职,刘老四也不情愿,心里一软,赶紧说,长官,借一步说话。他拉着那位营长去了里屋。

他们说的什么宋先渡不知道,只是营长出来后脸上的表情温和了不少,让宋先渡给刘老四低头认错赔不是。刘老四气哼哼地没理他,自顾自地出了大门。

当宋先渡和大伙儿追过来时,刘老四仰天望着无月的天空,大声地骂了句"狗日的",骂完眼前一黑,一头栽倒在地。

刘老四醒来后发现躺在自家的床上,屋里几个人见他醒了,一个个扑通通地跪在地上,跪在最前面的就是干儿子宋先渡。

你们这是干吗?起……起来。刘老四弱弱地喊道。

几个仍旧跪着不动。

爹,儿子不孝,惹您生气了。

刘老爹,您原谅了宋会长,我们就起来。

他也是为了大伙儿好,您看他都累成了什么样……

刘老四看着宋先渡。宋先渡铁青的马脸显得更消瘦了,脸上还挂着两行热泪。

起来吧,不就这点事吗?我,我原谅了他,你们走吧。刘老四说完,也流下了泪水。

那群跪着的后生纷纷站起,只有一人还跪着。

立春的夜晚,屋外的雪花竟又簌簌地落下,旧雪还未消融,新雪又来了。

刘老四没有借酒,宋先渡也没有再提酒,"酒"字成了他俩之间的一个忌讳。

四

宋先渡把酒喝了几口后,酒壶给了刘老四,爹,这车我来赶吧,你眯会儿。

刘老四也没有争,把鞭子给了他。

骡子走得慢,但有力气,比马、驴有力气,而且有耐性。这两只骡子长得好,四肢发达,毛发油黑,比日本的战马也不差。

骡子走在大路上,一路很平稳,只是有山东支前的独轮车和骡马队过来时,那些山东人吃着大葱说着山东话,这两只骡子听了就会拼命叫上几声。宋先渡猜这是骡子遇到故人了。他心里想,等办完这趟差后,说什么也得把骡子还给人家山东人。

他们到小山坳时,又看到一队山东支前的人在支锅生火做饭,骡子照例又叫得欢。刘老四下了车,在两只骡子后脖子上拍了拍,骡子才安静了下来。

宋先渡对爹说,我们也在这里打个尖?

刘老四点点头。

宋先渡就和那群山东人打起了招呼,说些感谢的话。

那边带队的一位自称队长的人说,一家人不说两家话,赶走了国民党,你们就有好日子过了,就可以天天和俺们一样,煎饼卷大葱,还可以楼上楼下电灯电话了。

宋先渡问,你们过上了好日子?

队长回过身看了看自己的人,说,快了,现在还没有,不过这煎饼卷大葱,俺们可是天天有。

那些山东老乡听了都不住地点头。

一个山东大嫂还给刘老四、宋先渡递过来一卷煎饼,你们尝尝,可香了。

他俩推辞了一下,就接过嚼起来,真是香!

刘老四过意不去,就从怀里掏出那壶酒,笑着递给山东的队长,你们尝尝,这是俺自家酿的刘家春酒。

队长也不客气,接过来,仰起头喝了一口,并把酒传给了其他人,众人一人一口地喝着,赞道,这酒真香!

听到众人夸自己的酒好,刘老四就醉心地笑起来。

宋先渡问队长,你们从山东过来支援前线,这么远的路,就不怕吗?

队长哈哈一笑,为了咱们战士打胜仗,有什么可怕的。也别说,就怕这个。他说着,用手指指天。

宋先渡不解。一位山东民工就笑说,俺们就怕天上来飞机。

队长对着刘老四烟斗上的火说,狗日的飞机一来就扔炸弹,我们为这殒了不少人呢。

刘老四紧张地问,那怎么办呢?

没事,我们有办法。队长吐了口烟,我们支前的车队哪个发现了有飞机过来,一边就地隐藏,一边向空中放枪。后面隔五里路的车队听到报信就会提前隐蔽的。他国民党有飞机,我们有办法。说完大笑起来。

望着大马金刀的山东汉子,刘老四想到了武二郎。

在笑声中,他们分手,一行向北,一行向东北。

雪在暖阳里无声地消融,地更加湿滑。

父子俩的大车走在雪地里,如果没有天上的飞机来炸,一切都会很平静。

三架飞机嗡嗡怪叫着飞来时,刘老四和宋先渡的睡意被头顶这突来的怪叫声打破。如果他俩没有急速地狂奔,可能飞机上的人是不会发现他们的,因为车上拉的是石炭,石炭的白和残雪的白混在一起不易被发现。但宋先渡让刘老四驾着车,见了飞机马上掏出了驳壳枪朝天上的飞机射击。他为什么这样做?刘老四想,他可能是给前面的山东人报警,也可能是给死去了的翠儿报仇。还没容他多想,就见宋先渡操起了火力更大的笨铳,扳机搂响时,大地仿佛颤抖了一下。

当宋先渡向空中打出一团烈焰后,就有一架飞机俯冲下来,打了一梭子子弹,打死了一只骡子,也打伤了宋先渡。

刘老四抱起他,他的胸口正在汩汩地向外冒血。

傻儿,你……你……刘老四含着泪,急忙用毛巾堵着宋先渡流血的伤口。

爹,原谅俺……俺……俺不行了,翠儿走了,婚……也结不成了,那酒……你就捐了吧,这瘟病一起来可不得了……血泊中的汉子望着远方,嘴唇微微颤抖,张开了又合上。俺去找你了……翠儿……他吐出最后一个字之后,就没力气再说话了。宋先渡慢慢地回转过身子,手指着活了下来的一只骡子,嘴唇动了动,还是没有说出话来。眼前闪过翠儿的身影和飞机嗡嗡飞过的弧线,他的头渐渐沉下去,脸色变得苍白,嘴角微微上扬,仿佛要笑一样。

黑狗跑过来,伸出爪子挠他的裤脚,头在他身上蹭着,不住地叫唤。

刘老四泪如泉涌,仰天大叫,儿呀!儿呀!你放心,这酒,我捐,一定捐!

五

第二年春天,大战后的皖北平原没有发生任何瘟疫。春回大地,万物复苏,严寒已过,料峭全无,温暖和生机又来到了人间。

双岗山上,刘老四坐在坟前的一块石头上发呆,旁边一只黑狗也寂然地卧在一旁。

远处有歌声传来,唱的什么听不清,碧蓝的天空因这曲调变得饱满而古老,就像一些往事正从云端落下。

下雨了,细密的雨丝。

好一会儿,刘老四从冥想中回过神,站起身,将壶中的酒慢慢洒在坟前。他一言不发,默默地向那只孤独的骡子走去,伸出手,在它的头上轻轻抚摸了好久,然后依依不舍地解开了拴骡子的缰绳。重获自由的骡子围着树桩来回转悠,蹄子踏踏地踩在湿漉漉的草地上。

轻柔的风拂过人的脸,新鲜的空气里飘过兰花和杨花的香味……

南　北

秋　野

一

　　一路狂奔，一路呼喊。

　　早已气喘吁吁、一身灰衫的青年，使尽最后一点力气，终于追赶上穿军装的青年，并一把拽住他的衣袖，努力张着嘴，声音已经变得嘶哑不清了——哥！

　　穿军装的青年猛地一甩手，挣脱了一身灰衫的青年。随即转过脸，愤怒的两眼犹如两团火球，直射着一身灰衫的青年，抬起右腿，一脚将他踢倒在地，继而，又拽下头上缝有青天白日狗牙徽的军帽砸了过去。一身灰衫的青年重重地倒在一道凹凸不平的车辙上，瞬间，腰背被硌得疼出了眼泪。

　　滚！别喊我哥！

　　说罢，穿军装的青年转脸继续朝南走去。

　　一身灰衫的青年咬着牙从地上爬起来，噙着眼泪，无助地喊了声——哥，求求你听我说好吗？

　　娶了我的女人，你还有脸说啥？

　　哥，看在地下咱爹咱娘的分上，你听我说说好吗？

　　刚刚走去不足十步，穿军装的青年脚步突然迟缓一下，终究还是停了下来。

　　五月的荒草滩，灰白的乡道上，一南一北站着两个人。两个人相隔不足十步，原地站着。两个人身上和脸上染上了一层亮光，远远看去，像两尊披着金光的塑像。

此时,夕阳泛着橙黄色的光晕,给一望无际的荒草滩铺上一层薄薄的金色。刚收割过小麦的麦茬地,敞亮而显温暖,空旷而显寂寞。村庄被遮蔽了,河流被隐藏了,绵绵数十里的荒草滩一派辽阔和苍茫的景象。

哥,我和月美成亲是假的。

浑蛋!你都和她拜了天地、入了洞房了,还敢骗我?!

哥,我没骗你,你听我说说内情好吗?

内情?你还有脸给我说内情!

哥,月美她还是我嫂子!

洒在两个人身上和脸上的亮光,渐渐地弱了下来,露出两个人的轮廓:两个人,几乎相同的年龄,相同的个头,不同的是,一个文弱消瘦,一个倔头倔脑;一个身着粗布灰衫,一个穿套黄泛泛的军装。着灰衫者站北朝南,穿军装者站南面北。

哥,我说的是真的。

真的?你俩的日子都过得妥妥帖帖了,还说是真的?滚!

穿军装的青年,眼里溢满愤怒和仇恨,更多的是一份与生俱来的愚顽和倔强。他鄙夷地哼哼笑了两声,笑声中透着几分痛苦、几分悲凉和几分绝望。他颤抖的手指,指着一身灰衫的青年,牙齿咬得咯咯响,半晌没能说出一句话,而后,突然转过身,决绝而快速地朝南走去。

看着穿军装的青年决绝而快速地朝南走去,一身灰衫的青年,手里拿着那只砸向他的缝有青天白日狗牙徽的军帽,失望而无奈地喊了声,哥——

夕阳洒下最后一片余晖,天边洇成血色。一缕晚风掠过,荒草滩里陡然罩上几丝凉意。

二

年前,腊月初五,荒草滩上落了一场不大不小的雪。一夜之间,大地披上一层皑皑银装,乡道躺在田野里,已分辨不清了,太阳躲在云层里迟迟不露脸。上午巳时,有一个人从南边朝着村庄歪歪扭扭地走来。直到走近村口,人们才看清楚是村里的文才。

人们纷纷聚在文才家,不是盯着文才看,就是向文才问这问那。人们把文才当作离家多年归来的游子,多了几分陌生和好奇。其实,文才离开家,离开荒草滩的日子只有半年多。对于人们的好奇和关心,文才听多答少,更没有主动向人们说起他离开荒草滩半年多的经历。人们忽然觉得文才变了,不但变得寡言少语,而且看人的目光总是游移不定,恍惚不安。

这时,忽然有人想了起来,问,文才,你回来,南呢?南咋没和你一块回来?

文才这才向人群中寻觅一番,低头思忖片刻,心事重重地说句,我得先去趟德贵叔家。说完,他丢下一屋子的人走了出去。

面黄肌瘦的德贵已经在病床上躺了两个多月了。当文才进屋后哭着喊他一声叔时,年近七十的德贵心中霎时冒出一种不祥的感觉。文才趴在他病床边,呜呜的哭声低低沉沉,德贵心中似乎什么都明白了。

文才一边呜呜地哭,一边断断续续地说。

叔,本来我和我南哥已经快逃出阵地了,哪想到连长从山洞里出来,拿枪逼着我俩返回去。当时,阵地上枪打得像下暴雨,只要回到阵地,躲都躲不掉。大家都知道阵地已经保不住了,一茬一茬地死人。我和南哥对连长说,别让我俩去送死了。连长压根就不听,还破口大骂,扣着扳机,顶着我俩的头,叫我俩返回阵地。没办法,我和南哥只好返回阵地,可连长他自己却躲在山洞里拿枪监视着我俩。叔啊,你说我俩不回去咋弄?我俩不回去,连长也会打死我俩的,我曾看见他打死过好几个人哩。

德贵躺在病床上一声不吭。

叔,没办法,我和南哥只好硬着头皮向阵地上爬去。我俩爬到阵地时,阵地上只剩下不到十个人了。战斗越打越厉害,直到只剩下五个人时,眼看对方攻了上来,连长这才喊话让我们撤离。撤离时,南哥跑在前面。眼看快撤到山下了,一颗子弹打中了南哥,我眼睁睁看着南哥扑通一声倒在地上。等我走过去准备救他时,他一动不动,也看不清楚枪打的啥地方,浑身都是血。我喊了他半天,他也不应声。我摸摸他的脸,他已经不喘气了。这时候对方已经追了过来,连长拿枪逼着我,叫我撤退。叔啊,你可不能怪我呀,要不是对方追了过来,要不是连长拿枪逼着我,我说啥也要把南哥的尸体背走啊!

躺在病床上的德贵仍不说话。

叔,你千万不能怪罪我呀,我实在也是没办法啊!如果有一点点办法,我咋能丢下南哥呢?就是背,我也会把南哥背回咱荒草滩呀!叔啊,你知道吗,在打这一仗的前一天晚上,南哥还跟我说,等明年麦收以后,我俩就找机会一块逃离队伍。南哥说他要回来结婚,日子都订好了,麦收以后,六月二十六。当时我跟他说行,我陪你一块回去,喝你的喜酒。……叔啊,你千万别怪罪我呀!

一直躺着不语的德贵,这时候声弱气短地问了句,你俩跟的啥队伍?

文才说,国军。

唉——德贵一声长叹。

三

德贵躺在病床上慢慢闭上眼,两滴泪水溢在深凹的眼窝里很久,终究在一阵咳嗽中,流到蜡黄枯槁的脸颊上。

回想起来,德贵这一生仅有一次走出过荒草滩。

那是他刚结过婚的第二年秋天,一日傍晚,他在河湾里割茅草,不幸被一帮从南阳过来的土匪给蒙着双眼强行掠走了。大概走了一天,当眼罩被打开时,他眼前出现了一条大河,大河宽得望不到对岸,听人说这条大河就是淮河。就在这天晚上,土匪要在夜间去抢一座村庄,发给他一块白头巾和一把大刀,没容他反应过来,队伍就出发了。因道路不熟,加之风高月黑,队伍稀稀拉拉行进不畅。走到几处草垛之间,他突然觉得身后有人拽他的衣襟,看不清人面,只听身后那人小声地说,德贵,我是大荒庄的来福,别吱声,跟着我,咱们跑吧。于是两个人头也不敢回,拼命朝北跑去,一直跑到东天泛亮,再也跑不动了。两人躺在一棵柳树下,气喘不止……平静之后,德贵双手抱拳,朝来福深深一拜,以表谢恩之意。而后,德贵问,来福,你是去年成的家吧?来福说,是哩,你不也是去年成的家吗？德贵又问，你有后没有？来福说，还没有呢，你呢？德贵说，我也没有。来福说，你问这话啥意思？德贵说，咱俩订个约咋样？来福问，订啥约？德贵说，亲家之约。来福说，咱们还都没有后哩。德贵说，今后会有的。如果你同意，今后我要是生个闺女，就许配给你做儿媳妇；要是生个儿子，就给你做女婿，咋样？来福说，你为啥突然冒出这想法？德贵说，因为你救了我。早就知道德贵是个仗义厚道之人，于是来福说，德贵哥，我同意，这个约订得好，就冲今天咱俩能跑出来，也算生死兄弟呀！德贵说，来福兄弟，一言为定！来福说，德贵哥，千金不移。

第二年夏天，德贵老婆生了个儿子，来福老婆生了个闺女，前后相差不到两个月，同年而又同属相。德贵和来福两个人喝了一坛子红薯烧，什么多余的话也没说，心想事成，幸幸福福地醉了一场。

儿子生下以后，德贵一直没有想好给儿子起个什么名字，直到一年以后又添了个儿子，他才一起给两个儿子起了名，大儿子叫南，小儿子叫北。家族姓向，向南向北，喊起来也倒顺口。村里人说，德贵生了两个儿子还不满足，还想再添个东和西呢。德贵一脸愁苦地望望茫茫的荒草滩，说，能把这两个小子养活成人，我也算命好啦！

南和北长到七八岁时，荒草滩上唯一一个私塾先生张贤蕴，拄着檀木手杖来到村里劝学招生。德贵问南和北想不想跟着先生去读书，南马上使劲地摇摇头；北看南使劲地摇头，犹豫片刻，既没摇头，也没点头。德贵看看两个儿子，轻轻地叹了口气，唉——算啦，你俩不去也好，一年能省下四斗小麦，在咱们荒草滩上，两亩地也收不了这么多呀。张贤蕴老先生在村里口溅白沫劝说了整整一上午，一个小孩也没收到。临走前，他捋着山羊胡子摇着头说了句，蒙昧至极，不幸不幸啊！

过后，南问北，弟，我看你想跟先生去念书，你咋不跟咱爹说呢？北说，咱家太穷了。

文才走后，德贵躺在病床上，一天茶食未进。原本不支的病体，更见虚弱。

窗外的东北风带着哨音,忽高忽低,屋里寒气更浓。德贵听了一天的风声,想了一天的心事。临近傍晚,他喊了声老伴,又喊了声北。老伴说北这几天都没在家了。他问北去哪里了。老伴说不知道。

德贵思忖一会儿,正想对老伴说什么,这时,北匆匆从外边进来。进了屋,北趴在德贵病床边,失声痛哭起来。

德贵说,别哭了,老天爷就给你哥这么短的命,信命由天吧。顿了顿,又说,你去趟大荒庄,把你来福叔喊过来,就说我找他有事。记住,先别和他说你哥死了。

北一边擦着眼泪,一边站起向外走去。

北刚走出院外,德贵侧侧身子对老伴说,他娘,你坐到床沿上来,我跟你说个事。

来福是在天黑前走进德贵家的。

来福离开德贵家时,院里的公鸡正打着头遍鸣。

第二天,东边的太阳升得很晚,夜间还零星散落的雪花终于停了。在病床上躺了两个多月的德贵,第一次从床上起来,扶着墙一步一步走出堂屋,走到院子里的雪地上。他眯着眼睛看看刚刚升起的太阳,太阳的光芒映着地上的积雪,马上又让他闭上眼睛。这时,北从西屋里出来,惊讶地说,爹,你咋起来了呢?外边冷,你快进屋躺下吧。德贵说,你今天就别出去了,吃过饭,我有事跟你说。北迟疑了一下说,爹,你进屋吧,有啥事现在说说。说着就过来扶着德贵进屋。德贵说,是件大事,三五句话说不清楚。这时,娘端着熬好的中药走进来,对北说,孩子,你就听你爹的吧。

……

爹,这事我不能听你的。

你说啥?

我说这事我不能听你的。

德贵突然瞪着两眼,目光逼视着北,欲言又止,而后一阵咳喘,娘马上走过去拍了拍他的后背。

德贵所说的大事,就是叫北迎娶来福的独生女月美,日子就定在二十天以后,腊月二十六,与曾经定过的南娶月美的日子,同日不同月。

咳喘缓解之后,德贵用不容置疑的口吻说,明天我和你娘搬到西屋去住,你把这堂屋拾掇拾掇,把我和你娘睡的这张大床重新漆一遍,扫扫墙,再把窗棂糊块新布……咱家也没啥变大钱的东西,你去镇子上把王木匠喊来,把咱屋后那两棵椿树砍了,叫他拉走,价钱让他看着给吧。咱们家的客人不多,加上村里老少爷们来贺喜的,也没有几桌人。

爹,这事不行呀!

咋不行啦?昨晚我和你来福叔一说,他二话没说,不仅爽快地答应了,还说不让咱家置办彩礼。亏得是我和他当年订下的约,要不然,这种好事,咱家上哪找去呀?

爹,这事真的不行!

哪里不行?听你娘说,月美那姑娘白白净净,又老实又能干,哪点都能配得上你。孩子呀,就咱这家境,就这年月,你能娶上人家,也算咱家老坟地里冒烟了。

爹,你咋忘了,她可是我哥的媳妇呀!

她进咱家门了吗?

原来定好的,等到明年麦收以后,我哥就把她娶进咱家的呀!

你哥呢?

北一时不知道说什么,看看娘,娘正扯起衣襟抹眼泪。见北一时语塞,德贵往下挪了挪身子,半躺在床上说,你明天就去镇子上找一下王木匠,这事在早不在迟,万一哪天再落场大雪就不便宜了。

爹,这事真的不行呀!

有啥不行的?德贵突然不悦道。

爹,咋说她也算是我哥没过门的媳妇,人们会笑话的。

咱过咱家的日子,谁想笑话谁笑话!

爹,我不能这样干,这样干我对不起我哥呢。

混账！德贵怒斥一声，而后又是一阵咳喘，且边咳边说，你要是还惦记着你哥，你要是心里还有你哥，你就应该娶了月美。你哥命短，没能守住婚约，丢下人家姑娘，你哥对不起人家，咱们全家不能再对不起人家了。常言说，一女不许二家，要不是你和人家姑娘年纪相仿，那就害了人家姑娘了，我哪里还有脸见来福？咱们一家人还不亏欠人家姑娘一辈子呀?!

爹，我不愿意。

德贵瞪着两眼，张着嘴，话噎在喉咙里半天没说出来。

娘一脸惊慌地说，孩子，娘求你了，你就先答应了你爹吧！

娘的话音刚落，德贵噎在喉咙里的一句话终于吐了出来——你个混账东西要是不答应，我就死在你面前！说罢，转脸拿头就往墙上撞去。

北和娘急忙上前抱着德贵。

腊月二十六，这天既没下雨，也没落雪，却是满天的乌云，厚厚薄薄，任凭东北风嗖嗖地吹着，也不见散去。没有张灯结彩，没有唢呐声响，门上贴了一副红对联，树上挂了串红鞭炮，院里摆了几张方桌。平日里贫寒冷清的院子里，多多少少还是平添了一份喜庆的气氛，惹得整个院子里挤满了大人和小孩。

北和月美拜完天地，瞟了一眼德贵。坐在堂前椅子上的德贵，二十天了，第一次露出一丝淡淡的笑容。

鞭炮响起的那一刻，喜庆和欢乐溢满整个院子……此时，村口那棵老柳树上，几只乌鸦正呱呱乱叫。

酒席进行到一半，德贵拖着病体来到院子里答谢亲朋和乡人，他用目光扫了扫几桌客人，发现靠近院门口的一桌全是年轻客人，而且他一个都不认识。他仔细瞅瞅，见其中一个人戴副眼镜，腰间鼓鼓囊囊的，似乎藏着什么家伙。德贵转脸看看北，北马上意识到德贵的疑惑，便说，那是我镇子上的几个朋友。

德贵点点头说，叫他们几个孩子吃好，可别喝醉了。

晚上，客人散尽，一直等到爹和娘在西屋里睡下，北才走进洞房。看着坐在床沿上的月美，北低头向她鞠了一躬，差点脱口喊了一声嫂子，却又被他咽了回去,便说,让你受委屈了,对不起!你先睡吧,我出去办件事。

说完,北把门轻轻带上,蹑手蹑脚地向院外走去。

四

看着南决绝而快速地朝南走去,北同时看到南身上披了一层霞光,南的身影像被晚风吹拂着一般,渐行渐远,很快变成一个黑点,消失在荒草滩的深处……北心里既百感交集,又痛心疾首。兄弟俩一块长大,从小他就感受到南的憨厚老实和愚钝固执,对他这个弟弟,南总是疼着、护着、爱着,一切让着他,甚至在爹每次因淘气要打他的时候,南都是不顾自己挨打,也要护着他。记得有一次,北不小心把家里的油瓶给弄碎了,两斤香油洒满一地。北自己都已经主动向爹认了错,可南为了护着他,宁愿自己遭爹一顿打也硬着头皮坚持说油瓶不是北弄碎的,而是自己弄碎的。

刚才,尽管兄弟俩相隔不足十步,但北还是忽视了仔细看看南,看看南是不是比半年前胖了,或者瘦了。北只看到南穿套脏兮兮的军装,松松垮垮的,左肩上挎了一个布包,坠得一肩高一肩低。北看得最清楚的是南那张充满愤怒、仇恨和绝望的脸,以及两眼喷射出的鄙夷和心寒。北努力向草滩深处望望,望见的只有暗红的天地一色,他无助地慢慢蹲在地上,双手紧紧抱着头哭了起来。

南是在午饭后回来的。这天,距他去年定好的结婚日子——六月二十六,还有二十一天。

回来时,南沿着乡道,其心情可想而知。尽管离开家只有半年多,但多多少少还是让他心里有点近乡情怯,好在一路上没有遇见熟人。没承想,还没到村口,第一个遇见的人竟是文才。文才两眼圆睁,惊讶地看着南,半天说不出话来。还是南喊了他一声,文才才反应过来,仍旧一脸疑惑,吞吐地问,你……你还活着?

南说,我不活着,咋能回来了?

文才说,突围出来以后,我找了你半天,没找到,他们都说你死了。

南说，突围的时候，我看你跑得最快呀。我和马瘸子拖在后边，眼看着跑不出去了，马瘸子叫我和他装死，我俩就随手抓几把身边尸体上的血，往脸上身上糊抹糊抹，然后就趴在尸体中间，连喘气都不敢大声，他们很多人从我俩身上踩过去……后来，归了队伍，我问你是死是活，他们说你突围后就跑走了。

文才不自然地嗯嗯两声，脸上一阵泛红，诺诺地说，他们都说你死了，我以为你真死了呢，就自己跑回来了。说完，他马上回头朝村口望望，很快，面带遗憾地说，你弟弟北结婚了。

南问，啥时结的？

文才说，年前腊月二十六拜的天地，还办了酒席。

南说，咱俩秋天走的时候，我还没听说有人给他说媒呀，那姑娘是哪个庄的？

文才犹豫着，眼里露出几分畏怯，压低声音说，大荒庄的月美。

南问，你说谁？

文才重复一句，大荒庄的月美。

南突然一怒，伸手打了文才一巴掌，随即指着文才说，你不要跟我开这种玩笑！

文才马上朝地上一坐，哭着说，南哥，我不是跟你开玩笑，是真的！你不信，可以回到村里问问嘛。再说了，你回家看看不就知道了？

南瞪着眼说，你再胡扯，我揍死你！

文才坐在地上说，还有一件不好的事，南哥，我说了，你也别太难过呀。你爹和你娘也都走了，德贵叔是今年二月二龙抬头那天走的，你娘是二月初五走的，他二老前后只隔三天……

南不由得一愣，没等文才继续说下去，便大步匆匆地向村庄走去。

南不相信这一切都是真的。

殊不知，刚走不远，南的脚却不由自主地慢了下来，腿如灌铅，僵硬而沉重。尽管离村口只有半里路，他走得竟是那般艰难，走得心痛不堪、苦楚难耐……

过往的荒草滩，年年非涝即旱。褐色的土地并不算贫瘠，甚至还有几分肥沃,但老天爷却一点也不惠泽草滩上的代代众生。人们年年种下的是希望,收获的却是失望和苦难。饥荒串起一个个混混沌沌的日子,饥色罩在人们脸上,透着愁苦和忧伤,终年褪不掉。

去年夏天人们本指望长势还好的大豆和红芋秋后能有一个好收成,却接连遭遇几场大雨,下得暗无天日,荒草滩成了一片汪洋。秋后,人们捧着星星点点的收成,痛和悲聚成一种忧愁,为活着,为生命,恐惧不安。

德贵家有六亩地,仅收了三斗大豆,两百斤红芋,而且豆子瘪,红芋多有烂斑。一家人你看看我,我看看你,都没说话,苦难已经让他们变得麻木且没有了哀怨。最后,德贵说了句,就指望明年小麦能有个好收成了,到时候,就把南的婚事办了,我和来福已经把日子定好了,六月二十六。本来说的是件喜事,可一家人的脸上却看不见高兴。

一天上午,南和村里几个年轻伙伴在西荒庄李大户家的红芋地里捡拾收漏的烂红芋,突然看见一支队伍从北边过来,远远看去,有七八百人。几个伙伴好奇地看着走过的队伍,这时,文才拽了拽南的衣服,小声地说,南哥,咱们也去队伍上吧,队伍上肯定能让人吃饱饭,总比咱们整天饿得难受好呀!南说,我不能去当兵,明年麦收以后我要结婚呢,日子都定好了。文才说,不耽误你结婚,咱们先跟着队伍吃几个月饱饭再说,等到明年收完麦,咱们再跑回来就是喽。南想了想问,到时候还能跑回来吗?文才说,咋不能呢?听人说,队伍里天天都有人跑走哩。南迟疑了一会儿说,也行。而后,两个人假装去河堤下屙屎,丢下另几个伙伴,朝着走去的队伍撵了过去。

村口聚着几个人,有男有女,正围着海爷说着家常。当南一步一步向他们走近时,几个人都惊呆了,盯着南却说不出话来。南终究还是主动招呼一声村里年纪最大、辈分最长的海爷。海爷拄着棍,朝南面前挪了几步,盯着南问,你这孩子是南吗?

南点点头。

几个人纷纷走上前去,有人问了句,你还活着?

南说，我没有死。

有人说，去年冬天文才从队伍上跑回来，说是亲眼看见你被打死了，你咋又活了呢？

又有人说，文才说他还拿手摸摸你，当时你一点气都没有了。还说你全身上下打得都是血窟窿，难道是枪没打到你身上要害的地方？

……

对于人们的询问，南既没心情回答，更无心思解释，只是搪塞着说，我没死，我没死。

有人接着说，唉——你还活着，这咋办，这咋办呀？

马上，几个人歪头相互小声嘀咕起来。

海爷用棍敲敲老柳树说，孩子，你准是走了不少路，先坐下来歇歇吧！说着，他转脸就对一个人说，快去看看北在家没有，叫他过来接接他哥。

那人挠着头皮说，我看见北一大早就出村了。

海爷问，知道他去哪儿了吗？

那人说，估计是去镇子上了。

海爷说，去，赶快去镇子上喊他回来。

那人说，好好。拔腿就朝村外跑去。

南取下包袱，一屁股坐在树根上，海爷挨着他也慢慢地坐了下来，另外几个人一直站着。这时，从村里不断有人走了出来，男人、女人，还有孩子，很快，村口聚满了人。

人越多，声越杂。南被众人围着，耳边嗡嗡不止，男人的声音，女人的问话，甚至孩子们的戏言，想听到的、不想听到的，都飘进了他耳朵里。他低着头，时而闭紧双眼，时而紧咬牙齿。他不敢抬头，一团火在心里燃着，烧得他脸上又红又烫。他瞅了瞅地上，盘根错节的树根伸向地下，却不见一条地缝。这时，如果有一条地缝，他会毫不迟疑地钻进去。

海爷断断续续地问着他话，他不是点头就是摇头，一直不敢将头抬起。

海爷说，今天就算啦，明天一大早，叫北带着你，去坟地里看看你爹和你娘。

本来应该是你为他们打幡送终的,你没在家,北替你打的幡,让他们入土为安了。

海爷的话音刚落,人群里不知谁说了句,北还替他娶了他的媳妇呢。

接着,又一个不会言语的家伙说,趁北现在还没回来,快回家看看你弟弟的新媳妇吧,拜过天地没到一年,还算是新媳妇呢。

犹如坐在火堆上被炙烤了许久,突然又蹿出两股猛烈的火苗,燃烧着南的身和心。他倔强地一跃而起,背着包袱冲开人群,朝家里走去。

当他看见院门敞开着,院里绳子上晾着一床大红被子,还有一绳的男人和女人的衣服时,他站住了,呆呆地看着绳子上的大红被子和一绳的衣服,瞬间,他终于相信这一切都是真的了。耳听是虚,眼见为实。他马上意识到,他已经再也走不进这个院子里了。

于是,他转身逃命一般朝村外走去。

当北匆匆从镇子上回到村口时,听说南刚走不到一个时辰。北朝着南走去的方向,一路狂奔,终于在晚霞四射的那一刻撵上了南,而后,兄弟两人定格在相隔不足十步的乡道上。

五

北从乡道上回到村口,便怒气冲冲地喊着文才的名字,四处寻找文才。在一个草垛旁边,他看见文才一脸惊恐地蹲在地上。他一把把文才拽起,恼怒地问道,你不是说南死了吗?你为啥要说谎?

文才吓得两手抱着头,颤抖地说,我浑蛋,我浑蛋!当时还没突围的时候,我怕死,就偷偷先跑了。突围以后,我见南哥没出来,就问了一个人,他说,别说一个南了,就是一个连也跑不出来。他还说南能有个全尸就算命好的了。当时我就信了。后来,我从队伍上偷跑回来,怕村里人问我,俩人一块跟着队伍走的,为啥没能一块回来,就瞎说一气,心想,反正南哥也死了。大兄弟,我浑蛋,我浑蛋呀!

北抬腿踢了他一脚,怨恨又无奈地说,你就是个浑蛋啊!

天已经黑了,村口聚集的人们大都散去,只有海爷和两个年长者还坐在老柳树下。

海爷问,撵上南没有?

北说,撵上了。

海爷说,他不愿回来?

北说,嗯。

海爷说,由他去吧。

北说,嗯。

听见北的回话夹带着低弱的泣声,海爷说,孩子,你也别难过,他不该怪你,也不能怪你。要说怪,就只能怪你爹啦。唉,真要是说怪你爹,也冤枉你爹。孩子,你咋不仔细想想,你爹做主办这桩事也实属无奈。往近了说,咱荒草滩上三天两头不是饿死人,就是病死人;往远了说,这年头东西南北,不是战,就是乱。你爹不傻,他也是害怕呀,他是想叫你早点成个家,早点给你们家留个后呀!

北没吱声。

海爷说,孩子,天不早了,你回家吧。

北应了句,便朝家里走去。

刚走几步,北听见海爷在他身后又说了句,孩子,你哥只要不死,迟早有一天他会回来的,和你一样,他总归是咱们荒草滩上的孩子!

几年之后,还真被海爷说中了,南的确回了趟荒草滩。当时,南从黄棕马身上跨下来,递给海爷一根老刀牌纸烟,海爷坐在村口那棵老柳树下,一动未动。当南又跨上黄棕马,还没走出村口时,海爷把手里的纸烟揉碎撒在地上,而后,起身拄着棍转脸走了。这是后话。

回到家,北进了院子便对月美说,嫂子,我哥他还活着!

月美站在门框里边,手里纳着鞋底,细声问了句,你没把他撵回来?

北问,你都知道了?

知道了。月美说,他也回家了,可没进院子就走了。偏巧,那会儿我在堂屋里收拾东西。我从堂屋里出来时,他已经走了。

月美放下手里的鞋底，愣怔一会儿，心神不定地朝灶屋走去，走得有几分踌躇。

北看在眼里，心中陡然一阵心酸和沉痛，一屁股坐在堂屋门口，无奈地把头埋在胸前。

年前腊月二十六那天晚上，北走进洞房低头向月美躬了一躬，差点脱口喊了一声嫂子，却又被他咽了回去。因为他曾经谨慎而不止一次地想过，暂时还不能按照他的想法去管月美喊嫂子，那样会让月美尴尬和疑惑，甚至让她惊愕、伤心和绝望。他只能含糊其词地对月美说，让你受委屈了，对不起！北出门时，看见爹娘住的西屋里还亮着灯。他蹑手蹑脚地走出院子，心里突然轻松了许多。

北这一走，就是一个多月，只是在腊月二十九，让人捎话给爹，他和朋友去了五百里之外的淮城，替镇子上杂货店老板送年货去了。

北这一走，既错过新娘三天回门的日子，又没能在家里过年，更没有和爹说上最后一句话。

其实，北并没去五百里之外的淮城替杂货店老板送什么年货，而是进了距荒草滩不到百里的清泉山里。

北躲进清泉山里，并非只是为了逃避新婚的日子。

时年，日本占领东北三省，并有进攻内地之势。国民党不去驱赶日寇，反把枪口对准同胞，四处"围剿"工农红军。红军到达陕北后，中央工农民主政府和工农红军军委组织红军先锋队，联合发表《东征宣言》，庄严宣告，红军"为实现抗日，渡河东征"。很快，全国各地红军组织、农会、工运等积极响应，纷纷组织抗日队伍。

荒草滩农民协会积极响应，随即成立了荒草滩抗日联防大队。根据上级指示，荒草滩抗日联防大队组织队伍骨干，选在过年期间开进清泉山，集中操练和学习。这时候的北还算不上骨干，但他主动申请进山，大队很快给予批准。

其实，北早在几年前就已经参加了农协会。

村里人并不知晓北参加了农协会，只有他爹德贵知道。尽管北从来没向德贵透露过半句消息,但他平日里的言行举止和常常日不归家,还是让德贵心存猜疑。而真正让德贵彻底明白的是,北和月美结婚那天,家里平添了一桌陌生的年轻客人。当时,德贵什么也没多问,只说了句,叫他们几个孩子吃好,可别喝醉了。

北和抗日联防大队骨干进驻清泉山后,白天进行军事训练,夜晚学习军事理论和红军抗战思想。直到农历二月初二,骨干培训队伍才临时解散,放假回家待命。

北回到家时,德贵已经奄奄一息。三天了,既说不出话,也睁不开眼,滴水不进。

北走到病床前,月美端着茶碗,拿着小勺,正小心地给德贵喂点水喝,无奈怎么也弄不开他的嘴。北接过茶碗和小勺,也努力做了下尝试,终究还是没能拨开他的嘴。

北喊了两声爹,德贵一动不动。

北又喊了两声爹,德贵两眼慢慢睁开一条缝。

北再喊了两声爹,德贵终于睁开两眼,仅仅看了北两秒钟,很快眼一闭,头一歪,断了气息。

北知道,爹这是在等他,等他回来,等再看他最后一眼。遗憾的是,他没能和爹说上最后一句话。

埋下爹之后的两天里,北想了很多,想爹的这辈子,想有他有南有爹有娘的那些年月,想眼下的娘,想如今不知身在何处的南,想月美……当想到月美时,尽管他心里早已有了打算,但还是忧虑起来,怜悯、内疚和惶恐,一并袭进心里,胀得心疼如绞。

三天圆坟。圆过坟的当天晚上,月美把娘侍候睡下,刚走到堂屋门口,就闻到屋里有股酒味。再一瞅,北正端一只黑碗往嘴里倒着什么。月美猜想,他心里准还是在念着爹,悲伤着呢,便没吱声,朝里屋走去。

你先坐下吧。这时,北喊住月美。

月美拎过一只矮凳坐了下来。

看着月美安静地坐在自己面前,北突然又不知应该怎么开口了,想好要说的话,在脑子里乱成一团麻,一时间找不到开头,就仓促地说了句,你给我当姐好吗?

刚坐下的月美忽然一愣,抬头惊诧地看看北,没敢言语。

北端起碗里的酒又喝了两口,眼睛没有抬起,盯着酒碗说,我想,不,我已经拿定主意认你为我姐了,今后咱们俩姐弟相处,你就是我亲姐,好吗?

真正听清了北的意思,月美哇的一声哭了。幽咽的哭声,将凝固了数日的压抑宣泄而出。这哭声,哭出了新婚之夜独守空房的沮丧和凄凉,哭出了新娘三天回门没有新郎陪伴的尴尬和难堪,哭出了这一个多月的忐忑、煎熬和困惑,哭出了一个新娘经受着有悖常理的新婚日子,而又无人可以言说的委屈和痛苦。

此时,北不知道该如何去安慰她,索性说道,我们家对不起你,我哥对不起你,我更对不起你……可有些事我也不能再瞒你了,早在两年前,我就和镇子上王木匠的女儿好了,而且我俩早就偷偷私订了终身……你放心,回头我去和娘说,我认你为我亲姐,今后帮你再找户好人家嫁了,你就是我一辈子的亲姐!

听北这么一说,月美咽下了哭声,满脸的绝望和悲凉……许久许久,才将低下的头摇了摇。

北说,你不愿意?

月美没吱声。

北问,为啥?

月美突然说,我不在乎今后你再把王木匠的女儿娶进家来。

北慌忙地说,这哪行,这不行呢。

月美仍说,我不在乎。

北说,这不行,如今都不时兴这规矩了,再说我们也有纪律……这不行呀!

月美弱弱地问,咋不行呢? 是她不愿意,还是你不愿意?

北说,这真不行,我俩都不能愿意。

听北肯定的语气,月美禁不住又哭泣起来,边哭边说,我都愿意叫你娶她,你咋能说不行呢？我知道你是嫌弃我。可从小我就和你哥定了娃娃亲,去年又定了结婚的日子,哪想没到那天,他死了。我啥也不怪,只怪我命苦……年前你们家又叫你娶我,我啥也没说,就和你拜堂成亲,走进了你们家的门,成了你们家的人……我这辈子啥也不想了,活着是你们向家的人,死了也是你们向家的鬼。

北说,是我们家对不起你,可你不能这样啊!

你叫我咋样？我又能咋样？月美把自己淹在哭声中,泪流满面。

北突然无话可说了。月美的哭泣,一声声揪着他的心,他感到心被揪得生疼,甚至被揪出血来。

两个人许久没有言语,只有月美的哭声。

屋外夜晚静得凄寂,忽然传来一声狗叫,瘆得人心慌。这时,月美突然止住哭泣,情绪缓缓平静下来,说,我知道你已经铁了心,我也不为难你了,你只要不赶我离开这个家就行,算我求你啦!

听月美这般一说,北马上就说,行,这个家永远都是你的家,今后我就喊你姐。

月美摇摇头说,我是你们家明媒正娶到家的媳妇,你认我为姐,喊我姐,合哪条情理呢？会让人家笑话我。

北说,那……咋办呢？

走进向家的门已经一个多月了,今天是她第二次看北,这不能不让月美心生猜疑。当这种猜疑随着时日变得逐渐清晰之后,她无奈只能做出选择,于是便说,我最开始就是许配给你哥的人,他人死了,算我命苦,该当寡妇。我不在乎,我认了。你要是不嫌弃我,你今后就把我还当成你嫂子吧。

北心里漆黑而阴沉的天空,突然一片大亮,他上前扑通一声,跪在月美面前,颤抖地喊了声,嫂子!

月美伸手扶起北,眼里已经没了泪水,却带有一丝顾虑地说,我想把这事瞒着咱娘,瞒着所有的人,暂时不想让任何人知道。

北说,嫂子,我听你的,一切都听你的。

月美想瞒着娘,其实,娘什么都知道了。娘一直披着棉袄站在窗下听完他们的讲话。当娘默默返回西屋时,不慎绊倒在水缸上。等到北发现时,娘已经断气了。

仅仅隔了三天,北和月美又操办一场丧事。

月美把做好的饭菜端到堂屋时,北迟迟没有动筷子,且面带愁容。月美说,吃饭吧。

北愧疚地说,嫂子,你怪罪我吧,我没能把我哥撵回来。

月美问,你没跟他说清楚?

北说,他不容我说清楚。

月美说,那你也要说呀。

北说,我说了,他不信。

月美有几分后悔地说,当时我从堂屋里出来晚了。

北说,嫂子,他会回来的,你放心!

月美说,你说他这辈子还能再回来?

北说,是的。海爷也说了,只要他不死,这辈子他一定会回来的,他总归是咱们荒草滩上的孩子!

六

几天来,北既高兴又难过,高兴的是,南还活着;难过的是,他没能把南撵回家来。面对月美,他还是挥不去心里那份愧疚和亏欠。反倒是月美安慰他说,听天由命吧。

三天后,北又要离开家了。临走前,他对月美说,嫂子,我这趟出门,怕是半年不能回来,家里如有啥事,你就去镇子上王木匠店里找小翠,如果找不到小翠,你就去镇北头铁佛寺里找一个叫无根的和尚。记住,如果有人问起我,你就说我帮镇子上杂物店老板去外地做买卖了。

月美说,我记住了。

北说,嫂子,你一个人在家里多保重!

月美说,你放心去吧。

哪想,北这一走便是一年多。守着一座小院,孤寂的日子里,月美常常夜不能寐。若不是这中间家里发生了几件事,她和这座小院怕都被人们遗忘了。

第一件事。

北从家里走后不到两个月,一天上午,月美正在院子里洗衣服,忽然听到院外有人说话。没等月美走出院子看个究竟,一群人就拥了进来。走在最前面的是村里的文才,紧跟着的两个人,一个是西荒庄的李大户,另一个穿身黑制服,戴着大檐帽,腰里别着盒子枪。跟在他们身后的是十几个穿黑制服的人,人人扛支长枪。文才对腰里别盒子枪的人说,大队长,她就是向北的女人,叫月美。

大队长和李大户两人朝月美跟前走了两步。李大户说,月美,这是咱们县大队的马队长,今天能来咱荒草滩上,不仅是咱荒草滩的光荣,也是咱们的荣幸。马上马队长向你问话,问你啥,你就说啥。但是,一定要如实回答马队长。你听清楚了吗?

月美颤抖地点点头。

马队长问,你男人离家几个月了?

月美摇摇头。

马队长说,不能点头摇头,你要说话回答我!

月美再点下头。

马队长问,他以前是不是参加过农协会?

月美说,我不知道。

马队长问,你咋不知道?

月美说,以前我还没有进他家的门。

马队长问,平时他常去哪些地方,又常和哪些人有来往?

月美说,我不知道。

马队长问,你咋不知道?

月美说,我没看见过。

马队长问,他没和你说过他在外边干的事?

月美说,说过。

马队长问,说的啥?

月美说,说他在镇子上杂货店干活的事。

马队长问,他在杂货店里当伙计,镇子离你们家这么近,他为啥经常不回家?

月美说,他常年帮老板去外地做买卖,一走就是半年多。

马队长两眼在院子里扫了扫,马上想起什么来,就问,听说他还有个哥叫向南,以前在国军里干过,你知道他人现在在哪里吗?

月美说,不知道。

这时,文才小心翼翼地走到马队长跟前,趴在马队长的耳朵边小声地说,她本来是南的女人,叫北给娶了。说罢,他望着马队长意味深长地笑着。

马队长哼哼一笑,然后故作生气地训斥道,胡扯!他们共产党人哪能干出这种事情来!然后一摆手说,撤!

李大户忙问,不搜搜家啦?

马队长说,凭我的经验,你瞅瞅,就这个破院子,能搜出啥玩意?!

一行人很快走出院子,走出村口。而月美还呆愣在原地,一动没动。

月美不明白这些人来找北干什么,更不清楚这背后的隐情,但她隐约觉得,这其中肯定有事,和北有关的事,究竟是什么事,她完全不清楚。于是,连续多天,她变得忧心忡忡,惶恐不安。她本来想去镇子上找小翠,或者是无根和尚,对他们说说这件事,也向他们打听打听北的情况。可她觉得这样做有些冒失,毕竟她还没见过这两个人,也弄不清这种事该说不该说。又过一些日子,再没见这帮人来找她,她也就打消了去镇子上找小翠和无根和尚的想法。

第二件事。

那是春天的一个下午,月美正在小麦地里拔草,忽然听到嗷嗷两声,随即便传来嗒嗒的响声。她探起身子朝乡道上望望,只见一匹黄棕色的大马驮着两个人。距离太远,只能隐约看见马背上坐着一男一女,因为他们身上衣服的颜色不同,一黄一花。月美做梦都没想到,骑在黄棕马上的那个男人竟然是南。月美继续拔着草。

很快,村口炸开了锅。

南回来了,领回来一个穿花旗袍露大白腿的女人!

南发达了,骑着大马回来的!

南当官了,当营长了!

南身着军装,腰间系了根牛皮带,皮带上挂着盒子枪,脸上堆着苍白的笑容,一边向人们散发着老刀牌纸烟,一边回答着人们的好奇,并时不时地炫耀着自己的身份。与此同时,他的目光在四处寻觅,既希望看到北,最好还有月美,希望他们两个人也能出现在村口的人群里,可又怕这两个人出现在人群里。最终,让他失望了,也让他满意了。

仅仅不到半个时辰,南就和那个穿花旗袍的女人骑上黄棕马又走了。

与上次回来不一样,这次回来,南没有回家里看看。

当有人跑到麦地里把南领个女人骑着大马回来的消息告诉月美时,马蹄声早已消失在荒草滩深处。随后几天,月美不断地听到人们有意无意地谈论着南,她装作什么也没听见,默默地去麦地里拔草,回到家里却又是一番心乱如麻。

然而,对于南短暂的荣归故里,村里没有人知道其中的内情。他所在的队伍里,不仅没有村里的人,而且整个荒草滩上也没有一个熟悉人,只有他自己。

南所在的队伍是三天前驻扎在临河县城的。队伍既不是为了战事,也不是为了城防,名曰休整。一进县城,一些当官的和当兵的就像解了缰绳的野马,纷纷跑进饭店、酒铺和妓院。一天中午,南和几个当兵的从一家小饭馆里出来,只见他们营长骑匹黑马,怀里搂着一个穿旗袍露大腿的女人,正在大街上悠闲地溜达观景,惹得大街两边的众人惊奇不已,同样也让南看得瞠目结舌。看着看着,南心里突然冒出一个念头,他马上问人,临河县城离荒草滩有多远?有人回答他说,小百十里呢。他又问,要是去的话,来回要几个时辰?有人说,少说也得走大半天。他再问,要是骑马呢?有人说,骑马就快了,多说两个时辰。

南很快回到营房,找到连里的伙夫谢老歪,把他几乎所有的积蓄往谢老歪面前一放,爽快地说,老歪叔,帮我借几件东西用三个时辰,我要回趟家。谢老歪拿起南放在他面前的积蓄,在手里掂量掂量,问,你要借哪几样东西?南说,一匹马,一根牛皮皮带,一支盒子炮,不装枪,光是枪盒也行,再找个窑姐。

虽说已是走南闯北多年的兵油子了,谢老歪不免还是一愣,然后,斜着眼看着南说,你小子是想演一出衣锦还乡、抱得美人归、光宗耀祖的排场戏呀!

南咧着嘴没吱声。

谢老歪问,就要三个时辰,你家在哪里?

南说,荒草滩上。

谢老歪收起南的积蓄,说,那好吧,看你小子是个老实头,老子成全你,不过,你要快去快回!

第三件事。

临近年关,月美清楚地记得,那天是腊月二十三的晚上,小年。天空中飘起小雪,不大,却飘个不停,院子里像撒上了一层盐。当时,月美正在灶屋里做饭,听见有人敲院门,她疑虑了一会儿走了出来。

月美刚打开院门,见是个姑娘,还没来得及询问,姑娘先说了句,我叫小翠。

月美不免有几分惊诧,看看小翠手里拎着几包东西,一边点头,一边把小翠领进堂屋里。

放下手里的东西,小翠说,嫂子,快过年了,我来给你送点年货。一家人要过年,一个人也要过年,估计这个年北回不来了,你就一个人好好过个年吧。

月美这才放下心来,问,妹子,这黑灯瞎火的,你是咋摸到这个家的呀?

小翠说,嫂子,前年北带我来过两回。

月美说,妹子,你先坐会儿,我去烧饭去。

小翠说,嫂子,我帮你一起烧,今晚咱俩一起过个小年。

吃饭时,月美犹豫了好一会儿,还是把几个月以前县大队一帮人来家的事对小翠说了。小翠听了,脸上一点也不见惊讶,用淡淡的口吻说,那是他们男人的事,说不清楚。嫂子,咱们不问他。听了这话,月美觉得,小翠毕竟是镇子上王木匠的千金,与荒草滩上的姑娘们就是不一样,至于哪里不一样,她也说不清楚。

当夜,小翠陪月美住下没走。

从这天起,月美再也隐瞒不住她和北的夫妻名义了,压在她心里的一块石头终于去掉了。然而,如释重负的轻松又给她添来一份落寞和空寂。她由媳妇变成嫂子,如果南一直不回来,或者死在外边了,她只能以一个寡妇的名分活着。

在北离开家一年多的日子里,月美常常会不由自主地想一个问题,可始终也没想明白。越想不明白,她越想去想。她被这个问题困惑久了,就觉得这个问题是个谜。有时候,她不让自己去想,有时候,她又认为应该去想,因为她觉得她是这个家里的女人。

这个问题便是:向家这兄弟两个,究竟是什么样的人呢?

七

是年冬天,苍茫的荒草滩上,枯草摇曳在萧萧的寒风中,北回来了。

北是被一辆牛车拉回荒草滩的。月美又惊又愣,站在院子里不知所措。直到牛车在院子里停稳,护送北来的两个人招呼她,她才反应过来,走过去帮助两个人把北从牛车里抬下来。

刚抬到堂屋门口,只听躺在担架上的北说,去西屋。

护送北来的两个人对月美交代一番,丢下一些药物,便赶着牛车匆匆走了。

月美拎着水壶走进西屋,倒碗热水放在床头,一时间不知道该干些什么。半天,她才忽然想起,问了句,你想吃啥,我去做。

北说,我现在不饿,不慌做。说着他努力翻了一下身子,又说,嫂子,你去趟镇子上吧,把小翠喊来。

月美说,好,我这就去。

北是在一次掩护游击纵队撤离的战斗中受的伤。为了便于养伤,他不得不离开新四军游击纵队,被送回家来。想起这次的受伤经历,北被懊悔和愧疚折磨着,心存自责。若自己不受伤,就不会离开游击纵队,就能继续参加很多次战斗,就能有机会打死更多的鬼子和汉奸,同时,也不会连累分队长周浩东了。

短短两个月内,由于游击纵队采用不同的灵活战术,多次对日军据点进行袭击,并都取得了预期的战果。疯狂的日军调整了作战计划,采取报复行动,对分散在黄河故道两岸的游击纵队进行一场大规模的全面"围剿"歼灭战。当游击纵队获得情报时,时间已很紧迫,日军已经向黄河故道发起进攻。纵队决定让分队长周浩东带领游击分队,阻击日军,掩护纵队撤离。

按照作战方案的要求,游击分队要根据纵队撤离情况,依据阻击队员无伤亡的原则,采取且战且退的阻击战术。由于日军进攻势猛,游击分队边打边退。快要退到黄河故道北岸了,日本兵狼嚎般的欢呼声伴着恣肆的枪声,灌满了北的两耳。北被激怒了,眼里充满怒火,心里充满愤怒,一时忘了作战要求,守在一处土丘旁,拼命地迎击日军。这时,已经带着队员撤离的周浩东回头看见北还没撤,而且还负了伤,迅速返回将北拖走。在拖着北撤离时,周浩东左肩也负了伤……这场阻击战尽管已经达到掩护游击纵队全部撤离的目的,但因为北违反了战场纪律,致使他和分队长周浩东都负了伤。为此,分队长周浩东受到游击纵队的处分,被暂停了分队长职务。

这也是北让月美去镇子上喊小翠的一个缘故。

月美领着小翠从镇子上回到家里,北迷迷糊糊地睡着了。俩人没喊醒他,就一起去灶屋里做饭。月美到了镇子上,在去木匠铺找小翠之前,她先去了趟药铺,一个老中医告诉她,黑鱼炖胡萝卜最有利于伤口愈合,这是吃的。另外,把大蒜捣成蒜泥,涂到伤口处,伤口既不会发炎溃烂,也能好得快。当时,集市已散,有人帮她出主意,让她去一家饭店里问问有没有黑鱼,如果有,就多给店主几个钱。也是巧,这家饭店正好上午买了两条黑鱼。店主说匀给你一条吧,月美就哀求店主将两条黑鱼都给她。店主心软,见月美也面善,就把两条黑鱼都给了她。至于胡萝卜和大蒜,家里有。

月美和小翠在灶屋里把黑鱼炖好,又把蒜泥捣好,这才把北喊醒。

北睁开眼看见小翠,第一句话就说,我违反纪律了。

小翠说,我不懂你们啥纪律,只要你还活着就好。

北又说,我让三舅受了连累。

小翠说,我不管啥连累不连累,就要你好好活着。

北说,我对不起三舅。

小翠说,从小我就听三舅说过,他干的就是叫咱们老百姓好好活着的事。你好好活着比啥都好。

三舅就是周浩东,确切地说,周浩东是小翠的三舅。

只有在小翠面前,北才管周浩东叫三舅。除此之外,北都是喊他周队长。最早几年,喊过他周委员、周书记。

北是认识了周浩东以后才认识小翠的。第一次见小翠那天,周浩东领着北去镇子上木匠铺取一只木箱子,回到驻地后,北才看见那只木箱子里不仅有几支三八大盖步枪,还有几本红军的宣传手册。当时,两个人还在木匠铺里吃饭,小翠给他俩倒茶时,指着北问周浩东,三舅,他叫啥?周浩东说,他叫向北。小翠听了扑哧一笑,说,向北?向北可向南呢?北腼腆地说,我哥叫向南。小翠几分俏皮地说,向南向北,怪有意思,还有没有向东向西呢?北摇摇头。后来,再需要去木匠铺里办事,周浩东就去的少了,多数时候安排北一个人去,或者让北带人过去。如此一来,北和小翠见面的机会就多了,机会一多,小翠就喜欢上了北,北也喜欢上了她。

幸亏子弹只打穿了大腿肌肉,并没伤到骨头。北在家里躺了一个多月,伤口基本痊愈。在这一个多月里,只要小翠不在,都是月美端吃端喝,倒屎倒尿。小翠隔三岔五就从镇上过来帮忙照顾。

一天上午,小翠从镇子上过来,北正在院里来回走动做恢复性锻炼,却不见月美。小翠问北,北也不知道月美去了哪里。临近中午,月美才回来。小翠问她去哪了,月美说她回了趟娘家看看,别的再没多言语。

晚上,三个人吃饭间,月美放下筷子,郑重其事地说,咱爹咱娘都不在了,你哥也不回家,嫂子想跟你俩商量一件事。

北说,嫂子,你有啥话就直说吧。

月美说,你这伤也好了,估计过不了几天又要走了,我想趁你走之前,把你俩的婚事给办了。你们俩也都不小了,放在别人家,早就办了。

北刚要说话,月美紧接着又说,我盘算过了,也花不了几个钱,上午我回娘家和爹商量过了,我叫他把他养的那头猪卖掉,卖的钱咱们先用着,爹也答应了。

北说,嫂子,真让你操心了。不过,我俩眼下还不能结婚。

月美问,那为啥?

北说,嫂子,现在日本鬼子已经占领了咱们大半个中国,全国都在抗日,我马上就要回到队伍上,现在结婚不合时宜。

月美问,那你俩啥时候才能结婚?

北用坚决的口吻说,啥时赶走日本鬼子,我俩啥时再结婚!

月美问,那啥时才能赶走鬼子呢?

北说,只要全国人民团结一心,共同抗敌,要不了多久,就一定能把小鬼子赶出中国去。

月美看看北,又看看小翠,忧虑地说,我想早点成全你俩,也想早点看见向家的后人。

北明白月美的担心和顾虑,并被这份担心和顾虑感动着,噙着泪水说,嫂子,你放心,我不会有啥意外的,我一定会活着回来的。等赶走了日本鬼子,让你好好地给我俩办场婚事!

月美看看小翠。

小翠说,嫂子,咱们就听北的吧。

月美想了想说,行,等打走小鬼子,嫂子给你俩排排场场地办个婚礼。

三天后,北就迫不及待地走了。

八

北走后不到一个月,驻扎在县城的日本小分队,在伪军和汉奸的协助下一路南下,对荒草滩进行一场扫荡。幸亏小翠在镇子上及早得到消息,马上跑到村里,拉着月美跑进草滩,藏在河湾的草丛中,才躲过一场劫难。后来,每逢鬼子来荒草滩上扫荡,都是小翠提前来村里带月美一起躲避。经历了一次次日本鬼子在荒草滩上的烧杀抢掠,月美终于明白了北为什么放弃结婚,决心要把鬼子赶出中国去。

人不在荒草滩上,可每一次日本鬼子去荒草滩扫荡,北都能在扫荡前或者扫荡后得到消息。开始,他总是愤怒不安,整个心都飞回到草滩上,他最担心的是小翠和月美。在如今的荒草滩上,虽然他和月美、小翠都没有血缘关系,但他把她们两个人视为最亲的人。事实也是如此。后来,好在小翠常让人捎话给他,说她和月美知道怎么安全躲避鬼子扫荡,让他放心,北心里这才踏实一点。但他仍不放心,以至于在多次战斗中,他射出的一颗颗带着仇恨的子弹,大都能精准地让鬼子们毙命。

一年以后,因为执行一项任务,北才得以又回了趟荒草滩。任务完成后,他只能和小翠在木匠铺里短短见上一面,已经没有时间回趟村里了。可是,当小翠向他说起村里的一个人时,北忘记了时间和纪律,怒气冲冲地回了趟村里。

北并没有先回家看月美,而是直接走进文才家。

文才一时还没反应过来,北就拿枪顶着他的后腰,逼着他走出家门,走过村口,然后走进一片坟地里。文才早已吓得全身哆嗦不停,听到北在身后叫他站住时,他哪里站得住,一屁股坐在地上。

文才甚至不敢抬头看北,带着哭腔说,北大兄弟,你这是干啥呢?

北说,今天让你死在这坟地里,省得费人费力再从村里把你抬过来了。

文才这才嗷的一声,真哭了,脸吓得苍白,哆嗦着说,大兄弟,我哪里错了,你打我骂我吧,可、可不能要我的命呀!

北说,我问你,鬼子来扫荡时,你带过几回路?

文才说,大兄弟,我那都是被逼的呀!

北怒斥说,快说,你带过几回路?

文才吞吐道,总共就带过两回。

北问,你从啥时开始当的汉奸?

文才一脸委屈的样子,说,大兄弟,我没有当汉奸,我没有当汉奸呀!都是西荒庄的李大户逼的我。

北说,他为啥没逼别人,偏逼你?

文才说,前些年我爹吸大烟,把几亩地都吸给了李大户,另外还欠李大户几十块大洋,我爹白纸红血按的手印。我爹死了,李大户就找我还钱,可我上哪弄钱还给他呀。大兄弟,你不知道呀,其实我爹就是叫他李大户给逼死的呀!我恨他,可……大兄弟,李大户是啥人,咱们荒草滩的人谁不知道呀!我早就想杀了他狗日的……

北问,今后还给鬼子带路不?

文才马上说,不带了,再带我就不是娘养的!

北说,另外,我问你,你知道月美是谁吗?

文才唯唯诺诺地说,她是你的女人。

这时,北突然抬起脚,狠狠地踢在文才腰间,问道,也是李大户逼的你,叫你去骚扰她?

文才马上坐起来,扑通一声,跪在北面前,拿手打自己的脸说,我不是人,我不是人,我再也不敢了!

北声色俱厉地说,你给我听着,今后再听说你给鬼子带路,我就把你两条腿给锯掉,叫你站不起来,走不了路。

文才说,再带路我就不是娘养的!

北接着说,今后你要是再去骚扰月美,我就一枪毙了你,把你扔在这坟地喂野狗!

文才趴在地上一边哭,一边不停地磕头,连声说,大兄弟,我再也不敢了,啥也不敢了!

既然回来了,北准备回家看看月美,村里人说月美上午回娘家了,北只好匆匆又走了。北走出两里多路了,文才吓得还坐在坟地里没起来。

几个月后,从荒草滩相继传来几个消息。

一是,村里的海爷走了。人们都说海爷走得英雄威武,走得顶天立地。那是日本鬼子对荒草滩进行第五次扫荡时,村里人都纷纷逃走了,唯独海爷没走,站在村口那棵老柳树下,两眼眺望着从草滩上走来的一队鬼子,骂了句,咋没完没了啦?!随即,拿出一根红绳子系在村口两边的树上。而后,海爷挂着棍,挺挺地站在红绳子里边,看着日本鬼子一步步走近村口,走近红绳子。待鬼子们距红绳子仅有一米远时,海爷把装满火药和白酒的瓷罐扔了过去。等到村里人回来给他收尸时,海爷脸上还漾着安详的笑容。

二是,李大户死了。有人说是日本人干的,有人说是伪军干的,有人说是新四军游击队干的。众说纷纭。

三是,李大户死的第二天,文才也不见了。包括他那瞎眼老娘、全村人,乃至整个荒草滩上的人,都不知道文才去了哪里。

四是,荒草滩有个人去淮城走亲戚,在淮城一条街上看见了南。当时南走在队伍里,还朝这个人招招手。马上就有人问,南不是当官了吗,应该骑在马上的,咋能和当兵的一样走在队伍里?这人便说,就是南,他就是走在队伍里,还朝我招招手呢,龟孙儿哄你!有人就接着说,现在队伍都在打鬼子,哪还能像从前,当官的整天骑在马上享福快活!

对于从荒草滩传来的这几个消息,最让北感动的是,海爷英雄威武的走;最让北牵挂的是,南竟然还在国民党军队里。

九

北没想到,后来,他也见到过一次南。

皖南事变的第二年春天。

那天,是赵王集逢大集的日子,分队长周浩东带着北和几名战士,为了防区划分,与驻扎在赵王集的国民党的一个团进行协商谈判。当时街上一派空荡冷清,仍旧笼罩着皖南事变之后的阴霾,走在街上的商贩和行人寥寥,皆是神情惊恐,步履匆匆。

协商谈判未果。当分队长周浩东带着北和几名战士走出国民党军队团部,已是下午两点,一行人顾不上吃饭,准备返回驻地。正走在街上时,只见几个国民党士兵喝过酒,歪歪扭扭地从大街对面一家饭店里出来,其中一个士兵好像喝醉了,被另一个士兵搀扶着。那个喝醉的士兵边走边骂,狗日的向南,喝酒就喝酒,你他娘的说啥子你老家,啥子荒……荒草滩呀!弄得老子也忍不住想家了,老子我十年没回过家了!搀扶他的士兵说,班长,你也不能怪向南,大伙儿哪个不想家!醉酒的士兵班长说,你小子想家咋没喝多呢?搀扶他的士兵说,我不会喝酒嘛!

北不禁向大街对面扫了一眼,看见其中一个国民党士兵,又黑又瘦,佝偻着身子,也是一副醉态,跟跟跄跄地走在几个士兵后面,不停地拿军帽擦脸。哥!北差点脱口而出,脚步突然停了下来。他想过去喊南,更想看看南;他想再跟南说清楚,嫂子一直在家里等着他;他想让南回家,回家和嫂子过种地生娃的日子。终究,因时局紧张,且有严格的纪律,他还是没能走过去,只能无奈而遗憾地多看几眼。随后,北走出十几米,回头再看看,几个国民党士兵的身影渐渐模糊不清了,唯有走在后边的南,那佝偻的身子,那跟跄的脚步,还清晰地留在他的眼里。北忽然一阵心痛,一阵酸楚,在心里默默喊了声,哥!

一晃六年,北再没见过南。

1945年,秋天刚至,荒草滩上仍是一派生机盎然、郁郁葱葱。日本宣告无条件投降,全国抗日战争胜利了。

这时,部队驻地离荒草滩不到百里。北思量了几天,终究还是向三舅周浩东开了口。北说,周营长,我想请几天假。

游击队早已经改了编制,为新四军第四师所属,分队长周浩东已变成了周营长。

周营长问,请假干啥去?

北说,现在抗战胜利了,我想回家看看。

自从上次为了训诫惩罚文才,匆匆回了趟荒草滩,这几年,由于抗战形势严峻而紧迫,北一直没能回过家。

周营长犹豫了一下,说,只准你三天假,快去快回。虽说现在抗战胜利了,但国民党政府对我党发表的《对目前时局的宣言》不承认,不接受,国内形势还十分复杂,部队休整和训练任务还不能放松。

北说,我知道,一定按时归队。

北出门时,周营长又喊住他,说,顺便也替我去镇子上木匠铺里看看我姐他们一家人。

北说,我知道,我肯定会去的。

刚说过,马上就意识到有几分闪失,好在没说太多,便不好意思地走了出去。

其实,北多虑了,周营长早就知道他和自己外甥女小翠相好了。

回到荒草滩上,北先去了镇子上的木匠铺,而后喊上小翠一块回到村里。当他第一眼看见月美,不禁一阵惊讶,心酸地喊了声嫂子。

仅仅几年的光阴,月美已经不是过去的月美了。高挑而不失丰满的身材变得消瘦干瘪,后背微微佝偻,面带菜色,肌黄憔悴……北终究忍不住地又问了声,嫂子,你生病了?

月美看出了北的想法,笑笑说,生啥病呀,就是老了。

其实月美只比小翠大三岁。小翠说,嫂子不老呢,这些年还不是担心你们兄弟俩,整天提心吊胆的。

北想对月美说,现在日本鬼子投降了,今后的日子就平安了,我和我哥不会当一辈子的兵,也不会打一辈子的仗。甚至还想告诉她,六年前,他又见过一回南。最终,他什么也没说。

反倒是月美先开口说,现在赶走了鬼子,日子也太平了,最近挑个日子,嫂子我来帮你俩把婚事给办了吧。

北说,嫂子,现在抗战刚刚结束,部队还有很多事情要干,今年没时间了,等明年吧。

月美又看看小翠,小翠说,嫂子,咱们就听北的吧。

月美略显一丝遗憾地说,行,那就明年办吧。

这时,北和小翠对视一眼,两人脸上露出羞涩的红晕,会心一笑,心中既生出一份甜蜜,又传递出对明年那种幸福时刻的憧憬。

然而,时势难料。

十

第二年春天,国民党军向东北民主联军发动大举进攻,全国人民震惊而担忧,更是引起新四军官兵极大的愤慨,部队驻地弥漫着紧张备战的氛围。

一天上午,几个老乡拉着两板车货物找到北所在的部队驻地,指名道姓要见北。有人通报给周营长,周营长就派人把正在值班放哨的北换了下来。北走进营房看看几个老乡,一个也不认识,便问他们从哪里来的。其中一个老乡说,俺们从淮城来。说着从口袋里掏出一封信递给北。北展开信,内容如下:北大兄弟,现在虽然赶走了日本鬼子,可国民党还要打内战,还不让老百姓过太平的日子。知道你们队伍往后的日子还很艰苦,送去一点心意,请务必收下。写信人竟是文才。北问老乡,车上装的都是什么货物?老乡说,大米、盐、猪肉,还有几捆布匹。北又问起文才,几个老乡皆摇头不语。再问,几个老乡回答道,俺们只是替人送货的。北只好对几个老乡说,请你们回去转告文才,就说我谢谢他了。几个老乡走后,文才的信像个谜,缠在北的心头,让北久久不得其解。

到了夏天,国民党不顾全国人民的强烈反对,又大举围攻中原解放区。

在一次战前动员会上,北看到周营长眼里噙着泪水,激昂愤慨地说,本是同根生,相煎何太急……国民党这不是简单地逼我们,是要彻底地消灭我们啊!是让我们中华同胞兄弟相互残杀啊!刚刚结束的抗日战争让全国人民饱受多年的苦难,人民大众正指望我们为他们带来太平,为他们谋取幸福……中华民族的大好河山不是他国民党的,是人民大众的,我们要誓死保卫中华民族的大好河山,保卫人民大众……为民族而战,为人民而战!

此后一连几天,周营长的话在北耳边挥之不去,他一句不落地记在脑海里,每句话都触动着他的心。然而,最让他揪心的是那句"让我们中华同胞兄弟相互残杀啊"!

每当想起这句话,他便会不由得想到南。又是几年过去了,南是死了,还是活着?如果活着,他是否还在国民党军队里?如果还在国民党军队里,现在又在哪支队伍里呢?想到这时,不知为什么,北脑海里总是不断地再现着几年前在荒草滩的乡道上,南拿军帽愤恨地砸向他的样子和他决绝地快速而去的背影,以及在赵王集,南那佝偻的身子和踉跄的脚步……再往深处想,北心里就不免生出一种恐惧。

渐渐地,随着战事不断升级,北从一个战场奔赴另一个战场,残酷的战斗让他没有过多的时间再去想了。

战役越打越大。

戊子鼠年冬天,天寒地冻。这天,当北和他所在的部队赶到指定地点时,天空阴云蔽日,北风嗖嗖,一望无际的平原上是看不透的荒凉和苍茫。他突然觉得这地方很像他的家乡荒草滩。于是,他问战友,这个地方叫什么?战友告诉他,这地方叫宿西地区,属淮北大平原,部队刚刚路过的一个集镇叫临涣集。还说,临涣集上有两样好东西,一个是马蹄烧饼,一个是棒棒茶。北说,哪天有时间,咱们也去临涣集上尝尝这两样好东西。

然而,他还不知道已经没有时间了,战斗已经打响了。

北记不清战斗是从哪天开始打响的,他只知道,这场战斗已经演变成一场罕见的战役,激烈而残酷。数日来,方圆十里的战场上硝烟弥漫,遮云蔽日;炮火连天,震得大地都在颤抖。尤其是在大王庄的激烈战斗中,村庄在数次炮火的轰炸后,早已变成一片废墟,整个村庄弥漫着呛人的硝烟味、令人作呕的血腥味和尸体的焦糊味。

战役接近尾声那天,残余的国民党军队开始突围逃跑,战斗更加激烈,硝烟弥漫在战场上,几乎分不清楚敌我。一边是拼命逃跑,一边是英勇阻击。

那是个没有晚霞的傍晚,在一处被摧毁的战壕里,北突然发现一个国民党兵正向南边逃去,身影极为熟悉。由于天色暗淡,加之硝烟弥漫,他看不清,于是就喊了声,站住,缴枪不杀!

尽管枪炮声不绝于耳,但那个国民党逃兵似乎还是听见了,迫于着急逃命,他本能地回头打了一枪,转脸继续朝南跑去。北的左胳膊当时被击中了,他却一时没有感觉到。这时,周营长奔了过来,瞄准那个逃兵,北上前按下周营长拿枪的手臂,周营长一枪打在泥地上。

周营长惊愕地问道,咋回事?

北本能地脱口而出,那个人是我哥。

在那个国民党逃兵回头开枪的一瞬间,北清楚地看到,那个人就是南。

……

后记

之一

在那个没有晚霞的傍晚,身处炮火轰鸣、硝烟弥漫中的南,急于逃出阵地。忽然听到身后一声"站住,缴枪不杀",他本能地回头打了一枪,然后仓皇夺路而逃。刚逃出阵地,惊恐紧张的神经稍有放松,他马上意识到刚才那声"站住,缴枪不杀"声音竟是那么熟悉。再想想,他不相信那就是北的声音,他固执地认为不可能这么巧合,以至于他回头对他打去一枪时,也没想太多。他绝没想到,就是他那一枪,让北的左胳膊残疾终生。

南逃出阵地,看见一辆坦克也正向南边逃去,南和另几个逃兵就跟在坦克左右一同逃跑。没逃多远,坦克里的长官害怕人多目标大,立即叫随从把几个逃兵赶走。南和几个逃兵不能再跟随坦克,就朝东南方向逃去。幸好遇上没被解放军包围的骑兵团。之后,一路逃往南京。再后,逃到台湾。

多年后,南才得知,当年坐在坦克车里逃跑的长官,是国民党黄维十二兵团副司令胡琏。

之二

淮海战役结束后,北因左胳膊受伤致残,不仅没能参加渡江战役,也无法参加后来的抗美援朝。作为一名军人,他一生遗憾着。

北退伍回到荒草滩,是个秋天。月美为他和小翠举办了婚礼。婚礼那天,突然一阵唢呐声响起,声音由远而近。正当北诧异自己并没请唢呐班子时,文才领着一支唢呐班子,吹吹打打走进了村庄,走进了北家的院子里。意识到曾当汉奸不合适的文才,进了院子,先是毕恭毕敬地朝月美喊了句嫂子,而后深深鞠了三个躬,接着,才双拳紧握,向北一番道喜。

婚后不久,一天晚上,北和小翠来到月美屋里。北恭敬而慎重地对月美说,嫂子,我哥至今没有回来,不知是死是活。现在是新社会了,我和小翠想了很多天,还是想帮你找个人家嫁了,这样,你也能够和我们一样,享有一个完整的人生……哪知,没容北说完,月美便说,早年,我先是许配给你哥,后来说他死了,我又嫁给了你……我一个女人家,再一再二,还咋能去再三再四呢?不说有没有人家要我,就是有人家要我,可我在人家家里能够抬起头做人吗?我早跟你说过,我认命,我这辈子啥也不想了,活着是你们向家的人,死了也是你们向家的鬼。

北和小翠面面相觑,没了言语。少顷,北从腰里掏出一只缝有青天白日狗牙徽的军帽递给月美,说,这是我哥戴过的帽子。

第二年冬天,小翠生下一个儿子。北让月美给儿子起个名字,月美说不应该由她给孩子起名字。北坚持要月美给孩子起名字。执拗不过,月美给孩子起名叫善,大名叫向善。起过名字,北把孩子抱进月美屋里,对月美说,嫂子,从今天起,这孩子除了喂奶的时候你抱给小翠,其他时候就由你抱养了。不管我哥是死是活,不管他今后回来不回来,今后善就是你的儿子,叫你娘,叫小翠婶子,叫我叔。我和小翠今后再生个我们的孩子。

月美一听,忙说,这不行,这不行呢。

北以不容商量的口气说,啥也别说了,听我的。

小翠说,嫂子,你就听北的吧。

月美眼泪汪汪,最终还是没能忍住,动情地哭了。

十八年后,月美果断拿定主意,把向善送往部队,当了一名中国人民解放军战士。

之三

20世纪80年代的一个夏天。

一天午后,荒草滩安静地躺在蓝天白云之下,阵阵清风欢跃地吹在田野上,仿佛迫不及待地要把一个丰收的日子尽快吹来。庄稼泛起一层层绿波,由远而近,此起彼伏。

曾经的乡道已变成一条柏油大路,一辆公交车停了下来,从车上缓缓走下一位身着西装的老人。没等站稳脚步,老人一把拽掉脖子上的领带,取下印有"台湾"二字的遮阳帽,面朝村庄扑通一跪,把一头白发紧紧地贴在地面上,久久不起……

南终于回来了,回到了荒草滩上,时年七十四岁。

晚上,南和北坐在他们家的院子里,端起酒杯,兄弟俩一阵又一阵的泪水盈眶。月美和小翠同样是眼里噙满了泪水,端茶上菜。待月美和小翠上完菜,在他们兄弟俩旁边坐下时,南从口袋里掏出一只红色的戒指盒,轻轻地放在月美面前,嘴里喃喃地说了句,对不起,送迟了。月美顿时热泪夺眶而出,泪水滴落在桌面上。小翠忙说,大哥,不迟、不迟。

正在这时,匆匆从外边赶回的向善,恭敬地走到南的面前,郑重一跪,喊了声,爹!

半坛萝卜干（外四篇）

冷 鬼

半坛萝卜干

东方刚撕开一头发丝的亮光，杨排长和郑建祥就按照连长的吩咐，穿上老百姓的服装下山"化斋"。大家饿得实在是不行了，已经十多天没有吃过一顿像样的饭了，有的战士身上开始浮肿。

村庄也就十几户人家。二人连续走了几家，都是闭户上锁。走到第七家时，院门半开着，杨排长敲了敲门，没有人应。杨排长推门进去，郑建祥在后面跟着。院子不大，收拾得很干净。杨排长压着嗓子喊，老乡，有人吗？仍没有人应。房门也没有锁，杨排长敲了敲，无回音。这时，后面的郑建祥突然惊喜地发现房檐上挂着两提老玉米，上面已有些灰尘。他说，排长，看！说着伸手揪掉了一个，急急地剥了上面仅有的一层皮，在衣服上蹭了一下，张嘴就是一口。牙虽然被硌得生疼，但他说，排长，香！伸到排长嘴跟前，你来一口。排长两眼放光，说，注意纪律。但还是忍不住咬了一口，老玉米籽在嘴里像铁豆子一样被咬得嘎嘣响。郑建祥隐蔽在门口警戒。杨排长推门进屋，屋内仍无一人，干净得找不到一粒粮食。杨排长放眼一望，心里十分失望。他知道，这几天国民党军不停地进村搜捕被打散的新四军，祸害百姓。老百姓把能藏的都藏了，之后能跑得动的都跑了。杨排长走到西屋，叹口气，正要退出，突然发现靠墙角的桌子下面有一只封着口的坛子，他心里一阵高兴，弯腰将坛子取出，打开封口，一股咸萝卜气冲了出来。他闻了闻,味道还算正,又取出一块尝了尝,又咸又香,好吃——好久不知盐滋味了。可惜只有半坛。他在坛子的位置放了三块银圆,让郑建祥又取了一提老玉米和几只碗,自己抱着半坛萝卜干,迅速撤离。

国民党背信弃义,公然破坏联合抗日大局,悍然发动了震惊中外的皖南事变。杨排长所在的连基本被打光,最后就剩下十来个人。国民党军处处设卡,村村搜查,要把突围出来的新四军困死、饿死在大山里。后来,敌人有所懈怠,昼伏夜行的他们才得以悄悄入村"觅食"。

三十来岁的杨排长沉稳冷静,二十多岁的郑建祥机敏迅捷,二人很快返回山上。战士们用石头砸碎老玉米,煮了一坛半生不熟的萝卜玉米粥,这是十多天来他们吃得最香、最饱的一顿饭了。然后他们把坛、碗洗干净,用石头和灰土将坛、碗埋入一半,他们想,说不定老乡会找过来的。

目标是过长江。

又走了两天山路,连长分析了一下形势,带着杨排长和郑建祥,在夜幕掩护下来到了一个较大的村庄。有一户人家窗户还透射着微弱的灯光。郑建祥像一只豹子一样警戒着,连长更是全方面把握。杨排长是旌德人,他上去敲开了门。一个五十多岁的房东很惊讶地望着他们。杨排长与之交谈了几句,发现没什么异常,连长向房东伸出了四个手指。房东一下子就明白了,知道他们是新四军。

房东是一名地下党员。

房东说,组织有交代,估计近一段时间会有被打散的同志从此路过,要注意对接,给予帮助。

房东当即做了一大锅米饭,炒了一大锅菜,又准备了一些干粮。十余名战士吃得香,吃得感动。饭后,连长说,我们上山休息。房东拉着不让走,说,我家后面搭了一个山棚,有情况进退方便,你们就在那里休息,我站岗放哨。杨排长说,如果敌人摸上来,会连累你们一家老小的,我们还是上山。房东说,天寒地冻的,山上更冷,你们睡不好,怎么打小日本?

十余名战士近二十天来第一次睡了一个囫囵觉。

又走了两天,他们突然遭遇一小股敌人,双方立即交上了火。敌人越打越多,连长说,撤!十余人就往深山里跑。敌人咬住不放。

杨排长对连长说,敌人判断出了我们往长江方向撤的计划,可能在某个地方对我们实施包围,我们要在深夜绕道,先制造出北进的假象,再悄无声息地突然回撤向南,这样才能甩掉敌人。

敌人一开始感觉目标在放大,很是兴奋,后又发现目标在迅速缩小,半天后又突然消失,就分成多股分头追寻,追了两天后,无踪可寻。

彻底甩掉追兵后,杨排长发现他们竟又回到了坛煮萝卜粥的附近。

坛子静静地埋在那里,好像在等待自己的亲人。

杨排长对连长说,我和建祥下山还坛子。当然有侦察之意。

太阳在西山顶上粘着,光芒努力地穿过云雾,一道道如金光。

二人着了便装,在向这户人家走近时就感觉情况异常,隐约听到一个女人的挣扎叫喊声。杨排长将坛子轻轻地放在院墙边,二人猫腰迅捷地靠近院门。院门大敞,一个男人被死死地捆在院内的一个木桩上,嘴里被塞着一条破毛巾,从鼻子里发出恼怒的声响,女人绝望的挣扎声从屋内一波波地冲出。

那男人看到了杨排长二人,响动更大。杨排长向他伸出四个手指,接着对后面的郑建祥一挥手,二人躬身迅速向屋门靠近,手上不知何时已闪着匕首。

两个国民党军正在撕扯一个年轻女子的衣服。

杨排长对郑建祥用手指点了点右边的一个,郑建祥点了点头。正当屋内两个人忘乎所以时,突然两个影子扑了过来,寒光闪过,他们的脖子均被划了半圈……

郑建祥从墙边取回坛子,杨排长捧在手里,恭恭敬敬地向年轻夫妇鞠了一躬。年轻夫妇激动得热泪盈眶,手抚着坛子深情地说,救命恩人呀!救命恩人呀!

在年轻夫妇的引导下,杨排长一行虽历经曲折,但一个不少地来到江边,又在地下组织的帮助下,顺利地过了长江。这对年轻夫妇也参加了新四军。

后来,他们经常说起半坛萝卜干的事,说那半坛萝卜干真香。

一枝红杜鹃

饶淑莹从怀里取出一枝风干了的扁平状的红色杜鹃花,放在鼻子下嗅了嗅,似乎仍有暗香缕缕。她又将杜鹃花举到眼前,凝视着。她理了理凌乱的头发,带血的嘴角浮出一丝温暖的微笑。

她已被关押在上胡家乡公所十多天了,受到了严刑拷打,受尽了各种非人折磨,但她却越来越淡定,越来越坚忍,似乎越接近死亡,越发藐视死亡了。她清晰地记得丈夫章金祥之言:共产党员是打不垮的,因为我们有坚定的信仰,有信仰的意志坚如钢铁!

红杜鹃见证了她的革命生涯,也见证了她的爱情。而这枝红杜鹃不仅仅是丈夫章金祥在新婚之夜送给她的信物。

章金祥是个和尚。

章金祥兄弟姐妹多。章金祥六岁那年,父亲因劳累过度而亡,母亲又是个盲人,百般无奈之下,母亲把仅六岁的金祥送到三里外的小九华银屏寺当了小和尚。

章金祥白天到离银屏寺一里的私塾读书,晚上回来读经。二十岁时,章金祥身高还不到一米六,但凭着自己与人为善、生活简朴、稳重厚道的品质被推为银屏寺住持。

饶淑莹小章金祥十三岁。饶淑莹十六岁时嫁给了当地的一个裁缝,两年后丈夫因病过世,给她留下一个女儿。

章金祥虽为出家人,但阅尽人间苦难,他看到纵使许多善男信女烧香拜佛,亦不能跳出日伪军制造的苦海。1943年冬,他遇到了皖南游击队领导人之一王诚信,从此踏上了革命道路,并光荣地加入了中国共产党。

饶淑莹年轻守寡,孤儿寡母,日子难以为继。

章金祥出寺化缘时遇到饶淑莹,见其做事勤快,吃苦耐劳,为缓解其艰难生活,便招她到寺里做雇工。

从 1943 年开始,章金祥做起革命工作。1944 年 10 月,荆州麻叶岭建立第一个地下党支部,章金祥被任命为党支部书记。

饶淑莹在寺内干活,知道章金祥在从事秘密工作。在多年的相处中,她知道章金祥是个好人,笃定他所干的事情也一定是好事,于是开始默契地协助他。她的第一次单独革命经历就与杜鹃花有关。那天,章金祥需要出寺送一条重要情报,而另有一位革命同志需于上午九点至十点到寺内取另一条重要情报,章金祥就把这一重要任务交给了饶淑莹。饶淑莹心里很忐忑,在章金祥的鼓励和安排下,她逐渐坚定起来。她清楚地记得,上午九点四十七分,寺门被敲响,一个三十来岁的男子问,借点晾干的杜鹃花可以吗?饶淑莹把他让进门内,问,借多少?那人说出暗语,三斤三两三钱。饶淑莹问,做什么用?那人又以暗语回答,内人体虚、咳嗽……那人离开后,她的心情平复下来,很为自己骄傲。

两人积极为游击队收集、传递情报,输送粮、油等物资,同时利用银屏寺的有利条件,为游击队保管弹药、布棉等军需物资。

1945 年,饶淑莹也光荣地加入了中国共产党。女儿于半年前加入了新四军,走上了前线。在入党后的第二个月,饶淑莹因外出进行秘密工作遭了雨,回来后高烧不止,是章金祥床前灶后地伺候。待病情好转时,他又送她一大束自采的红杜鹃,热烈而奔放……革命的艰辛和浪漫交织在心中,她悄悄地流下了幸福的眼泪。

共同革命让二人相处更密,渐生情愫,但和尚结婚,世俗难容。前思后想,还是饶淑莹灵光一闪,说,金祥,别纠结了,我们向上级组织请示,服从组织安排。

组织很快批准了二人的结婚申请,随批准书而来的还有批准书上画的一枝红杜鹃——组织的信任和祝福。

结婚当晚,虽然没有亲朋好友,没有美味佳肴,只有二人对红烛,但二人仍然心如灌蜜。她双目激动地看着他道,感谢党!他也激动道,党让我们重生!随后,他从旁边的一个柜子里取出自己两个小时前从山上采摘下来的一枝鲜红的杜鹃花,双手捧着献给她。她双手微微颤抖,接过,紧紧地贴在胸口。

后来,她把这枝红杜鹃风干后,贴身而藏。在艰苦的革命斗争中,这枝红杜鹃和批准书上的红杜鹃经常合二为一,有时化成组织开会的场面,有时化成微笑的太阳,有时化成一群可爱的互相嬉闹的娃娃,有时化成战斗的长枪……让她温暖,给她力量,铸她坚强。

往事如昨,历历在目。饶淑莹又把红杜鹃贴身藏好,之后用手擦去嘴角的血迹,目光坚定。丈夫章金祥被捕比自己早两天,至今毫无音信,她思念他,为他的身体担心。

一阵呕哑啁哳的声音逼近,随着哐当声响,牢门被打开,紧接着一颗人头被掷在饶淑莹面前。那正是丈夫章金祥的人头,饶淑莹当即昏了过去。

章金祥被捕后宁死不屈,敌人所有的刑具唯一的作用就是证明他的意志是钢铁做成的。在押送途中,章金祥趁机一脚将敌方一军官踹入河中。敌方军官恼羞成怒,让士兵用斧头砍下了章金祥的头颅。当饶淑莹被一盆凉水浇醒时,丈夫章金祥的人头已经挂在了她的胸口。这并没有羞辱到饶淑莹。饶淑莹揣测肯定是丈夫的坚强勇敢激怒了敌人,才使敌人采取这种为人类所不齿的下流手段。她为丈夫感到骄傲、自豪。敌人逼着饶淑莹胸前挂着丈夫的人头游街,饶淑莹昂首挺胸,像一枝怒放的红杜鹃一样傲视着日伪军,从容地揭露日伪军的滔天罪行,同时宣传共产党的政策。敌人没有收到理想的效果,两天后就把饶淑莹杀害在上胡家杨树窝。敌人开枪前发现饶淑莹用手护住那枝红杜鹃,面露微笑,目视远方。鲜血从她的五指间汩汩流出,她躺倒的地方,土地鲜红一片。

第二年春天,她倒下的那片土地上蓬勃地生出一大片无比鲜艳的红杜鹃,之后,年年如此,渐成漫山之势。

情　报

黄德义气喘吁吁的,一只大脚刚踏进草棚,又脏又烂的鞋头上顶着的春泥还没有甩,额头上密密的一层汗水还没有擦,坐在木凳上的老郭站起来就说,你来得好快,交给你一个重要任务。

黄德义见到上级组织,感觉像见到亲娘,正想笑一下,忽听到有重要任务,立即严肃而响亮地回答,是!是什么任务?

老郭用手指了指对面的凳子,黄德义坐了下来。

老郭说,开饭店。

黄德义的情绪正向高温处走,听到这三个字,犹如被从半空中泼盆凉水,嘟哝着,我说什么大事这么急,跟催命似的。他边说边看一眼老郭,郭书记,能不能给碗水喝?嗓子都冒烟了。

老郭目光柔和,笑了。

黄德义年轻力壮火力旺,一边咕咚咕咚地喝水,一边又嘟哝着,大敌当前,我可没有闲心挣那个钱。

老郭又笑了,点拨着说,德义,都说你脑门亮、脑瓜灵,开饭店肯定是个幌子,我这是醉翁之意……

黄德义还未待老郭说完,就灵光一闪道,搞情报?

老郭道,人要吃饭,枪要子弹。你到镇头开一个饭店,你知道的,敌人的兵站在镇头,那里有他们的弹药库。

黄德义急道,即使搞清楚了他们的弹药库,敌人有一个连的兵力把守,就我们这几个人哪行?

老郭说,我们不是去抢弹药库。

黄德义拧着眉头。

老郭说,弹药库里的弹药不能总是在库里睡大觉吧?他们总得往外运,然后……

黄德义大脑里面的电路猛地接通,倏地站起来,以手劈空,兴奋地接口道,半路截击!

黄德义是老郭发展的一个秘密党员。黄德义是土生土长的绩溪人,父母早亡,靠吃百家饭过活,后又被拐卖,遭遇抓壮丁,躲壮丁。其间,他遇到了就读过中山大学,经历过皖南事变,被组织指派到旌德、绩溪一带开展游击斗争的老郭。

黄德义苦大仇深,经历坎坷,生活的艰难磨砺使得他早早成熟。老郭发现他是一个好苗子,便着意培养。黄德义入党之后,多次出色地完成组织安排的情报工作。

1944年4月,黄德义在镇头租了房屋,挂了牌:振康饭店。组织给他派了一个会做菜的同志当厨子。

弹丸小镇,兵荒马乱的,饭店本就不多,振康饭店开张不久,国民党军兵站陈站长,包括当地的保长、乡长等均闻香而来。

陈站长光顾,黄德义自是鞍前马后地伺候,几次之后,于内间添了桌椅,打起牌来。

打牌是黄德义的长项,一是他聪明,二是他在流浪期间常玩牌。一个月的时间像水阳江水一样哗哗地流走,没有得到一点有价值的情报让黄德义心中着急。

机会来了。牌桌上陈站长心神不定,不时扭头向窗外瞟。天色向晚。

黄德义抓住机会,问道,陈站长有事吗?

陈站长道,唉!今夜我值班。

黄德义立刻明白了,揣度陈站长因总输不赢不想走,又挂念值班之事。黄德义灵机一动,说,要不,我把牌带上,再切几个菜、拎两瓶酒,到你办公室操练?

陈站长可能考虑到兵站为要地,犹豫了一下,但怎奈牌瘾不退,还是点了点头。

于是,四个"赌徒",外加一个厨子(去搞服务)转移了"战场"。

如此牌场中途转移,十天内出现过三次,黄德义心中诧异莫名:弹药库里大约有三百箱子弹、手榴弹,没有得到任何信息,里面好像少了三十多箱。黄德义心里急、痛,觉得自己失了职。他把这个情况及时向老郭进行了汇报。

老郭道,毕竟不是我们自己的弹药库。不过,前线战事吃紧,子弹就是我们战士的命,你要多用心,争分夺秒,我有信息也会及时通知你。

黄德义与陈站长的交往次数更多了,相处时间更长了。

转眼到了6月。黄德义收到老郭的信息,敌人近几天将要运送弹药出站。

黄德义内紧外松,更是密切关注着陈站长。他让厨子去兵站把陈站长请来,说,陈站长,今天搞了一条水阳江的大青鱼,炖汤保证鲜美,又弄到两斤老酒,绝对醇厚。陈站长经常照顾小店生意,我今天专门答谢。

陈站长也不笑,说,你小子没少挣我的钱,谢我,该!

酒足饭饱后再打牌。

打到下半夜,黄德义拿出看家本领,出老千,几下子,席卷全场。陈站长输得最惨。黄德义吃准了陈站长,天放亮时,黄德义装着有事要办,想走。陈站长输红了眼,急得一把抓住黄德义不让走,说,赢了就走,没门!老子也不是输不起,今个要战,就战三天三夜!

正中下怀。黄德义故意又争了两句,几个人重新回到牌桌。打了两天两夜后,第三天清晨,兵站来人,对陈站长耳语几句,陈站长一听,脸色一紧,站起身要走。

黄德义感觉他必有要事,一把抓住陈站长急眼道,你赢了钱,也不能走,说好打个三天三夜,君子一言千金重,谁走谁不够朋友!

陈站长一甩手,急吼,我是真有事,上面来命令让送子弹,过了时辰,要掉脑袋的!

黄德义急中生智以话引话说,送点子弹,还需要你这个大站长亲自出马吗?

陈站长冲道,这次量大,上百箱子弹、手榴弹,我得赶紧安排好,还得找民夫、车夫!

黄德义装着很关心地说,现在世道乱,你们不怕半路上遭土匪?陈站长拍拍胸脯,牛气哄哄的,我们是国军,哪个敢抢?

话撵话,话套话,黄德义把敌人运送子弹的时间、数量、方向和押送兵力都搞得明白透彻。

第二天下午,老郭带领游击队在距离镇头七点五公里的鸡公关打了个漂亮的伏击,缴获子弹两点九万发,手榴弹一千枚。

疯　女

张玉莲疯了。

张玉莲一会儿哭一会儿笑,一会儿唱一会儿骂。

张玉莲被乡亲们从南堡祠堂里搀扶出大门,一条黄狗耷着毛、龇牙咧嘴地跑过。张玉莲疲惫地抬了一下眼,就疯了。张玉莲突然叫喊,狗！汤恩狗！汤狗！啊啊啊,汤狗！汤狗……

张玉莲,乡公所的人议论,射里村的,身材不高,挺精干的一个女人,遭罪了。姓汤的够狠毒的,不去跟日本人干,专对付共产党。有人小声道。张玉莲是不是共产党？有人小声问。不知道,但听说这女人没少给共产党办事。

顽军驻地,汤恩构腿跷在桌子上,嘴里叼着大烟枪,疯了？好！这个女人太倔了,死心塌地为"共匪"卖命,不疯我早晚整死她！

——张玉莲化装成要饭的开展革命,在花林下榨里准备渡河,被顽军汤恩构抓捕。

鞋子哪里来的？

在章家渡买的。

买这么多鞋子干什么?！

给村里老少爷们代买的。

钱哪来的？

谁家买鞋谁给的。

不老实！你那里有多少人参加新四军？

不知道。

还有谁是共产党？

不知道。

你儿子、女儿都参加了新四军,新四军在你家里藏着几十条枪！汤恩构凶相毕露,甩出几巴掌,张玉莲满嘴鲜血。

——1941年1月4日,张玉莲跟随新四军军部所属部队九千余人奉命北移,离开云岭行至泾县茂林地区,突遭国民党军七个师八万多人的包围袭击。新四军官兵血战七昼夜,大部分壮烈牺牲,张玉莲所在部队也被冲散了。当张玉莲从死人堆里爬起来时,满地的尸体,就她一个活人了。她看了看躺下的战友,擦掉脸上的血,含着眼泪,开始寻找部队,寻找组织,渴饮山泉,饿食山果,夜宿树洞。两天后,寻到村落,她便成了要饭人。她突然发现,要饭可以收集日伪军和国民党军的信息传递给游击队,要饭可以走千家入万户宣传妇女解放和团结抗日的意义。

敌人发现张玉莲不是一般的要饭人。是的,张玉莲在1938年就入了党,同时担任云岭地区妇抗会主任。

她先是被关押在章家渡国民党特别审讯室。审讯进行了一天一夜,吊打,上电,钉竹签……敌人毫无收获。敌人穷凶极恶,汤恩构又走了过来,咬牙切齿道,铁火链!铁火链!试试她的骨头到底有多硬!

啪!汤恩构话音刚落,张玉莲一口带血的唾沫吐在了他的脑门。

汤恩构叫道,你想速死,没门!

张玉莲皮肉开花,流血流脓,奄奄一息。乡亲们探得信息,向保长求情,又多方协调,才得以将张玉莲抬回家。张玉莲身体刚有所好转,又被敌人抓去,关押在南堡祠堂里。敌人用尽手段,极尽折磨,张玉莲身体溃烂腥臭,但意志如铁铸。乡亲们和地下党再次多方援助,张玉莲才又一次被营救。在南堡祠堂大门口,她看到一条龇牙咧嘴的大黄狗就疯了。

她疯了,就可以乱跑,就可以跑到常人不能去的地方,就可以干常人不能干的事。她需要哭则哭,需要笑则笑,需要唱则唱,需要骂则骂……需要送情报则送情报,需要送军粮则送军粮……需要不疯就不疯。敌人终于发现自己被蒙蔽了,开展第三次抓捕。

张玉莲已经跟着队伍上了山。在一次抢粮的战斗中,她发现了汤恩构。惊慌失措的汤恩构正欲逃走,她拉动了枪栓,汤恩构回头看,眼神恐惧,还未待他头再转过去,一颗正义的子弹呼啸着正中他的脑门。

……

134 / 喇叭花开

百万雄师过大江,有她忙碌的身影。1951年国庆观礼,她作为皖南地区代表赴京,受到了伟人的亲切接见。

劝　　降

敌人怀疑上了姚劲松。

因为姚劲松这个乡长当得不一样。

姚劲松1941年秋当上了宁国县胡乐乡乡长,时年三十四岁。上任伊始,他发现好多政策都是偏向富人、地主,再加上小日本侵华,群众生活更加艰难困苦。他毅然提出"只可把富人逼穷,不可把穷人逼死"的口号。他十分清楚自己当的是国民党的乡长,他也十分清楚这样做的风险。

他的上级歪嘴笑笑,心想,愣头青,喝几年黑墨水,脑子被糊住了,不碰个鼻青脸肿不会悔改。他们并不知道,姚劲松此前已在新四军办的"抗敌书店"阅读了很多革命书籍,革命的火苗、抗日爱国的火炬在他心中越燃越旺。

果然,当地的地主、士绅、土豪等纷纷反对。

他们组团到乡公所"看望"姚乡长。

姚乡长坚决地说,只要我在这里干一天,我就得向着穷人!

代表团怀恨在心。

有人检举他"明征暗放"。他抓壮丁总是完不成任务,且距目标数量相差太远。说他在抓壮丁途中,监管不严,经常有壮丁半路逃跑,有故意为之之嫌。第二天,他就把胡乐乡乡霸的儿子曹金宝抓了壮丁,一时轰动全乡,挣了个绰号:硬头乡长。

三个顽军正在清坑村牵牛逮鸡,闹得鸡飞狗跳,一不留神,姚劲松铁塔般地站在他们面前。姚劲松一挥手,手下人三下五除二把三个顽军捆了起来。"姚劲松实在不合拍!"

夜深人静,一队基干民兵用独轮车推着碾好的大米匆匆而行……姚劲松把乡公所的粮食偷运给了游击队。

顽军两个连的兵力,一路偃旗息鼓去袭击兵坑、水竹坪两个游击队根据地,却扑了个空。

最大的嫌疑犯就是乡长姚劲松。

敌人却找不到证据。而此时,1944年5月,姚劲松则由邵盛华同志介绍秘密入了党。

邵盛华在几公里外的金沙地区任保长,也是打入敌人内部的秘密党员。

邵盛华紧紧握住姚劲松的手,你已成为一名光荣的中国共产党党员!

姚劲松目光兴奋而坚定,为党工作,坚贞不屈,万死不辞!

邵盛华也不拐弯,直接道,急需枪支弹药。

姚劲松拧眉沉思道,我们来个"周瑜打黄盖",假打暗送如何?

邵盛华点了点头,鼓励姚劲松说具体些。

姚劲松道,就是我安排乡公所下村执行任务,你安排游击队路上打伏击,你一"打",我们就"缴枪"。

邵盛华一拍桌子道,好!好一个周瑜打黄盖!二人都开心地笑了起来。

很快,游击队在大半年内进行了四次"周瑜打黄盖",缴获枪支七十多条。

邵盛华在执行其他革命工作时暴露了身份,敌人多次捉拿邵盛华未果。

姚劲松被敌人秘密监视。

组织安排姚劲松暂时蛰伏。

敌人一时找不到姚劲松的破绽,心生歹计,要姚劲松劝降邵盛华。

——若姚劲松不去,则以抗命不从予以查办;若姚劲松劝降无果,则冠以暗中通共罪名。同时可派两个随从,名为保护,实乃监视并探察游击队虚实,必要时派上军队对游击队进行围歼。

姚劲松把准了敌人的心思,他以公务缠身为由拖延时间,同时暗地里派亲信前往游击队驻地报信,估计游击队得信后才动身。

果然邵盛华已经离开。

返回胡乐乡凶多吉少,其间,姚劲松虽有机会逃脱,但还是毅然决然返回,因为那里有他担保的敌人计划要烧而未烧的山棚、要捕而未捕的青年,如果自己只顾自己安稳而逃脱,敌人必然加罪于他们。"为人民,为革命,敌人将我碎尸万段,我亦九死不悔!"明知赴死偏要行,姚劲松向死而行。

姚劲松先是被软禁,后被冠以"通共济匪嫌疑犯"的罪名逮捕,虽遭严刑拷打,但他做到了坚贞不屈。

1945年7月1日,他被押往城南下三里刑场。

当刽子手举起屠刀时,姚劲松激昂地说道,你这把钢刀真应该上前线砍杀小日本!哈哈哈哈……

刽子手的屠刀咣当一声吓掉在地上。

围观人群一阵骚动。

监斩官心中惊慌,对天鸣枪震慑。

人群只安静了两秒钟,接着似有更大的响动。

监斩官急吼士兵举枪射杀姚劲松。

姚劲松再次仰天大笑,哈哈哈……枪声响,一股鲜血喷涌而出,时值正午,太阳正炽,鲜血映照阳光,盛开成一朵朵红杜鹃,定格在雄伟的大鄣山上。

喇叭开花

黄亚明

民国二十九年的冬天,后北乡凉亭坳后山的石头都冻得差点裂开。昏暗的桐油灯盏窝里,两三根水灯草芯做的灯捻子散发出昏黄的光。

汪智麟枕着一把磨损了的黄铜喇叭睡在破屋里,凌厉的冬风吹刮得破窗纸抖抖索索。外面的雪花,汪智麟看不见,他的耳朵一抖一抖的。等到清晨,雪会把坳上坳下的屋子刷一层白油漆。汪智麟家门前的那棵梅树,也绽出红通通的花朵儿来。人踩在山路上,嘎吱嘎吱的,凉亭坳渐渐就有了年味儿了。

汪智麟咋这样了,嚯嚯,咋忽然就吹起了喇叭?凉亭坳的人一时有些吃惊,有些伤心,有些难以言说,有些茫然无措,觉得有点儿不对,又好像没哪里不对。

汪智麟一直算个好伢子,他在汪家祠堂里读过几年私塾。说起来,整个凉亭坳百来户人家,整个后北乡大几千人口,也没谁这么能读书,用凉亭坳的方言来讲:太开窍了。好像从进私塾的第一天开始,就没啥事难倒过他,从《三字经》《百家姓》《千家诗》《千字文》,到四书五经、《古文观止》,汪智麟学得快,记得牢,又规规矩矩,几乎没挨过塾师胡先生的板子。

胡先生来自哪里,没人知道,也许是河南,也许是湖北。胡先生说他沿大别山一路说书讨生活,路上收留了讨米的杜鹃,两个苦人走着走着,走到凉亭坳,就不想走了。胡先生的板子,那可是说书的檀木牙板,死沉死重,一板子打在手上,脚筋都跟着抽搐。有人戏笑胡老先生,你咋不打智麟,是不是想把杜鹃许给他?胡老先生神秘一笑,胡乱地伸出三根指头,先跷跷大拇指,然后中指,然后三根一齐跷跷。问的人一惊一乍，眼睛随着指头转，但到底啥意思，没谁懂。胡老先生也不说，掸掸袖子，径直走开。

汪智麟在祠堂里读了几年私塾，他大大汪之礼那个老实坨坨实在是没银钱，就不准备让他读了。汪智麟垂头丧气。幸亏有胡先生，胡先生带着杜鹃闯进汪氏族长，也就是汪智麟的大伯汪之仁家里，汪之仁又喊来汪之礼，一番计算下来，决定由族里、汪之仁、胡先生各支持一点儿费用，幸运的汪智麟又有书读啦。

汪智麟在县城的六邑中学读了两年，又到省城安庆读了两年，听说学业很好，这是到安庆贩山货的陈二麻子说的。陈二麻子猥琐地说，他亲眼看见一个像画里出来的女伢子和汪智麟一起上学下学，怪亲密的。陈二麻子还偷偷对胡先生说，汪智麟在巷子里贴标语呢，说毕就被胡先生狠狠瞪了一眼，骂他赶紧闭上嘴，说那是小伢子闹着玩儿。陈二麻子每年都要赶三百里到安庆去几趟，除了卖山货，比如野雉、山笋、野天麻、茯苓神、黄精、石斛、石耳等，还有个重要任务，是代表凉亭坳人打听汪智麟的近况。显然，在凉亭坳人的心中，汪智麟是他们的希望。凉亭坳人大多姓汪，祖上来自徽州，到底是哪年从徽州大山搬到皖西大别山的，也没谁认真考证过。哪怕不姓汪，山里人几十上百年朝夕相处，亲戚关系盘根错节，血脉里也分不清究竟是汪姓的多些还是胡李徐姓的多些，所以凉亭坳的人等着汪智麟光耀门楣、荣耀乡里的那一天。

每年暑假和春节回乡，汪智麟头戴灰色学生帽，手拎小皮箱，意气风发，成为凉亭坳伢儿们羡慕的一道风景。

但第五年的时候，凉亭坳人发觉汪智麟有点儿不对劲，有点儿魔怔了。

汪智麟的魔怔是古而怪之的，他的小皮箱里居然带了一只喇叭。喇叭谁没见过，凉亭坳人都见过，木制的锥管上开八孔，前七孔，后一孔，管的上端装细铜管，铜管上端套有双簧的苇哨。吹喇叭的人，乡里称为喇叭匠，红事吹一阵阵，白事吹一阵阵，可喇叭匠的事儿，咋跟汪智麟有了瓜葛？

汪智麟这一定是闹啥毛病了！凉亭坳人叹息道。

杜鹃跑过来，低声问，智麟哥，你真带了个喇叭？

汪智麟回，嗯嗯。

你咋带了个喇叭呢？

喜欢呗。

你就不能干点别的啥？

有人爱听。汪智麟的回答莫名其妙。

为啥就带个喇叭呢？杜鹃自言自语。

吹呗，吹吹心里就来劲了，山路就短了。汪智麟瞅着脚下蛇一样弯曲的山路，拿起了喇叭。

整个假期，带着各种情绪的喇叭声在村口的大枫树下响起，早上响一阵，傍晚响一阵。旁边的汪家祠堂，似乎也在喇叭声中一颤一颤的。

汪智麟的两只手在喇叭上一起一抬、一按一晃，喇叭声如泣如诉如悲号，恰似杜鹃啼血。更多的时候，嘀嘀嗒嗒，此起彼伏，喜气洋洋，热热闹闹。

大清早，十七岁的杜鹃站在村口的大枫树下听着，树上的鸟儿刚刚鸣噪，她的眼睫毛下像掩映着小溪，溪水随着喇叭声或欢快或悲伤地流淌。

汪智麟吹得越来越娴熟了。

在老虎崖，在狮子岩，在野鸡冲，在仰天窝，在金龟畈，到处是喇叭声。汪智麟走到哪儿，喇叭就响在哪儿。

汪智麟成了个喇叭匠，也不去安庆读书了。

他大大汪之礼气得手脚酸软，在老虎崖采药时摔了一跤，差点断气。孽畜，孽畜。

大伯汪之仁歪斜着身子，拄着拐杖，颤巍巍地找到汪智麟，恨不得一拐杖打断他的狗腿。要不是胡先生左劝右劝，十九岁的汪智麟可能真成了瘸子。

玉米刚长出三瓣叶子的时候，村里开始闹红。凉亭坳人家的门缝里时不时飘出各种小道消息：某某窃窃私语，听亲戚说，鹞落坪的某某拉起了十来个人的阵仗；某某去了一趟县城，骇人地回忆，妈呀，民团杀人了，砍了五个人头，挂在城门头，血淋淋的，苍蝇嗡嗡；某某某和某某咬耳朵，潜山县那，太湖县那，霍山县那,英山县那,到处闹红,这莫不是要大变天?

就在那时,汪智麟着手拉起响器班子,前脚找唱戏的,后脚找弹奏的,东寻敲鼓的,西寻打锣的,悄悄地寻摸着。

汪智麟真是魔怔了。

响器班子里没有杜鹃。杜鹃会唱黄梅调儿,长辫子一甩一甩的,细腰儿一摆一摆的,那种野调门,真是好听哩。

杜鹃靠在大枫树下,心里烦躁,噘着嘴,捏着辫子,对汪智麟说,你咋不要我呢?

汪智麟说,跑江湖,危险。

咋危险了?你是忘不了那狐狸精吧?

狐狸精是汪智麟的女同学,姓胡,就是陈二麻子说的那个像从画里出来的女伢。

你真是,瞎说!汪智麟不好意思地别过头去。

你真是,早晚要被那狐狸精祸害!杜鹃生气了。杜鹃生气了也好看,眼睛里汪着一潭清凌凌的水。

胡先生过来了,喊杜鹃回去烧锅。临走时,胡先生对汪智麟眨了眨眼。

汪智麟也眨了眨眼。

胡先生叫汪智麟晚上去他家喝几杯红薯酒。

凉亭坳人的注意力显然被分散了,村子里笼罩着一股古怪的气息,有人蠢蠢欲动,有人眼睛日夜都贼亮贼亮的,有人闭着眼睛心里却嘀咕不已,有人日头一落山就闩紧了门。

汪之礼躺在床上,伤还没好利索,杜鹃每天帮忙扯些草药给他敷贴。

汪智麟忙得急三火四,没时间伺候汪之礼,响器班却不声不响建起来了。

秋风吹着大枫树,叶子一片片红,像一团团苍凉的血。

汪智麟接待了第一个客户。那天他们正在大枫树下排练,汪智麟吹的是高腔《大赐福》:

乐陶陶,意畅快;
喜滋滋,心开怀。
笑盈盈,百福骈臻;
闹喈喈,天官赐福来。
那种喜庆,耀亮了人心。

音未落,掌声响起。汪智麟一睁眼,就看见了她。

她的父亲是县城民团团总胡老黑。她邀请汪智麟的响器班子半个月后到县城去演出、祝寿——她的祖母,即将八十岁。

她是他的同窗,姓胡。

汪智麟眼睛里火花一闪,瞬间熄灭。

汪之礼死活不准儿子去。汪智麟的娘就是被团丁追逐,跳河身亡的,他家和民团是死仇。

杜鹃不同意他去,那个女人,勾魂。

最后胡先生拍板,去。

凉亭坳的春天来得慢,慢腾腾的,那些杜鹃、野樱、桃花、棠梨、兰草、八月楂,慢慢慢慢地开出五彩的花。凉亭坳的春天也来得野,那些花儿,恣肆得招蜂惹蝶。

村子里有人偷偷在唱:

一可恨,老劣绅欺人太甚,
二可恨,小土豪为富不仁,
三可恨,保安团贪财如命,
四可恨,那赃官有钱必赢,
五可恨,那奸商小斗大秤,
六可恨,放谷种赚钱几升,

七可恨,吸鸦片自取短命,
　　八可恨,爱赌人愿把家倾,
　　九可恨,手艺人一生穷棍,
　　十可恨,穷汉子穷苦一生。
　　劝诸君切莫把金钱看重,
　　共产党成了功穷富均匀。

一个人唱,两个人唱,先是小声唱,渐渐地,有村民敞开了嗓门唱。

村子是要变天了。但汪智麟不为所动,还在张罗响器班子,似乎是响器班子的人要挣生活,就得不断接活,婚丧娶嫁,不断吹奏。他们的名头越发响了,一年有大半时间泡在山外。乐手也越来越多,有二十来号人,在山下还设了联络点。几乎整个大别山区,都有了他们的影子。一出门,就是十天半月,然后汪智麟一准会回到凉亭坳,带点特产给大大汪之礼和胡先生,有时是麻滩河麻饼,有时是霍山黄芽、石斛,有时是潜山舒席,有时是怀宁贡糕,有时是安庆余良卿膏药、柏兆记墨子酥,再和胡先生说上半天话。这些事儿,凉亭坳人看在眼里,虽然恨其不争,可汪智麟尊师是没得说的。

不久之后,凉亭坳出现了摸瓜队,有十来号人。

摸瓜队曾动员汪智麟加入,被他断然拒绝了。摸瓜队恨铁不成钢,这汪喇叭,大顽固。杜鹃的脸因此黑了几分:智麟哥,真被那狐狸精迷魂了。

胡先生也没啥变化,白天带几个伢子读书,只是晚上他家的灯熄得迟了些。木窗贴上了桑皮纸,偶尔有几个人影在晃。兵荒马乱的,凉亭坳人没感觉那有啥稀奇。

村子里慢慢传出流言,一来二去,汪智麟和胡团总的女儿好上了。

汪智麟挨了汪之礼狠狠的两巴掌。

村子里又唱起了新歌:

　　一更里,月出天又明,

我潜山出了个喜事情，
就是那红军，
代表我穷人，
起来闹革命。
……
四更里，月儿偏了西，
我们穷人共商议，
连夜投红军，
扛枪去杀敌，
不再受人欺。
五更里，月落天又亮，
红军队伍真雄壮，
捉住土豪和劣绅，
诉苦又算账，
分田又分粮。

民国十九年，好像是在潜山后北乡山区一个叫请水寨的地方，起了暴动。县城民团疯了一样地"围剿"。

杜鹃坐在大枫树下唱，脸上亮出一抹神采，唱着唱着，又自怨自艾起来。

听众缺了一个汪智麟。

那时汪智麟正把手伸过门窟窿，抽开门闩，青冈木的门闩，表层已被白蚁啃罄，只剩坚硬的红心固守着门。

一只老鼠从他的脚下窜过，冲到芭蕉丛下，跳到四脚伶仃、摇摇欲坠的碗柜上，盯着他，高高抬起的两只前脚，揶揄似的摩挲着，抖动了一下唇瓣，像对他交代什么，然后刺溜钻进了墙窟窿。

汪智麟没搭理老鼠，进得屋来，把棉被放在神台前的八仙桌边，用芭茅秆扫把清除屋里的蜘蛛网和家具上的灰尘，拔掉屋旁的杂草。

这是他的新家,哑巴族叔遗下的两间破屋。
前天,汪之礼公开断绝了他俩的父子关系。

民国二十四年初,离凉亭坳的春节不远了。
如期而至的还有一场大雪。
几天前,大大汪之礼破天荒地踏进了他的破屋,问了一句,娶杜鹃不?
汪智麟一愣,耷拉下了眉毛。
大,这是要害她吗?我就是个喇叭匠。
喇叭匠不找堂客?
找,受苦。等两年再看吧。
你是吃了砒霜,癞蛤蟆想啃天鹅腿呢。胡老黑可是黑熊腿,那个畜生,害了多少人?
屋外传来一声痛苦的嘤咛,是杜鹃。
汪之礼掼门而出。
汪智麟叹息一声,披衣下床,拿起黄铜喇叭,拎起手提箱,往山下赶。
腊月二十九,悄无声息地,凉亭坳来了一支部队,千来号人,许多人衣衫单薄,帽子上有五角星,身挎长枪、短枪、土枪、长矛,还有人腰挂柴刀。凉亭坳热闹起来。征得族长汪之仁同意,汪家祠堂暂时被部队征用。胡先生把几个学生带回家教课。
汪家祠堂建于清雍正年间,四合院,一轴两进,左右跨院,砖木结构,硬山式单檐庑殿顶,小青瓦屋面,清水墙,抬梁架,三合土地面。
除夕夜,汪家祠堂里开了个隆重的会议,灯光亮了整整一夜。后来有人说,那是红二十八军第三次重建会议。
杜鹃成了积极分子,她发动村民腾出堂轩,燃起炭火,让红军住进去。
杜鹃带着一帮妇女,给红军做军鞋。

做双布鞋送红军,

十重鞋底九重新,
一针一线缝得密,
鞋底打成鲤鱼鳞,
鞋垫绣颗红五星,
表表妹子一片情,
红军哥哥打胜仗,
再做十双也甘心。

歌声飘来飘去,大雪在悠扬的歌声里被日头一点点蒸软、融化。

大枫树下,红军士兵站岗,放哨。

这是占了汪智麟响器班子的地盘。

在部队来的前几天,汪智麟就走了,去了哪儿,没人知道。听说响器班子分了三批,他们活多。

大年初二,汪智麟回到凉亭坳,第一眼就看到大枫树下那些站岗的士兵。

汪智麟对士兵说,这是我练喇叭的地儿。

士兵不理他。

这是我练喇叭的地儿。汪智麟提高了嗓门。

士兵说,请老乡理解,红军在执行任务。

我要回练喇叭的地儿,请让一让。

士兵不让。

陈二麻子已经加入了摸瓜队,小声说,这是喇叭汪,他马上要做民团胡老黑的女婿呢,给民团办事。

几个士兵警惕性很高,唰啦啦拉开枪栓,围住汪智麟。

吵闹声惊动了胡先生,胡先生走过来,拉着汪智麟的手。

士兵押着汪智麟进了祠堂。胡先生跟着一起。

审问了半天,在族长和胡先生的担保下,汪智麟被释放了。

关于汪智麟被抓这件事,在当年几无波澜。若干年后,有凉亭坳人回忆,好像胡先生伸手的时候,汪智麟悄悄塞了一张纸条。那么这张纸条里,到底隐藏着什么秘密?

奇怪的是,汪智麟回来的当天,重整的红二十八军连夜撤离。

杜鹃没和汪智麟打招呼,直接随红军走了。

大年初三,国民党军和胡老黑的民团包围了凉亭坳。凉亭坳人围着火宕烤栗炭火,和从前的春节没什么两样。

大枫树上挂了几个人头。听说是落单的红军负伤战士,还听说是邻乡的摸瓜队员。

汪智麟被民团押走,因为有人指证他虽然被红军关押过,却屁事没有。

几天后,汪智麟被释放。听说是胡老黑的女儿作保。

凉亭坳人看汪智麟的目光就有些古怪了。

汪智麟继续吹他的喇叭。响器班子还在四处揽活。

形势越来越紧。红二十八军化整为零,在大别山区打游击。

凉亭坳的人越来越少。日子苦,一些青壮年陆续去山外谋食,有的加入了民团,有的参加了红军,有的到安庆大码头做苦力。

杜鹃偶尔回凉亭坳执行任务,一般是晚上。如果遇到汪智麟,胡先生会喊他一起吃饭。杜鹃似乎忘了那个狐狸精,只是劝汪智麟参加红军。汪智麟说,就这样了,我生来就是个喇叭匠。怪哉的是,汪智麟没做上胡老黑的女婿,胡老黑的女儿也没嫁人,俩人就那么黏糊着,说不清道不明。杜鹃在部队,仍是独身一人。

汪智麟的响器班子已经一分为四,足迹遍布商南、霍山、金寨、黄冈、潜山、太湖、怀宁、安庆,乃至徽州。

春天,胡老黑八十八岁的老娘去世了,胡老黑的女儿派人请汪智麟的响器班子吹丧七天。

接到消息,汪智麟就和胡先生告别。胡先生遣开了学生,俩人在屋子里嘀咕了半天。

离开时,胡先生拍拍汪智麟的肩膀,俩人相视一笑,都该走了。

是该走了。

汪智麟回到老屋,哽咽着对汪之礼磕了几个响头,大,我要走得远了,恕儿不孝。

在县城胡老黑家院子里,汪智麟的响器班子吹奏了六天。

第七天,随着司仪一声吆喝,汪智麟举起喇叭慢慢地吹了起来。伴随着笙、笛、鼓、胡琴、铜锣的配音,那凄楚而断肠的喇叭声呜呜咽咽,时而嘹亮高亢,时而悲切低沉,似乎带着一种神明的力量。

在一阵阵喇叭声中,胡老黑一家披麻戴孝的子孙们随着凄怆的大悲调,悲痛欲绝地抬起了灵柩,迈着沉重的步伐向城外走去。

山野中,那一声声尖厉而哀怨的喇叭声,载着孝子贤孙们的悲切撞击着厚厚的乌云,那一阵阵凄厉的喇叭声似哭似泣,把人间的哀伤送上了高高的天空……

事后,执行任务的陈二麻子说,他是头一回听汪智麟吹白事喇叭,这回可明白大伙儿为啥都乐意请他吹丧。别的吹鼓手在吹丧时,顶多就吹出几个曲调,吹完一个曲调还得歇一会儿,喘喘气儿。人家汪智麟可不这样,他一连不断条地能吹出五六种曲调,而且不用歇气儿,不用喘气儿。尤其是给死人送殡的那曲大悲调,吹得十分低沉、悲伤、凄凉,在场的人听了都忍不住落泪……

陈二麻子还说,还没到灵柩停放之处,黑乌鸦便铺天盖地叫起来,铺天盖地的枪声跟着响起。

使劲吹着喇叭的汪智麟,忽然掏出了短枪,一枪击中了胡老黑。

胡老黑死了。胡老黑的女儿疯了一样扑向汪智麟。汪智麟没有丝毫躲让,任凭胡老黑的女儿撕咬他。

而在故事的另一种版本里,出现了胡先生,是他一枪毙掉了胡老黑。

胡老黑的女儿呢,被一颗流弹击中,胸口淅沥沥地滴血。临死前,她歪倒在汪智麟怀里。

据说那一天,杜鹃站在大枫树下,似乎听到了远处的枪声,稀一阵,紧一阵。

杜鹃有点失神。高高的大枫树,枫叶青青绿绿,密实得像一顶遮风挡雨的大伞。

从此凉亭坳再无胡先生和汪智麟。

汪智麟究竟去了哪儿,无人知晓。

十来年后,一个支援过淮海战役的民夫传言,曾在攻打宿县的部队里看见一个人,长得特像汪智麟。

全国解放后,再过了几年,有人又说在安庆的一个老巷子里遇见了汪智麟,他穿着平民服装,瘸着一条伤腿,一个人孤独地买油条。

杜鹃去宿县找过,去安庆找过,咋也找不到爱吹喇叭的那个人。她说,在她梦中喇叭开花了,开出了凉亭坳那儿一样恣肆的野花。

杜鹃一生未嫁。

注:文中部分歌谣摘自1930—1940年间流行于岳西县境内的红色歌谣《十可恨》《潜山出了个喜事情》《做军鞋》。

月亮在云里走

许冬林

一

四个月大的女儿此刻正陷卧在摇篮的被子里,像个白胖蚕宝,仿佛那婴孩的睡眠也是白的,是胖的。年轻的母亲在一边哼着摇篮曲《我家宝宝睡着了》。秀美一口江北无为的口音,哼的曲子也是江北地区一辈一辈传下来的。现在,这江北的曲子过了江,被她在皖南的小山村轻轻哼唱起来。

时值腊月,这一日刚吃过腊八粥。小寒已近,江南的冬天沉浸在冰一般的湿冷里。推开半掩的门扉,能看见对面山头黑隐隐的松枝上,铺着大小不一的斑斑雪块。雪不厚,接近霜色。掺着雪气的山风,像一条条阴险的蛇,不知道是从哪个峡谷游进来的,在屋子里逡巡不去。屋梁上悬垂下来的榆木挂钩,此刻空荡荡的,跟着冷风在墙边轻轻晃荡——那榆木挂钩平时是挂猎枪的。

"月亮在云里走,树枝在风里摇,宝宝在摇篮里睡着了……"秀美一边哼着,一边轻手轻脚地走到门口。她的丈夫大安还没回来。大安上山打猎去了,赶上寒冬,山上的飞禽走兽静得很,不大出来,为了保障秀美的奶水足,大安常常要多跑好几个山头呢。

秀美无端觉得心慌。往常这时,她即使听不到大安的足音,也能远远听到新四军唱军歌的声音,可是今天,这歌声也消失了。只有风声,只有无边曼延的静。

掌灯时分,大安裹挟着一缕冷风进屋,猎枪杆上挑着一只野鸡。秀美赶紧去解下猎物,掂了掂重量。野鸡吃了子弹的地方,血已经冻凝住了。秀美随手将野鸡撂在厨房柴草边,便去烧水,且疑惑道,你这上山一天,才打到一只野鸡?

大安不答,径直将枪挂在了榆木挂钩上,然后便去舀水喝。狠狠灌了一气后,他瞥了眼灶膛边秀美被火照得格外明亮的脸,忽然沉着嗓子说,是走了。我站在山头上望到的,整整齐齐地走的。

去哪里?秀美一愣,忙问,还回来吗?

听说要过江,到你们江北那边去。几时回来,我就不知道了。大安答道。

大安喝过水,走到女儿的摇篮边,轻轻晃了晃,女儿没醒。大安轻轻俯身到女儿脸边。小家伙呼吸均匀,散发着乳香的呼吸,温软得像兔子腹部的绒毛拂到大安的脸上。

这么白生生的女儿,我可不舍得她将来嫁到江北去。大安笑着说。

秀美剜他一眼,道,只兴我们江北的姑娘一代一代嫁到你这山里,就不兴你这山里姑娘嫁回去一个?

大安的母亲也是从江北过来的,算起来还是秀美的远房姑妈。他们这两个家族,亲连亲好几代了——上一代嫁个姑娘过来,因为要过江,要翻山越岭,真是山高水长的距离,怕时间久了回娘家的路断了,于是往往在下一代会嫁回一个姑娘去,接上亲家了,故乡就牵得牢了。偏偏大安母亲一连生的都是儿子,无法实现嫁一个姑娘回去的愿望,于是三番两次地跋山涉水,从娘家讨来一个远房侄女秀美,嫁给了大安,这才心里安妥。秀美头胎就生了个丫头,可喜坏了婆婆。只是,大安一想到自己剥壳的熟鸡蛋似的女儿,有一天要沿袭家族旧例,就心生不舍。

要嫁,等再生一个丫头嫁,二丫头、三丫头,都可以嫁回你们江北,这大丫头我可要留在身边,给我买酒喝。大安不服气地说道。

……

年关逼近,山货走俏。翌日一早,大安背上干粮,披上蓑衣,提着猎枪又出门去。要是能打到一头野猪就好了,家里留半扇,剩下半扇卖掉,年底前的日杂费用就都有了,甚至秀美回娘家穿的新衣服也有了。大安扛着猎枪,一边往山上走,一边在心里预想着过年去江北拜年的情景,里外一身新的秀美,抱着他们小冬瓜似的女儿,在岳母家被众亲戚瞧个遍,夸个遍……

啪——啪——啪啪啪——

是枪声。大安一惊。是哪个猎人先于他打到野猪了?大安连奔几步,循着枪声望去。天啊!远处是一群穿黄军装的人在往山上放枪呢。

打起来了!

大安背靠岩石,重重地呼口气,想整理一下思绪。可是,他越想越迷糊:不是说好不打了吗?怎么又打起来了?

枪声越来越密。轰——是手榴弹的爆炸声,火药味顺着山风,在茫茫的山谷林木间飘荡,仿佛敲更人的叮嘱:小心了!小心了!

大安忽然想到,得赶紧下山回家,假如枪声响到了村子里,秀美和女儿怎么办?

大安在山坡上奔跑,跑出满身的汗水来,跑到一个山路岔口,大安愣住了。一个新四军怀里横抱一个上衣一大片血红的女兵,后面还跟着一个新四军,怀里抱着一个简易担架,还有一个正哭泣的孩子。那两个新四军看见扛枪的大安,也愣住了。枪炮声在山谷间持续响起、回荡,震得树顶上的残雪一簇一簇往下掉,砸在他们头顶上、脚尖边。

老乡大哥,帮个忙,帮我抬一下这位女同志,她受伤了。走在前面的那个新四军开了口,恳求大安。

大安点点头。两个新四军忙道谢,然后忙忙放开担架,将受伤的女兵搬到担架上。大安瞟了一眼,女兵受伤很严重,她眼皮半垂,露出来的目光像枯草倒伏,显然失了生气。大安站在担架后面,从担架边垂下来的女兵衣袖看去,是个医护兵。血已经将她胸前的衣服染得发黑,她睡在担架上,脸色泥灰、血渍斑驳,大安忍不住又多瞅了几眼。

她是在转移伤员时中弹的……赶紧走吧!怀抱婴儿的那个小新四军说。

大安将女医护抬进了半山腰的一处山洞里,山洞里已经躺了几十个伤员,里面的女医护赶紧过来接过担架。大安身后的那个小新四军满脸焦急,他怀抱的婴儿哭着哭着睡着了,然后很快又醒来继续哭。大安听出那孩子声音已经嘶哑了,问道,多大了?

五六个月吧。

他是饿坏了。

他妈妈已经伤成这样,哪里有奶喂他呢?小新四军说着,不时抖抖怀里的孩子,那孩子的哭声便也跟着一抖一抖的,仿佛嗓子深处还有枪声在震荡。

刚刚接过担架的女医护走过来,颤抖地说道,林医生不行了……失血太多,走了!

大安身后的那个小新四军惊得倒退了一步,哭泣道,孩子这么小,怎么办?

那怀里的孩子仿佛也知晓了母亲的离去,哭得越发凶猛,仿佛把每个毛孔的力气都挤出来了。

再这样哭,会哭死的。

二

当大安跌跌撞撞摸回家时,一弯朦胧残月已挂西天。村子里,公鸡的鸣声稀稀落落地遥遥呼应着,是鸡叫头遍了吧?大安的头木木的,仿佛里面装的全是血和婴孩的哭声。

女儿睡在秀美的怀里,温软而安静。大安摸了一把女儿的小脚,叹道,太可怜了!

秀美朦朦胧胧地问道,谁可怜?

山上在打仗,女医生死了,丢下了吃奶的孩子,哭得哦,心都让他给哭碎了……

冬天的墙脚下隐约还有虫子的一两声鸣叫,大安睡不着,一遍一遍地数,仿佛在数豆子。

抱回来养吧?大安终于憋不住,捏捏秀美的脚,在那头说道。

秀美其实也没睡着。秀美道,那你怎么不当时就抱回家呢?

大安道,孩子哭得厉害。我这半夜三更抱回来,他一路地哭,我还不是怕被人瞧见了?

秀美叹道,抱回来,天天养在家就不会被人瞧见?乡公所早就登记过,我们家只有这一个孩子。现在陡然掉下来一个,怎么交差?

哎——

天刚亮,大安就起来了,秀美也起来了。夫妻两个吃过早饭,便给女儿穿洗。大安道,今天,我们女儿少吃点吧,留些奶水,我们送山上去……秀美翻眼看了看大安,没说话,然后轻拍正吃奶的女儿。

大安从箱子里给秀美翻出一件素净裯子来,道,你今天穿这个,女儿也穿好看点,我们一家人装成是走亲戚的。

秀美瞟了瞟那件裯子,白底子上起着碧绿的竹叶,一片一片的,像浮在月光里。那是她做姑娘时,过江到荻港街上卖了一冬的自种蔬菜,才换得的三尺洋布,后来找裁缝做了件裯子。她多么喜欢这裯子啊,洋气,又素雅,每一回穿上身,大安总说她像个新四军里读过书的洋学生。其实,洋学生是啥样,他也不甚明了。他曾在云岭军部那边卖过好多回山货,见过说说笑笑走过的一群云朵似的姑娘,他根本没敢细看。

秀美自己寻常时节穿了这白底绿竹叶的裯子到溪边洗菜洗衣,喜欢在溪水里顺便照个影子。那影子,白白的,在水里晃。她没见过洋学生,只觉得那倒影像是一轮大月亮。

现在,秀美慢慢穿上大安递过来的裯子,嗫嚅道,是不是危险得很?昨天我听见山那边放炮仗似的,我的心哦,抖了一天,小八月被我抱着一天没下怀……

当初要不是军部那边的一个女医生给你接生,秀美啊,我还真不敢想那后面你会出什么事……我看到山上那个死掉的女医生,就想起秋天救你的那个女医生……大安说。

秀美略一点头,缓缓道,也是呢,我们八月还吃过她的奶呢。

秋天,秀美难产,生了三天还生不下来,婆婆以为秀美肯定要死了,将她的寿衣都已缝好悄悄备着了。大安一见,哭得山崩地裂一般,跑到自己常卖山货的云岭,很快,女医生骑了马来给秀美接生。因为难产,秀美伤了元气,孩子生下来几天她也没奶水,那个女医生还掀开衣襟,喂了秀美女儿好几天,直到秀美的奶水下来。孩子的乳名,也是那女医生给取的。

那么,动身吧。但是,我觉得这是件危险的事,枪炮声跟山上野柿子树挂果子似的密,万一撞上一个……秀美说着,抱起女儿,一脸忧色地跟着大安往山中去。

……

大安到底是个猎人,熟悉山路,他领着秀美走小路,穿灌木丛,从僻静处上山,一路上倒也没遇上人。遇到人也不打紧,女儿是他们很好的掩护。大安一路安慰担惊受怕的秀美。

山洞里,低低的呻吟声混着婴孩细弱的哭声,被洞口灌进来的山风一卷又卷走了,在空荡的山谷之间弥散,只剩下死亡一般的岑寂。秀美捧过那个饥饿的孩子,孩子的身子软软的,神情也有些滞。秀美将孩子抱放在腿上,然后撩开衣襟,将乳房贴到孩子脸边。那孩子一激灵,猛然醒过来似的,张嘴便吸。孩子一连呛了好几口,额头上也吃出一层层的细汗。

宝宝睡觉来吔,不哭也不闹。宝宝睡觉眼睛小,对着妈妈眯眯笑……

秀美轻轻哄着已经吃饱的孩子,将孩子摇晃着哄睡着了。旁边站着的几个女医护早已泪流满面,秀美这才想起,孩子的妈妈已经牺牲了,她的摇篮曲唱得委实令人心酸。

孩子叫什么名字?秀美岔开话题,问道。

七月。几个医护异口同声回道。

七月?秀美疑惑。

是的。他是阳历七月生的,他妈妈就喊他七月了……

啊,真巧,我家这丫头叫八月。秀美道,你们拿个碗来,我再挤点奶水,留给你们晚上喂。

洞外的枪炮声又响了起来,时近时远。秀美紧张道,还能下得去吗?

大安道,别怕,跟着我,没问题。

秀美忙起身出山洞。远处,一团灰色的烟从林木丛中升起、弥漫,像是长了许多獠牙的炊烟。秀美战战兢兢地跟在大安后面。

轰——嗒嗒,嗒嗒——

秀美腿一软,仿佛枪声就落在脚踝处。大安忙过来扶秀美,道,山里回声大,你听着声音近,其实远着呢,不要怕,我们是小老百姓,人家不找我们……

但枪炮声混着呼呼山风声,将女儿吓哭了。秀美忙伸手要抱,大安不让。秀美道,孩子胆小,可别吓破了胆,还是放娘的怀里吧。

大安看看女儿,皱了皱眉。女儿一哭,他也紧张起来了。他将女儿递给了秀美。

轰——嗒嗒嗒,嗒嗒嗒——

枪炮声又忽然炸响,仿佛就在脚尖。秀美不禁腿又一软,脚下一滑,摔下山去。

秀美——秀美——

八月——八月——

三

冬日的山间,地上铺着厚厚的落叶,有的被雪水浸湿,脚一踩,就陷出个窟窿。背风处,落叶干脆疏松,脚一踩,又会滑出几步远。

大安就着丛生的灌木为杖,一步一步,抓到了秀美。秀美手上脸上都是血印子。大安将秀美扶上山坡的小道上,再去抓女儿。女儿因为体格小,灌木没绊住,滚得更远。大安探步朝下,疏松的落叶层被踩动了身,忽然像破碎的冰块一般,轰的一声崩塌,女儿跌入山谷中。

啊——

秀美一声惊叫。大安一屁股坐下来。

山洞里的新四军似乎听到了外面的动静,奔出来三四个人,往山坡下寻去。等到大安扶着秀美赶到山脚时,那几个新四军已经捧回了他们的女儿,只是,孩子一声不哭了。

……

秀美早已哭得瘫软,却没忘记捶大安。她无力地捶着大安的头、大安的脸、大安的胸,就怪你!就怪你!就怪……

大安一脸泪水,任凭秀美去骂去打。

当晚,孩子就被葬在了他们家屋后的山坡下,小小的坟茔在冬日的山影里,远看比一片树叶还小。

天黑的时候,门被轻轻敲响。大安开了门,进来了两个人影。

老乡兄弟,你孩子,是因为我们……这是我们……算是一点抚恤金吧!我们很难过。我们对不住你们!对不住妹子!对不住兄弟!对不住你们的小八月……走在前面的那个四十来岁的新四军说着,便放下一个小小的包裹在桌子上。

大安推辞道,不不不。我们虽然伤心难过,但我明白,这不能怪你们。你们也难过,我懂的……

是的,我们也很难过。要怪,就怪顽固派,把我们往死路上逼……跟在后面的另一个十七八岁的小新四军说道。大安斜过肩膀细瞧去,说话的正是白日里怀抱婴儿的那个小新四军。

我们部队今夜可能要走……那个四十来岁的新四军说着,轻轻咳嗽了一声,这时,门外又进来了白天在山洞里见过的那个女医护。

大安抬眼看去,女医护穿着军大衣,军大衣里包着一个孩子,孩子正熟睡着,小脸从军大衣的胸前露出来,红红的。

吃过嫂子留下的奶水了,所以睡得香。女医护说。

大安疑惑道,你们……是想……?

那位四十来岁的新四军点点头,语气低沉,含着恳求,向着大安道,换成是昨天,我们也不敢送来。老乡兄弟,这孩子再跟着我们,肯定是个死。好歹是条命啊!我知道伤你们的心了……可是,能不能替我们养一下。兴许这孩子命大,能躲过他们查……

大安走过去,手指轻轻点了下小孩子的红脸颊。秀美,秀美,你出来一下。

大安向着卧室门口喊道。

秀美跌跌撞撞地走出来,扶在门框边,诧异地看着屋内的几个来客。

大安指了指女医护怀里的孩子,道,秀美,我们养着吧?

秀美哐的一声关了房门,一头扑到床上,放声大哭,是你们,是你们,是你们……

女医护怀里的孩子受这关门声一惊,醒了,哇地哭起来。女医护忙摇晃着孩子。屋子里几个男人一时都不知说什么好。女医护看着大安左右为难的样子,对同来的两个新四军道,要不,我们抱回去吧,以后上阵地,我把这孩子背在身上。

林医生就是这样干的,结果……从这两天的情况来看,突围伤亡可能很大,我们医护人员本来已经很紧张了,不能再……那个四十来岁的新四军沉痛地说道。

大安推开门,进里屋去劝秀美。

扑通——那个年轻的新四军忽然跪下来,跪在了秀美的房门口。嫂子,我知道你心里难受。可是,我还是想要请求你收了这娃吧,我们林医生救了无数人的命,我也是她救的,现在她牺牲了……只要过了江,打走日本鬼子,我们就会回来接七月走的。

这一跪,急得大安两头转。他扶起了秀美,让她在床沿边坐下,转身又奔到门口,来扶下跪的小新四军。

女医护怀里的孩子似乎感受到屋内紧张的气氛,哭声更大了。大安忙奔过来,接过孩子,捧到秀美跟前,道,快喂他几口吧,这孩子一哭起来不饶人。

秀美伸手掌抹了一把眼泪,看了看捧到面前的孩子,又撩起衣角擦了一下眼梢,然后双手接过孩子。孩子吧嗒吧嗒地吮吸着奶水,嘴里发出满足的哼哼声。秀美一手托着孩子,一手披了披落在孩子嘴边的衣服。她的眼泪还是管不住,在细细地流着,流到嘴角边,她抿了抿嘴唇,将落到唇边的泪水含进嘴里。

大安轻轻一挥手,示意三个新四军赶紧走。三人会意,女医护走了几步,忽然转身递给大安一把银锁。这个可以打开,里面是他妈妈林医生的照片。待他长大了,好让他知道他妈妈的模样。女医护说着,声音有些哽咽。大安接过银锁,郑重地点点头,转身将银锁藏到了屋顶上的瓦缝里。

翌日早上,大安一起床,便将后山坡下女儿的坟茔平了平,又跟家里几个人交代一番,便扛着猎枪出门,去近处的林地里寻猎物去了。

大安出门后,秀美像往常一样洗衣、做饭、带孩子。大安每次回家,往门口一站,迎接他的就是大人小孩的哭声。大安将猎枪挂到了榆木挂钩上,抱起摇篮里的七月,皱眉道,孩子哭,你就不能哄哄?以前你不是会唱得很吗?什么"月亮在云里走,树枝在风里摇",你就不能唱两句哄哄?大安说着,就学起秀美往常哄八月的样子,轻轻摇晃着七月,一边摇晃一边哼唱着。

秀美一听大安的哼唱,哇的一声哭起来。她忙抓起摇篮边八月戴过的那顶虎头帽,狠狠地盖住了自己的嘴,像是要堵截一场汹涌而来的洪水。

好一会儿,秀美揭开虎头帽,哽咽道,我唱不出来,我唱不出来摇篮曲啊!我一哄他睡觉,我便习惯性地要看着他的脸来唱,可是,一看他的脸,我就控制不住地要哭……这不是我的八月。我的八月,白生生的,面捏出来似的,一听"月亮在云里走",就能安安静静地睡……

你现在把他当咱们八月,你跟着我一起唱,你试试!大安轻轻鼓励着秀美,可是,他的眼睛也红了。

月亮——秀美刚开了口,嗓子又哽住了。她扑到后门口,扶着门框,看着山脚下八月的坟地所在处,一口一口将眼泪往嘴里吞。

大安叹了口气,道,这孩子是个大活人,你天天把他关在家里,怎么不哭?小孩子跟热闹转,你得抱他出去串个门!

怎么抱出去串门?

怎么就不能抱出去串门?大安声音高起来。

这小东西把我拴在家里,拴得跟坐大牢似的!你又这样对我!秀美气得跺起脚来,那泪珠儿随着脚步一震,也重重地砸到脚尖处。

大安望望秀美,不再跟她辩,兀自抱了七月便往山下邻居家走。秀美赶紧追出来几步,叮嘱大安道,你可千万不要在人家门口给孩子把尿!那小鸡鸡一露出来,可全都露馅了。

大安的脚步僵住了。

秀美把七月整日养在屋子里,尽量减少孩子在外面露脸的一切可能,更不敢在外人面前给孩子把尿。是的,他们家只有一个孩子,不增也不减。乡公所的人下乡来数人头,他们家是安全的。可是,孩子会长大,一长大,是男是女,是瞒不过去的。如果新四军到时还不来领走七月,那么她就得把七月送走。

怎么送走呢?

七月来后,山外的枪声一连又响了好几天,终于静下来。静下来了,秀美却更加害怕起来,仿佛一旦不打仗了,那枪杆子便调转方向,转到这些农民家里来,一家一家地戳,戳些钱财,或者戳些秘密。一想到这,秀美便觉得有无数双眼睛已经嗡的一声围过来。

四

时节已过小寒,大寒寸寸逼近,江南的山岭上落下厚厚的一层雪。山岭上那些起伏的坟茔,全被盖在了漫山遍野的白雪之下。山川肃静,含着无言的悲意。偶尔天空有一两只黑鸟飞过,一路的哀号。

冒着雪,村头有人在贴布告。识字的人说,是在告诫乡民,不要在家中窝藏新四军,一旦发现,株连九族。布告下,有人摇头,有人叹气。之后,又有人敲着锣进村,一边敲,一边喊话,还是鼓动乡民早早交出家里的新四军,发现线索的,告知乡公所,也有赏可领。

一天晚上,秀美刚睡下,便听见有人敲门。大安在屋子里问,是谁?外面人答,我是新四军,来接受伤的战友归队的。

大安高声答,我家没有新四军,我也不认识新四军。你走吧!

秀美在被窝里嘟囔道,怕是藏不住了!

……

乡下人,习惯初一和十五到庙里进香。腊月十五这天,秀美早早起来煮早饭,大安吃过早饭,便挑着几样猎物去泾县城里卖。秀美待大安走后,便给七月穿好衣服,饱饱地喂了一遍奶,然后抱着七月出门。

庙前的石阶上还卧着些残雪,有些滑,秀美抱着七月,差点摔了一跤。

菩萨呀,你可不要吓我哦。我这也是没法子,就请你收留收留这个孩子吧,我实在是怕得睡不着觉啊……秀美一边念念有词,一边抱着七月往庙堂里去。

庙堂里有些黑洞洞的,菩萨高站在堂上,俯瞰下来。秀美目光一迎,心里一阵冷气上来。秀美战战兢兢地磕过头,便抱着孩子在庙里转。

柴草间。对,就放这里,这里背风,和尚若是一时半会没发现,孩子也不至于被冻死。但,和尚总会发现的,因为和尚也烧柴,要吃饭。

秀美将孩子往草间一放,小家伙就哭了起来。

哎,你可别现在哭啊!秀美一边絮絮地说着,一边瞅了瞅四周,见无人,忙给孩子喂了几口奶,以示安慰。

秀美安顿好孩子,便急急往庙门口奔去。路过那覆雪的石阶,她又是一滑,失魂落魄地往山下跑去。

山道两边的树枝上,白莹莹的,都挂了雪。秀美哈了口气,才发现天气着实有些冷了。

秀美一边走着,一边自顾自说着,小七月啊,你可不要怪我啊,为了你,我的八月都没了。我不是心肠狠的人,等哪天不查了,我再来接你。是的,我要来接你,把你送还给新四军,让你跟你亲爹过日子去……

哇——哇——

秀美走着走着,脚步停住了,她似乎听到了七月的哭声。她猛地摇了摇头,确定是不是幻觉。似乎又没有哭声,只有山风摇动枯枝的声音,只有山雪簌簌落进枯草的声音。可是,秀美已经迈不动步子了。

是啊,秀美你有多狠毒啊!一个不到周岁的孩子,这么冷的天!换作是你的八月,你舍得丢下吗?秀美似乎听到了来自心底的埋怨。

哎——

秀美深深叹了口气,不由自主地往庙里走去。

秀美抱回了孩子,谁都没有察觉。回家的路上,秀美像是捡到一件失而复得的宝贝,忍不住亲了口七月。小家伙的脸冻得冰凉冰凉的。

秀美你作死哦! 秀美忍不住在心里骂自己一声。

骂过,秀美心情又格外舒畅,似乎七月被扔过一次,她心上的恐惧便浅了一层。

扔七月的事,秀美本不打算跟大安说,可是晚上睡觉时,到底熬不住,和盘说了。大安道,你怎这样糊涂!

秀美不说话了。她摸着熟睡的七月的小腿,眼泪就要出来了。

大安道,这孩子没了亲娘,亲爹还不知有没有突围出去,要是亲爹也没了,可就是孤儿了呀! 说着,大安起了床,去屋顶摸出那把银锁。

据说能打开,里面有他妈妈照片呢。大安说着,便打开银锁,递给秀美看。

秀美看了又看,怔怔道,原来是她!

她是谁? 大安忙取了银锁来细看。

就是给我接生的那个女医生啊! 秀美说,竟是这样巧,我怎么就没想到呢!

啊,我们差点丢了恩人的孩子啊! 大安道,她那天躺在担架上,一身血,脸孔也模糊,我一点没认出来。说着,大安将那把银锁又藏到了屋顶上两块瓦片之间。

到底有人告密了,说大安夫妻俩唱了一出狸猫换太子的戏,弄死了自己的女儿,收养了新四军的儿子。

六七个军人,持枪荷弹地来到秀美家,一番盘问,没得结果。大安被逮走了,关到泾县城的大牢里审。有人说,这夫妻俩但凡有一个承认了,大安就会被放回来,然后,孩子带走,杀掉。可是,谁知道呢? 也有人说,一家三口全杀。

秀美听着众人议论纷纷,心上愈加焦急。婆婆忙托人到县里说情。可是,到黄昏时,说情的人还没回来,大安回来了。大安是被横着抬回来的,很快又被抬到屋后的山脚下,和他们的八月睡到了一起。

家里号啕声一片。秀美抱着七月,忽然没了眼泪。她望着家里墙壁上的那把猎枪,怔怔望了半日。挂在榆木挂钩上的那把猎枪,风一吹,枪杆微微晃荡,仿佛大安自另一个世界里伸出无形的手来,在山林草木间缓缓地瞄准。

……

大安死后,顽固派们安宁了几日。又临近过年,有些人心惶惶的匆忙,众人似乎暂时忘记了秀美和七月的事,又或者是更大的风暴还在酝酿中。

年关渐近,天色阴晦,山风一缕缕漏进屋子里,落在脸上,竟像铁锤似的,又冷又硬。一日下午,七月睡在摇篮里,两只手从被窝里伸出来,正在玩一只虎头帽。秀美望望还悬挂在榆木挂钩上的那把猎枪,又望望摇篮里懵懂的七月,心里像是忽然明白了什么。她起身取下那把猎枪,用七月的裤子细细擦起来。擦过,她将猎枪包裹在大安穿过的一件旧褂子里,然后塞到了阁楼顶上。

大安是永远不会再回来使用这杆猎枪了。

秀美刚下阁楼,就听见大门被敲得嘭嘭响。她小心地开了门,是乡公所的人,后面还跟着几个扛枪的。乡公所的人进了屋子,环视一圈,然后盯了一眼摇篮,嘴角露出不易察觉的一丝阴笑。秀美扫了他们一眼,脚步似乎是本能地一弹,回到摇篮边。她故作镇定地摇了摇摇篮,冷冷地道,这屋子,除了我们孤儿寡母,已经没什么了……

呵——乡公所的人放声一笑,转身就走。走到门外边,撂下一句,寡妇倒是寡妇,孤儿呢,呵……

秀美站在摇篮边,怔了半日。忽然,她忙忙抱起七月,走到隔壁婆婆屋子,颤抖着声音道,阿妈,这里我是待不下去了,我必须马上走,带七月走……

婆婆出门望了望已经往山下走的一行人,然后回头跟秀美道,别急,晚上我们一家人想想……走是必须要走的了——就怕走不掉。

半夜里,秀美就着油灯的微光在收拾,婆婆和小叔子也在帮忙。以前大安常挑着卖山货的那对箩筐此刻正摆放在屋子中央,箩筐里放了被子,秀美把七月放进去试了试,刚好。小叔子在七月的头上方又搭了一块木板,上面放了几件动物皮毛。另一只箩筐里放了秀美和七月的衣物,上面照样是摆放山货。

都齐了。

是的,我都想现在就动身了。

那可不能,你得等到鸡叫三遍才能出门,那才像是上县城卖山货的样子。

婆婆分析道。

就怕七月哭。秀美隐隐不安。

小孩子只要吃饱穿暖，放在这箩筐里荡着，舒服得很呢，哪里会哭哟！婆婆安慰着。

秀美上了床，也睡不着，好不容易挨到鸡叫三遍，轻轻开了门，一弯下弦月正斜挂在山腰的乌桕树顶上。地上白莹莹的一片，霜色月色交相辉映——今日会是个大晴天呢。秀美挑了一担箩筐出门，小心地沿着缓缓向下的山路出了村。

秀美挑着颤颤的一担箩筐，慢慢就上了大路。远远看见前面月色下走动的三两人影，她心里略略定了定，摸了一把额头，是一层冰冷的汗。秀美紧走几步，又缓下来。她渴望走进前面的队伍里，混进去，那样她就像个正经赶集市的山民，而不是个要带着孩子逃跑的人。可是，她又怕离得太近，一旦七月哭起来，不好解释。

是的，她得赶紧想好一个借口，就说家里日子不好过，出来卖吃的、卖穿的，婆婆脾气不好，不肯帮忙带孙子，只好将睡着的孩子也带在身边……

这还真能说得过去。秀美想着，便又紧赶几步追上了前面的人影，然后又甩掉了他们，再去追赶更前面的人影。

到了渡口，秀美歇下担子，七月还没醒。她一停下来，才觉浑身都已湿透。秀美拿围巾擦了擦脖颈里的汗，心想大安一定站在天上默默保佑他们的七月一路不哭。秀美抬头看了看天，东方现出一抹淡淡的橘色云霞。云霞之下，蒙蒙的晨气里，一只小船泊在青弋江边，秀美穿着白底子上印着绿竹叶的洋布褂子，挑着箩筐，上了小客船。陆陆续续地又上来了六七个山民，船舱里渐渐有些挤了。江水晃荡在船舷之外，秀美的心也跟着晃荡，她期盼着船儿早早离岸。船家正要开船，忽然，岸上冲下来几个扛枪的，他们边跑边喊话，要上船来查，但凡有可疑人员一律扣下。秀美坐在船舷旁，将藏了七月的箩筐往两腿之间塞。

那些人很快上了船，一个一个问，一处一处翻，卖山货的都摆出了自己的货品以示清白。躲不过去了。秀美趁乱里半解了她那件白底绿竹叶的褂子，将七月轻轻从箩筐里抽出来塞进怀里,然后低头给七月喂起奶来。那几个扛枪的人瞟了眼秀美,便绕过去了,盘问了其他几个山民,一无所获,匆匆上岸而去。

船出了青弋江,到了长江边,秀美怀搂着七月,挑着箩筐,换船。

换的是一条大的客船,溯流而上,从芜湖到荻港。在荻港再次换小船,过江。她要带着七月回江北娘家去。

在荻港江边候船时,天已黄昏,江边芦苇莽莽苍苍的,偶尔有人影从芦苇深处走出来。大家都不说话,单等坐船。

七月啊,过了江,你就太平了。你太平了,我就太平啦……在江边,秀美在跟七月碎碎说着。不知道是不是秀美的素白褂子格外引人注意,还是其他什么原因,秀美感觉旁边有两个男的不时朝他们母子看过来。秀美也好奇,只觉那人有些眼熟。

忽地,秀美心上一跳:那个年轻的小伙子,莫不是那晚在她房门外下跪求她收留七月的那一个?可是,那个女医护怎么不在?还有那声音低沉的四十岁上下的新四军怎么也不在?

难道,没有突围出来?

想到这,秀美心里像被砸了一块冰,冷飕飕地疼。秀美忆起她抱着七月天天哭的那些日子,远远的山里,枪炮声像烧柴似的噼噼啪啪,原来,那是在烧山呀,烧山上的人。那么多的枪声,吃掉了多少人命呀!可不,七月的妈妈不就是被那枪炮给吃没的?真可怜啊!

船靠岸了,秀美抱着七月上了船。那两个张望秀美的男子也上了船,就坐在秀美旁边。

江水浩浩荡荡,在眼前铺开,恍惚中,像是月光下的银白大道,一头通向朝阳,一头通向落日。秀美的白衣落在这一船的深色人影中,分外挑眼,好似篱笆墙边一丛傲霜的白菊。小船在风浪之上颠簸,人也跟着摇晃,七月大约有些害怕,乌溜溜的眼睛四下张望。秀美将七月往怀里揽紧了,然后轻轻拍着他安慰道,七月,莫怕莫怕。

旁边那个男的一直在看着秀美怀里的七月,忽然低声道,让我抱抱吧,我有一个孩子,也叫七月。秀美看了看说话的男子,又看了看那个眼熟的小伙子。小伙子向着秀美笑了笑。

七月在男人的怀里有些哭闹,挺直身子挣扎要躲。秀美笑笑,便又抱回孩子,手掌轻抚孩子肩背,一掌一掌如花瓣绽放,然后轻轻唱起摇篮曲。

月亮在云里走,树枝在风里摇,宝宝在摇篮里睡着了……宝宝睡觉眼睛小,对着妈妈眯眯笑……

唱完,秀美又接着从头唱,她像是许多年没有唱过这摇篮曲了。今天忽然开唱,唱得刹不住嗓子。月亮在云里走……

远方,月亮真的从江水尽头处的天边缓缓走出来了,然后一点一点,向着如帆的白云,向着辽阔深邃的夜空……

七月在秀美悠扬的歌声里,慢慢合上了眼睛。隔着白底绿竹叶的褂子,小家伙的额头正抵在秀美的乳房边。

蓝　山

马洪鸣

一

刘稼禾搭救过梁平峰。

那年刘稼禾十二岁,专侍牧放东家的三头水牛。他喜欢在水牛闷头吃草时爬到塘边的老榆树上向远处张望,有时去山坡上放牧,他同样喜欢登高极目远眺的感觉。但他收回的目光最终会落在牛身上,他不能离开牛,牛比他重要。

梁家少爷梁平峰那天是如何接近水牛的,为什么惊扰了水牛,成了他心中的一个谜。当刘稼禾将远眺的目光落在牛身上时,只见梁平峰正在用麻绳勒紧水牛的腹部,勒得越来越紧,眼看着水牛就要被激怒了。当水牛甩着尾巴晃着脑袋时,梁平峰带着恶作剧得逞般的喜悦跳开,沿着山坡向上攀爬,显然他打算攀到山崖边俯视水牛如何横冲直撞地撒怒。幸亏刘稼禾及时安抚了水牛,将水牛从愤怒中平复后,他才顾得上追梁少爷。他四处寻摸,却见梁平峰整个人面朝下扑倒在山坡上,一块昂首的山石终止了他的狂劲。刘稼禾扑到梁平峰身边,见梁平峰下巴磕在石角上,鲜血源源不断地流到土地上,他的眼神游离出瞬间的悔意和恐惧,便晕厥了过去。

刘稼禾背起梁平峰,和时间赛跑。为了尽快见到镇上的郎中,他跑脱了自己的草鞋。

事后,郎中说,如果不是及时止血医治,梁少爷的命就交待了。

梁平峰痊愈后,梁老爷特意设宴答谢了刘稼禾的东家。东家和梁家都是柳镇体面的乡绅,宴席设在柳镇最气派的饭馆。那天,在塘边牧牛的刘稼禾闻到了飘来的菜香。东家也给了他褒奖,夸他跑得快。刘稼禾听说,梁平峰的伤口愈合后,下巴上留下了一道疤瘌,形如蚕豆。

后来,刘稼禾在塘边割草时见过梁平峰,隔着水塘,他没能看清梁平峰下巴上的那块疤瘌。与他同岁的梁平峰穿着缎子夹袍,向他瞟了一眼。梁平峰看他的眼神比以往平和了些,淡淡的,像是看一件物品。梁平峰对他审视的、隔着距离的表情固定下来,留在刘稼禾的脑海里。

这种眼神令刘稼禾很不自在,像是剥离了他的心的方向。

十七岁那年,东家过寿,宣州城里请来的伙夫在伙房里操练的架势迷住了帮工刘稼禾。寿宴结束后,刘稼禾当着伙夫的面给东家跪下了,直跪到东家点头答应他拜师伙夫。

三年满师,刘稼禾成了宣州饭店的伙夫,但这已经不重要了。伙夫的身份只是一种掩护,他秘密为游击队工作,出色地完成了几次任务。民国三十一年(1942),他加入了中国共产党,逐渐成长为一名优秀的情报工作者。

这一年,梁平峰在国军驻扎的柳镇兵站升任为站长,带了一个连的兵看护子弹库。开春后,国民党组织了境内"围剿",费尽了心机,却没有"剿"到一名游击队员。几次"围剿"游击队失败后,梁平峰联合柳镇乡公所对周边的游击队活动区域进行了封锁,企图扼杀游击武装。游击队多次与其交锋,其中两次偷袭乡公所:一次正要靠近时,乡公所大门紧闭,楼上机枪猛烈地向游击队扫射,碉堡里的敌人一齐开火,激战三小时;又一次,游击队从雍村出发,辗转到榆村与敌人周旋,甩开敌人后,袭击柳镇乡公所,又是碉堡火力呼应,游击队再次撤退。

得知游击队正计划第三次袭击乡公所,刘稼禾向组织上建议由他出面在柳镇开设饭馆,设法接近梁平峰,在这个兵站站长身上找到突破点,以便突袭成功。组织上给出了批准的答复后,刘稼禾立刻辞去宣州饭店伙夫的工作,由宣州城赶回柳镇。途中,他还执行了一项传递情报的任务。

几经物色,敲定柳镇东头的那间堂屋后,刘稼禾以十担米钱将其租下来。招来的两个伙计中,一个是刘稼禾带的徒弟,算是自己人,一个是和大厨一同来的帮工。沿街的两扇榆木薄门改换成一块一块的铺板,铺板上方的横匾上请人裱烫了金色楷书:柳镇饭馆。堂屋里摆放四张木桌,桌上码放了竹筷篓和酒壶,沿墙码了两个簇新的、宽腹平底的黑釉大罐,罐底铸了日期——民国三十二年(1943)。

柳镇街上的街坊传言刘稼禾得到东家赏识,不仅在宣州城学了厨艺,当上了伙夫,还回到柳镇开下饭馆,一半赞誉乡绅慈善,一半钦羡孤儿刘稼禾交了好运。刘稼禾心里清楚,饭馆招牌掩护的是他真实的身份,如同大门外张挂的两个随风摇摆的红灯笼,有着另一种暗语。

有打点的银圆铺路,身为饭馆掌柜的刘稼禾与柳镇的乡长和保长轻松而迅捷地建立起密切的联系。梁平峰高踞在兵站前的碉堡里,很少现身。碉堡外的人只能仰望到碉堡上含有杀意的射孔,碉堡里的人却能在暗处将碉堡外的情况一览无余。

吉日开张的请柬写好后,刘稼禾请乡长出面邀请梁平峰,乡长拒绝了。乡长说,他这人疑心重,我替你请他,他定以为我拿了你的好处。再者,我去请他,他比我面子大吗?刘稼禾委屈地说,这个梁站长终日守在碉堡里,怕是难请。乡长顿时有些不快,你去请,就说已请下我,我看他来不来!刘稼禾当下备了一桌好菜款待乡长。饭后,刘稼禾挽留乡长赌钱,他说,乡长,赌资算我的,你是准赢的。

刘稼禾备了一扇生鲜猪肉、一些黑布以及食盐,随他一同前往碉堡。准备这些物品时,他心里憋出了一股劲儿,浑身不痛快。请哨兵通报时,刘稼禾请哨兵带上了乡长的原话,同时暗暗将一枚银圆拍在这个小个子哨兵的掌心里。刘稼禾从乡长那里得知这个小个子的哨兵是最得梁平峰赏识的警卫,不久前却因私自搜刮村民暂时被贬到门外站岗,碉堡下站个哨兵看上去有些滑稽。刘稼禾从哨兵毫不掩饰的目光里看到了游离中的贪婪。

哨兵进门通报,刘稼禾站在碉堡小门五米开外的平地上仰头向上望,望到一个人的身影贴近石墙上的射孔俯视。刘稼禾眯眼紧盯那个身影,沿着环形石墙挪了两步。那身影换了一处射孔继续向下看,刘稼禾站在原地任其打量。出门前,他特意整了整仪容,没有穿长袍罩衫,上身是件蓝布褂,下身是条土布裤子,腰间束一条宽布带,脚下换了一双簇新的厚底布鞋。

柳镇三面环山,蓝山居中,山外的风受到山林的遮拦,抵达柳镇时自然带有了山野的气息。粗犷的风声里传来哨兵和梁平峰的对话,简短而局促。刘稼禾听到哨兵汇报说,柳镇饭馆的掌柜刘稼禾说他特意邀您赏光参加开业宴。听得出来,哨兵还夸赞了那刀上好的猪肉。梁平峰的话音里似有风声作祟,含混而沙哑,他吩咐说,东西收下,让他先回去。梁平峰用的是敷衍的语气,像是打发一个令他嫌恶的人。

乡公所原本是柳镇祠堂,碉堡建在两百米外遥遥相对的山包上。风声从耳边划过,刘稼禾环顾四周,看见饭馆门前的两盏红灯笼随风摇摆,距饭馆五十米开外的乡公所门外站了两个穿着黑衣的哨兵,像是并不协调的摆设。

刘稼禾想起前些时候,游击队两次袭击乡公所没有成功,多半因为梁平峰在碉堡里的火力。突袭两次,伤了两个队员,牺牲了一个。刘稼禾脚下的地面被夯实过,泥土与泥土营造了平整而平静的表面,他不动声色地面对着碉堡射孔里暗含的杀机。

山风撩起刘稼禾的衣襟,天气明显转热了。刘稼禾想到有几支游击队遭到了国民党军的封锁,战友们被围困在山林里,逼得游击队员还穿着破烂的棉衣,断了粮食而吃草根,而他开饭馆的十担米钱还是他出面赊欠的,他不由得感到焦躁,同时一直伴随的紧迫感更强烈了。

这天刘稼禾离开时,一只从碉堡里放出来的黑犬一路尾随着他。刘稼禾后来得知这只浑身油光闪亮的狗是碉堡里豢养的。它在出门之前,梁平峰削了一块柳镇饭馆送来的猪肉扔给它,见黑犬吞了生肉,越发欢实,梁平峰才吩咐把那肉煮了分给弟兄们。这部分情节是小个子哨兵说给他听的,而那条改换身份的野狗被从碉堡里放出来时,摇头晃脑的得意劲似乎也印证了这种说法。为此,刘稼禾塞给哨兵两块大洋,哨兵立刻道出了另一种实情,说,梁站长其实早就派人暗查了你的底细,他应该放心了。刘稼禾并不感到惊讶,他把口袋里的那枚子弹壳掏出来,交给哨兵,说,这是梁站长扔下的,我一直收着,念个旧情,你替我交给他,开业他来不来别让他为难。事实上,刘稼禾留下子弹壳并非念及旧情,他是想暗示梁平峰懂点人情。

子弹壳可以说是梁平峰留给刘稼禾的,也可以说是刘稼禾留给梁平峰的。

拜师伙夫后,刘稼禾有一次由柳镇前往宣州饭店,在路上,迎面碰上一支队伍。队伍里被麻绳捆住双手的人都垂头丧气,刘稼禾只看了一眼便明白,自己遇上抓壮丁的了。不容荷枪的士兵反应过来,刘稼禾已沿着田埂猫腰跑向稻田边的蓝山,蓝山上全是曲折的石坎路,他熟悉这些,石坎路也会关照他。果然,山道上的追兵被陆续甩脱,最后只剩下一个顽兵,刘稼禾咻溜爬上了一棵栾树,等追兵赶到树下,他从树叶间看到此兵竟然是梁平峰。刘稼禾不再躲避,待这小子越过栾树,从树上迅捷滑下,在背后悄悄包抄了梁平峰,迅速反手夺下他的步枪。贴得近,刘稼禾看清了梁平峰下巴上的疤瘌,不大不小,存在着。刘稼禾夺下了那把枪,他没有选择谁去死、谁去活,而是想着嘲弄,或者惩罚梁平峰,他对着梁平峰喊,当年是我救下的你!他喊出这句话时才发现这话超越了生,超越了死,是为了命喊的,他一直在等着这个呐喊的机会!

喊完了这些,刘稼禾气呼呼地举着步枪对准梁平峰,你说,我是不是扣一下,你就没命了?双手上举的梁平峰开始发抖,脸色发白,嘴唇哆嗦着,下巴上的疤瘌一同在哆嗦,是可以看见的颤抖。他说,我刚入了国民党军,想表现,我不是成心要抓你。刘稼禾将枪口对着前方的一棵树,他说,你别抖了,你告诉我怎么弄,我把子弹放空了,就松开你,免得你拿着枪追我。放枪后,刘稼禾留下了一枚子弹壳,当时,子弹壳的灼热给刘稼禾留下了深刻的印象。

三年未见,刘稼禾想知道,梁平峰下巴上的那块疤瘌是否还保持原形。

刘稼禾很清楚,他一到柳镇,梁平峰就派人暗中调查自己。他在饭馆学徒时,见多了各色食客,知道怎么填饱乡长这类人肠胃的同时掏出一些隐情。自己从小是个孤儿,被拐到柳镇卖给东家放牛,东家就没让他穿过打补丁的衣服,回柳镇前他在宣州城里做伙夫,这都是明摆着的。他曾逃脱抓壮丁的事情没有被调查出来。

开业前几天,刘稼禾亲自烹饪拿手菜,感谢乡长道出了隐情,借机请乡长出面邀约周边的体面人。不过,柳镇的位置很重要,积、宁、清之间的中心要道,自古兵家相争之地。想做生意难免要和兵家打交道,刘稼禾对乡长说,我巴结梁平峰也在情理之中,可我巴结不上。乡长没说什么,吃了一口菜,喝了一杯酒。酒水、佳肴仿佛发号了施令,乡长翻出了一些旧事,说刘稼禾的东家是镇上有名望的乡绅,前年冬天晾的腊肉在夜里丢失过,有人怀疑其贼喊捉贼,暗地和游击队勾结,一度展开暗查。这次,乡长不失时机地将那次暗查转嫁给了梁平峰。乡长说,梁平峰这个人,前几次和游击队交锋时他出了力是不假,但他硬说我们乡公所全靠他庇护就扯淡了,他既不跟我们喝酒,也不跟我们搓麻,他除了乱猜疑,还知道什么?你要想在柳镇做生意,还得靠我们,谅他梁站长也不能一手遮天!这样,我差人去知会他一声,到开业宴那天,梁平峰出席是人之常情,他不出席,难看的并非你刘稼禾。

二

柳镇饭馆开业摆宴这天,梁平峰在宾客渐满时现身。这是一个恰当的时间,在场的人都看到他缓缓就座于上席。

刘稼禾首先注意到他下巴上的那块疤瘌并没有长大,只是颜色更加暗淡一些。刘稼禾向梁平峰作揖时,他脸上的表情仍然是淡淡的,这表情数年不变,却仍然鲜明。

刘稼禾留心到梁平峰座位边的乡长未对梁平峰表现出应有的礼貌,只随意地向梁平峰挥挥手。梁平峰同样并没有表现出同盟间的情意,他处处都表现出格格不入的警惕。宾客觥筹交错之际,他还不忘嘱咐警卫去周边巡视。而他本人滴酒未沾,对其他人始终是进门时的淡淡的表情。两相比较,刘稼禾还识别出梁平峰带给他人的两种傲慢,一种是对他,一种是对乡长,前者深入骨髓,后者涉及皮肉。

一层鸡、一层鸭、一层肉、一层油豆腐,点缀的蛋饺铺满了锅沿,柳镇饭馆准备的一品锅,料足味美。乡长端起了酒杯说,梁站长,这么好的菜,你既然来了就喝杯酒吧!梁平峰并未端起酒杯,只是缓缓地说,我写得一手好字,也打得一手好枪,我就看不上喝酒!他吃了一口臭鳜鱼,说,我来也是冲你乡长来的,不是为喝酒来的,我过来是问你,给兵站的粮草准备得怎么样了?乡长吐了一口口水,像是把回话都吐到了地面上,仰头喝光了半杯酒。乡长说,兵站暂时断了粮草,我借给你也是情分,但现在我不说给,粮草就在乡公所的粮库里,你总不能像游击队一样来抢吧?

梁平峰是最早离席的,他脸上始终盘踞着淡淡的表情。刘稼禾送客到街口,梁平峰回头打量刘稼禾,表情里的淡漠多了一层意味,并没有笑意,显然他还没有从乡长的挑衅中走出来。你混出人样了!右手摩擦着下巴上的疤瘌,梁平峰说。刘稼禾挠头嘿嘿笑。梁平峰丢下一丝轻蔑的表情,兀自向前走了两步,突然站住,你跟这些人是朋友?他抛过一句冷冷的问话,同时他的左手扯开枪套掏出手枪,猛然对准了刘稼禾的脑门。刘稼禾没有动,他死死地盯着梁平峰,他在等,等他挪开他的手枪!枪口在扣动扳机的瞬间挪开了,梁平峰挥手向空中发了一枪,一只山雀落在稻田里。刘稼禾没有挪开目光,他死死地盯着梁平峰,他没有武器,但他在进行一场无畏的较量。梁平峰吹了下枪口,瞟了一眼柳镇饭馆的热闹,冷冷地说,别以为你当了掌柜就是个人物了,我也让你见识下我如今的枪法,我这个站长可不是好算计的!

乡长听到枪响后追到了门外,看着远处的山峰,脸上似笑非笑,像是挑战空枪的冲击力。梁平峰射出的空枪并没有留下任何震慑,他离开后,乡长和乡队副召集了两个心腹开始赌钱,上次有刘稼禾提供赌资,乡长果然始终是赢家。何况有梁平峰坚守在碉堡里放哨,为他们平添了保障。半夜时,刘稼禾还亲自下厨张罗了夜宵。偶尔,他瞟一眼窗外,碉堡摇曳的灯火在夜幕中像是漂泊的孤舟。

三

柳镇饭馆里窗下的饭桌,是刘稼禾青睐的位置,稍一空闲他就坐在斜角的条凳上。他坐在角落里,貌似毫不在意,实际上刘稼禾就是为这个角落租下的这间堂屋。不偏不倚,他能透过这扇窗户看尽碉堡。一抹挤进室内的霞光流露着清早的寒意,伴随着刘稼禾。观察了半个时辰,他清楚地看到梁平峰也在碉堡上望了半个时辰,刘稼禾估摸着进入梁平峰眼中的景致,远处是古庙、稻田,越过一道田埂,仍是稻田。

刘稼禾起身走到店门外,碉堡、古庙以及绿油油的稻田相继扑入眼中。稻田留有创伤,是上次游击队和乡公所交火时留下的,有着凌乱的践踏的痕迹,而这并没有影响春天的生命力和生物的生长。田间有人戴草帽在摸螺蛳,腰间的竹篓看上去分量十足。清明前,是柳镇田螺呈现美味的时节。作为拥有厨艺的伙夫,刘稼禾清楚时令食材的优势,恰到好处的食材能够熨平心中的褶皱。刘稼禾望着远处山间的桃花,这涌动着的粉色的花,征服了冬天,盛开在春天。他还看清了梁平峰惆怅的光和影。

梁平峰加入国民党军之前,师范毕业后曾在柳镇小学任教。日本人轰炸柳镇时,造成了一个他无法改变的事实——日本人炸平了梁家祖宅,其父母因此病倒,先后离世。亲情是一剂暖药,也是一味苦药。成了孤儿的梁平峰,再也无法安心教书,他将痛苦转为弃笔从戎的动力,上升到家国情怀,投身战场。但刘稼禾认为,自己和梁平峰都失去了家,他失去得更早,相同点也许会使他们走得近一些,一段刚刚好的他需要的分寸。

一个轻的、鲜活的微笑泛上刘稼禾的嘴角。

刘稼禾吩咐伙计去田边买回螺蛳,收拾、烹制后,刘稼禾拎着盛有炒螺蛳的竹篮,显得有些不相称,自己也觉得很别扭,但他强迫自己坚持走近碉堡。他想,这样做并没有失去面子,而是会拥有的更多。这次,梁平峰允许他进入碉堡,小个子哨兵亲自为刘稼禾引路时悄声对他说,多亏我美言,你才能进来,我这次就要几个铜板。刘稼禾还是大方地给了他一枚银圆,他注意到哨兵的鞋底有湿润的泥土,蓝山上赭色的泥土。

碉堡里的光线很暗,刘稼禾将目光压在鞋面上,闭了下眼睛才适应局部的亮光,组织上曾交给他一位内线绘就的碉堡内部结构图,后来这位内线就莫名失去了联络,刘稼禾突然想到这一点,心里揪了一下。梁平峰坐在角落里打量他,一盏煤油灯挂在他身后的墙壁上。刘稼禾看清了梁平峰,还是那个淡淡的、面无表情的样子。

我们之间能有什么旧情?隔着铺着柳镇作战图的白茬木桌,梁平峰嗓音低沉地问。他抛出了那枚子弹壳。子弹壳落在作战图上,看上去像一支冰冷的利刃。梁平峰示意刘稼禾放下竹篮。他起身走近刘稼禾,像是急于剥夺刘稼禾叙旧的机会,出其不意地掰过刘稼禾的手掌,摊开。最靠近手掌的那节指肚圆润,掌纹清晰,梁平峰没有看到有厚度的老茧,一个拥有厨艺的掌柜,手指和手掌的表皮有操劳的倦怠,软软的,并没有硬度,而手掌和刘稼禾达成了默契,没有泄露为了消除老茧,刘稼禾如何和浮石、钝刀反复纠缠。展现在梁平峰眼前的手掌并没有握枪生成的硬茧。

一种强烈的轻松落在两人之间,隔着这之间的距离,刘稼禾看到梁平峰眼中不可捉摸的意味,游离而模糊。刘稼禾审视这目光,他心里有一种扼杀这目光的冲动,但他极力克制着,脸上带着十二岁时的单纯和盲从,现在,他当年保留的表情派上了用场,被他当作了一种伪装、一件利器。他说,梁少爷,我是孤儿,知道那种孤单。梁平峰不耐烦地打断他,行了,你知道什么,你一个叫花子出身,跟我攀什么孤儿之缘?显然,在梁平峰眼里,即使他们在世间都没有亲人,他们也是不平等的。刘稼禾不再说什么,也不看梁平峰,他低着头,心里想着怎样让自己在这里待得时间更长,他想动手把菜盘端出竹篮,螺蛳、红烧肉……他亲自做这些时,想象这些食物就是他的武器。他说,站长您若嫌弃这鲜货,我就给乡长送去了,他打了招呼要吃螺蛳,我还没给他弄呢。梁平峰打破自设的缄默,说,这样,要吃螺蛳去饭馆吧。他吩咐小个子哨兵,你去喊乡长,兵站粮草快供不上了,我再和他商议商议。他语气里的一丝沮丧和落寞被刘稼禾发现,开业那天梁平峰的孤傲已被妥协取代。

梁平峰和刘稼禾走在柳镇的街道上,一前一后。街道上有年头的青石板路显然清楚,刘稼禾滞后的脚步明显在营造谦卑的假象,让梁平峰受用。

柳镇的日杂铺子老板远远看见梁平峰,忙出来作揖,这个瘦高的男人垂着眼睛,语气慌乱,梁站长,听说兵站里缺少副食品,警卫要的那些货都是我拱手相送的,我不收钱,拿着用吧。梁平峰不说话,目光掠过跟在身后的小个子哨兵。哨兵耷拉着眼皮说,没给补上钱的,我可都送回来了。话音里有些怨气。梁平峰并不理睬,自顾对日杂铺子老板喝道,谁说我们缺少副食品了?谁说的?今后谁拿了东西你向我汇报,不汇报,你就别开铺子了。国军也有国军的纪律!梁平峰的嗓门很大,他像是以此来树立威严。刘稼禾始终站在梁平峰身后,低着头,看上去像个谦卑的局外人。

闻声走出乡公所的乡长站在台阶上,远远地撇了一下嘴。刘稼禾听说,自从乡长的胞弟曾被梁平峰错抓了壮丁,乡长对他一直心怀不满,总伺机贬低梁平峰。果然,乡长咬着嘴唇轻轻吐出嘲讽,梁站长,你这做派,要不是亲眼看过你和游击队开火,真让人怀疑你是难民。

这顿饭,几进几出大门的螺蛳注定不是主角。乡长提出了个条件,兵站派一个班保卫乡公所,乡公所打游击的功劳不能记在兵站的功劳簿上。乡公所在调配到来之前会供应粮草给兵站。乡长说,我给的粮食不记账,让梁站长这回多吃些肉。乡长得意地笑着,抖搂着自己表露无遗的慷慨。没想到梁平峰拒绝了他的条件,还警告他,若再带着手下的乡丁整天搜刮乡民,他也不客气。梁平峰说,我带的兵分管的子弹库是国军的重要物资,我的兵凭什么由你调配?

不派兵也可以,乡长掏出一把银圆摆在桌子上,挑衅地说,梁站长,你和我喝个酒,赌一把,赢了这些钱,再拿来买我的粮食吧,要不然,你就等着调配吧。

乡长和保长喝酒时,梁平峰只草草扒拉两口饭便急着回碉堡。出门时,他对仍在喝酒的乡长说,你去帮我找两个推独轮车的民夫,我要运送子弹。乡长不说话,缓缓端起一杯酒眯眼呷着。

听到"运送子弹",刘稼禾心里一惊,他做出起身恭送梁平峰的姿态,站在梁平峰身后。梁平峰面无表情地看着乡长,刘稼禾也看着,乡长在他们眼中是不同形象的同一个人。在门外台阶上,梁平峰对刘稼禾说,你去帮我找几个民夫,要有独轮车的。刘稼禾心里整理着线索,故作惊讶地说,你不让乡长找人啦?梁平峰说,他摆谱,我现在不信任他。你是不是顾忌乡长不敢去?梁平峰逼视着他。我听你的,你让我干什么我就干什么。刘稼禾说。

喊来两个亲信在柳镇饭馆赌了一天一夜,乡长赢了钱,更加认定柳镇饭馆是他的福地,而提供赌资的刘稼禾俨然是他的福星。乡长越发不肯挪步离开,刘稼禾毫无怨言,还亲自下厨做了两锅一品锅。乡长第二天接着赌钱时,刘稼禾做好了一品锅,悄悄出门送给梁平峰,他给小个子哨兵也备了一份亲自送去。同样的菜,分成了几份,刘稼禾觉得他的"武器"俨然火力十足。

刘稼禾没有将国民党军兵站运送子弹的情报汇报给组织,尽管他清楚想要打胜仗,既要支援兄弟游击队,又要保卫上级机关,游击队太需要子弹了。但梁平峰和乡长赌气交给他的差事带有偶然性,并非代表信任,在没有弄清楚梁平峰的动机之前,他不能贸然传递情报。

兵站背倚蓝山,蓝山上有通往镇外的主干道,为方便车夫运送武器弹药,他们已将其改筑为专门的推车道。刘稼禾找来的民夫一辆连着一辆推起独轮车上路,每辆车上都覆盖着厚厚的稻草。刘稼禾无法看到真实的内容,他以顺从的姿势站在路边,心里一次次被撞击,每一下他都默默地记了下来。梁平峰派了一个班的士兵押送,这些士兵一部分在队伍前面开路,一部分押后,吆喝着推车的民夫。这些都是普通的民夫。刘稼禾不动声色地想,如果设下埋伏,包围圈并不大。

小个子哨兵刚刚接岗,刘稼禾看到他脚底仍然沾满了新鲜的泥土,蓝山上的土质有黏性,淡淡的赭色泥土带着山林常年的潮湿气,使每一个进入蓝山林的人都留下痕迹,他们也因此将蓝山的通道利用了起来。哨兵这次态度并不友好,半推半就收下刘稼禾塞给他的银圆,斜睨他的眼神有一丝警惕,说,站长让你找人运送武器你可别当真,也许和运送石头差不多,尽管你攀上了梁站长的旧情,他还是要考验你。我知道得太多了,我会不会完蛋了?哨兵显得很疲惫,说的话也含含糊糊,耷拉着头,缺少了作为一个哨兵的高度警觉的姿态。我什么都知道,我看他也不敢把我怎么样。小个子哨兵最后说。

打烊后,刘稼禾坐在角落里那张条凳上,月光下的碉堡像是被感化了,缺少了日光下的霸道。

碉堡上的哨兵身影在月光下似一道剪影,能隐约看见有人站在碉堡的射孔后向下张望。

月亮上来后,刘稼禾起身走出饭馆,腋下夹了一双崭新的布鞋。他为这双鞋量身打造了两种出路,要么送给小个子哨兵,要么充当道具。从哨兵鞋底泥土的成色,他已判断出,哨兵夜里进入过蓝山。这双鞋身负重任,会是突破口,也会是柔软的刀刃。

他独自走在柳镇大街上,月光冷冷地投在街面上。绕过兵站碉堡,刘稼禾依然向前走,渐渐离开了柳镇。一路上,他始终没有回头,步伐不紧不慢。从碉堡上看,他是个不大不小的目标。蓝山就在眼前了,在夜色下,它立在刘稼禾的目光里,变成一种令人困惑的回望的眼神。小个子哨兵此时并未守在碉堡下。刘稼禾感觉到碉堡上的目光正在追随着他,他决定继续走,以便牵出目光的主人。他已判断出这目光的主人,他决心进行一场较量。

夜风掠过刘稼禾,随即接纳了他身后迟疑的脚步声。他明知身后有人尾随,但他并没有回头。刘稼禾一边走,一边掂量着身后的脚步声,走着走着……刘稼禾在黑暗中哈哈大笑起来,梁站长,你跟着我干什么?你一离开,兵站怎么办?兵站里的枪支弹药怎么办?

其实是你挡了我的路。你在这干什么?身后回答他的果然是梁平峰。刘稼禾做惊讶状,慌忙跳到路边,站在草丛间,梁站长,我知道到处都在封锁游击队,我不会去封锁圈的,我只是走走。他将布鞋掖了一下。梁平峰从他眼前直直地走了过去,突然回身伸手扯出布鞋,抖了抖,逼问说,这鞋怎么回事?刘稼禾吞吞吐吐地说,我是顺便拿给哨兵的,他说夜里上山,费鞋!梁平峰厉声问道,他跟你说他夜里上山了?刘稼禾借着夜色含糊地摇摇头又点点头。梁平峰并没有较真他的态度,而是切齿骂道,这个不上路的东西!刘稼禾清楚地听见梁平峰牙齿间碾出的愤怒。宣泄了愤怒后,梁平峰仰头面向夜空,腔调提在上面,流露出来的语言像是一种恩赐,明晚是满月,月光不错,你陪我去山里走一趟!梁平峰低下头,拍拍腰间的手枪,仍然用一种命令的语气压低了声音说,记住,不许声张!

四

　　这天一早,刘稼禾差遣徒弟去宣州城里购买山货。徒弟一早出门,他去的不是封锁区,并不令人生疑,何况柳镇饭馆款待乡长现在已经不需要任何理由。徒弟回来时还带回了山泉水酿造的麻姑酒。

　　夜里,刘稼禾走出柳镇饭馆时,乡长和保长因畅饮麻姑酒醉得不省人事。

　　出门前,刘稼禾拍拍徒弟的肩膀,徒弟帮刘稼禾仔细整理了腰带,最后握住刘稼禾的双手,两人的道别无声而郑重。谁都清楚,形势叵测,也许这是最后的告别。徒弟一早辗转送去了刘稼禾将在夜里和梁平峰前往蓝山的情报,也带回了组织上的指示:游击队对柳镇的第三次突袭定在这天夜里。

　　夜色下,松枝火把的光芒极其微弱,刘稼禾无法看清梁平峰的表情,但他的声音很爽朗,像是换了一副嗓子,而且他走路的姿势也卸下了警惕,因放松和自由而呈现出生动的身姿。刘稼禾跟上他,以一种放松的步伐。小个子哨兵跟在最后,在自己的长官面前,哨兵对刘稼禾不理不睬。刘稼禾空着两只手,夹在两人之间,夹在两杆枪之间。刘稼禾清楚脚下的山路延伸到蓝山西侧,山顶是高达百余丈的悬崖峭壁,悬崖底处竹木葱郁,遮天蔽日,一条被打柴挖草药的山民走出的羊肠小道蜿蜒其间,成群结队的黄山猕猴在此地安家。

　　接近半山腰时,梁平峰转过身来,忽然受到了启发似的,对刘稼禾说,你走前面,哨兵跟上,你来探路。听上去梁平峰并非把自己的路交给他,而是让刘稼禾把自己的命交给脚下的路。梁平峰说,万一有什么陷阱,我可不能掉下去。刘稼禾始终没有询问上山的缘由,事实上,只要梁平峰远离碉堡和兵站,他的目的就达到了,其余的他并不在意。

　　在夜色下,有些植物发出不可思议的幽光。

　　刘稼禾向前走,现在,在他脚下的是一条陌生的路,像是蓝山留给夜晚的路,仅仅留给夜晚。刘稼禾边走边想,他不能停下来,也许在相反的方向有着隐蔽的东西,他身后的脚步声成了唯一的线索。接近山顶时,刘稼禾猛然停住了脚步转过身,他听出了某种来自音域之界的警告。月光下,随着一声闷闷的枪响,小个子哨兵戛然停止了脚步,直挺挺地倒在山路中间。

夜的寂静在山林里没有边际,再没有其他异常出现。你比哨兵诚实,梁平峰说,上次运送武器,其实送的是石头,没有被劫道,是对你的考验,你可以跟着我。他评判刘稼禾的忠诚但并不交出自己的真诚,他命令刘稼禾,把他扔到悬崖下去。

一枪毙命,哨兵毫无声息,梁平峰仍上前踢了他一脚。他知道得太多了,他不该活着。梁平峰冷冷地说,你来接替他,你不是兵,不会威胁我。刘稼禾惊恐地后退了两步,他现在必须是这样的表情,只要和梁平峰在一起,他必须是这样茫然的、顺从的、恐惧的表情,这表情是他目前唯一能亮出的武器,但夜色遮蔽了他的表情,像是梁平峰的帮凶。刘稼禾丢下火把,慢慢蹲下身举起双手,没有听到突袭枪声之前,他必须拖住梁平峰,必要时结果了他,这是组织上在这次突袭行动中部署给他的任务。他说,梁站长,我听你的。他的嗓音颤颤的,像是滑出无尽的恐惧。山林突然安静下来,之前穿行在其间的风声以及猫头鹰的叫声消失了。

梁平峰举着驳壳枪,枪口对准刘稼禾,除了这个,你知道我为什么带你上山吗?刘稼禾用力摇摇头。为防节外生枝,他必须让梁平峰看到他在夜色中的顺从,直到听到突袭的枪声。以后万一出现意外,你得陪着我,哪怕去死,你必须服从我。梁平峰晃了晃手中的枪说,我有武器!刘稼禾说,我听你的。

柳镇传来枪声时,刘稼禾正在悬崖下掩埋一箱子弹,这是梁平峰掩藏的。在梁平峰指定的一块山石后,有梁平峰陆续私藏的军火,不仅有子弹,还有手榴弹、步枪。有了梁平峰的信任,刘稼禾取代小个子哨兵执行掩藏工作。梁平峰说,这是我的退路,今后你只要听我的,就不会是哨兵的下场,还会过上好日子。梁平峰站在岩石上俯视着说,在我眼里,听话,就是自己人。你知道我为什么要告诉你吗?梁平峰问。刘稼禾说,你想让我过上好日子。梁平峰冷笑道,不是,我担心万一有突发情况,我一个人死在这林子里或者遇上埋伏,太孤单。刘稼禾清楚地意识到,梁平峰始终没有平等地对待他,尽管自己是他的救命恩人,这是不可改变的事实。

柳镇传来的枪声起初是零星的,划破了夜的寂静,也讽刺地打断了梁平峰的"肺腑"之言。听到枪声,梁平峰迅速卧倒在地,将枪口对准了刘稼禾,你出卖了我?刘稼禾伫立着,终于听到了突袭的枪声,他心里没有慌乱,反而感到踏实,他心里告诫自己,为了把梁平峰掩藏的武器交给组织,他必须活着。此刻,战胜梁平峰需要的是另一种武器,而不是正面交锋。刘稼禾这样想着,连连摇摇头,挪近梁平峰,对着枪口举起了双手,梁少爷,你现在冤枉我,我也没办法,但你现在不能让我去死,我现在让你看看我对你的心!枪口抖了一下,刘稼禾捕捉到了枪口划出的森冷之光,也看明白了梁平峰的傲慢在慌张中不堪一击,这让他鄙视。山下的枪声骤然密集,接着,天地间又笼罩了诡异的安静。

梁平峰在安静中镇定下来,他撇下刘稼禾向山下跑了几步,又站住,迅速扑灭了若明若暗的火把,夜色瞬间变得密不可穿。他将枪口抵住刘稼禾的眉心,你说,你对我什么心?刘稼禾说,你说过的,你不能孤单,让我跟着你,当然是忠心。梁平峰嚷道,少废话!也许不是游击队突袭,会不会是乡长欺负我的兄弟?

刘稼禾抓住了梁平峰片刻的犹疑,突然说,快脱!脱下你的衣服!梁平峰从犹疑中缓过神,立刻明白了刘稼禾的意图,语气有了缓和,这是让我假扮成你?刘稼禾顶着枪口点点头,是我扮成你。梁平峰像是悟透了刘稼禾的忠心,腾出一只手松开腰间的皮带,但另一只手仍握紧了手枪。柳镇的安静持续着,时间并不长,但山上的两人像是经历了漫长的煎熬。当黑暗中再次传来枪声时,梁平峰加快了动作,他急急地扯着衣扣说,你先下山弄清情况,要是游击队,你把游击队引开,要是乡长欺负我的弟兄,你先稳住乡长。你跟着我,日后我不会亏待你。

刘稼禾心里清楚,从这条道的出口往西北三四里起,直到名叫背雾的地方,组织上已经设了埋伏。梁平峰很快脱掉了军装,但他的姿势并没有改变,依然站在刘稼禾的对面举着枪,充满了敌意和强迫,快点,把你的褂子脱给我!刘稼禾动手解腰带,缠在腰带上的麻绳绳头有隐藏的匕首,杀伤力并不比枪支逊色。他触摸到匕首传递的硬度,却暗暗将麻绳打成个死结,他对梁平峰说,我心里发慌,腰带打了死结,我得找块石头磨磨。他额头上顶着枪,慌乱地蹲下身,辨清了那块突兀的鹰嘴一般的山崖。从这里左手折向西北走七八里，都是人迹罕至的山坞野径，只要能顺利穿行过去，就可以到达似鹰形的鹰山山脚。按照计划，他将在那里与游击队会合。

　　枪声和嘈杂声再次穿过密林传过来，能看到柳镇的灯火忽明忽暗，柳镇饭馆的两盏红灯笼变成了四盏。刘稼禾明白，此刻，突袭的队友已在饭馆拿下了醉酒的乡长。按照设计的埋伏圈，他和梁平峰已经被包围了。是时候让梁平峰去他该去的地方了，刘稼禾一边想着，一边慢慢松动着腰带，解开了麻绳结。

最后一出戏

夏 群

一

灯盏里的火苗,像一颗小小的心脏在有节奏地跳动着。小木依偎在山洞里的一块石头边,久久地盯着火苗,恍惚中,陈明的身影在慢慢晕开的火光中闪现,她心下一惊。

陈明是不是安全?有没有受伤?

这战争什么时候才能结束?

他们什么时候才能团圆?

为了遏制这黑雾般蔓延开的不安思绪,小木索性掀开盖在身上的薄衣,起身帮卫生员给伤员清理伤口,更换绷带。山洞里其他战士和衣而歇,身影绰绰,偶有低低的交谈声,不用辨听也知道,他们所说的话题一定和家乡、和亲人有关。借着微弱的灯火,看着那染红的纱布和伤员脸上痛苦的表情,小木的心不由自主地揪得紧紧的,像一只有力的大手握住心脏慢慢收力的感觉。

前几天遭遇了一股"扫荡"的日军,游击队伤亡惨重。那是小木第一次直面战斗现场,虽然她没有直接参与战斗,但战士们奋勇杀敌的热血精神让小木体会到了比以前更为深重的责任,而看着浑身是血的战士们被抬到面前,是一件残忍的事情。现在回想起来,好似硝烟与血腥的混杂之味还会蹿进鼻孔,直逼她的胸腔,当时的惨烈之状仍像要在她的胸口扯开一个洞似的。

这时,一个个头不高、黑瘦的伤员亲昵地说,小木姐,我想看戏。

他叫高正,是名交通员,由于身体灵活,行动迅速,得绰号"草上飞"。小木刚来游击队的时候就对高正怀有特殊的感情,因为他和小木同样是新四军的弟弟长得有些相似,笑的时候眼睛成了一条缝,还有一对虎牙,只是小木的弟弟已经不在了,一年前牺牲的时候正是高正现在的这个年岁,十七岁。

小木回过神来,问他,现在?

高正使劲地点点头。另外几个伤员也将渴求的目光投向小木。小木知道,在药物和食物都匮乏的情况下,对这些伤员来说,时间会变得格外漫长,尤其是黑夜,最为难熬。

小木站起身来,将粗黑的辫子甩到身后,掸了掸衣服上的尘土,招呼老马他们,准备准备,开戏咯。

小木原来是村小的老师,那时候,日本兵所到之处,村庄基本都化为灰烬。有一天,身为抗日剧团副团长的老马和几名宣传员在村口发表了一场慷慨激昂的抗日演讲,围观的群众都很激奋。小木觉得体内的血液都随着老马的演讲沸腾起来,咕噜咕噜地在血管里涌动,有什么东西正在体内悄悄萌发,破土而出。穿着一身青衫、颇有书生气的老马演讲结束了,人群也逐渐散去,小木还站在那儿没有离开。小木的父母都已过世,弟弟刚牺牲,她了无牵挂,也对日本人恨之入骨,理所当然地成了剧团的一员。

一次,小木跟着老马等人在一个村庄表演抗日短剧,返回途中遇到了日本兵。大家分散撤离,小木和老马他们三人进入了山林。因为他们都是周边人,对山林中的地形地势较为熟悉,最终甩掉了追捕的日军。在山林中,他们遇到了新四军的这支游击队。相处了几天,老马意识到,这些抗日战士最需要精神上的抚慰。他的提议得到了剧团团长的同意,于是他们留在了队伍里,成了游击队员,且继续发挥剧团的作用,兼做文艺战士。

夜色像一块宽大无边的幕布笼罩着一切,月亮还不见踪影,远山的轮廓若隐若现,秋虫鸣动,山风飞翔着,巨大的翅翼抚摸着树木,树叶纷纷而下。

二

看着山上红的、橙的、黄的、绿的树叶描绘出来的层层交错的美,小木的心情难得有些轻松,哼唱起了民谣:夫妻呀,二人呀,亲上亲呀,我劝你呀我的夫,去当新四军……

一个战士打趣,哟,小木想夫君了。

小木捡了一颗小石子砸向他,没有搭话,继续摘树上的野柿子。

陈明也是一名新四军,他们结婚还不到半年。陈明的面容在小木的脑海里已经变得模糊不清,更为清晰的反而是他穿着军服的身姿,以及夏天的时候,他最后一次离家,背影在小木的视线中慢慢消失的情景。小木现在最大的愿望是能够早日与陈明相见,告诉他一个好消息。

小木进入剧团没多久,一天和老马一起秘密送物资给新四军,当时负责交接的人里就有陈明。当时见到长相俊朗、性格开朗、做事麻利的陈明,小木的心就动了。只是他们后来再也没见过,一直到今年春天,剧团派小木去照料一个独居的生病大娘,大娘的儿子是新四军。小木悉心照顾大娘,大娘很中意她,希望她能当自己的儿媳妇。小木婉拒了。可是没过几天,陈明出现在小木面前,小木才知道,她照顾了二十多天的大娘就是她心有所属之人的母亲。虽然才见过两次面,但在大娘和老马的撮合下,小木还是羞答答地嫁给了陈明。

采摘回去后,队长说,日寇的"扫荡"一般一个季度一次,要赶在这之前重整旗鼓,养精蓄锐,扩大队伍。长有一双浓眉、国字脸上满是正气的队长,此时一脸愁云。眼下最为棘手的是药物缺乏,靠草药是不够的,伤员们没有得到很好的治疗,很多已经感染。

老马领会到了队长的担忧,说,队长,我下山一趟,看剧团是否能搞些药品。

我也去,顺便回家看看。小木附和道。三个多月没下山了,她放心不下独居的婆婆。

队长用力握住老马的手,感激地抖了抖,真是太感谢你们了!

高正拄着木棍一瘸一拐地凑过来说,小木姐,你下山小心点啊!

小木将他扶到一块石头上坐下,看着他的腿说,你别乱动,好好养着,等我们回来就有药了。

好。高正像听话的孩子一样连连点头。

时间紧迫,老马和小木立即下了山。老马奔剧团的根据地而去,小木则急匆匆赶回家看婆婆。让小木没有想到的是,她回到家居然看到了日思夜想的陈明。

小木,你可算回来啦!陈明见到小木,显得很激动,冲过去紧紧攥住小木的手。

小木盯着陈明脸上的一大块瘀青,心疼地问,明哥,你这是怎么了?怎么回来了?

小木伸手摸了一下陈明的脸,他却笑着说,不碍事,下山太急摔的。组织上派我去县里执行一项秘密任务,要待几天,我抽空回来看看娘和你。联系不上你,我就可劲想着,这几天你要是能下山就好了,没想到真把你盼回来了。

小木心里想,这就叫夫妻连心吧。

娘呢?小木突然想起婆婆,环顾了一下屋子问。

娘去集上了。

小木看了看门外,确认没有异样后,关上了门,拉着陈明往里屋走。

坐到那张还铺有花被面的床上,小木捶了捶酸疼的腿。陈明心疼地将她已经浮肿的腿放在自己腿上,小心地揉按起来。

小木怔怔地看着陈明一脸认真的样子,心里像灌了蜜。

陈明抬起头,对上小木的目光,说,小木,放心,这种日子很快就会结束了。我会让你过上安稳日子的。

小木知道这只是陈明安慰她的话,这战争还不知道要持续到什么时候,想要过上安稳日子,怕是没有那么快,但她和陈明一样,坚信那一天肯定会到来的。

嗯。她使劲地点了点头。

小木从陈明的手中抽出腿,靠近陈明,轻轻地将头靠在了他的肩上,环着他的腰,脸却红了,好在陈明看不到她的脸。

陈明紧紧地搂着小木的肩,夫妻俩就这样相拥着,感受着彼此的心跳和体温。小木甚至想,如果时间就这样停止就好了。

但她不得不回到正题,明哥,我也是临时下山的,我们队前几天和日本人碰上了,伤亡惨重,急需药品,老马去团里给战士们筹药了,也不知道能不能筹到。小木叹了一口气,语调软下来,待会就得走,我也是抽空回来看看娘的,真没想到能见到你。说完,她环着陈明腰的双手下意识地收紧了些。

小木……陈明欲言又止。

咋了?小木抬起头,不解地看着陈明。

很巧,这次我们筹集到了一批药,我这次下山,就是来办这件事的。陈明拢了拢小木鬓角的头发,又说,这样,你们队伍现在驻扎在哪?等药到了,我送一些过去。

小木的眼中亮晶晶的,真的?你能做得了主吗?

放心吧!我报告一下就行。陈明道。

那真是太好了,我们得赶在敌人下一次"扫荡"前整顿转移,与大部队会合……

你们现在驻扎在哪?陈明问。

在牛头山山腰。小木说完,才想起另外一件重要的事情。

她坐正身体,牵起陈明的手,放在自己的小腹上。明哥,我有个好消息告诉你。

陈明愣了愣,一时没有反应过来,不会……

小木笑着说,是的,你要当爹了。

陈明还没缓过来,他看了看小木的脸,又看了看小木的肚子,轻柔地摸了摸,喃喃道,没想到我要当爹了。说完,他回过神来,扶着小木的双肩,一本正经地说,小木,你今天别上山了,待会儿我们一起去和老马说一声……

小木收回在肚子上的目光,打断陈明,为什么?我要留在队伍里给战士们演戏,战士们需要我。

但你一个女人家待在队伍里太危险,也太苦啦!现在又有了身子……

小木不可思议地说,我不是那么娇气的人。再说了,我现在身子还灵活得很呢!明哥,你的觉悟怎么变得这么低了呢?

我只是担心你。

陈明有理有据地将利害关系一一说给小木听,但小木始终坚持自己的立场,游击队现在是最难的时候,她不能做逃兵。她要留在山上,至少在身子还不会影响行动的时候留在队伍里。

小木起身去木箱里拿了几件厚衣裳,准备走。

陈明拉住小木的胳膊,还想说什么,又被小木制止了,好了,什么都不说了,药品到了你送到山上去,越快越好。

陈明重重地叹了一口气,从怀里拿出一小包用黄纸包裹着的糖果,塞到小木手中,小木,你再考虑考虑,等我送药上山,我希望你能和我一起下山。

小木有些气恼,不再理睬陈明,背起包袱径直转身走开。

陈明站在门槛上,看着小木的身影被延伸的小路带远,直到看不见,才喃喃地说了句,小木,对不起。

三

小木疾步行走在乡间,心里有些不是滋味。陈明是为她和肚子里的孩子着想,她应该理解。她甚至想返回去,过一夜再回山上,和陈明好好说说体己话。一路揣着心事,到达约定的上山地点,却不见老马,她意识到这不正常,急忙奔着剧团根据地而去。

没走出去多远,小木就碰到了急匆匆赶来的老马。老马还未说话,小木就已经从他汗湿的额头和紧张的神色中察觉到了异样。

不待小木问,老马说,咱们剧团被毁啦!

啊,咋回事?

上山的路上,老马说清了来龙去脉。原来有人告密。一次,剧团在村里搞活动,遇到了突然来袭的国民党士兵,他们以剧团聚众滋事、散播对国民党不利的言论为由,直接去了剧团驻扎在村小的根据地,将道具都毁了。几个剧团成员与他们发生冲突,还被打伤抓走了,团长正在托人想办法。

小木听完这些,气得拿着手中不知什么时候折下的枝条,对着空气使劲抽打。老马叔,你说,为什么会这样?剧团明明为抗日发挥了那么大的作用。

老马重重地叹了一口气,他知道小木问的是什么意思,但他也只能重复一句,是啊,为什么会这样呢?

那个告密的人到底是谁呀?小木气呼呼地问。

现在不好说,剧团平时活动太显眼了,知道咱们根据地的人也太多。

剧团成员常常身背道具,跋山涉水地深入城乡宣传、演出,除了表演抗日短小剧目、演唱抗日歌曲外,还会在街心醒目处书写抗日标语,在村庄墙壁上绘制抗日漫画,在人多的地方发表抗日演说,控诉日本侵略者犯下的滔天罪行,因此,他们的安全难以保障。

这次上山,身材娇小的小木确实有些吃力了,一路上歇息了好几次。她有孕在身的事暂时还没有人知道,包括老马,她怕大家担心她,也会产生和陈明一样的想法。

隔天早晨,小木查看高正的腿伤,高正表情黯淡,盯着左腿说,不知道我"草上飞"的称号还能不能保得住。

小木拍了拍他的肩,笃定地说,一定能的。这两天药一定会到,你和其他战士都能很快得到治疗,咱们会很顺利地和大部队会合的。

我姐夫真好。高正的脸上阴转晴,他露出一对小虎牙,又补充,当然,我姐更好。

小木又想到了弟弟,说,小高,以后,我就是你姐了。

啥呀,我一直喊你姐,敢情你没把我当弟弟?小高佯装生气,捡起一颗石子丢出去,砸中一棵松树干。

我说的是真正的姐,亲姐。小木说完,从怀里拿出那包得严严实实的纸团,小心翼翼地打开,拿起一颗糖,塞进了高正的嘴里。

高正嘿嘿地笑了,盯着小木甜甜地叫了声,姐,亲姐。

看着这些糖,小木想到昨日和陈明的不欢而散,她心有愧疚。她只一心念着自己是一名新四军文化战士,却忽略了妻子的身份,她想等陈明来了,一定好好和他说。

中午时分,小木嚼了一块锅巴,吃了两颗野山楂,喝了一点冷水后,总觉得胃难受得很。但这种身体上的不舒服不是最重要的,重要的是她感到心慌,是那种心里揣着大事、悬而不决的担忧。于是在打盹儿的时候,她做了一连串模糊不清、支离破碎的梦,但有一帧却异常连贯且清晰。

梦中,她抱着一个襁褓中的婴儿在树林中奔跑,后面有很多追兵,还有密集的子弹打在树干上和树叶上的声音。她护着孩子,不管不顾地往前冲,但总觉得腿被人拉扯住,怎么也跑不快,好似原地踏步。树枝划在她的脸上、胳膊上、腿上,她闻到了血腥味,却顾不上也不敢低头看上一眼。她心里在喊,明哥,你在哪?快来救救我和孩子!接着,突然蹿出来一个人,拉着她跑得飞快,她很想问你是谁,但还没有问出声,那人就转过头,露出一对小虎牙说,姐,是我。紧接着,他们跑到了一处悬崖边,前无去路,后面的人很快就要追上来了。怎么办?怎么办?小木不断问自己。那一群端着枪慢慢围向他们的人越来越近,但小木却看不清他们的脸。小木转头看向高正,却发现高正不知什么时候不见了,孤立无援的她感到了前所未有的绝望。她想,不能让这些日本人抓到,于是鼓起勇气,抱着孩子,纵身跃下悬崖。掉落的过程中,她看到了一个举着枪的日本兵站在悬崖边,用一种非常诡异的表情看着她,这时候,她才看清那人的面容,那是陈明的脸。

梦中的小木是在看到陈明脸的那一刻被惊醒的,醒来后,她怎么也睡不着。她忍不住猜测,陈明在县里会不会暴露身份,被日本人盯上了?

四

下午,牛头山脚下,有三个人闪进山林中,一会儿就被茂密的树林吞没了。

陈明身上还有伤,影响了他上山的速度。他身后的大胡子野蛮地推了他一下,走快点!磨叽什么!

另一个人说，你要是早点投靠我们，还需要受这皮肉之苦吗？这个人少了一颗门牙，说话的时候走风。

陈明冷冷地说，您二位这次要是立了功，可是我的功劳。

大胡子说，那就千万别露馅，坏了爷的好事。

一路上，陈明都在想，小木如果知道了我成为叛徒的事情，会是怎样的反应？他也在想应对之策，甚至想好了怎么向她解释：我并不是贪生怕死之人，在战场上也曾奋勇杀敌，但他们的严刑拷打不是一般人能受得了的，我死了你和娘怎么办？叛徒也分十恶不赦和情有可原的，而我就属于后者，自古忠孝不能两全。

陈明和另外两名战士是在城里活动的时候暴露被抓的，那两人都已牺牲，而他背叛的事还没有传出去。自从归顺了国民党，好吃好喝让陈明很快就沦陷了，他才知道自己从前过得太过艰辛，他的愧疚感也日益消散。为了表忠心，他交代了剧团的根据地，但他们不知如何得知了小木的事情，命令他利用小木搞到游击队具体驻扎的地点，先打入内部，来一个里应外合，把游击队一网打尽。陈明答应了，前提是必须保证小木的安全。

侦察兵来报告，说有三个人上山了。大家猜测可能是陈明送药来了，但也不敢懈怠，队长派了几个人下去查探情况。

小木坐立难安，焦急地等待着，中午的梦仍然让她心有余悸。过了好一会儿，查探的人带着陈明他们回到了山洞。

小木迎上去说，明哥，你可算来了。而后她便将陈明介绍给了队长。

陈明同志，情况我们已经听小木说了，十分感谢你冒着危险前来给我们送药。队长用力握住陈明的手说。

队长客气了。陈明一边说，一边将背上的包袱解下来，大胡子和豁牙也解下包袱，包袱里是一些药品和干粮。数量不多，您别嫌少，没办法，现在药品太紧俏了。

队长道，雪中送炭啊！怎么会嫌少？随后吩咐卫生员将药品拿下去给伤员们用上。又说，陈明同志，天不早了，你们一路劳顿也累了，歇息歇息，天亮了再下山。正好，也和小木同志说说话。

陈明答应了，这也是他们掐好了点上山的原因。

小木领着陈明在一棵松树下的石头上坐下来，为昨天离家时和他置气道歉，之后说起了游击队的情况，说起她在游击队的生活。见陈明不说话，而是打量着周边的环境和战士们，小木随后转了话头，但我一点没觉得受苦，希望你理解我。

小木，我理解你，但希望你也理解一个丈夫、一个父亲的心。陈明叹了一口气，看了一眼小木的肚子，将目光投向了远山。

夫妻俩有一搭没一搭地聊了一会儿，但小木发现陈明一直表现得有些紧张，有时候他甚至不敢直视她的眼睛。明哥，你实话告诉我，你是不是心里藏着啥事？其实小木昨天就发现陈明有些不对劲，加上那个让人不安的梦，她不能不多想。

陈明笑了笑，说，没有，我只是心疼你，心疼我们的孩子。他现在不能告诉小木自己的真实身份，因为他知道，小木短时间内定然不能接受，这会暴露他们的计划。他要想一个万全之策，在"围剿"之前带着小木先下山。

小木转头看着山洞口那几个伤员，最后将目光落在高正身上，幽幽地说，可是谁来心疼他们呢？

不一会儿，高正拄着木棍走过来叫道，姐！姐夫好！

小木向陈明介绍了高正，说是她认的弟弟。

高正用央求的目光看着小木，姐，我想让你给我换药。

小木笑着摇摇头，让陈明先坐一会儿，她跟着高正去了山洞。

姐，你和我姐夫真般配！高正说。

小孩子家家的，知道个啥？小木说完，扭头看了一下陈明的方位，只见陈明和一起来的两位同志在松树底下说着什么，还用手指了指后山。

换好药，小木走到陈明他们身边，豁牙叫了声弟妹就拉着大胡子离开了。小木并不是以貌取人的人，但刚见到这两人时，她对他们就没有什么好感，不像她从前刚来游击队时，看任何一个战士都觉得亲切，像亲人。特别是那个大胡子,看她的眼神很奇怪,让她觉得不舒服,心里隐隐发毛。

在说什么呢?怎么我一来就不说啦?小木问陈明,难掩疑惑。

陈明笑笑,哦,没什么,说明天一早我们就下山。

小木没再追问,作为一个女人,作为一个妻子,她明确地感受到陈明心里掖着事,具体是什么,她觉得自己必须要弄清楚。晚饭吃的是能数得清米粒的粥,上面漂了几根咸菜。小木将粥端给大胡子他们,又递给他们一人一块锅巴,说,两位同志辛苦了,山里寒气重,喝点热粥暖暖。

大胡子接过粥,道,你们就吃这玩意儿?

小木心里一咯噔,但仍平静地答,是,我们粮食紧张。

豁牙瞪了大胡子一眼,对小木说,理解,谢谢弟妹。

小木捕捉到了豁牙的眼神,问道,你们部队粮食充足吗?

豁牙抢先回答,一样一样,紧张得很。

陈明在一边看到小木和他们在说话,担心他们说漏嘴,喊了一声小木。

心里怀疑的种子一旦种下,生长的速度便像调了倍速。之后,小木的注意力便集中在陈明他们身上。饭后,大胡子和豁牙说去方便,去了山洞后面。小木觉得有蹊跷,趁陈明不注意,悄悄跟了过去。果然,大胡子他们二人在查探山洞后面那个游击队用于撤退的隐蔽山缝,二人并没有说话,用简单的手势交流,更加笃定了小木的猜测——这两个人肯定是特务。

小木不动声色地撤了回去,心里却像有一枚炸弹待引爆。现在最大的问题是,如果这两个人是特务,那么陈明呢?难道陈明早就叛变了吗?他来送药,是为了刺探情况吗?那天在家,他是在等着自己自投罗网吗?小木越想越恐惧。

陈明正在和高正说话,但很明显心不在焉。小木压制着起伏的情绪,走过去看着陈明的脸,一言不发。

陈明见小木的神情有些怪,问,咋了?不舒服?

高正说,姐,我在谢姐夫呢,用了姐夫带来的药,我感觉好多了,你说神不神奇?

小木说,那就好。我和你姐夫说点事。说着走出山洞,陈明随之跟了出来。

五

夜风在秋虫的合奏下,更显凄冷。小木虽然极力压制着情绪,但心里却一阵战栗,脚步不免变得有些杂乱,那是对已知的和未知的事情的恐惧。

陈明见状,小心地扶着她,她顿觉心里一阵委屈,眼泪差点夺眶而出。

小木站在松树下,顿了一会儿,轻声问,明哥,你实话实说,你是不是背叛组织了?虽然表面沉着冷静,但小木的心中已经如翻江倒海一般,天知道她鼓足了多大的勇气才问出口。

小木的这句话就像有人出重拳砸在他的心脏上,将毫无防备的他砸了个措手不及。他迅速环顾了一下四周,确保没有人听到小木的话,才微微舒了一口气。他牵起小木的手,将她带到一个无人的山石后面,下意识地辩解,小木,这话可不能乱说,你怎么会有这个想法?

小木告诉自己,如果陈明向自己坦白,如果事情还有挽回的余地,她或许会原谅他,毕竟他是自己深爱着的丈夫,是她肚子里孩子的爹啊!

原本靠在树上的小木滑坐在地上,她的语调软下来,乞求般地唤了一声,明哥。

陈明迅速在心里权衡,看来这事在小木这是瞒不住了,小木既然已经发现了自己的身份,却没有立即报告给队长,而是来向他求证,说明她还是向着自己的。

见陈明不搭话,小木自顾自地说,这些日子我常常在想,假如有一天你牺牲了,等我们的孩子长大了,我要告诉他,他爹是个很勇敢的人,很多像他爹一样的战士为了国家和人民,流了很多鲜血,甚至付出了生命……

小木,对不起!陈明低下头。

你为什么要这么做?见陈明此状,已是变相承认叛变的事实,她的心绞痛得厉害。

小木,你要记住,不管怎样,我都是为了咱们以后能过上好日子。陈明抬起头,突然坚定地说。

小木问,你是来打探游击队情况的吗?

陈明点点头,又立即捧住小木的手,小心翼翼的样子,像虔诚的信徒,小木,你放心,我一定会保证你和孩子的安全的。

游击队呢?

陈明知道"围剿"计划是万不能对小木说的,如果计划被游击队粉碎了,那么后面他和小木以及娘的安全就得不到保证了。

他们确实是派我来查探游击队的情况,但他们是不敢轻举妄动的,毕竟你们占着地形优势。我回去拖延拖延时间,等队伍整顿好了,转移了,就不怕了。陈明极力解释道。

真的?

真的,小木,你要相信我,我真的是逼不得已呀,他们拿娘的性命威胁我。陈明知道小木心软了,他有信心说服她接受自己新的身份,像说服娘那样。

那我们去把这件事告诉队长。我相信识大体的队长一定会原谅我们的。小木提议。

陈明心里一咯噔,忙阻止,小木,千万不能告诉队长,我千不该万不该只为着娘一个人的性命而背叛组织,但现在这种情况,不是越描越黑吗?

可是……

小木,你听我的没错,游击队现在不会有事的。

陈明又解释了很多,才安抚好小木,不将这件事告诉队长。

小木看着暮色渐渐将群山淹没,看着不远处战士们隐隐约约的身影,还有手舞足蹈的高正和队长在山洞口说着什么,虽然看不大清高正的面容,但她却能想象得出他的样子,眼睛笑得弯弯的,一对小虎牙把那张脸映衬得更加俏皮。她又想到了弟弟。她心里权衡良久,最终做了一个决定。

你真的能保证游击队的安全?

陈明心里大喜,真的,你相信我,就像这些药品,你不知道我费了多少心思才弄来的,不念着游击队的好,我完全可以随便带点应付一下。

嗯。小木轻声应着。

陈明再次试探地问,明天一早你和我下山吧,小木。

好,我明天和你一起下山。

陈明没料到小木会这么快被说服,愣怔了一下道,什么?你真愿意和我一起下山?

嗯。明哥,我很高兴你能向我坦白,我也知道你是为我和我们这个家好,马上我的身子就不适合跟着游击队在山林里跑了。

那太好了!你就在家好好待着,安心养胎。娘年纪也大了,在一起有个伴。陈明坐到小木身边的石头上,搂住了她。

陈明想,只要小木愿意下山,那一切就好办多了,"围剿"游击队的时候,她只要不在场,一来安全得到了保证,二来她不目睹这些游击队员的下场,她的伤心难过会轻一些。终有一天,她会像接受今天的他一样,原谅并接受那时候的他。

小木将头靠在陈明肩上,闭上了眼睛,滚热的泪从她的眼睛里铆足了劲往外涌。

六

明哥,你还没有看过我演戏,我给你演一出戏吧!准备歇息前,小木突然说。

陈明有些诧异,问,现在?

嗯,现在。小木笃定地说。

也好,明天你就要下山了,给同志们演最后一出戏吧!陈明说。

回到山洞后,夫妻俩没有再提那个事,只是约好了明天一早和队长说下山的事情。

小木坐在地上,对着如豆的灯火,做出飞针走线缝补衣裳的动作。

老马在一边模仿了两强三弱的狗吠声。

小木脸色一惊,随即站起身,放下手中物什,将躺在床上头上缠着绷带十分虚弱的同志扶起来,掩藏在柴草(树枝)丛中。小木最后理了理柴草(树枝),说,同志,千万不要出来。

老马和另一人扮演的日伪军大摇大摆地走上前去。老马右手连着击打(门),粗着嗓门喊,开门开门,再不开可砸门了。另一人用枪托对着(门),做准备砸门状。

小木做拉门状,探着头问,什么人呀?

老马推搡了一下小木,小木跌坐在地上。

有没有窝藏共产党?老马居高临下地看着小木。

没有。小木神色自若地说。

你家男人哪去了?

到邻村打短工去了。

搜!老马喝令一声。另一人便闯入(里屋)。

……

被押解的小木,深情从容,唱,夫妻呀,二人呀,亲上亲呀,我劝你呀我的夫,去当新四军……

剧演罢,战士们纷纷叫好。

这出短剧讲的是一位受伤的共产党人藏在一个妇人的家中养伤,遭遇日伪军搜捕,这位妇人为了保护共产党人,与日伪军斗智斗勇,最终被抓,下场不明的故事。

高正对老马说,老马哥,你演的日伪军太像了,我恨得牙痒痒。

老马笑笑,哈哈,小兄弟,那就好好养伤,早日康复,让你打个够。

高正又问小木,姐,剧中你那个打短工去的男人,是不是也是共产党呀,和咱姐夫一样?

是。小木瞟了一眼陈明。

陈明尴尬地笑笑。看了这出戏,他的心里五味杂陈,但开弓没有回头箭,他想。

弟妹,演得好!再来一个!豁牙喊。

大胡子也附和,对,再来一个有意思的……

话还没说完,在他身边的陈明用胳膊肘捣了他一下,说,不早了,明天还要下山呢。

只演这一出。小木笑着说。

夜里,陈明就躺在小木的身边,小木等了好久,陈明的呼吸才渐渐均匀。

小木悄悄起身,走出山洞。月色很好,筛在山林间,秋风明明在枝丫间穿梭,她却听不到森林里的任何声音。她走到另一个山洞的洞口边,推了推已经入睡的队长,声音坚定,队长,我有话对你说……

白 桦 林

陈少侠

一

那天,我来到龙塘村的时候正下着鹅毛大雪。整个村庄都被白雪覆盖,明晃晃的白很是刺眼。我已经很多年没见过这么大的雪了。当时我二十三岁,刚刚大学毕业。我雄赳赳、气昂昂地响应国家号召,当大学生村官。当村官的第一天,我就下决心,干点事情,帮助村民脱贫。

来到龙塘村之前,我就下足了功夫,查阅大量相关资料,又走访了一系列相关人士,之后就有了一个初步的脱贫计划。接下来,我要做的就是去村里实地考察。

村路颠簸,磕磕绊绊,却没有影响到我的心情。走在这样艰难的土路上,我就寻思给这个偏僻的村庄修一条水泥路。想着平整宽阔的水泥路铺到村子里,村民在上面开着车,我不禁露出开心的笑。

村子空空荡荡的,赶着水牛的老人、丛生的杂草以及不经意间被惊起的野鸡野兔,这是生活在城市里的我从没见到过的。到了村子的时候,负责接待的人已经等候多时。这是个约莫五十岁的小老头,来之前我就知道他的名字了,陈汉勇。陈汉勇远远见到我的时候就热情地向我走来,他一张嘴,满脸的褶子就挤到了一块,让人快看不到他的表情了。

大学生村官啊。

我当然能听出来他语气里的客气、尊重,尽管他的年龄能当我父亲了。我不动声色地点了点头。

一路上,陈汉勇就给我讲村子里的事情,说龙塘村位置偏僻,很多人待在家里,赚钱的门路也不多什么的。我一边听着陈汉勇讲话,一边往前走。村子里的人三三两两聚集在一起,坐在村子的旮旯里远远地看着我们,嘀嘀咕咕不知道说些什么。当我离他们很近的时候,他们就会用谨慎的目光注视着我,而身体则是不自觉往后撤。

陈汉勇把村子的情况介绍了一遍之后,我心里已经有了个大概。村子里有许多年轻人待在家里没有出去上班。不上班那做什么呢?我问陈汉勇。陈汉勇告诉我,忙时干农活,闲时就一起打打麻将。

我当即就把修路的想法跟他说了。我说这和交通有着很大关系,等路修好了,人们不就有出去赚钱的机会了吗?陈汉勇连连摇头,养娃不容易,一个娃出去家里就少了个劳动力,哪家愿意噢!何况,哪家都在家里待习惯了,也都不想出去的。

看来一时半会儿想靠修路让年轻人出去赚钱这个办法是很难实施了。

这里地处偏僻,空气清新,环境安静,是个适合生活的地方。如果进行绿色生态规模化农业、养殖以及开发度假项目,再利用电商平台将东西卖出去,应该也是一个路子。陈汉勇听了连连称是,说这倒是符合现在村子里的举措。我跟着他把整个村子走了个遍,心里就盘算起来。

村后面的一片白桦林引起了我的注意。走访的时候,陈汉勇就跟我提了一嘴,这白桦林里住着一个特别的老人。但我并没有太在意,老人再特别能有多特别?我的目光和注意力全部都被白桦林吸引,这林子里的白桦树已经不知道有多少年了,不少白桦树已经枯死。不如把这些破败的白桦树砍掉,种上各种各样的果树,比如桃树、杏子树、梨树,还有葡萄树,在果园里再散养鸡鸭。至于陈汉勇提及的特别的老人,我们安排她去养老院,或者让她和村民们住在一起,有了照应对她来说岂不是更好?

二

第二天,我买了一些礼品,只身前往白桦林。来之前,我就考虑好了,这个老人想要什么尽量满足她,动之以情,晓之以理,我就不信她能古怪到哪里去。见到她的时候,她就坐在茅屋前的白桦树下。

奶奶。我远远地就主动打招呼,可是她的眼皮都没动一下。我以为她人老耳聋目盲,于是走到了她的面前,把脸凑上去,扯着嗓子,奶奶啊,你好啊!

老人显然对我凑那么近是不高兴的,她侧过身去板着脸。

她不问我是谁,不问我来的目的,也不问我从哪里来,我的去留她既不排斥也不欢迎。我只好开门见山——希望她搬出去,有什么条件可以提。

你谁啊?老太婆哼了一鼻子。

我是咱们村新来的村官,响应国家号召,为村民服务,帮助大家脱贫的。我顺手就把礼物递了过去。可是老人并没有接,她冷笑,忽悠村民离开住了几十年的地方,你就是这样帮助村民脱贫的吗?

我给她解释,我们不是要赶走谁,而是要给大家的生活水平带来实实在在的提高。那生活水平怎么提高?吃穿住行怎么变好?我给老太婆讲了我的计划,把这片白桦林砍掉,是为了种果树,养鸡养鸭,做复合型农业。

砍树?老人听到我说砍树,顿时语气都有些不对了。但是我并没有察觉到,我沉浸在我的设想中,我告诉老人,按照这种方式,平均到每户,咱们村民收入又能增加好几千。

谁知道老人勃然大怒,她抓起旁边的扫把就往我身上招呼,我看谁敢砍树!我老太婆大不了就是拼了这条命!

老人将我带去的礼品朝我砸过来,砸得满地都是。在扫把的招呼下,我灰头土脸,差不多是连滚带爬地被赶了出来。我碰了一鼻子灰,带着一肚子气跟陈汉勇讲起这个事,我说这老人真蛮横。她一大把年纪,我也是好心想让她住得更好,安度晚年,怎么还不领情?住在这样一个要啥啥没有的树林里有什么好?她怎么就不愿意了?

陈汉勇笑了,这事情没你想得那么简单,这里面还勾连着一些其他事情。

这能有什么事?让她到更好的地方住难道还是害她了?我很不解。

陈汉勇叹了口气,说,老人不愿意离开白桦林,和一段往事有关。

三

林雪挎着篮子在田野里行走,今年她刚满十八岁。十八岁的女孩正是爱美的年龄,她一会儿采下一朵花插在头上,一会儿用树枝编了个草帽戴在头上,哼着歌儿四处打量。今天一上午,她收获满满,篮子里已经装满了野菜。

到了中午,火热的太阳把滚烫的光浇在了地面,尽管有树叶的遮挡,她的汗水依然止不住地流淌。林雪看到前面的白桦林就钻了进去。她找了一棵树,在一大片的树荫里休憩,微风徐徐吹来,是说不出的舒适。就在这时候,她听到了不远处有人在说话。

他妈的,肚子好久都没有饱过了,待会儿找户人家好好吃上一顿。

这鬼年头,都找不到个有钱的抢,这土匪干得真累!

林雪大吃一惊,想跑已经不可能了,她只好就近躲进草丛里。这两个土匪背着枪,骑着驴子,但都是皮包骨头,面黄肌瘦,只有凸出来的眼珠子很有精神,就像饥肠辘辘的两匹狼。土匪越来越近,林雪整个人都缩在了树后面,她小心翼翼,不敢喘大气,等着土匪离开。土匪骑着驴子就在自己躲藏的树前,一个土匪突然停住了。另一个土匪骑着驴子已经跑到了前头,你怎么不走了?

我们要不就别去前面那个村子了。林雪感到奇怪,这土匪咋说不去就不去了呢?

前头的土匪有些不满,都快到村子了,你居然要放弃。吃屎都赶不上热乎的,走啊!

讲得有道理……后头这个土匪语速放慢,他突然从驴子上跳了下来,在林雪还没反应过来时将她从树后拽了出来。他兴奋地喊道,看我逮住了什么?

前面的土匪也来了兴致,上来就要撕扯林雪的衣服,这小娘们娇滴滴的……

救命啊！救命啊！白桦林里响起林雪急迫的求救声。这引来了从白桦林里路过的年轻小伙子白华。白华听到求救声，丢下了手中的木柴，抄起扁担奔了过来。

白华今年二十岁，因为经常干体力活，挑水劈柴，练就了一身黝黑的腱子肉。他握住扁担奔过来，看见两个家伙正要做出畜生之事，便毫不犹豫地出手相救，一扁担下去，一个土匪栽了下去，谁知道他力大，扁担应声咔嚓断成两截。他将手中那个断掉的扁担从另一个土匪的背部插了进去，顿时另一个土匪也倒了下去。

姑娘。

惊魂未定的林雪抬起头来，看着眼前这个壮实的年轻小伙，不禁哇的一声哭了出来。

就是这样，白华将林雪送回了家。因为这场英雄救美，两个人相识了。那个年代的人有着那个年代特有的含蓄和矜持。白华将林雪送回家，一切安顿妥当后转身离开，他站在林雪的家门口张了张嘴又闭上了。他往前走了几步之后，又转回身来，有所冲动地对林雪说了一句，明天有时间的话，我们一起去看白桦树的花呀！

见林雪没有说话，白华继续说道，这个季节的白桦树花很好看的。

多年以后林雪想起白华当时的话，才明白一个年轻小伙内心的含蓄和热情。小伙只是以看白桦树的花为理由，实际上是想看她。而她呢，又何尝不是?! 尽管当时的她并不明白白华，也不明白自己，但她还是肯定地点了点头。

第二天，她和白华在白桦林里相见。年轻的小伙子和姑娘站在树下看满树的花朵在风里摇晃，飒飒作响，那一刻就像一幅画镌刻在林雪的心里。

四

林雪并不是每天都有机会去白桦林那里的，家务活繁重，又说不上来有哪些，加上家里还有个比自己小八岁的弟弟需要照顾，洗洗扫扫大半天就过去了。隔上两天，她才有机会提着篮子去割野菜或者猪草，这个时候她才有可能碰巧遇上白华，两个人坐在白桦树下，说上两句话。即使如此，她也很满足了。

　　林雪和白华的关系也仅限于牵手拥抱，白华几次想要更进一步，都被林雪阻止了。这天，白华又控制不住了。两个人像往常一样在白桦林散步，走累了就坐下来。起先，白华只是抱住林雪，他的手搭在了林雪的腰上。林雪靠在白华的肩膀上，就像一片树叶轻盈无声。

　　慢慢地，白华的手就轻轻地抚摸着，就从腰部往上摸。这被林雪的手臂阻止了。林雪问道，你要干吗？白华并没有说话，而是用动作代替回答。他的手被阻止，于是他的脑袋又替代了手的动作，脸凑了过来。林雪是能感觉到白华脸上的温度的。林雪一下子全身都紧绷起来。

　　你要干什……没等林雪把话说完，白华的嘴唇已经压上来。林雪想要挣脱开，可是白华的身体就像结结实实地捆住了她，容不得她半点动弹。她想说话，却被白华的体温和呼吸弄得说不出话来。林雪想着，反正她喜欢白华，白华也喜欢她，亲吻她也没什么错。这样想着，林雪便放弃了抵抗。

　　林雪投入进来，白华却想要更进一步。林雪顿时有些急了。在那个年代，两个人没有结婚就亲嘴已属少见，现在白华又要往前再走一步，林雪说什么也不肯，她想要把这第一次留到结婚的时候。林雪使出浑身的力气，将白华的手推开。与此同时，林雪也坐起身来，不要……

　　白华求道，你就从了我吧，我要去战场了，去打鬼子了。

　　林雪有些诧异，你什么时候去？

　　明天。白华说道，听他们说，鬼子装备精良，我们差不多死十几个，鬼子才死一个。我也不知道能不能平安归来，你就满足了我吧，我怕留遗憾。

　　林雪有些犹豫，眼神里有些恍惚，可是很快就坚定了，她温热的眼泪一直流到了脖子上，哥哥，等到我们结婚的时候，我想以最完整的样子给你。请原谅我现在不能……

　　白华坐在一边，不再说话，仰着头长久地凝视着白桦树。林雪又有些于心不忍，她拉了拉白华的手臂，你生气啦……

　　白华深深叹了口气，你会在村子里等着我吗？

林雪轻轻地点了点头,会的,我会一直等着你的。你要答应我,一定要回来。

白华故作轻松地耸了耸肩,等到鬼子被赶走的时候,我就会回来。

白华掏出一把小刀,在白桦树上刻下了两个人的名字"白华林雪"。

五

当林雪听说了日本鬼子投降的消息,白华已经走了七年了。这七年里,她没有听到任何关于白华的消息。她的父母早就知道她和白华的约定,也都默认了这门婚事,就等着战争结束后白华归来。这七年里,她像之前一样,每天割野菜打猪草,在家里打扫洗漱。除此之外,她还会多做一件事,就是在白桦林里,在刻着他们名字的树下祈祷,祈祷白华平安归来。

按照约定,日本鬼子被赶走,白华就会回来。白华什么时候会回来呢?林雪不知道。村子里参战的年轻人一个接一个回来了,她问这些参战的同村小伙子可知道白华的下落,却没有一个人能说得出来。

打仗的地方那么多,战士又有那么多,哪有那么容易知道一个人的下落?没关系,再等等。林雪是这样安慰自己的。直到村里参加抗战的最后一个人归来,林雪有些坐不住了。那是同村陈登科大伯家的陈登峰,他回来时是最光荣的,他军服上别着抗战勋章,开着军车,有两个士兵陪着他。陈登峰在这场持续多年的战争中作战英勇,已经成了军官。可是她的白华呢?她的挚爱白华呢?陈登峰当上了军官,应该比普通士兵更好调查士兵的下落。林雪找到陈登峰,陈登峰告诉林雪,全国有很多个战区,很多个部队,他虽然是军官,却也没有办法找到白华。陈登峰安慰林雪,再等等吧,不要太着急。军队里的人和寻常人有区别,说不准哪天就会回来。

去参加战斗的年轻人并不都能完整归来,比如白华。在抗战结束一年后,林家父母开始劝说,不要再等了,白华可能不会回来了。伴随着口头上的劝说,林家父母开始张罗着给林雪相亲。从那个时候开始,不知道是为了躲避相亲,还是真的,林雪就说白华已经回来了,在事先约定好的白桦林里,她要过去。

陈汉勇说到这里,看我一脸的疑惑,解释道,后来村里的人有去过白桦林。白桦林空寂得可怕,人从里面走过,会惊起一群鸽子腾空而起,这时候树枝和树枝的碰撞,哗哗哗响成一片,阴森恐怖得很。

六

接下来的日子里,林雪有时候说白华回来了,有时候又问白华到哪里了。林雪所表现出来的神经质把家人吓住了。林家父母小心翼翼,不敢再逼迫林雪,生怕把林雪最后一根神经给弄断,凡事都尽量顺着林雪的意思来。

日子一天天地过去,林雪的生活两点一线——家里和白桦林里。当她喊着白华回来了,她也不管什么时间就会去白桦林。当她回来后,又会说白华已经走了,还说自己和白华见面了、聊天了。然后她就会坐在桌前,或是门槛上,脸上浮现起甜蜜而呆滞的笑容。而她的生命似乎只剩下一件事,就是去白桦林等白华。

林雪就像是陷入了时间的旋涡,而世界还在往前走。

在某个和往常也没什么太大区别的傍晚,当林雪从暮色中的白桦林回来时,突然发现家里和往常不太一样。门上、墙壁上以及窗户上都贴上了大红喜字。家里打扫得干干净净,已经腾出一个房间,床上铺着崭新的被子。林雪问道,这是谁要结婚?

母亲看着林雪,这是林雪为数不多说的话,和白华无关的话,林雪的神情也有些不同以往。母亲回答她,你弟弟。

弟弟比她小八岁,如今也要结婚了。这些年来,村里的同龄人陆陆续续结婚,那些结婚的女人肚子一天天地挺起来,过一阵子她们的怀里多了个孩子,孩子又一天天长大,环绕在她们身边蹦蹦跳跳。现在,比她小八岁的弟弟也要结婚了。几年过去后,林家的父母已经默认了这件事,就是林雪这辈子都走不出来了,而且不能去劝说,否则林雪的精神将会受到更大的打击。作为父母,他们已经准备好尽量照顾林雪更久。

当母亲告诉林雪这个事实时,林雪一下子失魂落魄地瘫坐了下去。她瘫坐下去的样子,就像一缕烟尘从衣服里钻了出来消散在风里,剩下的不过是一摊衣服。

大家都结婚了。林雪瘫坐下去,只说了这句。

这些年来,她从没有关注过别人。抗战结束后的这三年里,她的世界里一大片的黑暗,只有一束光照在她前面,她只能看见这束光里的自己,以及对着她微笑的白华正在白桦林里朝她招手。

婚礼是比较简单的,但是人来得特别多。全村的人加上两家亲戚,酒席就坐了二十桌。讨到喜糖的小孩吮吸着甜味在村头耍闹,亲戚们有说有笑。整个气氛被亲戚和村里人烘托着,大家都小心地呵护着这份甜蜜和温暖,生怕触动了精神紧绷的林雪。

林雪坐在闺房里,比任何时候都要安静。往常,她每天都要去的白桦林。在弟弟婚礼的那几天,她都没有再去。林雪的一反常态让林家母亲不放心,不时探头去看女儿。林雪只是躺在床上,睁着双眼凝视着窗户外一片苍白的天空。

弟弟的婚礼办了整整三天。三天结束,所有客人都散去。当一家人坐在桌前吃饭时,林雪跟父母提出了她的请求,给我介绍个对象吧。

见父母不说话,林雪继续说道,爸、妈,我好得很呢,精神没问题的。

林家母亲筷子抖得厉害,好,好……林雪长得标致,在她神经出现问题之前,上门提亲的人不在少数,父母也张罗着,可是到了林雪这里都被毫不犹豫地拒绝了。后来,因为白华的事情,林雪的精神出现问题,提亲的人还是有的,只是条件差了很多。

林雪说自己正常,是真的正常吗?看着林雪,林家父母狠了狠心,心想就给女儿找个人嫁了吧,说不准能因此恢复过来。

七

林家父母托了媒人给林雪介绍对象,几天之后,媒人过来传话,男方是隔壁汴桥村的,家里是种地的,勤劳能干。这小伙子三十多岁了没娶到老婆,是因为太老实。媒人是这么说的。

老实好,老实靠谱,老实才能过一辈子。林家母亲说道。

林家父母满心欢喜,连忙答应下来。于是第二天,两家就碰面了。

两家父母热情地攀谈着。林雪跟男方是隔着两家父母的。男方规规矩矩地坐在桌边的凳子上,他穿着一件崭新的衣服,非常讲究。那个时代里这种布料的衣服并不多见,看得出来,对方家里是很重视这次相亲的。男方一动不动,甚至连表情都看不出来,就像和桌凳融为一体的雕塑,甚至他身上的味道和桌凳的气味也是一致的,都是经历过岁月的包浆,显得那么踏实和圆润。

聊到后面,林家父母说出了自己的担忧,毕竟林雪这些年的状态不对,男方能不能接受,婚后对林雪好点,慢慢安抚,林雪才能完全走出来。

男方爽快地答应了。

在确定结婚后的一个傍晚,林雪走出了家门。林家母亲有些慌张,你这是要干什么?她并不能摸得清自己女儿的想法。

妈,你放心,我只是单纯去告别一下。林雪说道。

白华又不在,跟谁告别呢?讲到这里,陈汉勇不禁笑了起来,说,难道是跟白桦树上那两个名字告别?

与其说林家父母乐得合不拢嘴,不如说林家父母松了口气。毕竟三十岁在那个时代的婚姻市场上算得上是"病入膏肓无药可医"。现在能结婚,就是"起死回生"。因此,林家父母讲话的声音都比往常要响亮。

如林家父母所愿,在准备婚礼的那段时间,林雪果然是越来越好,不仅能照顾好自己,还能帮着家里做一做家务,只是和别人讲话还是那么少。到了结婚的那天,林雪坐在闺房里,旁边的人给她梳妆打扮,然后盖上了盖头,等着男方来接。

盖头盖在林雪的头上并没有多久,只听一声尖叫,林雪一把扯下了盖头,白华回来了!然后林雪就站起了身,举目四望,闺房里除了旁边给她梳妆的人,别无他人。房屋外也都是亲戚邻居。林雪嘀嘀咕咕,白华,白华……

哪里有啊?没有白华,白华没回来。旁边给林雪梳妆的人有些慌乱,安抚着林雪。

林雪的眼泪溢满了眼眶,语无伦次,白华没有回来。对,他不会回来了。他不会回来了,不会回来了,不会回来了……

梳妆的人赶紧重新给林雪盖上了盖头。

在鞭炮和锣鼓、唢呐声里,林雪被牵着送进了花轿。林雪坐在轿子里,轿子的窗帘随着摇晃半开半闭。后来,听当时抬花轿的轿夫说,那天抬轿子经过白桦林时,一群鸽子被惊起,随后林雪从轿子里冲了出来,白华,我来了!你不要走!我不该背叛你!

八

陈汉勇跟我说,林雪从轿子里冲出来后,从此就住进了白桦林,任凭家人怎么做怎么说,她都没有再离开。她只是说自己就住在这里,等白华回来。这一住就是几十年。

我再次来到了白桦林的那天,天上飘起了雪。我来到茅屋前,看见老人正在那棵刻着两个人名字的白桦树前。老人像上次我见到的那样,安静地凝视着远方。我没有打扰她,因为那一刻我在她的眼睛里真的看见白华正踏着雪花归来。

散文

我从皖南来

钱红丽

一

去年,母亲来合肥小住。当说起家族中的一些事情时,她偶然提及我的堂伯曾是叶挺的秘书,这令我深感吃惊。后来,送母亲回小城,特地向父亲求证。父亲说,我的堂伯确实是叶挺秘书团成员之一,当时,家里人甚至不知道他到底是牺牲于皖南,还是被俘后牺牲于集中营。

小时,每临旧历新年前夕,总有一班人给我们家送年画。年幼无知的我站在一旁,既困惑,又骄傲——我们是村里唯一享此殊荣的人家。

记忆里,厨房门楣上一直挂有一块匾,红底白字,上书"光荣人家"。小时年幼无知,一直有疑惑,是不是我爸爸在城市工作,我们家就是光荣人家?

至今方悟,那是沾了堂伯的光。

堂伯是六爷爷唯一的儿子,名迎江,他是村里为数寥寥的读书人之一。战火频仍的年代,他毅然离家,参加新四军,服役于叶挺麾下。这些,是我近年陆陆续续听说的。

按照乡里的规矩,六爷爷唯一的儿子不在了,我父亲就过继给六爷爷,做了他的继子。

我问母亲,六奶奶呢?母亲说,她嫁过来时,六奶奶就不在了。后来,她听村里人言,六奶奶并非病逝的,而是不知所终。我追问,堂伯牺牲后,上面可发过抚恤金?母亲说,六爷爷去世时,我父亲去县里领过一点丧葬费。

父亲过继给六爷爷,我们家便成了烈属之家,一年年地享受着上面的慰问。

去年,母亲忽然问,村里那个铁匠的父亲,你还记得吧?

我当然记得,他家与我家相隔不远,小时候我常去他家玩耍。

母亲说,铁匠的父亲曾被国民党抓过壮丁,后来逃出来,又去了皖南新四军部队当了一名伙夫。幸存的铁匠父亲回来后吐露,堂伯才不是什么普通兵,他早已是叶挺的秘书了。

童年的我常听奶奶哀叹,那口气里满是怜惜之情。她总是这样开头:我小迎江哦……仿佛是她自己的儿子,实则堂伯只是她的侄子。因我父亲过继给六爷爷,关系似近了一层。

犹记每年清明节,还是小学生的我们浩浩荡荡举着旗帜,去村南河边毗邻山岗的坟地纪念先烈。

童年的我,听老人们说,当年我们村村前小河上没有一座木桥。有一天,忽然从西面来了一队新四军,被大批国民党军追着打。那些被追的年轻人一边往东边撤一边还击,最后子弹打光了……老人们惋惜地说,那些年轻人只要游过小河,就能保命的。

浮水过河的十几个新四军还未游到岸上,国民党军拿枪直接将那些孩子打死在水里。

战事结束,村里人将那些年轻孩子的遗体打捞起来,为他们在河岸边挖了两口墓穴。

老人们还说起一个细节,有一位新四军战士藏在乡村医生家的稻仓里。国民党军挨家挨户搜查,有的新四军被搜到,有的没被搜到。国民党军拖出医生的父亲,拿枪托砸他,躲在他家的新四军听见动静,就主动出来了,拿自己的命换了医生父亲的命。小时候的盛夏,我们好奇,就去问那位医生的父亲,老人撩起上衣,一次次给我们看他被国民党军的枪托砸伤的肋骨、肩骨。

每年清明,这位老人都要单独去烈士墓前祭奠。

这也是皖南事变的余波吧。

当母亲去年无意间说起堂伯时,我自此有了一个心结。

一场皖南事变,七千多条无辜生命消逝了,他们都是母亲们的儿子。

那些年,我奶奶总是怜惜他的这个侄子。她在年幼的我面前叹气哀伤,我小迎江走了,就再也没回来……

可惜当时我什么也不明白,不能体恤她的情绪,安慰更谈不上了。

我们家那块"光荣人家"的牌匾,一直挂在乡下的老屋里。那些年,一批批被送来的年画,分别在堂屋悬挂一年,翌年,被母亲取下剪了鞋样,等到旧历的新年,再换上一批送来的新画。至今犹记,我们离开村子移居小城的最后一个旧历新年,上面送来的是九大元帅画像,一位位驰骋疆场、战功卓著,他们骑在马上,有的文质彬彬,有的威风凛凛。

我并不知晓堂伯的名字确切是哪两个字。小时候,我对这些一点概念没有。奶奶早已不在了。

去年,我查看了许多关于皖南事变的资料,将事变前后的整个过程仔细捋了一遍。这场震惊中外的灾难,我一点点地了解着。

我的堂伯,一位读书人,走出那个叫作"钱家祖"的村子,再也不曾回过故乡……

以往,我只是将皖南事变纯粹地当作历史课本上的一个特殊事件,不过是一种无意识的了解,也就是那种所谓的"不动心"。但自从知道了亲人曾牺牲于那场灾难,我便有了更多的关切。

去年便想,以后有机会我一定要去泾县一带实地踏访一下新四军革命的足迹。

念念不忘,必有回响。辛丑年夏天,终于一了夙愿。

二

在宣州区狸桥镇新四军支队旧址,当看到粟裕将军逼仄的卧室时,我仿佛一下感受到近代史的温度。整幢房子里分布着会议室、作战指挥室等,收拾得干净整洁，似乎不曾发生过什么。这是一座典型的徽派建筑，青砖灰瓦，穿堂风川流不息。门口一畦菜园，紫茄、青椒、豇豆沉沉低垂，果树上挂着无数青橘。

我去披厦向守屋的老人讨些热水喝。老人坐在竹椅上，守着一台收音机，像守着自己的一生。他是看护这幢旧址的人，20世纪中期血雨腥风的年代，他尚未出生，我亦未出生。老人有着青砖一般的肃穆，注定要守护这幢历史建筑，让不同的人前来见证历史……

临走，我说，你这房子真好，冬暖夏凉。老人微微笑，哎，是的。

屈原《天问》里有一句，何所冬暖？何所夏寒？

几千年俱往矣，宣州区一个小村里正有着这样的冬暖夏凉之所，是太平世界里一片人间小景。

天那么蓝，六月的艳阳像烈火一样灼热。农户庭院前有一蓬绣球，花朵已然萎谢，唯剩葳蕤的齿状叶片。

时日夏至，一年中白日最长的一天，明月高悬。

老乡说，绣球开花，要到明年了。

三

泾县云岭镇罗里村是新四军总部旧址所在地。

青山隐隐中围着一个平畴野畈。一块块水田如音符，高低起伏、长短宽窄有致，安静如油画。满目凝固的绿，偶被夏风轻拂，又都是流动着的了。稻秧在六月的熏风下急速抽穗，荷花正妍，白的花红的花，点缀于稻田的深绿中，如梦如幻。白鹭如诗魂，翩翩而起。一年蓬在路旁默默把一朵朵小花举过头顶，远望，仿佛昨夜下了一层薄雪。

晨起推窗，杜鹃声盈耳，白云如锦缎铺在山间，天蓝得何其纯粹，山风阵阵，蝉鸣清浅……

望着云岭的这一切，我整个人恍恍惚惚的。

八十余年前的乱世，叶挺带领九千余人的部队，受命来此美丽的山间驻扎。他们一起战斗过、生活过。

辗转于新四军司令部参谋处旧址、秘书处旧址、大会堂旧址，以及叶挺将军的卧室、厨房、小花园等处，我一次次湿了眼睛——这些地方，一定有我堂伯的足迹。八十余年过去，作为他的侄女，为着纪念他，我来了。

伫立于空旷处，眺望着莽莽群山以及群山间徜徉的白云，身旁溪流潺潺……不知哪一个虚空才是我的鞠躬处？

  亲戚或余悲，他人亦已歌。
  死去何所道，托体同山阿。

陶潜这几句诗，如今读来，直如芒草割背般刺痛。

多年前，随一群人去怀宁高河查湾看望诗人海子。在海子墓前，海子母亲吩咐自己的小孙女儿，快给你大伯磕头。海子母亲口中的"大伯"二字令我悚然而惊。纵然多年过去，但在我们这群热爱诗歌的人眼里，海子永远是一个大男孩形象，永不曾老去。

而我的堂伯，他牺牲时尚不及二十六岁。他永远是年轻着的，不曾有过爱情，不曾为人夫为人父。他同样永远以一个大男孩形象定格在皖南这片丛林里。

在云岭烈士纪念馆，整整一面墙记载着团以上烈士名单。一个一个追寻过去，未曾发现堂伯的名字。

叶挺当年的秘书长李一氓，突遭"围剿"后，化装成村民突围出了深山。作为秘书团成员之一的我的堂伯，那面有限的烈士墙再也挤不下他的名字。

七千余名新四军战士战死沙场，一面墙岂能挤得下？

多年以后，我父亲也参军去了。

奶奶曾对年幼的我倾诉，说自己的一双眼睛就是在我父亲当兵离家后哭瞎的。她说，我就坐在门口，望着你爸爸离家的那条路，天天哭……

她大约惧怕自己的儿子也会像她的侄子那样一去不回。

我自小在外婆身边长大，十几岁才回到父辈的村里生活，较之其他的堂姐妹兄弟们,我与奶奶颇为生分。

起初,奶奶对我如对客人。或许她太难过了,隐痛一年年在心底发酵,她不得不向我这个年幼的客人倾诉一番。

四

在皖南的那几日,天气出奇地湿热,烈日打在裸露的肌肤上,痛得让人一凛,继而一个个寒战。我们的车穿梭在蜿蜒的崇山峻岭间,自宣城、泾县、旌德、绩溪一路行来。

于不同的新四军革命旧址间终日奔波,因睡眠欠佳、体力不支,双眼一直发黑。手背晒伤,起了无数红疙瘩,奇痒无比,梦里常被自己挠醒,总是睡不踏实……难免情绪低落,直想提前结束行程回庐。转而再一想,比起当年革命者的艰难困顿,我这身体上的不适和累,简直不值一提。

一个人有所信,才能积极地将一条路坚定地走下去。

泾县桃花潭镇一个小村里有一个党支部遗址。当年,一位毕业于复旦大学的年轻人受到感召,悄然来到这僻野之地,当起小学教书先生,默默发展党员,犹如擦根火柴而发出那么一点星星之火。

我撑一把伞在那里慨叹:若我毕业于名牌大学,想必有更大的抱负,肯定不会来这个寂寞闭塞的山村传播思想。一位老师提醒:偌大一个中国,乱得再也放不下一张书桌,现实是不容你不选择的。

深感羞愧的我于那一刻,实实在在地理解并懂得了瞿秋白等一大批书生的赤子情怀。

原本,信仰与道路向来就是统一的。

五

1941年严寒的1月,在原本共同抗日的局面下,蒋介石调遣顾祝同统领国民党八个师突然"围剿"九千余名新四军,历经七日七夜的血雨腥风,由于人数悬殊,唯有两千余名战士突围成功,七千多战士成为冤魂。

千古奇冤,江南一叶;
同室操戈,相煎何急?!

周恩来当年在《新华日报》上为皖南事变所作的十六字亲笔题词里,饱含多少伤痛与愤怒!

叶挺受命下山谈判,遭无理扣押。第三战区司令官、皖南事变直接指挥者顾祝同亲自劝降,只要叶挺说一句新四军违反军纪,向外发一个通告,就会得到第三战区副司令的职位。

叶挺始终坚守信念的人格力量,想必令顾祝同折服过。头可断,血可流,志不可灭。叶挺先后被关押于江西上饶、湖北恩施、广西桂林等地,最后被移禁于重庆中美特种技术合作所集中营。在渣滓洞,受尽折磨的叶挺写下一首《囚歌》,利用妻子李秀文探监的机会,秘密将诗藏在衣服中带出,表达了自己虽深陷囹圄却不改气节的信念。

小时候的教科书上有这首《囚歌》,至今尚能背诵:

为人进出的门紧锁着,
为狗爬出的洞敞开着,
一个声音高叫着:
爬出来吧,给你自由!
我渴望着自由,
但也深知道——
人的躯体哪能由狗的洞子爬出!
我只能期待着,
那一天——
地下的烈火冲腾,
把这活棺材和我一齐烧掉,
我应该在烈火和热血中得到永生!

太平年代里,一晃三十余年过去,这首诗渐成遥远而模糊的记忆。

而今,当来到云岭,置身叶挺当年拍下的无数黑白照片中,仿佛自岁月深处又吹过来一口热气,八十余年前的旧中国便都活过来了。

这一张张被定格的历史画面,正是当年那个内忧外患的旧中国的一个缩影。想不到内外交困的皖南山区竟也有过短暂的安宁。我们在一帧帧黑白照片前驻足良久,流连难去——山民挑板栗,女孩拿一根竹竿放鸭子,战士们林下阅读,妇女们溪边浣衣,孩子青草间放羊,新四军战地服务团儿童团的小乐手们吹口琴、笛子,尤其是叶挺的四个年幼孩子(叶华明、叶正明、叶正大、叶扬眉)在家里堆起沙包进行着军事演习。望着这一张张稚嫩的脸、一双双无邪的眼,怎不令人爱惜而心痛?

另有一张照片令我惊心——拍摄于1939年10月,新四军军部在云岭陈家祠堂召开纪念鲁迅逝世三周年大会。这张珍贵的图片,也是热爱摄影的叶挺亲自拍的。

谁能想到,于偏僻的皖南丛林里,竟有一支军队在默默呼应着鲁迅精神?

一行中,有长者透露,叶挺领导的这支新四军是当年文化气息最为浓郁的部队之一。

六

皖南事变后,担任第一纵队司令员的傅秋涛指挥小股部队分散突围,他率领两百余名战士冲出了包围圈。当时,傅秋涛的妻子陈斐然带着三岁的女儿跟着部队一起行动,当突围到泾县鸟雀岭时,考虑后面还要通过封锁区,还有仗要打,带着孩子多有不便,夫妇俩决定将孩子寄养在附近村子一个胡姓人家,最后他们突围到了苏南。1949年,等辗转找到时,孩子已经十一岁了。

最可歌可泣的,是新四军政治部主任袁国平的就义——连中四弹、伤势严重的他,躺在四人手抬式军用担架上,为了不拖累部队突围,奄奄一息的他趁着战士们集中于他处讨论下一步突围方案时,径直自担架上滚下,举枪自尽,年仅三十五岁,实现了自己说过的"如果有一百发子弹,要用九十九发射向敌人,最后一发留给自己"的诺言。

最可歌可泣的,还有放弃先期撤离,坚守阵地发出最后一封电报的机要员施奇,她不幸落入敌手,受尽一年多的折磨,未说出一句机密。1942年6月,日军沿浙赣铁路步步紧逼,当国民党第三战区决定南迁闽北时,集中营特务将二十岁的她抬至茅家岭雷公山下,将这位花一样年纪的姑娘活埋了……

七

作为一名写作者,应有一种自我要求——始终保持独立人格与自由精神。作为一名写作者,同样要避免陷溺于历史虚无主义,我们比别人更需要洞悉历史、反思历史,尤其是内忧外患的近代史,从而获得作为个体生命的意义。

骨头的记忆

高 翔

小李家,淮北平原浍河岸边的一个普通村庄。

纵横的沟渠、参天的古树、方正的农田、错落的小院,清风徐来,阳光打在农户外墙的立体画上,让这个夏日清晨呈现出一派岁月静好的模样。

淮海战役总前委五位首长的雕像伫立在村子的广场上,他们坚毅的目光望向远方——此地向南十几公里,便是濉溪县双堆集地区,1948年11月23日至12月15日,淮海战役第二阶段双堆集歼灭战就发生在这里。

这场载入人类战争史册的战役,对于饱经风霜的古老中国和多灾多难的中国人民意义非凡。百万大军决战淮海,铁血交融的寒冬,无土不沃血,无墙不饮弹。淮海战役纷飞的炮火,打出了中国人民解放军"饮马长江、解放全国"的崭新局面,敲响了蒋家王朝覆灭的丧钟,奏响了新中国诞生的晨曲。

一

七十三岁的李华松几乎每天都要来老宅一趟。

推开挂有"中共淮海战役总前委旧址——小李家"牌匾的院门,一座两进的四合院呈现在眼前。土泥墙、茬草顶、石槛、木门、格子窗,一切都是旧时的模样。老李在前院的石榴树——两棵树已有百岁高龄,盘根错节,青涩的果实挂在枝头——前发了一会儿愣,然后便开始工作了。里里外外二十二间屋,逐一打扫,擦拭窗户,掸去小马灯、手摇电话、作战地图上的灰尘,清除杂草,查看墙体,然后取出消防水带沿着院落铺设开来,进行消防演练。这一圈下来,大半天就过去了。老李不慌不忙,一切按部就班地进行,一个流程都不少。

淮海战役总前委成立之初,驻地设在濉溪临涣文昌宫。在此的十二天,总前委指挥围歼黄百韬兵团以及阻击各路增援之敌的战斗,取得了淮海战役第一阶段的胜利。为便于指挥围歼黄维兵团的战斗,总前委需要搬迁。作战参谋张升华负责选址,他一遍遍地仔细察看地图,最后把目光锁定在一个叫小李家的村庄。这里位于徐宿铁路与徐阜公路之间,距临涣、双堆集、宿县三地都不过几十里,是国民党军队"南北对进,打通徐蚌,三路大军会合"的预定地点。

走进仅有三四十户人家的小小村落,张升华几乎第一眼就看中了这座有着二十二间房屋的茅草四合院。但在皖北农村,家境如此殷实的房主在政治上是否靠得住,是张升华必须考虑的问题。通过交谈,张升华对这个家庭有了大致的了解。李家祖孙三代一共十八口人,年龄最大的是六十三岁的李志本,他30年代就与徐凤笑(中共临涣党支部书记)一起在宿县以西从事中国共产党的地下工作,参加过皖北著名的叶刘湖暴动;最小的是只有半岁、尚在襁褓中的李华松。李志本的二儿子李光林曾是新四军特务连的战士,在与日寇的作战中牺牲。谈话中,张升华不经意间发现李家的卧室里放着一本《论持久战》,他的顾虑彻底打消了。

1948年11月23日夜,李华松的爷爷李志本提着小马灯带路,将总前委首长迎到自家腾出的七间房屋里。得知总前委的吉普车在半路上抛锚了,李华松的父亲李光者赶着自家的一牛一驴把车拉了回来。

二

淮海战役总前委从成立到完成任务解散不过五十五天,驻扎在小李家的时间就长达三十八天。总前委运筹于茅屋之中,决胜于百里之外。战报如雪片般飞至,战机在电光石火间捕捉,电波从这个小小的四合院传出,一头连着前线,一头接着西柏坡。小李家的吐纳呼吸,牵动着全中国的神经。

入驻小李家的次日黄昏,中野各部全线出击,经一夜激战,将黄维兵团合围于双堆集地区。邓小平政委抑制不住内心的激动,从李光者的怀中接过啼哭的李华松:"奶娃儿,你是我们解放军的福星哩!"

这天中午,紧邻小李家的临涣老百姓送来了当地特产培乳肉,这可是临涣这座千年古镇最负盛名的菜肴。将上好的五花肉切成方形大块,放入锅中加水煮沸,去掉油腻,捞出后冷却,切成均匀的肉片,淋入培乳汁等作料调匀,再放入盘中上锅蒸,进一步去掉油腻,并将培乳的味道浸入肉中。比起红烧肉,培乳肉吃起来肥嫩不腻,含在嘴里回味无穷;比起精肉块,它更有软嫩感,尤其是特有的乳香味,令人垂涎欲滴。美味激发了刘伯承司令员的灵感,他曾形象地说,打此仗就像吃培乳肉,要嘴里吃一个,筷子夹一个,眼睛盯着盘子里的一个。吃一个,就是先集中兵力歼灭黄维兵团;夹一个,就是把杜聿明集团紧紧包围住;看一个,就是对蚌埠方向前来增援的李延年、刘汝明部严密监视。除了已经吃在嘴里的,还要保证夹着的不能掉了,看着的不能跑了!首长们拍案叫绝。一个普通的皖北小村庄,在历史的车轮行至十字路口时,明确指引出胜利的方向。

三

对于在襁褓中的李华松来说,当月亮在云朵里穿行,晚风吹来的是隆隆的炮声。"最后一粒米送去做军粮,最后一尺布送去缝军装,最后一件老棉袄盖在担架上,最后一个亲骨肉送去上战场……"这是他听到的第一首歌谣。

村子里家家户户碾米磨面、纳军鞋做军装。有牲口的人家还是少,大都是人力磨面,大家不分白天黑夜地干,磨盘吱吱地从早响到晚。老百姓做成的军鞋摞成堆,自己的鞋露着脚指头顾不上缝一针;做成的棉衣千件万件,自己的衣服却露着棉絮。为了让战士能吃上热乎饭,村子里的青壮年把做好的饭菜放在木桶里,盖上棉被,推着小车送上战场,然后再运送伤员回来。部队找到小李家的皮匠,要购买枪袋、皮带、马镫等一批军用物资。李皮匠二话不说,让他们先带走库存,然后马不停蹄地赶制三天三夜,手磨破了,眼熬红了,终于按时将物资交到解放军手中。李华松的奶奶当时六十三岁了,也没闲着,照样磨面、纺布。由于劳累过度,她的老胃病犯了,两天没出门。邓小平得知后,指示卫生员为她治病,同时安排司务长:"你看咱那伙房还有啥好的都拿出来,大娘生病了,做最好的饭给她送去。"

解放军和老百姓住在一起,像家人一样亲,一起担水劈柴,一个锅台烧饭,同槽喂牲口。在这里,军与民没有界限,官与兵一律平等。李华松家的三间堂屋是总前委会议室,一东一西两间是卧室。每天夜里,刘伯承、陈毅、邓小平中必须留一个人通宵值班,处理紧急军务,另两个人分别住一间卧室。一天夜里,电话线被敌机炸断,前线的通讯员骑马从双堆集赶来送紧急战报。刚刚冲完凉水澡的邓小平听完汇报,安排人把马牵到马棚里喂饲料,给通讯员弄吃的。早上五点多钟,天还没亮,李光者起来喂牲口,发现邓小平和那名通讯员正背靠背偎在马棚门口。

大雪纷飞数十天,浍河两岸白茫茫一片。凛冽的北风一刻也不曾停息地从大地上掠过,如同坚硬、生猛的鞭子,一次次抽打着羸弱老人的脊梁。而廖运周的战场起义,更是如一把利刃插入黄维的胸膛。突围,阻截;冲锋,反冲锋。12月2日,黄维兵团被包围在以双堆集为中心的东西不足十公里、南北不到五公里的狭长地带。天气实在太过恶劣,飞机无法空投。粮食吃光了,抢的猪、牛、羊吃光了,部队的骡马也杀了充饥,实在没吃的了,就捉猫和老鼠吃。柴火烧完了,就把汽车、马车、房屋拆毁当柴烧,实在没的烧了,就掘坟烧棺材板。

黄维兵团穷途末路,决战一触即发。

四

1948年12月6日16时30分,中国人民解放军分三个集团,对敌发起总攻。皑皑白雪覆盖着树木、原野,小李家屋顶的茅草在猎猎北风中发出声声雁鸣,急切地呼唤黎明的诞生。

和部队同时冲上前线的是担架队。五十六岁的陆万军和其他三人抬着一副担架,刚入阵地,就被一梭子弹擦伤胳膊,棉袄袖子上露出几个白点。他无暇顾及个人安危,把伤员背起放在担架上,盖上自己的棉袄。他们唯恐颠簸伤员,走起路来不敢迈大步;怕被敌机发现,时起时卧。在枪林弹雨中,他们一夜往返八次,抢救了四个伤员。当他们抬着第五名伤员返回时,天已大亮,一架敌机投下炸弹,陆万军毫不犹豫地扑到担架上,用自己的身体遮住伤员。吃过早饭后,他又随运粮队前往几十里外的百善集运粮。就这样,陆万军晚上运伤员,白天运粮草,一连八天八夜未合眼。最后实在支持不住了,他倒在兵站附近的一座秫秸堆里,一下就睡了三天三夜。家人找到他时,他的两只耳朵已被蚂蚁吃掉一半,自此,"小耳朵"的绰号不胫而走。

李华松的父亲李光者当年二十二岁,也是一名担架队员。他们六个人一小组,轮流抬,抢救了不少伤员。有一次,一个看起来只有二十出头的战士腹部受伤严重,肠子都被炸了出来,鲜血直流,眼见着只有几里路就要到医院了,还是没能坚持到最后,牺牲在途中。"只能草草掩埋在炮弹坑里,死伤太多了,要抓紧去救其他人。"这段经历,父亲给李华松讲一次哭一次。我带不同的人去参观,李华松都要讲这个故事,讲一次抹一次泪。

12月15日夜,双堆集歼灭战结束。中国人民解放军全歼黄维兵团12万余人,自己也付出了伤亡3万余人的代价。战斗结束后,百里沃野一片狼藉,目之所及没有一家住户是有门板的。打扫战场时,光掩埋尸体就花了半个月,从濉溪酒厂拉了数以吨计的酒精以消除空气中弥漫的浓烈臭气。

炮火销蚀的骨肉,无处安放的灵魂。战争是一场只有一方鲜血流尽方能看到尽头的噩梦。经历过战争的残酷,才明白和平的珍贵。安居乐业,国富民强,是每个国人的中国梦。国家的强大需要和平的发展环境,强大的国家更应该有让她的人民免受战争伤害的能力,才能不断增强人民的安全感、获得感、幸福感。

五

打开尘封的记忆,回首鲜血凝固的岁月,有一个名词永远不应该被忘记——民心。

总结淮海战役,国民党将失败归咎于将领的临时拆台、指挥无能、各自为战、不战而降等等,却忽略了人民——这个在他们执政时被视若蝼蚁的群体,进发出怎样的惊人伟力。

在国民党军陷入孤立无援、叫天天不应叫地地不灵的境地时,华东、中原、华北约三十五万平方公里解放区的土地上,一幅波澜壮阔的画面正徐徐展开。人不分老幼,运无论昼夜,豫西的、陕南的、冀中的、鲁南的、皖东的、苏北的,推着小车的、驾着牛车的、赶着毛驴的,源源不断地开赴淮海战场。

小推车从山东赶来。"一条扁担两头弯,千里遥远来支前;一头挑的是白面,一头挑的是炮弹;白面送给同志吃,送上炮弹打坏蛋。"1947年7月,中国共产党第一个大型军工企业建新公司在大连成立,生产的迫击炮、冲锋枪、炮弹、弹体钢、炸药以及药筒、引信、雷管等,绝大部分经海路运到山东半岛威海的物资接送站,再由山东支前大军用成千上万辆小车运往淮海战役前线。

小推车从苏北赶来。女队长朱永兰带领宿迁一支千余人的运输大队,推着900多辆小车,往淮海前线送大米。出发没多久,便风雪交加,头难抬,眼难睁,步难行,但他们一刻也不愿耽搁。经过灵璧县张弯河,河宽六丈多,泥水浸过车身,淤泥拔掉了鞋子,队员过河后几乎全部赤脚前行。又遇碎石山路,他们用脚趾扒住碎石向前推车,鲜血染红了每一粒石砾。五天后,他们终于把9万斤大米运到了目的地。

濉溪刘桥丁小庄的丁怀明,带领运输队冒雪给围攻杜聿明部的人民解放军送面粉和衣服。白天,国民党的飞机不断地狂轰滥炸,由于怕暴露目标,他们一路上不能生火做饭,饿了就啃几口从家里带的红薯面窝头,边躲边走,昼夜赶路,腿肿了,鞋破了,终于把物资送到河南永城县东大茴村解放军的手中。在返回的路上,丁怀明感觉自己的两只脚不痛了,到家才发现十个脚趾发黑,全部被冻坏死了。

543万名民工,20.6万副担架,88万辆大小车辆,30.5万个挑子,76.7万头牲畜,9.6亿斤粮食。"一兵"的身后站着的是"九民",这是老百姓投给共产党的"选票"。

六

1980年5月,淮海战役总前委指挥部旧址——小李家被列为省级重点文物保护单位。李华松跟在父亲身后,第一次为前来参观的游客进行义务讲解。在淮海战役胜利四十周年时,濉溪县决定在小李家建纪念馆,李华松一家举家从生活了几十年的老宅迁出。到建党百年时,小李家先后历经四次修建,二十二间草房原样呈现在人们面前,有了眼前的模样。现在的小李家被列为"全国100个红色旅游重点景区""安徽省第五届爱国主义教育示范基地"。

这座四合院见证了李华松的出生成长,李华松经历了这座四合院的风雨变迁。历次维修、施工,李华松都是寸步不离,在现场看护管理。总前委入驻的三十八天是李家的骄傲,也是李华松的际遇和机缘。村子里的每一棵树都长满了故事,每一条河都流淌着传说。小时候,爷爷给他讲淮海战役的故事;长大后,父亲带着他宣讲自己支前的经历。日复一日,年复一年,记忆刻在李华松的骨子里。于他而言,守着这座小院,既是守护人民战争胜利的成果,也是守护家族的荣光;既是守住朴素的初心,也是守望可期的未来。

2005年9月,父亲去世,李华松自然而然地接过老人家的衣钵。这是一种感恩,也是一种传承。他已记不清向多少人讲述过发生在这座四合院的故事。那段刻骨铭心的岁月在他一次次的回忆中愈加丰满,整个家族的历史在他一遍遍的解说里日益厚重。

李华松先后获得"第六届安徽省道德模范""中国好人"等称号,接受过中央电视台、凤凰卫视的采访。谈及荣誉和辉煌,他的语气淡淡的。担任淮海战役总前委旧址的守护人、讲解员,他开始不拿一分钱报酬,直到最近几年,才接受镇里每月发的几百块钱。谈及微薄的收入,他的语气淡淡的。自己还不记事,母亲就去世了;幼时被石碾压过、下河游泳淹过、灾荒亲历过,三次差点没命;老伴儿也已去世近二十年了。谈及多舛的命运,他的语气淡淡的。

但是讲起去年的一次经历,李华松很是自豪。2020年,淮北市有关部门安排市级以上道德模范、"中国好人"免费体检。到了市人民医院,不管进哪个科室,都有人热情地打招呼:"李老来啦!"原来,在开展"不忘初心 牢记使命"主题教育期间,市人民医院曾先后十批次组织全体干部职工去小李家参观,李华松为他们做过讲解。让老李满意的事儿还有很多——

儿孙满堂,七个子女都已成家立业,且住在附近,谁家饭做好了,喊一声就去了,方便得很!

这么多年,旧址和文物被保护得很好,有什么问题一反映上级就给解决,来参观的人越来越多。

村里果树遍地,鸟语花香。纯电动城乡公交通到村口,出门方便又快捷。

七

血雨腥风,筚路蓝缕。胜利从宣言变成现实,和平的阳光温暖着这片曾经多灾多难的土地,发展的旋律抚平了大地曾经千疮百孔的创伤。

七十三年过去了。小李家的钻天杨愈加挺拔,一如刘伯承元帅伟岸的身躯;百万民工独轮车的车辙依稀可见,至今还抒写着陈老总不朽的诗句;而小平政委察看地图的小马灯,一直没有熄灭,在淮海儿女的心中亮了半个多世纪。濉溪县实施"慰烈工程",将散葬于全县的5297座烈士墓归迁于双堆集烈士陵园内,建成2座无名烈士公墓、814座有名烈士墓,英灵长眠于忠魂碑下、皖北最大规模的有名烈士单墓群里。年轻的生命定格在二三十岁,他们是淮海大地永远的孩子。阵阵松涛是英魂的诉说,陵园外成熟的麦穗向他们弯腰致敬。英雄不死,也从未隐去。时光已将他们化作一份红色典藏,沉淀在这片热土的记忆中。

时光同样无法消解和磨灭共产党人的记忆。昨天,中国共产党紧紧依靠人民,打赢一场为了人民的战争。从此,共产党这颗"种子"在人民这块"土地"上生根、开花。七十三年来,百万濉溪人民在中国共产党的领导下,一代接着一代干,用辛勤的汗水书写青春,埋葬眼泪、贫穷、落后和愚昧;用忘我的工作回报大地,催生幸福、繁荣、文明和先进。而今——

这是一片富饶的土地。连续六年综合经济实力跻身全省十强,粮食生产连续十年获全国先进,荣获国家园林县城、全国科普示范县、全省美丽乡村建设先进县光荣称号,烈士的鲜血和红色的基因,赋予这片原野以活力。全县22个贫困村全部出列,建档立卡贫困人口实现全部脱贫,这是对英魂最好的告慰。

这是一片多彩的土地。坠子戏、梆子戏、泗州戏、花鼓戏、琴书、丝弦、大鼓、评书，生活在旋律中唱响；狮舞、龙舞、大头舞、花车舞、腰鼓、竹马、旱船、高跷、独杆轿，生活在舞蹈中绽放；泥塑、面塑、扎纸、剪纸、草编、捏糖人，生活在劳作中飘香。

这是一片浪漫的土地。一壶茶，一袋烟，一盘棋，一段戏，日子缓慢而绵长，香气四溢。静静村落静静美，袅袅炊烟袅袅飞。古城秀水与厚重人文在此对话交融，徽风皖韵与蓬勃产业在此相映生辉。人们在这里接近乡愁，抵达乡愁。

日头尚早，三丫头就打来电话，问父亲晚上想吃啥。李华松回了句"随便"，然后提着水桶为院里的树木浇水。"天太热，树木干渴也难受。"做完这些，他就该回去了。

天格外蓝，如水洗过一般。门外村头到处郁郁葱葱，绿意盎然。声声蝉鸣从不远处浓密的树林里传来，又跌落进小溪，缓缓流向远方。

马灯及其他(外二篇)

宇 轩

马 灯

供销社一排旧瓦房在马路对面荒废已久。乡里开展美丽乡村建设,这些危房被机器轰然推倒,仿佛一个时代瞬间倒下,又一个时代将会应声而起。有邻居从废墟中翻出一堆碎花碗碟、豁牙斑齿的搪瓷缸以及一些锈迹斑斑的铁钉与铁丝。我从那些瓦砾堆里翻出一盏马灯,提起来告诉孩子们,咱们家也有这样的灯。

记忆里大雪封门的日子常有,那时北风凛冽彪悍,几乎要把屋顶掀翻。一家人挤在土坯房子里,饥肠辘辘,寒夜漫长。因为这盏灯,通往黎明与春天的道路变得明亮,不失温度。因为这盏灯,我记住一个时代的寒薄、窘迫和困难,并且成功越过那些沟壑一样泥泞不堪的日子。在灯下,母亲无米下锅的愁容成为后来我写作的源头。在灯下,母亲纳鞋的画面已成册页,常读常新,常读常感念。

前段时间,我与诸友去了一趟皖南。"来皖南,就像回家。"这是我第一次游历皖南山水发出的感慨。这些年,数次与友人、与家人来皖南转山转水,时至今日,我依然肯定并重申这样的话:我对皖南山水的喜爱,就像游鱼在水,白鹭在野,苜蓿在田。

那些云雾缭绕的山顶之上,仿佛有我的过往、我的绝句、我的茶园。现在我重申这样的话:我对皖南人家的喜欢,如同倦鸟归巢,浪子返乡。玄青在上,一栋栋白墙黑瓦有古意之美,而我正是那一点留白、一点墨。说到底,就是气息、气味契合本性。

想到山顶茶园里的茶农,勤奋忠实,敏而好学。他们从这里走出去,硬是在群山之间踩出一条徽杭古道,成为徽商,富甲一方。他们怀揣书本与求知的愿景,由江水送他们去往那个梦想的地方,成为后世敬仰的文学家,成为革命者,成为新中国的开拓者与奠基人……

或许青弋江清澈见底的江水知道,在世为人,你我也曾为大树,为舟船,为枯木,为落叶和浮萍,现在是随遇而安,因为身处一个和平年代。正如"云在青天水在瓶"这个佳句里面,其实怀揣着历史的风云与人生醒悟。

青山青,白云白。谁也不会料想,在这片静谧祥和、养心养肺的山水间,也曾炮火连天,血流成河。那些为真理而战、为自由而死的人,让这里的一草一木、一山一水浸染成赤色的历史,成为史诗的一部分,让皖南与新中国的诞生紧密联系在一起。

我忆起乡下供销社废墟里的马灯,是因为我在泾县云岭新四军军部旧址看到叶挺军长卧室里也有这样一盏马灯。它暗淡静默,斑驳朴真,与写字桌、与干净的被褥一道,成为红色教育基地可观可感的细节里的一部分。

我忆起这盏灯,是因为我也有过水深火热的童年,哪怕我不曾经历枪林弹雨的革命年代。这盏灯,与狸桥镇新四军二支队司令部旧址粟裕将军卧室里的马灯、旌德县龙川村梅大栋梅大梁故居里的马灯遥相呼应,彼此照耀,且熠熠生辉,成为历史的隐喻,成为当代人走向胜利的精神符号。

一灯能破千年暗,一智能灭万年愚。

电视剧《觉醒年代》里,袁世凯与日本签订"二十一条",欲将山东青岛拱手送给日本人。陈独秀毅然决定由日本回国,以新思想拯救水深火热中的人民与国家。船行于茫茫大海,室友白沙劝陈先生早点休息。窗外黑暗深重,什么也看不见。关灯之后,陈先生望着窗外的大海,喃喃自语,看得见,看得见……

是啊,来皖南,就像回家。在种墨园里走一走,山水无言,却有一种气节觉醒于肺腑身心。山水无语,有一种不朽的力量叩击初心。

盐　罐

> 如果可以永远挨着这样近就好了
> 像两只灰头土脸的陶罐
> 大一点的用来装盐
> 小一点的用来盛雪

当然你也可以说"大一点的用来盛雪,小一点的用来装盐"。只是我不能这样写,在心灵与现实的跷跷板上,经验和教训告诉我,必须离油盐酱醋近一些,哪怕常常从周遭止咳糖浆一样黏稠的日常细节里出神,也是为了回向我的村镇、我的县、我的省,与我的时代。

在这首短诗里,有人读到喜悦,也有人读到苦难;有人读到安宁,也有人读到动荡与流离;有人读到重逢,也有人读到死别。千人千面,哪一种理解都是对的,最大的可能是哪一种解读都是误解和误会。总之,千人千面要比千人一面丰富一些,有趣一些,自由一些。正是这丰富、有趣和自由,滋养并鼓舞了世代人心,浇筑且构建了属于每个时代的康庄大道。

> 雪是精神,盐是苦难
> 雪也是阳春白雪,盐也有汗津津的沉重与艰涩
> 雪是虚无,盐是现实与担当

用来盛雪和装盐的罐子可以合二为一吗?能否在语言和世俗层面着力构建一面传统,铺叙一页历史,建设一个国家,给人民一片安居乐业的净土,给后来人以深刻的教诲和榜样?

忆起我十六岁分家时,前来主持分家仪式的叔伯就曾当面告诉我:家里太

苦,底子穷,以后你们兄弟几个各忙各的,别再指望父母。因为你们父母能让你们吃饱饭,一个不少地活下来,还或多或少让你们读了几年书,已经不容易了。

老母亲考虑我体弱多病,去村头挑水困难,分了一口大水缸给我,这样,一次蓄水就可以管用好几天,不必天天吃力去挑水。现在这口水缸还放置在院子里,古朴真切,只是用来养竹了。与此同时,我还分得一个油壶、一个盐罐子和八百元债务。债务早就还清,因为自小我就知道,无债一身轻。借钱要忍,还钱要狠。

油壶在几次建房和搬家时不知遗落何处。如今盐罐子还在,闲来无事,用以培植几棵铜钱草。铜钱草真是好养得很,给点水,给点时间,它就碧绿。

这碧绿,与上次我去种墨园里看到的墙角石缝间的青苔是一种重逢和对话,与皖南人家菜园子里的一垄山芋、一畦韭菜是同一种语境,与梅大栋、梅大梁故居瓦片上的青草享有同一片蓝天。时空交错,青山碧水知道我的心思、我的心意。

那一刻确实有一种恍惚,仿佛我也曾身临其境,穿越那样的炮火,经历那样的苦难和死别,仿佛我也曾发奋,热爱并心疼我的山河、我的人民、我的国家。

在云岭新四军军部旧址,叶挺将军的厨房里当然也有一个油壶、一个盐罐子。

这不是巧合,而是历史穿越时空的布局。作为红色教育基地的锅灶与用于寻常生活的锅灶原本是同一个锅灶。是时间和信仰,是苦难与抉择,谱写了它们寻常又非凡的意义。是信仰与时间,让锅灶和油盐罐子在不同时期,完成它们各自的使命与担当。

生产好空气的山水与血流成河的山水,也曾是同一片山水。想到1941年1月6日皖南事变当中,壮烈牺牲的七千多名烈士与蒋介石部队本属同一个民族,使用同一种母语,饮同一条江水。纪念皖南事变所建的烈士陵园有周恩来先生题词:"千古奇冤,江南一叶;同室操戈,相煎何急?!"读来叫人两眼滚烫,悲恸不已。

"恶是善的星空。马匹总是走在车子前面。"事实证明,谁为人民谋福祉,谁就得人心,得天下。不信你去问问云朵,问问云朵下面历经百年的红色旗帜,去问问各州各省新时代万家灯火里的百姓人家。

金岭洞

睡不着,干脆像古人那样,起来听雨、观心。果然听出人生诸多如意与不如意。像体检时发现肺叶里有个小结节,然后医生捏着病历告诉你,不碍事,而你还是惴惴不安。

这雨水亦如一面露天银幕,放映着一队人马举着马灯穿越金岭洞的情景。马灯当然是虚构的,现在都用手机,直接对着智能开关说"打开手电筒",然后灯光亮起来,时代、历史和人脸,仿佛很近。一切就像是昨天,一切已经过去。

1500米的隧道,幽深、肃静、神秘。马灯当然也是现实的,它很具体、客观、意义非凡。身在皖南的一代又一代愚公们气喘吁吁地在这一团灯火的照耀下,开山凿洞,为了光明和前程,为了活下去。历史赋予他们的使命太艰巨,太遥迢,太真切,太伟大。

当地领路人告诉我们,穿过隧道,再翻越几座山头,就会看见山林斜坡有大片映山红,有槭树与野果,有鸟鸣及蝉音,有峭壁和风景,也有几座革命者的墓碑在草木寂静中,安于一隅。他们像冷静下来的旁观者,谛听时代的风云与历史的脉搏。他们与朝霞、落日为伴,与清风、朗月为伴。没有人知道他们姓甚名谁,没有人知道他们户籍在哪里、故乡在哪里。他们将生命永远定格在"青年"。他们将革命者的身躯永远安息在皖南这片深厚的土地。但是他们有一个共同的名字,叫新四军。

他们永生,像隧道两头的光明一样。他们只是刚好经历那个时代的黑暗,并在黑暗中点灯。

同行的方勇老师说,往年此时,皖南多雨。皖南的雨下起来,崇山峻岭就会笼罩在烟云之中,虚实之间,只顾让你感叹皖南景色美得很!皖南的雨下起来,也会绵延而不知尽头,白墙黑瓦浸润在雨声之中,叫人惆怅。一夜之间,若是河水陡涨,人们也会担心,会害怕。但这几日日头偏偏好得很,没有一点阴霾,没有一点晦涩。好天气都被我们赶上了。青天白日,仿佛历史的册页被后来者重新阅读,也像墓碑被擦拭,像恩人被铭记和怀念。

话题说回来,我们采风团一队人马穿过金岭洞,终于来到一片开阔地。洞内洞外温度相差较大,往前走,没一会儿,烈日之下的众人已是汗津津。我在路边一块干燥的石头上小憩一会儿,喘着气。环顾四周,左手是山,山上树木茂密,白云如鱼;右手是溪谷、大山和竹林。人们大声说话,似乎还有一点回音,仔细一听,其实是溪水叮咚。蜉蝣在干净的溪水上面爬行,如隐喻和暗指。

当地领路人指着旁边一条通往山上的小路说,从这里上去,往里再走一段,就会看见几座无名烈士墓碑。顺着领路人的手势望过去,山路已毁,乱石毫无章法地横亘在山路中间,有几棵槭树也倒在路旁。原因当然是前段时间连日暴雨,泥石俱下。既然山路不通,众人只能朝着墓碑的方向伫立良久,仿佛有话要说,却又没有说出。

时已正午,饥肠辘辘中,众人挥汗返回,仍需要穿过那条悠长寂静的金岭洞。黑暗中,有人打开手机里的手电筒,探查脚下石头路。由岩缝滴落的水滴砸在眉头上,很清凉,很提神。由岩缝滴落下来的水滴,砸在积水处,声音清脆,像历史的回音。

沃土盛开红色花

徐春芳

> 回顾历史,既是为了感恩,更是为了走向更加美好的未来。
>
> ——题记

一次红色之旅,让人泪雨滂沱。
一次叩问之旅,让人灵魂升华。
一次铸魂之旅,让人心灵蔚蓝。

红色历史必将铭记,革命精神世代传承。在火红的七月即将来临之际,我们安徽作家采风团一行来到宿州、淮北这片革命的沃土,倾听那些红色的花朵昂扬奏响一曲红色之旅的高歌。

宿州烈士陵园、淮海战役双堆集烈士纪念碑、淮海战役总前委旧址,这些熟悉的、在中国革命史上闪耀着光辉的名字,让我的灵魂受到震撼,让我的精神得到升华,让我的热血汹涌澎湃。

敲起我的锣,打起我的鼓,泪飞化作倾盆雨。

站在一望无垠的皖北大地上,仿佛听到历史脉搏跳动的声音,我不禁抚摸那些历史的印痕。

一寸山河一寸血,一抔热土一抔魂。

将军,我们来了,在您战斗过的地方。

在宿州烈士陵园,杰出的无产阶级革命家、军事家,功勋卓著的抗日民族英雄彭雪枫将军以及其他革命烈士的事迹,让我不禁眼圈湿润。

晴空万里,阳光璀璨。下午的陵园里树木荫翳,参观人员如织。一眼望去,庄严肃穆的彭雪枫汉白玉雕像掩映在苍松翠柏之间,和革命烈士纪念碑、彭雪枫纪念馆为主体的纪念建筑物呈南北向,依次坐落在陵园的中心轴线上。雕像高八米,栩栩如生,英姿飒爽,目光炯炯,英气逼人,再现了当年彭雪枫将军戎马生涯的光辉形象。在雕像和纪念馆的中点,耸立着革命烈士纪念碑,碑为塔形,全部为白色大理石砌成。碑前广场全部为花岗岩地板,突出了庄严、肃穆的氛围。来到正南面的革命烈士纪念碑前,上面镌刻着陈毅元帅题写的"革命先烈永垂不朽"八个大字,我们深情瞻仰,向革命烈士致以深深的敬意。

将军虽已故去,但将军的坚定信念、对党忠诚的爱国精神,不惧艰险、勇往直前的奋斗精神,为民服务、大公无私的奉献精神,一身正气、两袖清风的廉洁精神,深深滋养着广大人民。

造型美观、气势恢宏的彭雪枫纪念馆是一座具有浓厚的徽派建筑风格的仿古建筑群。馆名由张爱萍将军题写。纪念馆分为三个展厅:中厅为彭雪枫同志生平业绩陈列馆,展出数百幅珍贵的历史图片和各种文物资料,从不同历史时期、不同角度,全面客观地介绍了彭雪枫同志光辉战斗的一生;东厅为淮海战役纪念厅;西厅为宿州市自新民主主义革命以来牺牲的革命烈士事迹展厅。在讲解员的引导下,我们步入展厅,认真聆听解说,仿佛把大家带到了战火纷飞的革命岁月。通过观看文物、图片、文字等史料,我们详细了解了彭雪枫将军投身革命、追求真理、戎马生涯、波澜壮阔的一生,切身感受到革命先烈为争取国家独立、民族解放而不断奋斗的艰辛历程。每件展品背后的故事,一张张历史图片、一页页文献资料、一件件陈列实物,再现了当年彭雪枫将军浴血奋战的戎马生涯。彭雪枫将军由一个贫苦农民的儿子成长为一名为人民解放事业奋斗一生的卓越的革命战士,让人真切感受到将军的文韬武略和爱民情怀,深切感受到革命战争年代党和人民群众的血肉联系和全心全意为人民谋幸福的优良传统。我们心灵上受到了强烈震撼,思想上受到了深刻洗礼。

彭雪枫的一生是革命的一生,战斗的一生。"上马能打仗,下马写文章",彭雪枫能文能武、智勇双全,被毛泽东、朱德誉为"共产党人的好榜样"。1988年,中央军委确定彭雪枫为我党我军三十三位军事家之一。

天地英雄气,浩然壮国魂。彭雪枫英勇抗战的精神闪烁在岁月长河中,激励着一代又一代中国人民始终奋勇前行。

民族精神世代传,英烈美名遍地扬。在彭雪枫生活、学习、工作、战斗过的地方,党和人民修建了彭雪枫将军纪念馆、陵园、雪枫公园、雕像、纪念亭以及以彭雪枫命名的中小学校和路桥,凝聚了皖北人民对彭雪枫将军深深的怀念。

在双堆集歼灭战中,许多优秀的中华儿女,为人民解放事业献出了宝贵的生命,立下了不朽的功勋。他们已经化为深厚的沃土,护佑着我们生生不息的中华!

我们要永远高举起他们的旗帜,继承他们的遗志,为建设现代化的社会主义中国和实现共产主义伟大目标而努力奋斗!

英雄们的伟大业绩昭日月!

烈士们的革命精神耀千秋!

在英烈面前,我们只有静静地走着,静静地缅怀,静静地致敬!

走过那些风霜满天的岁月,我们仿佛回到了热血沸腾的战场。淮海战役进入第三阶段,华东野战军指挥机关进驻萧县蔡洼村,就近指挥各纵队发动总攻。这一刻,注定让这个位于宿州市萧县城西南十五公里的丁里镇蔡洼村青史留名。次日,也就是1948年12月16日,淮海战役总前委五位首长刘伯承、陈毅、邓小平、粟裕、谭震林齐聚蔡洼,由邓小平主持召开了总前委第一次全体会议,这也是唯一一次全体会议,研究制定了淮海战役决战和渡江作战方案等重大问题。现开发的景点包括淮海战役总前委会议旧址、华东野战军指挥部旧址、淮海战役誓师广场、淮海战役纪念园、淮海战役纪念馆、淮海战役总前委五位同志雕像。当年总前委开会用的房屋目前保存较好,室内设有淮海战役陈列展览,总前委开会用过的桌、椅、条几、马灯,邓小平、粟裕同志用过的床、文件柜、水桶等部分实物保存完好。此次总前委会议,对于夺取淮海战役和渡江战役的全面胜利,对于解放全中国,起到了决定作用,在中国的革命史和军事史上具有十分重要的位置。因此,这次会议是关系党和国家前途命运的历史性会议。

大家参观了淮海战役总前委旧址,走过一间间泥土房,目睹一件件实物,认真聆听讲解员的介绍,了解革命先烈的光辉事迹,重温波澜壮阔的革命历史,老一辈革命家简陋、艰苦的工作和生活环境给大家留下了深刻的印象。我们深深地感受到,今天的幸福生活来之不易,要学习英烈的精神,继承他们的遗志,用党章严格要求自己,做一名新形势下合格的共产党员。

"倾家荡产支持淮海战役!"这一朴素而又振聋发聩的声音仿佛穿越七十多年的时空,在萧县广袤的红色土地上久久回荡……

镌刻在蔡洼会议遗址广场上的浮雕,生动再现了萧县乡亲支前的感人场景。据景区讲解员介绍,淮海战役中,萧县组织了支前民工一万多人,担架两千多副,筹粮一千多万斤,把全县的人力、物力、财力汇成了一股波澜壮阔的洪流,为人民军队的胜利做出了不可磨灭的贡献。陈毅元帅曾深情地说,淮海战役的胜利是人民用小车推出来的。

在萧县县委、县政府的精心打造下,蔡洼村现已成为全国红色旅游经典景区、长三角旅游系统党性教育基地、全国关心下一代党史国史教育基地、省爱国主义教育示范基地、省党员干部党史教育基地等。

毛泽东主席曾经说过,人民、只有人民才是创造世界历史的动力。我们的一切胜利都来自人民。习近平总书记指出,人民就是江山,江山就是人民。守江山就是守住人心。中国古语说得好,得人心者得天下,失人心者失天下。没有人民的支持,任何事情都不会办好。

解放战争铸就了中华儿女的钢铁意志,砥砺了中华民族自尊自强的民族精神,鼓舞着中华儿女向着实现中华民族复兴的目标不懈奋斗。今天,在习近平新时代中国特色社会主义思想的引领下,党的面貌、国家的面貌、人民的面貌、军队的面貌、中华民族的面貌发生了前所未有的变化,中国前所未有地接近实现中华民族复兴的伟大目标,更加需要一代又一代的年轻人投身伟大事业,担当职责使命,在中国道路上激荡起更加强大的中国精神,汇聚起更加磅礴的中国力量。中华民族正以崭新的姿态屹立于世界的东方。

通过这次采风,我们深度接触了皖北大地,深深地感悟到,在革命战争年代,无数英雄儿女为了民族独立和人民解放,献出了宝贵的生命,创造了彪炳史册的光辉业绩,铸就了永垂不朽的巍峨丰碑。铭记革命历史、缅怀革命先烈、追忆英雄事迹,就是为了牢记初心使命,传承红色基因,沿着革命前辈的足迹继续前行,坚定不移走好新时代的长征路。发扬革命传统,就是要坚定信念、紧跟党走,继承和发扬革命先烈听党话、跟党走的无限忠诚,从革命先烈的光辉事迹中汲取前行的力量,学思践悟习近平新时代中国特色社会主义思想,增强"四个意识",坚定"四个自信",做到"两个维护";就是要牢记初心、为民服务,坚持"以人民为中心"的政治立场,着力解决好人民群众的操心事、烦心事、揪心事,不断增强人民群众的获得感、幸福感、安全感,成为新时代红色血脉的传承者、红色基因的弘扬者、红色江山的守护者、红色奇迹的创造者。

作为一名生在红旗下、长在红旗下的作家,我将时刻铭记我们党的历史,坚定理想信念,传承红色基因,弘扬革命精神和爱国主义精神,不忘初心、牢记使命,努力做一名合格的共产党员,为实现中华民族伟大复兴的中国梦而不懈奋斗,让脚和脚下的泥土紧密相连,让手中的笔生花,让心中的梦想成为翱翔的白鸽。

在新时代新征程上,没有过不了的沟坎,没有克服不了的困难,没有不高远的梦想,没有不流汗的战斗!

> 历史之镜擦亮,我们明辨了是非。
> 红色之路铺开,我们在上面留痕。
> 精神之柱立起,我们背负着前行。

观　澜

黄丹丹

观水有术，必观其澜。

——《孟子·尽心上》

夏至，白昼里，明晃晃的太阳直射大地；夜晚，一轮明月映照夏季星空。在辽阔的皖北平原，当我的双足踏在这片土地上，便感觉细密的根须由内心生出，攀爬缠绕我的周身。作为军人的后代，我自小听了太多"打仗的故事"。此刻，那些听来已久的故事与故事里的人，在我脑海里又鲜活了起来。夜如幕布，那些在白昼里耳闻的口述史，在月色里，被投射出一幕幕关于淮海战役的动人场景……

一

"那晚的月亮很圆很亮，那是我见过的最圆最亮的月亮。"

那是1948年11月15日的夜晚，恰逢阴历十月十五，月正圆。那晚的月亮照着空荡荡的宿县城，城里的人大都因为战火避难到了乡下。但刘春廷一家却没有离开，22岁的刘掌柜从刚去世的父亲手里接下了这爿自酿自售的酒坊，因为母亲病重，经不得颠簸，刘掌柜便紧闭店门，与家人惴惴不安地躲藏在内。那天深夜，刘掌柜内急，点灯下床出恭时，忽然听到一阵急促的敲门声。

有人吗？老乡，请开门，我们是解放军……

刘掌柜战战兢兢地打开门,只见月光下,有一队人马排着整齐的队伍站在他的店门外。为首的那人穿着单薄的军装,礼貌地行了个军礼,对刘掌柜说,我们是解放军三纵的,想借地方开会研究事情。

刘掌柜便把他们让进了屋里,给他们提来两壶开水,在桌上摆好两盏油灯,又送了一包蜡烛。他正准备退出去时,其中一位军官模样的解放军向他道谢后,示意他回避下。

刘掌柜便退至门外,望着在夜空悄悄移行的月亮,听着从街上远远传来的犬吠,夜很静。屋子里,解放军压低嗓门在讨论。

约莫过了一个时辰,门吱呀一声打开了,解放军陆续出门,纷纷向刘掌柜道谢。一个小战士从挎包里拿出钱、香烟和罐头交给刘掌柜,说解放军不拿群众一针一线,这点东西就作为打扰掌柜的一点答谢吧。刘掌柜推让不及,便接下东西,目送这队人马踏月而去。清冷的月光下,刘掌柜在阒然无人的街角,一直站到最后一声犬吠消失才转身回酒坊。

不几日,刘掌柜紧闭的店门又被敲响,开门一看,还是解放军。他们向刘掌柜亲热地打过招呼后,说明了来意。原来,他们需要找可靠的照相馆,紧急冲洗一批照片出来。

刘掌柜忙领他们去找孔老板。他知道照相馆的孔老板也因故没有去乡下,和他一样,关门停了生意,躲在家里避难。

刘掌柜带着解放军敲响了孔家照相馆的偏门。进了门,解放军便对孔老板说,请加紧洗出照片,第二天便来取。

第二天,陪解放军取照片的刘掌柜看见那一摞照片最上面的一张,是个长相英武的国民党军官。

解放后,成为工商界代表人士、宿县政协主席的刘春廷先生,在看到黄维被俘的图片时,一眼认出,当年,他在孔家照相馆所见照片中的国民党军官就是黄维。那时,他才知晓,处于淮海战役的第一阶段的1948年11月15日,中原野战军攻克了宿县。那个夜晚,正是解放军在他的酒坊研究作战计划的月圆之夜!他不禁感叹,原来自己的酒坊还曾经当过淮海战役的临时军事指挥部。

二

"淮海战役千秋始,回龙泉水育新人……"

我坐在临涣古镇一座百年老字号茶楼里,眼、耳、口、手简直忙不过来:看被时光镀色、包浆的老物件;听茶楼老板讲老故事、听民间艺人的大鼓书;品由炭火煮沸的山泉水冲泡的棒棒茶;手忙脚乱地记录关于淮海战役的故事。

台上,大鼓一敲,快板脆响,大鼓书艺人操着沙哑的嗓音,将淮海战役那段波澜壮阔的历史说唱出来。大鼓书里讲述不尽的是历史,更多的是来自民间艺人口口相传的故事,故事里有历史的演绎,但演绎里体现了民心。

大鼓书从"淮海战役总前委"讲到"双堆集战役大胜",佐着老故事,不知不觉间,一盏盏茶杯空了。时间撵着人散,在大鼓的余音中,我离开茶楼,去寻访大鼓书里的淮海战役总前委旧址。

距临涣老茶馆不足 500 米,便是文昌宫。在文昌宫朱红色的大门上,悬着"淮海战役总前委旧址"的牌匾。我迈过高高的门槛,走进院内。这座坐北朝南的两进院落,在当年解放军进驻时曾是空场地的前院,如今设置了淮海战役纪念馆和陈列室;后院恢复了当年作为淮海战役总前委时的旧貌,保留着刘伯承、邓小平、陈毅和张茜夫妇、警卫员等人的卧室,以及邓小平洗冷水浴处与总前委会议室。我流连于一间间恢复旧貌的总前委旧居,那些经过总前委委员双手摩挲过的旧物,裸露着原木朴素的纹理,以及经时光洗礼后温和的旧。1948年 11 月 11 日,刘伯承、陈毅、邓小平所率中原野战军淮海战役指挥部进驻在此。11 月 16 日,以邓小平为书记,刘伯承、陈毅、粟裕、谭震林为委员的淮海战役总前委正式成立。至此,这座始建于唐代的文昌宫,曾是历代文人学士雅集以及奉祀文昌帝君的场所,又成为淮海战役的总前委指挥部。

"宁愿自己挨饿,也不吃运送的一粒米;宁可自己挨冻,也不会穿运送的一双鞋。他们自己的鞋磨烂了,打着赤脚,行走在冰天雪地中,脚裂开了血口,甚至有群众脚指头被冻掉了四个。"淮海战役中支前群众的故事,讲解员不知已经反复讲述了多少遍,但在向我们讲述时,我依然从她眼里看见了盈盈的泪意。

在皖北,即便那场著名的战役已经过去了七十三年,我依然能感受到淮海战场上的声音在耳畔不时回响。萦绕我耳畔的,除了炸弹声、枪炮声、敌人的哀号声,还有群众的歌声——最后一个亲骨肉送去上战场……这是七十多年前支前的老百姓在战火纷飞的皖北大地上传唱的歌谣。

文昌宫作为淮海战役总前委所在地,仅有 8 天时间。1948 年 11 月 22 日,粟裕所率的华东野战军围歼黄百韬兵团的战斗全面结束,淮海战役取得了第一阶段的胜利。但同时,黄维兵团已经越过涡河,逐渐向皖北逼近。当晚,中原野战军的各路将领聚集文昌宫,刘伯承和邓小平部署了攻打黄维兵团的任务。同时商定,离开文昌宫,寻找更安全的地方驻扎。因为此前几日,临涣镇连续遭到敌机的轰炸,最近的一枚炸弹离文昌宫仅 50 米。大家分析,文昌宫作为战役指挥部可能已经暴露了。翌日,总前委和中野指挥部搬离文昌宫,去往距文昌宫 15 华里的小李家村。

三

"俺父亲说,双堆集那一仗,打得惨哪……"

离开文昌宫,我来到距文昌宫 15 华里的小李家村。

1948 年 11 月 23 日夜,小李家村的一座农家小院里迎来了刘伯承、陈毅、邓小平三位淮海战役总前委首长,从那夜起到 1948 年 12 月 30 日,共 38 天里,那座小院便是淮海战役总前委的指挥部。

在旧址处翻新重建的纪念馆,我见到了年过七旬的李华松老人。当年总前委入驻时,他是那户人家七个月大的婴孩。这位历史的亲历者,一直守护着故居,如今,他是这座红色纪念馆的义务讲解员。

因为驻扎在临涣文昌庙的淮海战役总前委有暴露的危险,总前委决定立即迁出。1948 年 11 月 23 日上午,小李家村来了一位张参谋,他严谨地查看了村落的地形,当即对这个被树木环绕,并且仅有一百多口人的村庄感到满意。经过一番考察,他来到俺家,当年俺家和各位现在看到的场景一样,前后两进院,共 22 间草房。前院是参谋和警卫人员的住所,后院是总前委办公室。随着老人的讲解,我们来到后院的指挥部,室内摆放着首长们使用过的大方桌、三抽桌、长条凳等物品,迎门是总前委首长们对着案上地图研究作战方案的塑像。

张参谋到俺家后,很细致地了解俺家的情况。俺爷爷当年63岁了,在20世纪30年代参加了地下党。我的二大爷在1940年2月参加了新四军,当年3月份在战场牺牲。俺父亲当年22岁,他回答了张参谋的问题后,进里屋拿出了一本书,张参谋看到俺父亲手中那本毛主席在1938年作于延安的《论持久战》,脸上露出了满意的神情。他告诉俺父亲,当晚会来这里。张参谋走后,俺父亲很激动,以至于晚上家人都睡了,他还睡不着。因为说好晚上回来的张参谋一直没有到来,俺父亲等得心焦。直到晚上10点20分到11点之间,门外传来了响动,人来了!

1948年11月23日深夜,小李家村狭长的巷道上停满了汽车。后勤保障、警卫连的官兵在夜色中踏着齐整的步伐迈进了小李家村,他们分别进驻小李家村三四十户人家。小李家村的村民压抑着欢欣,悄悄地将解放军迎进家门,屋里铺上住不下的,就偎在灶门口……到了深夜,官兵们安顿妥了,可总前委首长们还没有到。原来,刘伯承、陈毅和邓小平三位总前委首长在从临涣文昌庙向小李家村转移的途中,所乘坐的吉普车抛锚了。李华松老人的父亲,当年22岁的李光者牵着家里的一头牛和一头驴,连夜赶到汽车抛锚处,用牛和驴子将车拖到了小李家村。

俺家后院的三间东屋和前院的三间堂屋就成了刘伯承、邓小平、陈毅三位首长的住处。

说到这里,李华松老人的脸上露出了骄傲的神色:那时俺才七个月零十天,听俺父亲说首长还抱过我。首长们待人可亲哩!听老人说,俺奶奶那时连天加夜纺纱织布支援解放军。当年俺奶奶也63岁了,可能是被累很了,她感觉身体不得劲,吃不下饭起不了床。没过两天,首长就问俺爷爷,怎么几天没见老大娘,她怎么了?当他得知俺奶奶生了病时,首长立即让卫生员给俺奶奶治病,又让司务长把最好的饭菜做出来端给她吃。俺奶奶被那样伺候着,没几天病就好了。过了好多年后,俺父亲提到这件事还很感激、感动。

四

"当初我们没有办到的事,共产党都做到了。"

在淮海战役双堆集烈士陵园,我沿着笔直的主干道走向纪念碑,烈日下,我的双眼被日光灼得模糊。这座陵园有了814座有名烈士墓,此外还有2座无名烈士公墓,里面埋葬了数千位不知名的烈士。我的双眼是在本能地模糊惨烈的记忆吗?定了定神,我才发现,原来,令我视野模糊的是不禁涌上的泪,难陈胸臆,只觉得一个个鲜活的生命个体在战争中被绞成了一个庞大的数字,而那么多有家庭、有亲人、有名有姓的人,却成了无法追查的无名氏。他们的爱恨、惦念都埋葬在了这片土地里。

我登上位于陵园南部的那座土堆。解说员介绍说,双堆集以两座相距三四华里的土堆而得名。我们登上的这座叫尖谷堆,另一座叫平谷堆。这两座土堆在平坦的淮北大平原上很显眼。这两座土堆是新石器时期的文化遗址,也是淮海战役双堆集歼灭战期间敌我双方激烈争夺的制高点。当年,这座尖谷堆下还有一条沟,叫黄沟。1960年,故地重游的邓小平同志还清楚地记得这条沟。邓小平是指挥这场决战的总前委书记,这条沟作为双堆集战斗的重要地点之一,无疑给他留下了极为深刻的印象。

我顺着讲解员的指点,凝望着这片当年曾遍洒热血的土地、弥漫炮火硝烟的战场,在高高的尖谷堆上伫立良久。直到讲解员礼貌地提醒说,接下来还要参观纪念馆,我才回过神来。

在纪念馆中的廖运周起义主题展馆内,我想到了自己一部小说的原型——廖运周将军。这位潜伏敌营20余年的地下党,正是在双堆集战役中被活捉的司令员黄维的心腹爱将。

1948年11月27日清晨,廖运周率领110师(缺328团)5500余人,冒着淮北平原的寒风,集结在双堆集附近,往通向解放军阵地的道路上迅速前进。在皖北大地被浓雾笼罩的田野上,廖运周率领着胳膊上扎着白色毛巾为记号的队伍,在解放军密集枪炮声的掩护下,迅速通过了包围圈,到达集结区,起义取得了圆满的成功。在战争史上,这场起义被认定是黄维兵团被歼灭的转折点。

当廖运周率部起义的消息传到黄维的指挥部时,黄维惊诧万千,怒不可遏,他大骂廖运周是倒戈的党国叛徒。黄维为自己在110师出发前配置给他们众多的坦克、榴弹炮等重型武器而悔恨不已。黄昏时分,他下令战机在110师宿营地附近扔下了大量炸弹进行报复。所幸解放军早有防备,未造成大的伤亡。黄维的这一报复行为增添了110师起义官兵对国民党军队的痛恨。当晚,解放军纵队代表在看望廖运周等全师官兵的欢迎会上说,这次战场上英勇起义,全国人民都不会忘记你们!这句话令110师5500余名官兵激动而自豪。解放军纵队代表在连以上军官会议上,宣布了廖运周是共产党员的消息。自此,被称为"神秘之剑"的廖运周结束了他长达20余年的潜伏生涯。

怒骂廖运周为小人的黄维哪里知道,与他同为黄埔军校毕业生的廖运周早在1928年就受中共中央军委的指派,一直潜伏在国民党军队中从事地下工作。廖运周于1903年11月出生在淮北平原一座叫廖家湾的小村庄,年少时便勤奋好学,极富正义感。1925年底,痛感国家贫弱、外敌强悍的廖运周投笔从戎,顺利考入黄埔军校,成为黄埔五期炮科的学员。1927年3月,廖运周在学长孙一中、中共著名兵运专家靖任秋的介绍下,加入了中国共产党。1928年,廖运周奉上级党组织之命,开启了长期隐蔽、掌握部队、坚持斗争的潜伏之旅。

讲解员说,在淮海战役过去几十年后,被特赦的黄维与廖运周相见,提及往事,当初对廖运周恨之入骨的黄维由衷地说:"当初我们没有办到的事,共产党都做到了。"

作为被俘战犯的黄维,解放后受到宽大处理和改造,被改造成了新中国的公民。特赦后的黄维,几乎跑遍了年轻时生活、战斗过的所有地方。他曾说过,我这个人思想转变比较慢,其原因就是我得看事实,没有事实摆在我面前,我是不会轻易认定的。当年,我带兵被困在双堆集,因为解放军采用了口袋战术,切断了后方的军用物资供给,将士们露天在寒冷的皖北平原挨冻受饿。空投的食物远远不能满足需求,现场出现因为一个饼葬送十几条人命的情况……攻打我们的解放军,有老百姓送粮送医,共产党说,淮海战役的胜利是群众用小推车推出来的,所言不虚……

五

"倾家荡产支持淮海战役!"

在宿县蔡洼淮海战役总前委旧址,讲解员指着院内一株虬枝苍劲的石榴树说,大家在教科书与资料展示厅里看见的五位淮海战役总前委首长的合影照,就是在这里拍摄的。这张珍贵的照片后来成了淮海战役相关纪念场馆、电影、书籍、文史资料的唯一来源。那是五位总前委首长唯一的一张合影,黑白照片定格着他们坚毅而自信的神情。我望着那株擎着一朵火红石榴花的老树,想象着历史上的那一天——时光回溯到1948年12月16日,淮海战役进入第三阶段,华东野战军指挥部进驻萧县蔡洼村,就近指挥各纵队发动总攻。次日,淮海战役总前委五位首长刘伯承、陈毅、邓小平、粟裕、谭震林齐聚蔡洼,由邓小平主持召开了总前委第一次全体会议,这也是总前委唯一一次全体会议,会议研究了淮海战役决战和渡江作战方案等重大问题。会议休息期间,在指挥部屋前的石榴树旁,随军记者陆仁生为五位首长拍下了这张被载入史册的合影照片。

"倾家荡产支持淮海战役!"镌刻在蔡洼会议遗址广场上的浮雕,生动再现了萧县乡亲支前的感人场景。在淮海战役中,亿万民众齐动员,参军参战,筹运粮草,抬送伤员,展开了轰轰烈烈的支前运动。讲解员告诉我们,为了支援解放军,当时的萧县提出"倾家荡产支持淮海战役"的口号,出动民工9万多人,筹粮1095万斤,柴草3100万斤,组织担架5700副,牛车8000多辆次,手推车540辆……而整个淮海战役期间,山东、江苏、安徽、河南、河北五省出动的支前群众总数达到543万人,他们向前线运送了1460多万斤弹药、9.6亿斤粮食,支援牲口36万头、柴草5.3亿斤、大小车辆13.47万辆……几乎是九个群众在支持着一个战士。

那时候,在皖北,好多人家卸下了门板作为运送伤员的担架。好多人宁肯自己饿着肚子,也要日夜不休地磨米磨面,蒸馒头、做干粮,顶着炮火往前线送给解放军。"最后一粒米送去做军粮,最后一尺布送去缝军装,最后一件老棉袄盖在担架上,最后一个亲骨肉送去上战场……"这首当年流传甚广的歌谣,是百姓倾力支前的真实写照。

与倾力支持解放军相比,群众对国民党的队伍则充满了宿怨与憎恶。1938年蒋介石炸毁花园口,黄河水泛滥豫皖苏三省44个县市,淹没耕地84万公顷,死亡89万余人,造成难民390万余人。黄泛区形成,几百万中低收入者家破人亡。而淮海战役正在黄泛区,这里的人民有的积极参加了解放军,有的主动为解放军提供后勤补给。我想,人心的向背,恐怕也是淮海战役中国民党80万持先进武器的大军不敌60万解放军的重要因素。

我想起在宿县蔡洼总前委旧址讲解员给我们讲的一个故事:腊月隆冬,一个刚蒙蒙亮的大清早,勤劳的萧县农民段庆香在拾粪时,见到几个当兵的人突然冒了出来,其中一个人跑过来向他询问村子里有没有解放军。段庆香看他那副惊惶的样子,就故意说村村都有解放军。那人又央他给自己找件便衣换上,段庆香拒绝了。这时又走过来一个人,拿着一枚金戒指递给段庆香,并让他不要告诉别人,不要报告解放军。段庆香佯装急于回家的样子,匆匆离去。走了一截后,段庆香便迈开大步跑进村里,赶紧把这讯息报告了解放军,并交出了金戒指。村里驻扎的解放军是卫生处休养连,两个年仅十几岁的卫生员朝段庆香指着的方位追赶过去,在一个被杨树林掩映的河沟里,两名小战士徒手抓住了藏在河沟里面的三人。经过审讯,发现杜聿明正在其中!原本换了普通士兵服装,声称自己是军需处一员的杜聿明,之所以会暴露身份,还是因为他身为国民党高官所拥有的特权——他从自己口袋里掏出的美国香烟、牛肉干与派克钢笔。

故事发生在1949年1月10日,那一天解放军全歼杜聿明集团,生俘杜聿明。至此,历时66天的淮海战役胜利结束。

离开皖北的途中,我想起小时候听外公讲过的那些"打仗的故事",有很多是发生在这片土地上的,譬如,"拾粪的活捉国民党司令官"的故事,原来就是杜聿明被俘的事儿。那个故事还被我和小伙伴编成分角色扮演的游戏,玩得不亦乐乎。

如今,人到中年的我凝望着车窗外坦荡的皖北大地,这片先烈们浴血染红的土地上,留有飞机大炮轮番密集轰炸的创面,曾有数百个村庄被夷为平地,几十万人的生命陨灭在这片负伤并负重的土地上,每一寸都镌刻着淮海战役的印迹。我看见,并记录的,仅为断章。

拨开淮海的烟云

张韵秋

一

广袤无际的皖北大地刚刚过了夏收季节。子规"割麦插禾"声声辽远的啼叫,唤出了玉米星星点点的秧针。刚硬的麦茬与新绿交织,描绘着粗犷的原色和希望。

蔡洼静卧在淮北平原一隅,以一种安详的姿态。夏日灼灼的阳光、杨家台子上黄泥小檐的院子、院子当中的石榴树,构成了独特的景致。几十间屋子呈四合院状,齐整排列着,方方正正,简洁有序。跨入每进相通的四合院,都能遇上一株或几株石榴树,它们并不十分高大茂盛,却株株枝丫遒劲,绿意盎然,结满青色果实。小小的果实,透着蜡质光泽,就像一只只紧握的拳头。走进室内,明晃晃的阳光被隔在了身后。一帧帧发黄的照片、一件件珍贵的文物、一段段记载着烽火硝烟的史实文字,那样静默无声,却又震撼人心,将一段峥嵘岁月呈现在眼前……

那是1948年的秋天,中国革命形势发生了急剧性变化,一个依仗小米与步枪前行的军队,鸟枪换炮,以泰山压顶的雷霆之力,响亮踢踏在中华大地上。内外交困的国民党军队仍负隅顽抗,妄图扭转局势。黑暗中的旧中国,沉浸在即将迎来黎明曙光的阵痛中。攻克济南后,时任华东野战军代司令员的粟裕,在接到中共中央军委那份特殊的回电"我们认为举行淮海战役,甚为必要"时,另一场决定民族命运的大决战——淮海战役的序幕,自此便徐徐拉开。

杨家台子四周的芦苇荡正葳蕤葱茏,岸边垂柳依依,院前河水潺湲。拂去历史的尘埃,眼前的这座院子,曾为华东野战军指挥部。粟裕当年便驻扎在这所低矮的农家茅屋内,伴着历历可闻的炮火声,在淮海战役主战场指挥战斗28天,与淮海战役中其他几位前委上兵伐谋,运筹帷幄。华东、中原人民解放军及地方革命武装,经过66个昼夜的浴血奋战,歼敌55.5万余人,解放了长江以北的华东、中原广大地区,使具有决定意义的淮海战役大获全胜。

今天,我跨进指挥部的这座院子,便一下子触摸到了民族的精魂所在,走近了一些有着坚定信念与理想的人。他们不仅胸怀必胜的决心与勇气,充满舍生忘死的革命精神,而且有着卓越的军事智慧与高超的军事指挥才能,还有着如榴花一般火热的情怀,有着如石榴一般团结坚韧的品质。

一帧珍贵的合影照片,格外牵动人的目光,依次是粟裕、邓小平、刘伯承、陈毅、谭震林。穿过70余年的漫漫光阴,照片上五位淮海战役总前委首长平易可亲,身着朴素的棉军衣,与身后斑驳低矮的土屋浑然一体,与万千人民群众、普通的士兵也没有两样。

那是1948年的隆冬,距11月6日淮海战役发起已经过去了整整40天。中国人民解放军华东、中野60万官兵,与地方武装组织,在鲁豫苏皖人民空前的支援下,经过40天艰苦卓绝的浴血奋战,已取得一系列重大的胜利。这一天,淮海战役已成定局,国民党军已是强弩之末了。五位总前委首长都来自中央苏区,却已阔别数载,因第五次反"围剿"失利,他们为战略转移,南征北战,东征西讨,各自奔赴新的革命征程,这是十七年后第一次齐聚杨家院子。十七年的雄关漫道,"马蹄声碎,喇叭声咽",毛主席的诗词道尽其中的悲壮与决绝。然而,这些对民族历史进程产生深远影响的人,他们始终思想统一,步伐一致,矢志不移。再聚首,即将迎来"虎踞龙盘今胜昔,天翻地覆慨而慷"的大好局面。这一天,他们的眉峰终于舒展,脸上洋溢着自信的笑容。凑近前去,与他们炯炯的目光对视,穿过厚重的历史,仍可见其胸中似有百万雄兵,脑海里藏有千条韬略,还依然传递给人无比坚定的力量。

闯入总前委首长镜头的那株石榴树,似乎也感受到了春天的讯息,洋溢着即将步入春天的喜悦。这是一株幸运的石榴树,它聆听了历史深处那场别样的会谈,见证了他们的激辩、认同、掌声、信任、合作。这是团结的力量、统一的力量。这力量无懈可击,可摧枯拉朽。

二

"谁是英雄好汉,咱们城头上见!"这是英雄的"攻城第一连"在出发前铿锵的誓言、朴实的约定。

夜的宿州,宁静安详。站在高楼宽大的窗前,想起70多年前这句朴实又铿锵的约定,仍然心中一凛。我久久凝视着这座曾饱经战火摧残的城市,她的平静,她的繁华,她泥土里正在孕育或正在生长的禾苗,似乎一切已归于平常。然而,作为淮海战役的主战场,曾在这片土地上发生的一切,那些明显的痕迹与悲壮的传说,怎能归于平常?她值得一再浏览、拜谒,用始终保持疼痛的灵魂去抵达。

淮海战役期间,宿县作为徐蚌铁路线的"腰"部,不单是皖北交通枢纽,还是国民党驻徐州军队重要补给基地。攻克宿县,切断津浦路徐蚌段,使徐州和蚌埠的国民党军队分割开来,无法互相策应,利于整个淮海战役大局。攻克宿县,是中国人民解放军在淮海战役中首场的攻城之战,意义颇为重要。毛泽东主席连发数电,要求中原野战军集中四个纵队尽快全力攻取宿县。

国民党守军亦知盘踞宿县的重要意义,将防御工事做到极致,以重武器加强构筑防御阵地,严加防守,自诩城池已固若金汤。然而,再坚固的防御,也抵御不了一群人敢于舍生忘死的精神意志,抵御不了有着强大凝聚力的军队。驻防宿县的国民党中将副司令张绩武哪里知道,这支一心为穷苦人民谋翻身、为国家民族谋解放的军队,靠的是长期以来用行动付诸实践的理想与信念,可前仆后继,置之死地而后生。

在那个载入光辉史册的血光与火光交织的夜晚,同样可载入史册的有两支英雄的连队——二野三纵九旅二十五团三营八连与七连。八连担任突击队,七连担任架桥任务。那夜的月光如昼,城墙在白晃晃的月色里,连每块砖的缝隙都很清晰。护城河一岸紧贴城墙,另一岸也没有一处可做战时掩体的遮蔽,入城的桥早已被国民党军炸毁。敌人居高临下,雪亮的探照灯无死角地扫视着茫茫的寒夜。然而攻城无退路可言,必须不惜一切代价拿下。战斗打响,七连战士赤裸裸地暴露在敌人密集的炮火中,顽强地搭建着跨越护城河的通道。他们以三四人一组为单位,冲锋陷阵,舍生忘死,纷纷倒在血泊中。在战友血肉之躯的掩护下,七连战斗到最后的三名战士,终于完成了搭桥使命。八连踏着战友们用鲜血和生命搭起的通道,胸怀无比的悲愤,飞奔过河,经反复冲锋、激烈争夺,终于在枪林弹雨中,抢攻上因轰炸不断垮塌的城头,与城墙上的敌军短兵相接,以手榴弹与刺刀同敌军展开激烈的搏斗。胜利攻克宿城西一角突破口时,八连120多位英勇的战士,只剩下14人,而且全部负伤。两个连队,用鲜活的生命和坚定的信念,为梯队部队顺利攻入城内撕开了一条带血的豁口。

护城河的水汇聚着战士们的鲜血,在月光下缓缓地流淌着,呜咽着继续向前。

苟利国家生死以,岂因祸福避趋之。在新中国诞生的阵痛中,我们应铭记无数个为之倒下的队列里,是一些壮怀激烈、年轻鲜活的生命。他们凌风而立,壮心填海,是民族不屈的风骨,顶天立地的丰碑。

三

淮海战役胜利后,陈毅饱含深情地说,淮海战役的胜利,是人民群众用小车推出来的。是的,气势恢宏的淮海决战,背后站着的是伟大的人民。战役之始,各解放区人民掀起了一场轰轰烈烈的支前运动,其规模之巨大,任务之浩繁,动员人力物力之众多,为古今中外战争史上所罕见。

在宿州,我时时在想,如果说淮海战役是老百姓用小车推出来的,那么,老百姓又是谁给号召起来的?

这个答案,不需要在教科书里寻找,在皖北大地,在宿州明晃晃的阳光下,轻轻触碰深厚的记忆,便会抖搂无数鲜活的答案。

刘春廷起身点了一盏油灯,外面有匆匆的脚步声与嘚嘚的马蹄声传来。不同于平时国民党驻军那盛气慑人的军靴声,这些脚步与地面接触的声音很轻,似乎与他一样,穿的是千层底布鞋。虽然远处还有零星的枪声、杂乱的嘶吼,这脚步声却让他莫名地有了一丝安全感。他已经很久没有这种感觉了。在这之前,国民党守军惶惶不可终日,在城墙边配备重型武器,在城内到处堆沙袋,加固铁丝网,构筑防御阵地,城里的百姓纷纷出逃,临街的商铺也都人去店空。刘春廷一来因为母亲病重,二来惦记着酒缸里就快糟出的酒,就犹豫着没有出城,紧闭店门与家人躲藏在内。这一耽误,就误了出城的时机。他有好几次偷偷去城门查看,发现国民党军如临大敌,不但城门紧闭,连护城河上的桥梁都被炸毁了,根本没有逃出去的可能。既然出不去,一家人便只好守在家里听天由命了。

脚步声在门外停了,大门真的被轻轻叩了叩,传来一声很客气的问话:有人吗?刘春廷的心一下提到了嗓子眼,他按住怦怦乱跳的心,没有吭声,赶紧一口吹灭了面前的油灯。顿了顿,叩门声再次响起:老乡,请开门,我们是解放军……刘春廷这才将信将疑地拉开了门闩,只见门口站着一队整齐的人马。为首的那位军官眼眶深陷,看上去有几夜没有合眼了,操着不知是湖南还是湖北的口音,继续很客气地说,想借地方开会研究事情。刘春廷心里彻底踏实了,这些人颠覆了他对军队都是烧杀抢掠无恶不作的认知。

他赶紧将他们让进屋内,给他们点上两盏油灯,放在前厅的桌子上。一个年轻的小战士又对他说,老乡,请你帮我们烧两壶水吧,如果还有蜡烛,请再给我们一些。刘春廷又进卧房去找出一包蜡烛,急忙去厨房烧了两壶热水。小战士又点亮几根蜡烛,屋里霎时有了从未有过的光明。他们询问了刘春廷家里的一些情况,示意他回避后,就将一张大大的地图在桌子上展开,几个人手执蜡烛,凑近了前去仔细地查看着、研讨着。

刘春廷便退至门外把守着,嘴角在黑暗里微微上扬,心里溢满一种从未有过的异样的感觉。

约莫过了一个时辰,屋里传来轻轻的呼唤声,老乡,我们好了,你进来收拾一下,把门关了。刘春廷推门进屋,那个小战士从随身的背包里摸出一块银圆和一些香烟、罐头,说,这是我们付给你的亮火和茶水钱。刘春廷赶紧推辞,说不敢要不敢要,这点东西不能收钱。年长些的那位军官哈哈一笑,对小战士说,是不是老乡嫌钱少了,再给他一块银圆,我这还有两听牛肉罐头,都拿去给家里人改善一下伙食吧。小战士又从身上的黄布挎包里摸出一块银圆,连同两听罐头一并放在桌子上,说,这钱你一定要收下,我们军队有规定,不拿群众一针一线,你若不收,是在迫使我们犯错误呢!这么一说,就把刘春廷给弄怔了。

官兵平等、不拿群众一针一线、对待人民群众说话和气,这是1927年秋收起义后,毛泽东在江西永新三湾村领导的举世闻名的三湾改编中酝酿并逐步完善的新型官与兵、军与民的关系。就是这新型的人际思想、人本思想,发展成为人民军队的优良传统,形成铁打的行为准则,凝聚了民心与军心。

刘春廷将他们送至屋外,已过子夜时分,节气接近小雪,屋外寒凉如水。一轮满月嵌在浩瀚无际的天宇,将脉脉清辉洒在伤痕累累的宿城。他们嘱咐他,不用再逃出城了,宿县的国军已全部被歼灭,往后的宿城就是老百姓自己的天下了。他们还会回来的,日后有需要他帮忙的地方,还会到家里来找他。

刘春廷眼眶一热,差点掉下泪来。

过了几日,有天黄昏,刘春廷家紧闭的店门又被敲响,还是解放军。他们说,老乡,还记得我们吧?刘春廷哪里会不记得?这正是他日思夜想的人啊!他也说不清是为啥,就是隐约觉得他们是主心骨,他们没有压榨,没有抢掠,有他们在,这世道才会太平。他们说明了来意,想紧急冲洗一批照片出来,这城里的商铺都关着门,不知道哪里有洗相片的。刘春廷带着他们前去敲开了孔家的门,说明来意。孔师傅连忙接过照片进了暗房,第二天照片被顺利地洗了出来。临别,他们留下了五块银圆。

四

双堆集淮海战役纪念馆有两辆特别的推车,想来这就是陈毅所感叹的战功赫赫的小推车了。

一辆是一个轱辘的小推车,修长的车把,灵巧的车身,看上去它能逢山过山、逢水过水。一位头扎汗巾,脸上有着坚毅表情的农民雕像,用力前倾着身子把着车把,目视前方。另一辆是两边各有两个大轱辘的太平车。太平车看上去像一位饱经沧桑的老人,厚实的木头架身,四平八稳,与小推车一样木制的轱辘,一卯一榫都是木头穿插,纯朴得如一头皖北平原上的老水牛。

就是这农民自制的、牢靠的手推车,在广袤的鲁豫苏皖大地上推出了一场大型战役的胜利,决定了民族的前途命运,推出了一片无限的江山。毛泽东主席曾经指出:"战争的伟力之最深厚的根源,存在于民众之中。""历史充分证明,江山就是人民,人民就是江山,人心向背关系党的生死存亡。赢得人民信任,得到人民支持,党就能够克服任何困难,就能够无往而不胜。"这也是新时期党和国家领导人习近平总书记的总结。人民是历史的创造者,是党和国家事业永续发展的坚实基础。

据统计,淮海战役中,华东、中原、冀鲁豫、华中四个解放区前后共出动民工543万人,88万辆车,以及庞大的担架、挑子、牲畜等支前阵容。60万人的军队,543万人的支前大军,一个军人身后站着9位支前的人民,这是一种宣言,一种态度。"要人有人,要粮有粮"。他们中有前线附近的老百姓,有从山东解放区随军转战的民兵、民工,冒枪林弹雨,忍风雪饥寒,千里远征。"最后一粒米送去做军粮,最后一尺布送去缝军装,最后一件老棉袄盖在担架上,最后一个亲骨肉送去上战场……"老百姓们唱着这样的歌谣,推着小推车,赶着骡马,抬着担架,挑着扁担箩筐,迎着炮火往战场上运送着弹药、粮食,又从火线上抬回伤员,与战士们一同出没于硝烟弥漫的堑沟战壕,不遗余力,舍生忘死。妇孺们则在后方磨面烙饼、纳鞋缝衣以支援前线。

敌机疯狂地轰炸,转运伤员的途中,在毫无遮挡的大地上,他们对付敌机的办法就是趴在担架上,护住伤员,任由弹片贴着脊梁飞,他们的鲜血浸透过伤员的衣裳;冰天雪地里,他们推着独轮车,为了紧跟运送物资的队伍,甩掉底不粘帮的鞋子,赤脚行走在冰凌碴子上,物资送到的时候,脚指头竟少了四个,而他们的推车里,正是成捆的棉衣棉鞋……

那个寒冬,鲜血曾焐热过冰封的大地。这朴实的胸怀,感天撼地,构筑起众志成城的铜墙铁壁。

五

皖北多平川，散落在大地上的村庄没有丘陵地带起伏险峻的山峦做屏障，只有一棵棵高大的杨树或槐树作为村庄天然的遮掩。小李家村，中共淮海战役总前委旧址指挥部，一个普通的自然村落，绿树四合、渠塘相连。村中有一座平常朴素的农家院子，石基土墙茅屋，在绿树掩映中，端庄沉静。

那些给予村庄荫翳的高大的灌木，让人想起极力支持与荫庇中国革命的小李家、杨家院子的主人。他们冒着被敌机轰炸、家毁人亡的危险，以博大的胸襟，呵护、收纳着淮海战役中的核心力量。床榻卧房让出来，牛栏马圈腾出来，厨屋成伙房，堂屋成指挥部，只要首长们需要，他们就毫无怨言、无上荣光地给他们腾出地方。不够安顿，还有左邻右舍，还有整座村庄。军民共生共处，从村头到村尾，停满运送军粮弹药的牛车、马车，他们将前委们的军车掩盖遮挡，敌机在空中疯狂地搜寻，就是找不着要轰炸的目标所在。小李家现在的主人自豪地告诉我们：国民党军连门缝也没有摸着，就算摸着了前门，我们的后门秘密连通着浍河，日夜有自己人的船只在那里守候，随时可接走解放军的首长。

依次看过刘伯承、邓小平、陈毅三位总前委首长在小李家简陋的卧房，房中无他物，只有一张破旧的木板床，一条单薄的军被，一部手摇电话机。中堂悬挂有大幅的作战地图，条桌上除了一盏马灯、几只军绿色茶缸，也被大大的地图铺满。眼前，仿佛正在商谈重要军事，正在分析战场态势、研讨作战方案。38个不眠的日夜，三位总前委在这里运筹帷幄，取得了几场激烈悲壮的胜利，攻克了黄维兵团盘踞的双堆集，奠定了淮海战役的全面胜利。

三个人，其实只有两间卧房，总有一人要通宵值班，处理紧急军务。多少回小李家的主人夜半醒来，风寒露重、霜雪皑皑的院子里，还有他或他立于夜幕中雕像一般厚重的身影。有时棉衣实在不抵风寒，就与哨兵背靠着背，紧贴着站在一起互相取暖；有时，贴着马肚子获取温暖时，如炬的目光仍然透视着黑暗中的原野、村庄、夜空。小李家村守护着他们，他们也守护着小李家村，守护着一片就要看见曙光的山河。

这无言的守护,这赤诚的丹心,这奋力不息的抗争,是欲努力去实现并坚守的一个梦,一个民族的和平之梦。我们的灵魂,为此静默。

金寨三秋

禹茜茜

闭上眼,一座山在我心里地动山摇。

——题记

一

初遇金寨的第一个秋天,雨后初霁,手掌比着山脉的高低起伏,站在壮观的大别山脉前,仿佛能听见刘邓大军千里挺进大别山时那铿锵有力的步伐。但此时,我并不懂金寨,作为一名普通的文艺工作者,穿过幽蓝的星空隧道,告别皖东的千年醉翁亭,穿越半个安徽省,从家乡皖东驶向工作地皖西,金寨遍布的革命遗址和红色故事只如远山的晨雾,淡淡地缭绕心间。

站在巍峨壮丽的山川之下,一个异乡人,带着几十年的人生阅历,初见金寨时,似乎能很快用知识、用粗浅度日的时光吃透金寨这部史书。但这完全是幻想,拥抱一座山,用想象力,闭上眼睛就可以做到,而阅完一座山,用尽一生的时间,却也不能够。

一颗红星,闪耀一方红土。当这颗红星,点燃燎原星火,巍巍大别山,云霭变幻,朝气蓬勃。当这颗红星在中国红岭公路的康庄大道熠熠升起,将军故里,百里连绵,万山红遍。当这颗红星嵌入大湾村汪家祖宅皖西古民居墙檐,五十九位开国将军,将英雄金寨,连成星光璀璨的苍穹。在红军战士翻山越岭的峥嵘岁月间,金寨的传奇,永世流芳。

　　走进洪学智将军纪念馆,回想革命先驱在枪林弹雨里冲锋陷阵,眼前的红色家书使光辉岁月历久弥新。当湛蓝的天空轻抚苍翠的群山,立夏节起义的烽火,亘古绵延。金寨,一个共和国不能忘却的名字,为中国革命事业奉献十万英雄儿女;为建设梅山水库,淹没十万亩良田,十万群众移居深山。金寨,你化作群山,无言却博大。金寨,希望之城,养心天堂,已乾坤朗朗,迈入新征程。一栋栋耸立的高楼,谱写与时俱进的乐章;一件件革命文物,勾勒红色年代威武雄壮的画幕。我们悉心保护历史的吉光片羽。我们动情讲解,让红色基因薪火相传。星霜荏苒,老区的发展日新月异,美好无限。

　　晨起,望向窗外,远方连绵的大别山在初阳的霞雾中若隐若现,绯红的阳光将山雾染成了淡淡的金粉色,在层峦叠翠的山肩徐徐缥缈,宛若流画。

　　大别山的山水像一位含羞的神秘女性,远远的,遗世的,默不作声,静静地看着你,从不张扬她那张饱含革命沧桑的、沉淀红军回忆的惊世面容。

　　落羽杉与大别山的迷雾交相辉映,在天堂湖上游,芦苇丛邂逅了三两只中华秋沙鸭。

　　和风飘拂的一月梅花雪,浅浅地撒在栈道和碧叶间,一对对清浅的脚印和一道道车辙印出一幅精致的浮雕画来。

　　玉兰谷中,一簇白玉兰似的景观点醒冬困。不经意地回眸,黄绿色的梯田醉人心扉,似一片金钿镶嵌在绘就史书的深墨中。青山下的袅袅炊烟像是屋顶燃上的一炷香,飞鸟是常来常往的香客……

　　八十多年前,历经万里长征的红军在大别山静静的山谷里,枪不离手掌、胸口。

　　他们衣衫褴褛,光着胸膛、赤着脚、流着血,已被荒草和野花掩埋,这山从此有了温度。

　　如今,山麓早已退却了战火咆哮,枪口冷却,但绵延千里的大别山保持恒温,不乏朝圣者的造访。

听,当年红军的脚步声越过大别山脉时,是如此惊天动地!

人心齐,山可移。一个人如果是一座山,那这座山丘誓要沿着心灵的旅程走过万水千山。

二

金寨之秋,清冷中有不甘落寞的热烈。

蜿蜒在漫山红叶中的山区公路,似镶嵌在群山里的九曲黄河。黄河的那头,曾有红军战士的呐喊声、冲锋声,鲜血淋漓的汩汩之声,开山辟路的铿锵声,在山谷间回肠荡气。拂晓时分,秋意皴染马鬃岭,云雾在大别山肩翻腾,游人平淡不羁的脸庞拓印出叠翠流金。

红叶,一针一线锦绣在上。红军墓园旁,一位郑姓的十三岁少年守着忠魂,直到佝偻身躯,变成八旬苍髯老者,继而矮成同样高低的坟。他这一守就是六十多年。

1934年冬,红二十五军八十二师共八百多人向根据地进发,当行至金寨县长岭乡乌凤沟时,遭到国民党军队伏击。当时仅两百多人突围,其余将士全部壮烈牺牲,八十二师师长周世觉阵亡。

少年躲在山洞里,目睹了战士们的牺牲。他爬出洞后,冒险和当地农民一起掩埋了烈士。他稚嫩的手不停颤抖着,可少年的心软成了一条红绸,覆盖在这片曾经惊天动地的山川。

他守护着铮铮铁骨,十万忠骨也守护着咱老区人民。

无论世事如何斗转星移、陵迁谷变,郑长林、郑学才、郑以清、郑为栋,四代人义守红军墓,郑家老屋与红军墓相守相望。

秋天的凉意削去了人心的浮躁。阳光由炽烈而柔和,到了沉下心梳理思绪的时节。在时间的烘焙下,山川和溪流其实是将我们所有人都翻到土壤以下的。翻下去,却不翻篇。革命烈士的魂灵,依旧附着在大别山革命老区金寨数不清的清冽之上。

"山之南山花烂漫,山之北白雪皑皑,此山大别于他山也!"相传诗人李白登上大别山后惊叹不已,从此,大别山有了她的温度、她的名字。

"一寸山河一寸血,一抔热土一抔魂。"金寨五十九位开国将军、十万英雄儿女托起共和国的今天。十里画廊,描摹不尽她深眸的洞幽察微。急竹繁丝的奏和,亦演绎不绝她彪炳史册的功勋。

不觉间,在老区度过了三个秋天。如果不是这刻骨铭心的三秋,我无法体察金寨之秋的深韵。也曾犹豫、彷徨过,但她赐予我更多的是坚定,是不悔,是感动,是深情。在金寨,即使是一棵树、一瓣落红、一枚印章,都有它的故事。

三

在金寨,有两座连在一起的红军坟,它们是空坟,祭奠着叔侄烈士的英灵。叔侄二人在金寨县革命烈士博物馆里都留有英名。

叔叫汪纯金,1896年出生,1931年在第二次国内革命战争中壮烈牺牲。当时他任部队营长,牺牲后被当地老百姓发现就地埋葬。他牺牲时身穿百孔,目不忍睹,后被养子汪若俱招魂入墓,葬于金寨县桃岭乡桐岗村棬桥组路上方梯地。1984年1月14日,民政部为他颁发烈士证。

侄叫汪若宽,中国共产党党员,十六岁参加革命。少年的他为了掩护叔叔等共产党革命英雄,被国民党杀害,牺牲时年仅十八岁,被老百姓埋于他地,后被其弟汪若俱招魂入墓,和叔叔葬于一起。

叔侄烈士牺牲于战场,遗体怎么也找不回了。亲人们用招魂入墓的形式,在墓里放空棺,找先生喊魂,把魂灵喊回来了,然后竖碑刻字,作为永久的祭奠。

亲人们上坟时说,他们的灵魂还在,大别山的灵魂还在,只要有这座红军坟,他们就会回来的。

青年、少年烈士,并不能被人们一一记住。相比于伟人、科学家,他们是平凡的,可是我深深敬重着他们,因为他们用平凡的身躯,驻守着伟大的和平事业,视死如归,撑起共和国的明天!

金寨籍烈士刘仁辅是农民运动的先锋。1930年夏,敌人"围剿"我苏区,纠集反动武装大举进犯玉城,大肆搜捕革命分子。匪兵们搜到了和赤卫队走散的刘仁辅,逼迫他放弃共产党员的身份。在严刑拷打下,他宁死不屈道:"我是一个共产党员,我们信仰的是共产主义,为的是天下穷苦人民得解放!我们可以舍得一切,甘愿献出一切!"

敌人无计可施,用最毒辣的手段折磨他——把他的四肢钉在城门上示众,殷红的鲜血从英雄的手脚涌出。他顽强地抬起头,用最后一口气,痛斥群匪。在场外送别的乡亲们的眼睛模糊了……敌人对他的亲属也不放过,全家有六人为革命献出了宝贵的生命。

仿佛是命运的安排,我在最美好的年华从平原来到山区,遇见金寨,比去往任何一座大城市还要震撼。金寨这座红色老区,曾在最危急最忧患的时刻守护着祖国,而今祖国强大了,更永远不会忘记金寨。

如果我的笔能给老区带来一点点美好,一丝丝温暖,那就值得了。这是文艺工作者的责任、使命。秋日柔和的阳光落在我身上,不理解变成了信任,陌生变成了熟悉。金寨的秋,于我来说,比去年更深邃,更硕果累累。

四

第三个秋天已被炎炎夏日深埋许久了。

天光凿开一个豁口,让秋色渗漏,繁华都市下汗流浃背的你旋即透过它,摄走一方清凉,进入华东最后一片原始森林天堂寨的瀑布群,或探寻金刚台妇女排艰苦卓绝打游击战时居住的红军洞。这样奇异的秋,如金寨县青山镇龙井十里溪的石纹画一般灵动。

一字一叶,一句一枝。

磨墨濡毫,山高水长。

生命中至多剩下几十个秋天。而无论哪一个春去秋来,心跳不止,墨羽不折。

不必做一枝莲,守在岁月的风口,一眼就被望见,做她身边一丝氤氲的晨雾就好。

因它似重若轻,似有若无,幽静地穿越整座池塘。

每个人都是他自己。

不必刻意去寻别处的风景。

金寨的秋天没有"一声梧叶一声秋,一点芭蕉一点愁"的忧伤,反是"冲天香阵透长安,满城尽带黄金甲"的昂扬向上。

作为一名新时代的文艺工作者,在金寨度过了三个秋天,从温柔旖旎的江南水乡来到巍峨壮阔的大别山,从此基因里多了一抹红色,在生命里永久绽放着鲜艳的映山红。感谢金寨这座革命老区在我的创作生涯里种下了"情深"与"深情"。

哪怕有一日老去,我的灵魂会一直在金寨站岗。因为她将我平凡的青春赋予了意义,她将我的笔汲取了一管深红的墨彩,她将我小小的心叶镌刻上千丝万缕的脉络。

难忘绩溪那几抹红

方 勇

车开出绩溪很远了,车后的盘山公路像一条纽带,盘点和梳理着作家一行绩溪采风的点点滴滴。车开得越远,对绩溪的记忆越清晰,在那块神奇的土地上,除了粉墙黛瓦和青山秀水,还有镌刻于崇山峻岭中的红色往事,回眸的目光中,每个作家的感受都刻骨铭心。岁月如歌,沧海桑田,先驱者的足迹不会被时间湮灭,红色的光芒不会在季节的风中褪色。

于是,那些沉淀的历史画卷打开了,那些沉睡已久的革命先驱连同他们血染的岁月纷纷了站了起来,旗帜一样飘扬在新时代的天空下。

红色阵地:绩溪皖南游击战争纪念馆

80年前绩溪深山里,不知是谁打响了暴动的第一枪,那淡蓝色的枪烟早已消失在浩瀚的天空下,而愤怒的枪声至今还在人们的心灵深处久久回响。

皖南九年游击战争的核心区在绩溪,皖南最早、最为巩固的红色根据地也在绩溪。1931年某个月黑风高的夜晚,伏岭水村沙坝石灰窑昏黄的油灯下,绩溪第一个党支部成立了,激情燃烧的岁月从此拉开序幕。1934至1937年,红军北上抗日先遣队和红军游击队先后八次深入绩溪县境内,发展武装,巩固阵地,夺取政权。皖南九年游击战,国民党和地方民团反复"围剿",山区人口本来就少,那些年,绩溪县牺牲的红军、新四军、武工队员、民兵和地下党员有200多人。皖南事变后的游击战争是由刘奎、李建春等13人拉起的队伍开展的,围追堵截的日子惊心动魄,"陈村战斗"最直接地展示了绩溪游击战争的惨烈与悲壮——游击队2个连100多人与国民党安徽省保安第3团第1大队及旌德县自卫队、绩溪县联防队1000兵力遭遇。这注定是一场血雨腥风的厮杀,连长舒梦熊重伤,副连长甘国忠战死,一排长汪家杰牺牲。战士们子弹打光了,就用刺刀肉搏。游击队寡不敌众撤退后,是当地党组织和武工队组织发动民兵打扫战场,掩埋我阵亡战士。伤员转移到汪树芝武工队活动的地方隐蔽治疗。年已90岁的老战士方社榴坐在黄山疗养院里,目光望着陈村的方向,嘴里反复念叨着:"皖浙边工委游击战中最惨烈的恶战,不知死了多少人。"

于是,在建党100周年之际,绩溪皖南游击战争纪念馆落成开馆了。那些牺牲的烈士,在沉寂半个世纪后,聚集到了纪念馆里,他们以图文、影像的形式复活。

纪念馆有文字介绍10多万字,图片、图表100多幅,文物200多件。纪念馆以八个部分覆盖九年血雨腥风,中共绩溪党组织的建立和发展、红军八入绩溪播下革命种子、游击根据地的创建和发展、游击斗争中发生的主要事件、游击队的主要战斗、党组织和游击队负责人及牺牲的绩溪英烈全部浓缩在展板上、橱窗里、文字和影像中。

纪念馆为后来的人们打开了一条时空隧道,把印在书本上的重要历史事件、人物、实物、档案资料、图片景观,生动、立体地复制和还原在我们眼前。参观纪念馆不是看完了就走,而是近距离感受先烈们百年来筚路蓝缕、顽强奋斗的光辉历程。领悟和体验真理的力量、信仰的力量、担当的力量、奋进的力量,这比坐在书斋里课堂上聆听教诲更加具体,更为生动。

走出纪念馆的每一个人都会这么说,即便不说,心里也是这么想的。这时候如果是在中午,烈日当空,阳光普照,人们自然会联想到那是先烈们永不消逝的光辉。

红色摇篮:旌绩边游击根据地革命纪念馆

长安镇梧川村的旌绩边游击根据地革命纪念馆不大,面积150平方米,可历史分量很重。这块根据地位于两县交界处,是旌绩边乃至整个皖南游击革命斗争的指挥中心。

梧川村北与旌德县庙首镇相通,面积9.4平方公里。当年在中共皖南特委的领导下,皖南游击革命斗争的烈火由此点燃并遍及皖、浙、苏、赣边各地。旌绩边游击根据地旧址在山上,位于旌德县版书与绩溪浩寨交界处的黄高峰,海拔1143米,地形复杂,地势险峻,难攻易守。新四军皖南游击队领导人胡明把部队转移到了荒无人烟的绩溪黄高峰上,是为了躲避追剿,也是为了不牵连当地百姓。山上的日子艰苦,上山不久,他的爱人洪淇怀孕临产,在这上不着天,下不着地,既无产房也无产床的绝境中,胡明只能将妻子转移到歙县一个农户的茅棚里生产。儿子出生后,没法带在身边,只好委托农户帮忙抚养。几年后夫妇回到那里,年幼的儿子患麻疹已经夭折,他们见到的是"黄土一堆",夫妻俩站在儿子的坟前,泪如雨下。

黄高峰是皖南地区党组织、新四军游击队活动的中心地区,后来被称之为"皖南井冈山"。黄高峰上的故事惊天地,泣鬼神。

皖南事变被打散的新四军,最初只有22人,他们穿梭在白山黑水之间,从建立游击区到建游击根据地,最终扩展为苏皖浙赣四省红色根据地。22名游兵散勇发展成近万名的正规军,训练出十余万名有参战能力的基干民兵武装,1949年成功策应渡江战役取得胜利。解放军渡江后,皖南成为迅速南进的安全区和保障基地。

1950年国庆观礼前夕,毛泽东主席在北京中南海怀仁堂接见来自全国各根据地的代表时对皖南代表团大声说道:"皖南军民了不起啊!你们在渡江战役中立了大功了!"

红色英雄:许家朋烈士陵园

家朋,是一个山村的名字,也是一位英雄的名字。

68年前,在炮火纷飞的朝鲜战场,一名从这里参军入伍的志愿军战士用胸膛堵住敌人暗堡的机枪孔,用生命开辟了攻克北山主峰的通道,壮烈地成为黄继光式的战斗英雄。

他,就是许家朋烈士。

家乡,因他平添壮美的红色;村庄,以烈士名字命名,以志永远的怀念。

1932年,绩溪第一个党支部在石灰窑成立的第二年,许家朋出生在绩溪县磡头村一贫寒农家。迫于生计,他们举家迁至绩溪县兵坑的西直坞开荒种地、卖柴度日。兵坑一带是新四军皖南支队的游击区,从小耳濡目染,12岁,许家朋就当上了游击队交通员,他开始接受并理解革命、解放、自由等相关词汇和内涵。

1951年5月,许家朋正式加入中国人民解放军,服役于皖南警卫部队。1952年,他加入中国人民志愿军,开赴朝鲜战场,编入中国人民志愿军第23军67师200团9连。1953年5月,许家朋从9连调到6连任突击排战士。7月,志愿军发动的夏季反击战役第三次进攻正式打响,许家朋所在部队奉命对美军第7师据守的朝鲜石岘洞北山进行反击作战。任务下达连队后,许家朋第一个向连部递交了请战书:"我请求参加石岘洞北山反击战,服从命令,听从指挥,有信心、有决心完成领导交给的各项任务,攻击中保证英勇顽强……"

7月6日晚,许家朋所在的6连突击排,肩负艰巨使命,以最快速度插到主峰附近,为后续部队开辟道路。突击排连续突破了敌军的3道铁丝网,向主峰快速挺进。接近主峰时,突击排突遭敌军暗堡火力堵截,被压制在山腰间,进攻部队停滞不前。突击排战士孙球伦奉命上前爆破,刚跨出几步,中弹倒下。暗堡机枪疯狂扫射,伤亡越来越大。刻不容缓之际,许家朋不等排长下令,他从负伤战友孙球伦手中夺过炸药包,冒着枪林弹雨冲向敌人的暗堡,10米、9米、8米……突然,一发炮弹落了下来,许家朋的双腿被炸得鲜血淋漓,他拖着残腿,仍顽强地匍匐至美军暗堡,炸药包受潮没能爆炸,许家朋纵身扑向暗堡机枪,用胸膛堵住正在喷射的机枪,枪口哑了,部队冲了上来,主峰拿下了,许家朋倒下了,他成了朝鲜战场上又一个黄继光。

许家朋牺牲时,年仅21岁。

用热血践行请战书,用生命打开前进通道,用杀身成仁履行誓言。英雄壮举,气壮山河!

1953年10月27日,朝鲜民主主义人民共和国最高人民会议常务委员会授予许家朋"朝鲜民主主义人民共和国英雄"称号、金星奖章、一级国旗勋章。1954年2月15日,中国人民志愿军领导机关追记许家朋为特等功臣、一级战斗英雄。中国志愿军某部委员会追认他为中国共产党党员、模范共青团员。

许家朋老家石勘头改名为"家朋乡",1957年修建了"许家朋烈士纪念碑",方块花岗岩垒砌,14米高,一行红色字体嵌在石碑里:英雄许家朋烈士永垂不朽。1989年8月,安徽省人民政府正式将许家朋烈士纪念碑列为省级重点保护的烈士纪念建筑物。

许家朋烈士陵园建于20世纪70年代初,总面积1.2万平方米,陵园内共安放了109位为民族独立、人民解放和保家卫国而牺牲的烈士。许家朋烈士陵园纪念馆里,再现了他血染红北山主峰直至以身殉国的英勇壮举。

每年清明前后,人们络绎不绝地走进烈士陵园祭奠英烈。他们来自全县、全市、全省乃至全国各地,献上花圈,放好花篮,念完入党誓词,祭扫的人们抬起头,会看到远处漫山遍野的杜鹃花开了,红似血,艳如火。

报告文学

事了拂衣去，深藏身与名

张秀云

  疾驰在高速公路上，两旁高大碧绿的杨树和粉红的夹竹桃花迅速向后闪退，路像一把灰色的剑，穿插进广阔的淮北平原里。天空蓝得如洗过一般，白亮亮的初夏的阳光畅通无阻地射下来，穿透翠绿的原野，有风吹过，遍地的绿涌起白花花的浪。安徽"红耀江淮"采访团的汽车上，几个没到过北方的皖南人都在啧啧感叹，惊异于这一望无际的视野，惊异于如此的宏阔与宽广。其实，更宏阔的不在这里，我给他们讲述起了这片土地上的故事，讲起陈胜吴广起义、垓下之战、淮海战役，讲起孝贤刚正的闵子骞、能文能武的彭雪枫，还讲起一个曾两次打下美国 U-2 侦察机、被毛泽东主席和习近平主席分别接见过的退伍老兵——王於昌。

  王於昌，我国两次击落美制 U-2 高空侦察机的英雄，因战绩卓越，一次被提前晋衔，一次荣立一等功，并于 1964 年 7 月 23 日受到毛主席接见。
  2019 年 7 月 26 日，作为全国模范退役军人，王於昌受到习近平主席接见。
  2021 年 6 月 28 日，以全国优秀共产党员的身份在人民大会堂接受表彰。
  ——这是王於昌人生简历中的三个辉煌瞬间。

  红日刚刚从东边的楼头上升起，天空中映着一片绯红的朝霞。安徽省宿州市萧县县城一个叫中央花园玫瑰苑的小区里,清凉的夏风拂拂而来,吹过碧绿的香樟树,吹过繁茂的青草地,将一株株蜀葵的红花抚弄得朵朵招摇。在绿草和鲜花包围的环形小径上,一个瘦瘦高高身着旧军装的银发老人,正一圈一圈地走路。他背影挺拔,步伐略有蹒跚,脚抬得很低,走得不快,但一步一步,从从容容。

瞧,那个穿军装的就是王於昌! 正在晨练的一位大爷指引我。

这是我与王於昌的第一次见面。

原来,每天早晨6点多,85岁的退役老兵王於昌都会准时出现在这里,围绕这条路不间断地走上几十圈。一只白头红嘴的小鸟飞来,落在旁边的一株蜀葵上,啁啁啾啾地叫着。我走路的兴致也来了,就陪着老爷子一起走,且走,且听他讲述自己的故事。

投笔从戎把军参

1936年2月的一天,大雪似撕棉扯絮一般,在嘶吼的北风中飞舞着,干枯的树丫间发出尖厉的呼啸,淮北平原干冷的土地冰一样坚实。在这场不可抗拒的严寒里,萧县张庄寨一个叫王柳园的小村,一户低矮的茅檐下传来婴儿响亮的啼哭声,一个男孩呱呱坠地了。稳婆用一个打了许多补丁的旧包被把孩子裹起来,递给床上虚弱的产妇,随口对孩子爸嘱咐道,快去熬点面疙瘩汤给她喝,好早些下奶!

可……可……家里一点面也没有了……

稳婆扭头看了看空空的面缸,摇摇头,长叹一声,走了,不一会儿,送了半瓢白面来。

这个刚刚出生的婴儿就是我们的主人公——王於昌。

王於昌家真穷。虽然那时候大家都穷,但吃糠咽菜的,好歹能充饥,他家却经常歇锅断顿,除了两亩薄田和两间摇摇欲坠的茅草屋,什么财产都没有,一家五口人,主要靠父亲给地主家当长工为生。比他大两岁的哥哥王於坤面黄肌瘦,身上的棉袄补丁摞着补丁,大冷天里,穿的还是一条单裤。家里断炊时,父亲就低声下气地向地主家去借。可是地主太贪心，丝毫不怜惜穷人生计艰难，借的粮明明已经如数还了，隔段时间，还会再来讨要一次，咬死口说没还，王家人老实，没办法，只好勒紧裤带再还一次。王於昌七八岁的时候，受够了这种压榨的母亲咬咬牙跺跺脚，说了句铿锵有力的话：再难，也得让孩子上学识字，但凡能识几个字能写个收条，地主也不敢这么欺负人！

可是，家徒四壁，就是砸锅卖铁，也供不起两个孩子上学。怎么办？兄弟二人上一个吧。忠厚的哥哥不想让弟弟辛苦劳作，坚定地说：让弟弟上！于是，8岁的王於昌背上了书包。果然，识字的王於昌听从母亲吩咐，把还粮的时间写得清清楚楚，地主再来放赖讨要，他就把纸条拿出来，某月某日某时已还粮多少多少，如此详细，地主只好悻悻而去。

1954年，18岁的王於昌初中毕业了，长成了一个身材挺拔的帅小伙。与此同时，一个理想也悄悄地在他心里萌芽——当兵！军人多威武，能上前线杀敌，能让穷人翻身得解放，那一身军装，也是谁穿上都潇洒啊！天遂人愿，这年7月，他如愿穿上了军装，成了一名航空兵，先在空军第四航空预备学校学习，后又到山西太原第十航校学习。

少时的艰苦生活铸就了他吃苦耐劳的品格。课间休息的时候，同学们都出去玩，他总一个人躲在教室里，如饥似渴地读书。毕业考试时，他每门课都是满分，被分配到中国人民解放军航空兵八师。到哪里都改不了拼命三郎的性子，他肯钻研，凡事肯下功夫，技术拔尖，觉悟又高，很快就崭露头角，被选拔到空军高等专科学校继续深造。1958年，面对龟缩在台湾的国民党反动派的频繁骚扰，我军要成立地空导弹部队，以优异成绩毕业的王於昌，理所当然地被选进该导弹部队，成为二营的一名技师。二营下辖四个连，分别负责雷达、发射架、技术保障和指挥，王於昌是三连的一名技师，负责燃料、氧化剂的加注、抽取和冲洗，以及一二级火箭的结合与分离。他辉煌的军旅生涯，就此正式拉开序幕。

誓把敌机"揍"下来

新中国成立已经十几年了，国民党反动派的亡我之心不死，常常派侦察机来打探军事机密,肆意骚扰,已被我地空导弹部队击落多架。眼看占不了上风,他们成立了黑猫中队,把飞行员送到美国培训,学习U-2侦察机的驾驶技术,并添置了世界上最先进的美国U-2侦察机。这种飞机特难对付,它的飞行高度可达23000米,在9000米高空中,能拍摄地面目标方圆150公里的照片,且照片清晰度极高。这种飞机还配有先进的电子干扰装置,能敏锐地发现我方雷达信号并及时发出干扰,保护飞机,绕开危险。仗着设备先进,敌人特别猖狂,在我领空如入无人之境,一次,竟然从台湾岛窜到大陆西北拍摄我军事基地,还嚣张地绕着青海湖转了三圈,然后大摇大摆地飞离。

导弹部队的全体官兵对它恨得咬牙切齿。那个春天,王於昌他们的驻扎地到处开满鲜花,微雨后的新绿柔软娇嫩,清新的空气芳香袭人,再加上翩跹飞舞的蝴蝶,嘤嘤嗡嗡的蜜蜂,一群时刻待命的士兵们心都软了下来,一个个心情大好。可是,警报突然来了,U-2又来骚扰了,大家立刻进入紧张状态。可是雷达一开,捕捉到信号的敌方飞行员立即放出干扰,和从前一样,它又飞高飞远了。眼看它又一次猖狂飞离,王於昌气得一拳砸向身旁的一棵树,鲜血立刻从手背上流出来,吧嗒吧嗒地滴在脚下盛开的蒲公英上。

我们只有苏联提供的地空导弹,射程只10000米,根本够不着它,怎么办?!

要想办法,没有办法也要创造办法!大伙儿聚在一块儿商议。

它不是飞得高吗?咱们等,等它飞低了,飞进咱们的射程内了,再开雷达,再打!

对,飞进来咱不打,诱敌深入,飞出去咱再打,迅速打!

要等它近,要行动快,咱这个打法,就叫"近快战法"!大家聚在一块儿分析,经过几个回合的讨论后,营长岳振华确定了这个作战方法。顿时,大家又有了满满的信心。

保护好你的手,不要再捶树了,等着捶飞行员吧!连长拍了拍王於昌的肩膀。

然而,说是如此,做起来如何容易,U-2神出鬼没、行踪不定,下一次,它会在什么地方出现?咱们这十几吨重的导弹拆卸麻烦,拆之前,要把加注的燃料全部抽出来,把导弹冲洗干净,安装后,又要把燃烧剂和助氧剂加进去。这两种液体,一个毒性很大,一个腐蚀性很强,操作的时候,人要全面武装起来,穿胶靴,戴防毒面具,无论多热,也要穿呢料的厚衣服。夏天里,一番操作下来,身上的汗水像洗澡水一样哗哗直流。燃料加注量要求十分精准,还要根据温度调整,加少了,推力达不到,射程受影响;加多了,溢出来,会造成严重的安全事故。负责这项工作的王於昌心里时刻绷着一根弦,生怕有一丁点儿疏忽,会影响整个战斗。

曾经,为了练好这项技术,王於昌千百次地模拟训练,把木头模型带到宿舍里,每一步如何操作,哪儿是控制泵,哪里调油压,反复练习。吃饭睡觉时,都心心念念手脚不停,一次在梦中,竟把床栏杆当成了操作杆使劲拧,拧得手都脱了皮。就是凭着这份执着与认真,他硬是把自己练成了一级技术能手,用他改进的操作方法,从前一发导弹需要一个半小时才能安装完成,他只需要70分钟!要知道,战场形势瞬息万变,导弹随时都要拆卸、转移,一分一秒都珍贵无比,能节省20分钟,是天大的功劳!

为了等待和伏击敌机,王於昌和战友们转战南北,到处寻找战机,有时一年内行军就达两万公里,足迹遍及全国。在空旷的内蒙古大草原上,他们半夜偷偷入驻,曾经潜伏了三个月。那里的冬天滴水成冰,哈出的气立即就让胡子冻起了冰碴子,取水要到几十里外的河里去破冰。雪下得大时,有齐腰深,目光所过之处,白雪皑皑,天地一素,真是荒凉啊!在广西40多度的酷暑中,他们住在荒野的帐篷里,身上被臭虫和毒蚊叮咬得没有完肤。一次正执行任务时,一条蛇爬到王於昌身上,他一动也不敢动,那蛇就把通红的信子吐在他鼻翼跟前,嘶嘶的声音让他的心脏如同遭电击一般……但,面对艰苦异常的野外流动作战,王於昌从来没有抱怨过,更没有后悔过:等着,我一定能把你揍下来!

机会终于来了。

1963年11月1日上午,在江西上饶蹲守一个星期后,U-2侦察机终于出现了,它试图绕过雷达,从大陆南部迂回飞往西北侦察。我军经过几次监测后,终于摸清其意图,遂向导弹部队发出预警,下达了伏击任务。

接到任务后,全营人马立刻各就各位。王於昌按捺住激动的心情,又一次检查设备,心里忐忑不安——燃烧剂和助氧剂配比如果不精准,会影响导弹发射高度,加注数量没算准也会影响发射,我有百分之百的把握吗?能保证万无一失吗?王於昌心里七上八下,生怕在自己这个环节出现一点差错。他两只拳头攥得紧紧的,手心里全是汗水。

大家紧张地原地待命,空气都要凝固了,安静得只剩下每个人的呼吸。按照"诱敌深入"的原则,大家在原地等着,等飞机返回时伏击。11点左右,监测显示,它果然原路返回了。但飞行员非常狡猾,到达南昌时,他发现被雷达盯上了,立刻放出干扰,使导弹无法准确定位。时间一分一秒地过去,转眼就到了上饶上空,眼看着就要飞出导弹射程范围了,全营战士都紧张得不敢呼吸,怎么办?这时候,营长岳振华果断下达命令:关闭雷达!

雷达一关,U-2飞行员收不到信号,以为自己安全了,渐渐飞低。眼看着就要进入伏击区,战机转瞬即逝。不能再等了!当飞机距离我阵地32.5公里时,岳振华大喝一声:开雷达!瞄准!射击!守在导弹跟前的王於昌和战友们快速响应,发出射击指令。只听轰隆一声巨响,三发导弹同时射向空中,它们带着尖厉的呼啸升高、升高,直到高得听不见响声。三秒钟后,只听远远的云层中砰的一声闷响,屏息静气的战士们一个个眉头紧锁,是不是击中的声音?大家你望望我,我望望你,谁也不敢说话。正忐忑间,只见那不可一世的U-2侦察机拖着一股浓烟从天空中坠下来了,轰的一声栽到不远处的地面,把地面砸出一个巨大的深坑,燃烧起熊熊的大火!

"击中啦!击中啦!""我们把它揍下来啦!"短暂的一愣神之后,王於昌明白了,成功啦,自己没有出错!没有出错!他哇的一声大哭起来,抱住身旁的战友,号啕大哭!全营的战士都疯狂了,大家从营地里跑出来,拼命地呼喊,有的一蹦老高,有的对着天空尖叫,有的在草地上打滚,有的和王於昌一样,大哭不止。

祖国啊,我们终于给你出了一口恶气!

这架U-2侦察机的飞行员叶常棣侥幸跳伞成功,大家没有像设想的那样将他狠揍一顿,他被我军俘虏,因为腿部受弹片炸伤,被送往空军某医院救治。后来,这个曾经的国民党少校被我军释放,改行入了教育界,成为国内某高校的一名副教授。

1964年7月7日,在福建漳州,这支队伍以同样的神技又打下了一架U-2!毛主席听到这个消息后非常振奋,多次电话给予表扬,又于同年7月23日,在人民大会堂接见了王於昌和他的战友,并与大家合影留念。王於昌所在的二营,被国防部授予"空军英雄营"称号。王於昌本人获得了两次奖励,一次提前晋衔,一次被记一等功。

深藏功名四十年

1973年初,萧县百货公司的柜台内,一群十八九岁的营业员中出现了一个37岁的与众不同的面孔,他笨拙地滚着布卷儿,拿着一柄长尺,量布,撕布。尺子一端有个小刀片,按说量好一划拉,就可以把布顺势撕开,可这人是个左撇子,面对设置在长尺右边的小刀片,他怎么也用不好,人笨拙地转一个圈,倒腾到左手里再撕,惹得旁边几个姑娘小伙,一个个捂着嘴咪咪笑。

你看,他真笨!还穿过四个兜的军装呢,听说在部队是个当官的。

胡扯,当官的会来咱这儿当营业员,还是学徒?

说不定,是在部队里犯了什么错误吧?

……

这个笨拙的卖布的学徒工,就是刚刚复员回来的特种部队的连长王於昌。面对大家的种种疑问,他只是一笑,不做任何解释。就连妻子如此质问时,他也只是说,我向你保证,我真的没犯错误!军人需要保守国家的秘密,他什么也不能说。之后的许多年,面对种种猜疑,他一直选择沉默。

近二十年的军旅生活铸就了他坚韧的品格,在这一群青春的身影里,这个曾经的导弹部队的连长告诉自己:从头学起,一定要学好,绝不能输!从此,百货公司的柜台内,就有了一个经常加班的身影,一次次量布、卷布、撕布。外面大雪飞舞,他一个人在柜台里练得浑身是汗。几个月下来,他的右手终于可以应用自如了，看着一块布从自己的右手里刺啦一下撕得笔直，他心里有满满的成就感。从前把布匹卷得松松垮垮，一阵子勤学苦练下来，他也能卷得结实整齐了。

那时候柜台算账，用的是算盘，刚来的时候，看着同事熟练地拨弄着算盘珠子，噼里啪啦上划下抹，就把价钱算出来了，王於昌好生羡慕。如何才能学会珠算？他买了个算盘放在家里，把口诀表抄下来，每天晚上在灯下苦练，常常是邻居王大妈养的那只大公鸡已经叫了三遍，他还一边念着口诀，一边拨拉着算盘珠子……终于，珠算这一关他也过了，而且成了同事眼中的快手神算。

因为人勤快，有耐心，对谁都笑脸相迎，很快，布匹柜组里这个爱穿军装的中年大叔就成了顾客传颂的对象，成了同事最认可的人。是金子到哪里都会发光。不久后，他被选拔去参加社教工作，四年后，成了门市部主任，又三年后，成了人秘股长，而后又渐渐地成了百货公司副经理、副书记兼人秘股长。

当了"官"的王於昌，越来越为同事所认可。大家喜欢并信赖这个办事公正、面目和善的退役老兵，有了争执去找他裁决，有了难题也找他解决，所有能为大家做的事，他都乐意帮忙。但，别看他成天笑眯眯的，你要想从他这儿走点后门，真是比登天还难。一次，一个领导的家属想找他调工资，他查档案发现，这个人还差一年才够涨工资的条件，就丝毫不留余地地拒绝了。你要想和他拉拉关系，请他吃个饭喝场酒，更是没门儿，他一不出门应酬，二来烟酒不沾。和他一起工作了20年的同事臧玉喜说，别看他老实，人可犟着呢，认准的事情，八头牛也拉不动。但，对这个倔强的人，大家都心服口服。单位里评先进，谁也不服谁，会议上吵得跟菜市场一样，但王於昌一发声，说先进应该给谁谁谁，如数家珍地列举出此人的先进事迹，立马，大家都不再作声，没有异议了。

王於昌1973年复员，1998年退休，在百货公司干了26年。其间，县政府某机关多次要调王於昌，都引起职工们的强烈反对，"谁负责人事我们都不放心，不能让王於昌走！"经理也不肯放走这个任劳任怨的老黄牛，所以，王於昌就"从一而终"地在这家单位待了下去。26年内，他跟任何一个同事都没有提及过自己的军旅生涯，曾经两次击落过美国U-2侦察机的辉煌，受过毛主席接见的荣光,他都不曾提及。退休后他仍只字不提。2005年,原同事陈军在一本杂志上看到他所在的导弹部队击落U-2侦察机的事迹,向他询问情况,他也一个字都没有说。复员后的四十多年,除了当地军转办(后为退役军人事务局)熟悉内情外,他从未向同事、朋友提及,包括至亲。

"我入党时,曾宣誓说要'保守党的秘密',这是军事秘密,我不能泄露。再者,那都是过去的成绩,有什么好说的呢?"王於昌如此解释道。他之前不知道,在中国国防迅速发展的时代背景下,早在2002年,国家就公开了我军击落U-2侦察机的解密资料,这早已不是什么军事秘密了。2007年,以他们部队为原型拍摄的电视剧《绝密543》在国内热映,引起了强烈的社会反响。

"老王"倏地成"王老"

2019年6月的一天,上海正下着绵绵细雨,从10楼的阳台往外望,眼前的建筑被雾一般的雨丝笼罩着,一院的绿树红花静静地沐浴在烟光里,诗意得宛如水墨画。王於昌正在大女儿家的厨房里和面,要给外孙包三鲜馅饺子,这时候手机响了,他擦了下手上的面粉,接通了电话,喂,请问您是王老吗?

王於昌心中诧异,多少年大家都是叫我老王,还是第一次有人叫"王老"。

我是老王,王於昌,你是哪位呀?

这是安徽省退役军人事务厅打来的电话,询问他的身体情况,是否可以去北京领奖。原来,王於昌已被评为全国模范退役军人,要到人民大会堂参加颁奖大会。

如今,王於昌家客厅的墙上挂满了各种立功受奖的证书、照片,其中有与毛泽东主席的合影,还有这次去北京领奖时与习近平主席的合影。2019年7月26日,包括王於昌在内的五名有特殊贡献的老兵,被安排坐在最前排习近平主席的身边。王於昌说,他的手被习近平主席的大手紧紧握住的那一刻,真是心潮澎湃,没想到四十多年过去了,国家还记得他曾经的功劳。这一幕,《解放军报》以《坐在习主席身边的老兵们》为题整版报道,而后,中央电视台《闪亮的名字》又给他安排了专题采访,一时间,省、市新闻媒体纷纷对他当年的英勇抗敌事迹及之后在平凡岗位上的坚守给予报道。不大的萧县城炸了锅一般,尤其是熟悉他的那些同事和朋友,惊诧得眼珠子都要掉下来了。谁也不曾想到,这个老实巴交、不善言辞、不善交际的老王,在布匹柜组里学撕布的老王,竟然是打下敌机的壮士,是多次立功被主席接见过的英雄!

一下子,称呼他"王老"的人多了起来。安徽省政府领导亲自陪着他进京领奖,上台阶时挽着他的胳膊说,王老啊,您是咱们安徽的宝!领奖归来,萧县县政府领导亲自去火车站迎接,大家捧着鲜花簇拥着"王老",把他护送回家。小区里的邻居们看他的目光都变了,怀着惊讶和崇敬,上上下下重新打量起这个貌不惊人的温和老头。街头巷尾都在议论这个响亮的名字,许多学校、机关纷纷发出邀请,让"王老"去讲一讲当年的故事……

随着"王老"的声名大噪,他和他的战友"揍"下敌机的内幕也被越来越多的人熟知。原来,他们使用的从苏联购买的导弹很落后,只能做要地防空,不能机动,他们却带着导弹万里奔袭;原来,他们创造了世界防空史上用地空导弹击落高空侦察机的奇迹;原来,苏联认为卖给中国的导弹已经失效,根本打不下U-2侦察机。

干了一件这么给中国人长脸的事,"王老"竟然四十多年守口如瓶,只字不提,他怎么能忍得住呢!

光环下的平常心

王於昌家住一楼。这扇紫色的门很普通,只是门上挂着的那个"光荣之家"的闪亮铜牌,显得它与众不同。这天早晨,85岁的王於昌正在厨房里忙活,80岁的老伴坐在客厅里看电视,电视里放的是豫剧《穆桂英挂帅》,"辕门外三声炮如同雷震,天波府里走出来我保国臣……"锣鼓铿锵里,英姿飒爽的穆桂英手执帅旗唱得婉转又激昂,老太太也扬手比画着,跟着唱。早餐很特别,一只小盆里泡着王於昌切好的洋葱、苹果、胡萝卜、土豆等,用料理机打成糊状,一人一碗,再配一个水煮鸡蛋,就是他们多年来一成不变的早餐。

"我们这个年纪的人,吃不了什么大鱼大肉,生活一直都很俭朴,你看,我身上穿的,都是在部队工作的二女婿送的旧军装。"看得出来,王於昌很喜欢穿军装,几次见他,都是一身军人装束,这是他与昔日戎马生涯最紧密的联系吧。一穿上军装,他就觉得自己整个人都年轻了,有时恍惚得以为自己还在部队里,还要打 U-2 呢。现在,他与许多退休的老人一样,平常就做做饭,读读报,弄弄花草,练几笔大字,保持了一辈子的健身习惯还在,只是原来的每天十公里快跑,慢慢地变成了三公里快走,而今,已经改成每天半个多小时的花园散步了。

初进老人家住的这个小区,看许多一楼的住房都在阳台外建了花园,一丛丛红月季黄月季怒放着,一片片雪白的栀子花浓香袭人。王於昌家的阳台外种的多是菜蔬,黄瓜架垂下一条条顶着黄花的黄瓜,辣椒棵上吊满翠绿的薄皮大青椒,一个个硕大的西红柿红得诱人。王老说,农家走出来的人,总想有一片地种种。

隔着阳台参观着老人家的菜园,突然发现,他家的阳台却不似别人家那样有一扇通向菜园的门。原来,那扇门都是各家自己改造的,因为物业不允许业主私自开设小门,习惯了遵守纪律的王於昌,浇水摘菜宁愿绕一截路转到后面去。"我是退役军人,是共产党员,在哪都要起表率作用,退役退休不能褪色,多走几步路没啥不好,权当锻炼身体了。"

那一园子菜,勾惹得王於昌谈起了农事,想起了今年春节后刚刚去世的哥哥:"当年,哥哥把上学的机会让给了我,我才有参军和提干的机会,他日子比我困难,我不能不帮他。"这么多年来,他不光经济上资助哥哥和侄子,每逢农忙还都要赶回老家去,帮着割小麦,收玉米。乡亲们每每不解地说,人家都是看到忙就走了,你咋一忙就来了?王於昌朴实地笑道,就是来帮忙的,不忙还不来呢!那只握枪的手,干起农活来一点也不含糊,如火的骄阳下,手握镰刀的他弓下身子,伴随着嚯嚯的镰刀与麦秸的摩擦声,一垄垄金黄的麦子倒伏在身后,汗水湿透他的背心,像一条条小河一样往下流淌。他掰玉米棒子更带劲,又准又狠又快,仿佛面对的是敌人,是 U-2 侦察机。

他如此卖命,一次次惹得哥哥发脾气,"你当自己还是小伙啊,怎么还跟拼命三郎似的不知惜力!"哥哥吵着,他笑笑,手里兀自忙活着。兄弟俩忙完农活,就亲密地坐在一起唠家常,夜晚则抵足而眠。他们深厚的情谊被十里八村的乡亲们广为传颂:"什么叫兄弟同心,看看王柳园家的王於昌弟兄俩就知道了!"

在别人眼中是"好人""实诚人""重情义的人",在三个孩子心里,却是实实在在的"严父"。王於昌有两个女儿一个儿子,两个女儿都在上海工作,一个是会计师,一个是社区干部,儿子是萧县国土部门的业务骨干。他的二女儿王其红说:"我们几个到现在都害怕父亲,他对我们要求太严了,总叫我们实实在在干工作,不要耍嘴皮子。""无论啥时候,靠本事吃饭,谁都不会说闲话!"这是王於昌教育孩子的口头禅。在他的实干精神影响下,三个孩子都事业有成。

吃过简单的早餐,刷洗收拾干净,王於昌要出门了,他要带老伴出去散步,还要去菜场买把韭菜,中午给老伴包素饺子吃。他说,年轻时和她分居两地,她一个人既要工作又要带孩子,过得辛苦,现在国家太平,小家富足,又有了空闲,得把老伴照顾好。

阳光把香樟的影子铺在灰色的柏油路上,路旁大红的美人蕉在风里颤巍巍的,王於昌拉着老伴的手,蹒跚地向前走着,枝叶间漏下来的光将他们银白的头发照得闪闪发亮。一高一低两个背影,渐渐地,越走越远……